LA FILLE DU CARDINAL

Tome II

DE LA MÊME AUTEURE

Le souffle de vie, Montréal, Éditions Quebecor, 1991.

La fille du Cardinal, Montréal, VLB éditeur, coll. «Roman», 2001.

La belle Angélique, avec la collaboration de Jacques Lamarche, Montréal, VLB éditeur, coll. «Roman», 2003.

Les chuchotements de l'espoir, Montréal, VLB éditeur, coll. «Roman», 2004.

Nadine Grelet

LA FILLE DU CARDINAL

Tome II

roman

vlb éditeur

VLB ÉDITEUR
Une division du groupe Ville-Marie Littérature
1010, rue de La Gauchetière Est
Montréal (Québec) H2L 2N5
Tél.: (514) 523-1182
Téléc.: (514) 282-7530
Courriel: vml@sogides.com

Maquette de la couverture: Nicole Morin
Illustration de la couverture: Laura Knight, *Summertime, Cornwall*, The Bridgeman Art Library

Catalogage avant publication de Bibliothèque et Archives Canada

Grelet, Nadine, 1944-
    La fille du Cardinal
    (Collection Roman)
    Éd. originale: Montréal: Éditions Mille pages, 1997.
    ISBN 2-89005-781-X (v. 1)
    ISBN 2-89005-932-4 (v. 2)
    I. Titre.

PS8563.R447F54   2001   C843'.54   C2001-940975-3
PS9563.R447F54   2001

DISTRIBUTEURS EXCLUSIFS:

• Pour le Québec, le Canada
et les États-Unis:
LES MESSAGERIES ADP*
955, rue Amherst
Montréal (Québec) H2L 3K4
Tél.: (514) 523-1182
Téléc.: (450) 674-6237
*Filiale de Sogides ltée

• Pour la Belgique et la France:
Librairie du Québec / DNM
30, rue Gay-Lussac
75005 Paris
Tél.: 01 43 54 49 02
Téléc.: 01 43 54 39 15
Courriel: direction@librairieduquebec.fr
Site Internet: www.librairieduquebec.fr

• Pour la Suisse:
TRANSAT SA
C.P. 3625, 1211 Genève 3
Tél.: 022 342 77 40
Téléc.: 022 343 46 46
Courriel: transat-diff@slatkine.com

Pour en savoir davantage sur nos publications,
visitez notre site: **www.edvlb.com**
Autres sites à visiter: www.edhexagone.com • www.edtypo.com
• www.edjour.com • www.edhomme.com • www.edutilis.com

À toutes celles qui, dans les années 1970,
ont courageusement affirmé leurs compétences,
leur intelligence et leur féminité dans
une société encore trop patriarcale…
je dédie ce livre.

Chapitre premier

Montréal, début septembre 1970 à l'école du Barreau.

Dans une des salles de cours, au 84 ouest rue Notre-Dame, l'heure était décisive. Dans peu de jours, proclamés avocats par leurs pairs, une vingtaine d'étudiants accéderaient au titre de notables dans la société québécoise. Pleins d'allant, ces jeunes se préparaient à la consécration de leurs trois années de droit dans l'effervescence qui précède l'examen final. Appliqués et consciencieux, penchés sur leurs cahiers, ils étaient aveugles aux rayons du soleil qui perçaient ici et là les hautes vitres et formaient des taches colorées au coin des pupitres. Le silence régnait dans leurs rangs… Tous buvaient les paroles du professeur, impatients de confronter les connaissances acquises aux réalités de la société québécoise. L'avenir s'annonçait brillant pour chacun d'entre eux qui exercerait bientôt le plus beau métier du monde, avocat! La plupart avaient déjà choisi le terrain sur lequel pratiquer leurs talents, droit commercial, droit familial ou encore droit criminel. C'étaient des jeunes gens de bonne famille, fils de juristes renommés, triés sur le volet, prêts à épouser la vocation traditionnelle qui leur était échue. Un simple regard suffisait pour constater que rien dans leur apparence ne laissait à désirer. Costumes sombres, chemises blanches et cravates discrètes étaient la norme vestimentaire; nul ne se permettait la moindre fantaisie. Les cheveux coupés court, malgré la mode de plus en plus décontractée, dégageaient les yeux et les oreilles et aucune mèche folle n'aurait osé se perdre à la hauteur du col.

Parmi eux, formant un contraste surprenant, vêtue d'une minijupe et d'un chandail jaune paille – la couleur à la mode –, une seule jeune femme dont la chevelure roulait joliment sur les épaules, Myriam Langevin. Le stylo levé, l'œil attentif, elle écoutait d'un air presque grave en relisant ses dernières notes, quand tout à coup une mouche qui s'était égarée dans cet univers discipliné atterrit lourdement sur le bureau du maître. Celui-ci d'un geste brusque l'écrasa du coin de son agenda, provoquant un bruit sec. Les têtes se levèrent à l'unisson, réjouies du geste victorieux, puis s'abaissèrent en même temps, afin de poursuivre studieusement le devoir. Le professeur, un petit homme à la face ronde et à la moustache fine, exhiba l'air triomphant de celui qui a vaincu un monstre! Seule Myriam fit la grimace et tressaillit. Elle trouvait le geste cruel. Le professeur rit en voyant sa mine déconfite et reprit le cours de ses explications tout en gardant le regard posé sur elle.

«Ah, semblait-il se dire en se moquant, que la nature des femmes est donc sentimentale! Myriam Langevin est pareille aux autres, à toutes les autres... Elle est trop belle pour briguer une carrière et, de plus, elle n'en a pas besoin! Pourquoi veulent-elles toutes changer le cours de leur vocation première? Quelle mouche les a donc piquées?»

Il prit le cadavre entre son pouce et son index, sou-leva ses lunettes et l'approcha de son nez pour mieux le voir avant de le jeter dans la corbeille, puis il poussa un soupir qui, encore une fois, fit relever les fronts. Myriam ne broncha pas. Placée ici par les fantaisies d'un destin qui aurait pu être tout autre, elle avait entrepris cette aventure en femme décidée, enthousiaste, téméraire et, de surcroît, mère, ce qui ne l'avait pas arrêtée! Son en-têtement légendaire était un fait encore rare à cette épo-que, le domaine juridique étant un privilège réservé aux hommes ; peu de femmes osaient l'affronter... Pour une mère de trois jeunes enfants, le fait de mener à bien cette tâche étonnait les intellectuels et déstabilisait les bour-geois. Il courait des bruits à son sujet, on commentait son courage que l'on qualifiait aussitôt de folie. On la disait « remarquable », mais c'était en arborant un sou-rire narquois, plein de sous-entendus. Les familles conser-vatrices critiquaient sa détermination et comme elle réus-sissait fort bien, on lui en voulait.

– Passer des examens et accoucher ne sont pas des vocations compatibles, disaient les femmes d'un certain âge en buvant le thé.

C'était exactement ce que sa belle-mère, Mme Dage-nais, répétait à Laurent chaque fois qu'on lui demandait de garder les enfants. Mais Myriam n'en avait cure : rien ne l'empêcherait d'avancer vers son but. Passionnée, elle restait déterminée et démontrait depuis l'enfance un en-thousiasme communicatif pour tout ce qui, selon elle, méritait qu'on y réfléchisse. Son caractère était un mé-lange de contrastes surprenants entre les qualités qu'on attribuait ordinairement aux jeunes filles et celles que re-vendiquaient les femmes à la pointe du progrès. Myriam était tout à la fois romantique, comme le voulait la tradition, et remplie d'ambition, comme se montraient en ces années les femmes de carrière. Élevée à l'abri de tout problème matériel, elle possédait depuis qu'elle avait épousé Laurent assez d'énergie pour ne rien négliger.

Quand la pendule sonna trois heures, Myriam posa son stylo. Dans un ensemble parfait, les étudiants se levèrent de leur siège et le professeur, du revers de la main, décrocha son chapeau, lequel se balançait à la patère. Il adressa un salut à la ronde avant de sortir de la classe. Il était satisfait.

— Je vous retrouve tous la semaine prochaine pour notre dernière rencontre, lança-t-il sur un ton jovial avant de disparaître.

Il y eut un murmure de satisfaction dans les rangs, et le soleil vint une nouvelle fois chatouiller le rebord des vitres. On entendit pendant quelques secondes le claquement sec des livres qui se referment, puis le brouhaha confus des bavardages s'estompa lentement derrière la porte. La plupart des étudiants se regroupèrent à l'extérieur en papotant, et Myriam, qui s'était installée à l'écart, près d'une des fenêtres, se leva. Pendant quelques instants, elle laissa son regard se perdre sur les édifices du vieux quartier. La rue Notre-Dame, étroite, avec ses façades du XIXe siècle faites de pierres grises, s'ouvrait un peu plus loin sur une esplanade que dominait la mairie, et, plus bas, était la ville nouvelle avec de nombreux parcs et espaces verts qui soulignaient l'alignement des maisons victoriennes. Le plateau commençait derrière la rue Sherbrooke, une des plus belles rues de la ville. Du côté du fleuve Saint-Laurent, on apercevait les toits du palais de justice et la silhouette imposante de l'hôtel de ville masquait le dôme argenté du marché Bonsecours. Ces lieux emplis d'histoire fascinaient Myriam depuis toujours, et la journée magnifique aurait dû l'appeler à y faire une balade, mais les enfants l'attendaient chez Pierrette. De plus, savoir que ce cours avait été un des derniers qu'elle partagerait avec ses amis la rendait nostalgique… Il lui restait si peu de jours avant de se lancer dans une carrière qu'elle voulait mener rondement! Myriam jeta un coup d'œil rapide à sa montre et suivit les gestes de deux ou trois garçons qui flânaient encore dans la classe. Pendant ces quelques années, elle était devenue leur mascotte: jeune, jolie, souriante et élégante même, et de surcroît intelligente, tous les étudiants l'adoraient. Elle aimait les faire rire et sentir leur admiration en leur racontant des anecdotes désopilantes. La plupart de ses compagnons l'appelaient en riant «leur femme idéale». Plusieurs regrettaient de la savoir mariée, donc inaccessible, et elle l'était. Tout d'abord par respect des usages, et aussi parce que, obligée de minuter son temps, elle devait parer à tout sans se laisser distraire! C'était elle qui détenait invariablement les meilleures notes du groupe, car elle possédait un raisonnement solide et une mémoire imbattable qui aurait pu rendre jaloux chacun de ses camarades. Mais personne ne pouvait le lui reprocher tant elle était charmante: le contraire de ce qu'on imagine être une femme savante. De plus, Myriam était vive, trop vive parfois et, à cet instant, pressée comme elle l'était, elle mit livres et notes pêle-mêle dans son porte-documents. Dans sa hâte, le cahier où chaque jour elle inscrivait le résumé du cours lui échappa des mains et se renversa sous son pupitre. Myriam fit la grimace, se baissa pour le ramasser et aperçut alors le coin familier d'une photo jaunie qui dépassait des dernières pages. Retrouver ce bout de papier cartonné lui donna un coup au cœur... Elle s'immobilisa et le prit dans ses mains, émue. Très émue. Cette vieille photo réapparaissait comme un message tombé du ciel pour la ramener tout à coup dans un univers dont elle s'était éloignée par la force des choses. C'était le portrait de son père et de sa mère biologiques, longtemps ignorés, photographiés dans la cour de l'archevêché avant sa naissance, et soigneusement conservé... Précieux souvenir remis par son oncle Gaby quand elle avait fait sa connaissance voici plus de trois ans, ce minuscule témoin du passé était gardien de la mémoire et de ses origines. Bien malgré elle, bousculée par ses activités, happée par le tourbillon de sa vie nouvelle, elle l'avait oublié, de même que la promesse qu'elle s'était faite... Il y avait eu la naissance de Guillaume, celle de Laurence et Lydia les adorables jumelles, puis le suivi de ses études et Myriam avait laissé filer les ans sans parvenir à se réapproprier l'histoire manquante de ses ancêtres, sans même y penser...

Elle leva les yeux vers la pendule accrochée au mur : déjà dix minutes s'étaient écoulées sans qu'elle en eût conscience et, à cause de la petite photo, son esprit voguait vers les Indiens et vers la réserve de Kanesataké où sa mère et son oncle avaient grandi! Une image floue, celle des berges sablonneuses de la rivière, se dressa devant elle et le parfum des aiguilles de pin couchées sur la terre humide revint à ses narines. Elle en savait trop ou trop peu sur ses origines. Elle en avait trop vu ou pas assez sur ce qui concernait son histoire! Il lui était impossible d'ignorer le message que venait lui servir la petite image pourtant discrète... S'accusant déjà d'être lâche, elle qui se voulait parfaite, Myriam remit le cahier à sa place et prit quelques secondes pour contempler ce petit carton noir et blanc. Chose étrange, son cœur battait en le regardant et des sanglots nouaient sa gorge, alors que trois minutes plus tôt elle n'y songeait pas.

«Pourquoi la photo me met-elle dans cet état?» se répétait-elle, un peu désemparée.

Autour d'elle, plus personne. La classe s'était vidée et Myriam était seule avec les questions qui l'avaient obsédée, qui resurgissaient et prenaient une dimension nouvelle. Elle écrasa une larme qui roulait le long de sa joue. À l'abri des regards indiscrets, il lui était facile de se laisser aller et d'abandonner le statut de battante que tous ses compagnons lui attribuaient pour redevenir, en moins d'une seconde, une autre Myriam plus sentimentale, une jeune fille un peu fleur bleue qui ne se laissait découvrir que dans le secret et la solitude. La photo lui parlait encore… Bouleversée, un peu surprise par l'intensité de son émotion, elle la serra sur son cœur. Les questions remontaient en vrac. Pourquoi ne l'avait-on jamais instruite de tout ceci, pourquoi lui avait-on laissé ignorer qui étaient sa vraie mère et son vrai père et pourquoi fallait-il que désormais deux femmes aux destins tragiques et aux tempéraments opposés occupent son esprit, quand, en plus, les deux avaient disparu trop vite, l'abandonnant dans une situation où elle avait perdu ses racines? Durant toute son enfance, Myriam avait chéri tendrement Maguy sa mère adoptive comme son unique maman et Pierrette lui avait appris bien plus tard le malheur que l'autre, Kateri sa mère naturelle, avait subi à cause de l'insouciance du Cardinal. À partir de ce jour, Myriam avait été la proie d'un questionnement douloureux. Le

Cardinal! Était-il vraiment son père, cet homme au redoutable pouvoir, ce tout-puissant monarque de l'Église qui, lui aussi, avait quitté ce monde? Avait-il agi ainsi par intention malfaisante ou par légèreté? Irresponsabilité ou désinvolture? Comment démêler tout ceci et trouver une façon de ne plus en souffrir? Quelles que soient les raisons, désormais Myriam, ébranlée, était sans ascendance puisqu'ils avaient tous disparu... Heureusement qu'il y avait Laurent, et Guillaume son premier-né et puis les deux fillettes Laurence et Lydia à qui elle donnait toute son affection. Elle fit quelques pas, machinalement, les yeux rivés sur l'objet qui la fascinait encore. Qui était Kateri? Une jeune fille qui s'était laissé entraîner sur la voie du péché ou bien une Indienne idéaliste et follement amoureuse? Le saurait-elle un jour? Myriam se pencha un peu pour scruter de plus près ce qui lui restait d'elle... En fait, si peu de chose: une petite bourse en cuir brodé qu'elle traînait partout avec elle, et surtout cette photo jaunie et écornée...

Et pourtant, ce portrait était criant de vérité! Sur la photo, on devinait l'âme de la jeune Indienne. Dans son sourire, dans son regard, dans sa coiffure comme dans sa tenue, il y avait une simplicité réduite à l'essentiel. Quelque chose de beau se profilait et rayonnait autour de son visage. L'objectif de l'appareil photographique avait gravé l'expression d'un amour que le Cardinal semblait partager lui aussi. Comme tout ceci semblait étrange, si loin de ce qu'elle avait vécu au sein de la famille Pellerin... Myriam s'appuya quelques instants à un banc, le regard tourné vers le passé. Son passé! Le clan Pellerin, la vie dorée, la richesse dont ils jouissaient tous et la relation familière qu'ils entretenaient avec le

Cardinal… Myriam ne se souciait pas du Cardinal, ou si peu. Après tout, le rôle qu'il avait joué et qu'on lui avait rapporté ne le rendait guère attachant même s'il était son géniteur… Justement, s'il était son géniteur! Il n'avait été qu'un lâche! Elle sentit la colère gronder dans sa poitrine. Un vent de tempête lui souleva les épaules. Comment un homme pouvait-il abandonner la femme à qui il avait fait un enfant et ignorer cet enfant-là! Le concierge passa la tête dans l'entrebâillement de la porte:

— Vous êtes encore ici, mademoiselle! Excusez-moi, je dois fermer…

— Bien sûr, je m'en vais…

Le concierge lui donnait toujours du «mademoiselle». Docilement, elle se dirigea vers la sortie, saluant le brave homme avec la photo. Kateri, cette jolie Indienne, lui avait légué de grands yeux noirs et des traits si semblables aux siens, qu'on était bien obligé de reconnaître la filiation sur leurs deux visages… Aucune hésitation possible, cela sautait aux yeux! Myriam replaça soigneusement la photo dans son portefeuille et se dirigea vers sa voiture garée non loin. Il lui restait si peu de temps pour aller chercher les enfants chez Pierrette et les ramener à Outremont… Pas le temps de se perdre en songe. Elle refoula sa sensibilité et en courant fit un salut de la main à tous ceux qui flânaient encore autour de l'école. La plupart des étudiants, de joyeux célibataires sans responsabilité familiale, qui plaisantaient chaque jour sur son état de femme mariée et de mère, lui répondirent par de grands signes d'adieu en suivant discrètement du regard les mouvements de sa silhouette et de ses hanches. Myriam avait la démarche d'une déesse…

– Tu nous abandonnes, Vénus de tous les avocats ? lança le plus déluré, en lui faisant la révérence.

Elle se contenta d'un hochement de tête et passa rapidement. En effet, elle était très désirable et n'en avait cure, déjà habitée par un autre monde. Quand elle fut au coin du boulevard Saint-Laurent, elle se retourna en riant et leur lança un dernier salut. Le soleil inondait les arbres qui bordaient le Vieux-Port, parés des couleurs de l'automne et les feuilles se balançaient au gré de la brise avant de se détacher des branches. Myriam eut soudain envie de marcher à l'aventure comme jadis, de fouler les tapis de feuilles mortes qui jonchaient les quais en bruissant sous les pas, et de courir jusqu'à la place Royale en exposant ses bras et son visage à la température si douce de ce début de septembre. Mais son désir fut de courte durée. Ses obligations la rappelèrent d'autant plus à l'ordre qu'elle était préoccupée par plusieurs choses en même temps : l'étape prochaine à franchir avec un nouveau statut, le bien-être de ses trois enfants et de son mari et, encore plus fort, l'appel de la photo qui la ramenait à un mystère qu'il lui fallait éclaircir. Dans sa tête, des ombres s'agitaient, lui murmurant qu'elle devrait suivre son oncle Gaby et voyager sinon dans le passé, au moins dans l'histoire d'un peuple auquel elle appartenait et dont elle ne savait rien, un peuple resté silencieux depuis les traités datant de 1701 et 1763... Plus de deux siècles s'étaient écoulés ! Les Indiens étaient restés muets. Aucun manuel scolaire n'avait jamais relaté leur rôle dans un continent qui était le leur depuis des millénaires. Dans les cours d'histoire, quand elle était au pensionnat, on mentionnait tout juste leur présence et d'une façon si méprisante qu'on les appelait « Sauvages », faisant fi de ce qu'ils avaient transmis aux premiers co-lons : toutes les techniques qui leur avaient permis de survivre dans un climat hostile. Résultat : la société occidentale les avait niés comme s'ils n'avaient jamais existé.

Myriam roulait à vive allure sur le boulevard Saint-Laurent où la circulation était fluide, songeant à ses origines autochtones et au sang qui coulait dans ses veines. Que lui restait-il de ces années passées dans l'ignorance de sa véritable histoire ? Une nostalgie intermittente qui remontait à la surface lorsque, dans le secret de son cœur, elle y pensait. Le fait qu'on lui ait caché ses origines revenait la hanter malgré elle et les souvenirs d'enfance, cette enfance privilégiée au sein de la richissime famille Pellerin, gonflaient sa poitrine et répandaient en elle la nostalgie d'un paradis perdu. Myriam aurait voulu tout avoir, tout savoir et surtout tout préserver. Son désir de justice se révoltait contre les répressions qu'on avait imposées aux plus faibles. Absorbée dans ses pensées, elle conduisait machinalement. Au nord de la rue Sherbrooke, la Main était toujours aussi cosmopolite et les façades des magasins proposaient les produits importés de toutes les régions de l'Europe. Elle avait hâte de retrouver Guillaume et les jumelles, de les câliner, de jouer et de rire avec eux. Déjà, Myriam imaginait la soirée avec les petits, simple et tranquille. Puis, quand tous se seraient endormis, elle attendrait le retour de Laurent qui rentrerait tard du bureau… Elle était bien obligée de se faire une raison, il rentrait de plus en plus tard ! Elle repassait dans sa tête la liste des choses urgentes dont chacun avait besoin et, en femme organisée, n'oubliait rien… Ni le paquet de biscuits indispensables pour régaler les enfants, ni la bouteille de vin qui accompagnerait un bon repas pour son mari, ni les produits utiles à la femme de ménage. Elle fit une halte pour s'approvisionner chez Warshaw. Ici, on trouvait de tout... Le magasin était très achalandé. Myriam se souciait aussi de Pierrette, fidèle et dévouée depuis toujours, qui remplaçait ceux que Myriam avait perdus. Elle choisit un gâteau aux graines de pavot pour le lui offrir.

— Tu es ma providence, lui disait-elle souvent, en l'embrassant sur les deux joues et en la prenant dans ses bras.

Et Pierrette qui riait, ne voyant rien d'exceptionnel à son dévouement, s'étonnait :

— Qu'est-ce que tu me chantes là, ma fille ?

La jeune femme la gratifiait chaque semaine d'un bouquet de fleurs. C'était une des attentions coutumières à Maguy qu'elle s'était appropriée. Lorsque Myriam était petite, Maguy se démenait et courait partout pour offrir mille cadeaux et régaler son entourage. Uniquement pour faire plaisir. Son grand-père aussi faisait cela, enfin celui qu'elle avait cru si longtemps être son grand-père : Albert Pellerin, le grand ami du Cardinal ! Alors Myriam, en grandissant, s'était imprégnée de leurs manières et les avait accommodées à sa façon. Comme si elle avait vraiment été leur fille ! Être une femme irréprochable et irremplaçable, voilà ce que souhaitait Myriam.

Il y avait d'autres particularités qui la rendaient exceptionnelle : Laurent se plaisait tout comme ses compagnons de classe à lui répéter qu'elle était une épouse parfaite. Toutefois, quand elle argumentait avec lui, le contredisant au sujet de sa carrière, il avait tendance à lui reprocher d'être trop raisonneuse, car Laurent n'aimait pas qu'elle persiste à vouloir être avocate. Il s'était ainsi créé entre eux une sorte de jeu au cours duquel les deux jeunes époux s'opposaient sur leurs idées et l'issue du tournoi était toujours la même : une querelle. Myriam n'y voyait qu'une banale et amusante joute oratoire, un exercice qui aiguisait sa logique et qui n'avait rien de menaçant, qui la piquait au vif même, mais Laurent quant à lui devenait pointilleux sur le sujet. Elle voulait tant posséder comme son mari le titre d'avocate, être sur un pied d'égalité complète avec lui vis-à-vis de leurs collègues et de la société montréalaise ! La seule évocation de ce prochain accomplissement la faisait frissonner de joie. Myriam, jeune femme moderne avant tout, l'avait voulu avec force et persévérance, sans jamais faiblir, composant avec ses études, ses maternités et son rôle de maîtresse de maison, au risque de recevoir les reproches de Laurent qui trouvait inutile son entêtement à prendre tout en charge.

Pourtant, l'amour que Laurent et Myriam avaient l'un pour l'autre reprenait toujours le dessus. « Ah, Laurent, se dit Myriam au volant de sa voiture, je suis tout de même heureuse de l'avoir épousé, même si ses idées sont trop conservatrices sur certains points ! » Et elle soupira en songeant à lui… Rêvant ainsi, de petits frissons montaient dans sa poitrine, lui rappelant combien c'était bon, malgré leurs divergences, d'être dans ses bras. Au bout de ces quatre années de vie commune, Myriam et Laurent avaient réussi à cimenter leur relation où se succédaient au fil du quotidien des moments intenses, des joies familiales, des querelles, mais aussi des nuits torrides ! Laurent aimait la fougue de sa compagne et aussi sa sensibilité mélangée d'un brin de folie et, dans ces moments-là, il lui répétait qu'elle était une femme unique, à nulle autre pareille et lui murmurait au creux de l'oreille :

— D'où te vient cette fantaisie dont je raffole ? Du sang indien de ta mère ou de la noblesse toute cardinale de ton père ?

Alors, elle faisait semblant d'enrager, mais ces mots qu'il prononçait tendrement, en plus de caresser son amour-propre, la comblaient. Et il était vrai que, pour Laurent, Myriam ne ressemblait à aucune des épouses de ses camarades. La plupart étaient très conventionnelles ! En majorité, ils avaient épousé des femmes qui ressemblaient à sa mère comme deux gouttes d'eau. Mais Myriam lui apportait une sorte de dépaysement dont il avait besoin ! À la fois fleur bleue et impétueuse, elle aimait la quiétude de la vie familiale, mais, poussée par des vents contraires, elle adorait aussi s'aventurer sur des pistes avant-gardistes, remuer les idées nouvelles et, à certaines heures, décrétait en riant que le changement ne lui faisait pas peur... Alors, Laurent se fâchait tout net :

— Tu pourrais être si confortable en restant à la maison pour te consacrer aux enfants ! Cela n'a aucun sens, avocate... Ce métier est fait pour un homme, pas pour la femme que j'ai épousée. Ton amie Monique est moins écervelée que toi !

Lorsqu'il lui servait ce genre de raisonnement, malgré la tendresse et l'admiration qu'elle ressentait pour lui, il avait le don de la faire sortir de ses gonds. Sans réfléchir, Myriam, restée aussi impulsive qu'une adolescente, lui rétorquait :

— Une femme à notre époque ne peut plus vivre selon les critères de nos grands-mères ! Je dois prendre ma place dans la société moderne et même si tu amasses une fortune grâce à ton métier, je ne veux jamais me sentir inutile, m'entends-tu ? Oublies-tu que ma mère s'est laissé anéantir par la solitude et le désœuvrement ?

Laurent se moquait d'elle et de ses tirades :

– Tu es bien raisonneuse, Myriam, tu as trois enfants ! La solitude n'est pas ton lot ! Pense plutôt à organiser le futur de nos bambins…

Et depuis peu, il restait insensible aux arguments de Myriam, montrant invariablement son désaccord, allant même quelquefois jusqu'à être cynique. Pourtant, il s'en tenait à ce genre de réflexion, ne cherchant pas à approfondir le sujet, mais dans son for intérieur il enrageait, déçu que sa femme prenne autant de libertés et ne se limite pas à ce qu'il pensait être la meilleure attitude… Pour Laurent, une femme respectable était avant tout une mère qui dirige sa maison, comme sa mère l'avait fait, tout comme les femmes des générations précédentes qui avaient creusé dignement les fondations d'une nation homogène en épaulant leurs hommes… Alors, quand le sujet de conversation devenait un peu trop brûlant, il écarquillait les yeux et haussait les épaules, adoptant l'attitude de son père ou de son grand-père, et tournait les talons pour couper court à leur discussion. Myriam, elle aussi, baissait pavillon et ne cherchait pas à allonger le débat, mais elle trouvait dommage que son mari reste sur des positions qu'elle qualifiait d'antiques, comme si les mœurs n'avaient pas changé, comme si les femmes devaient se tenir en retrait, à l'ombre des hommes et à l'abri de ce qui fait tourner le monde. Ce genre de scène s'était répété tant de fois ces dernières semaines.

Sa réputation de plaideur grandissant, Laurent, homme brillant entre tous, était de plus en plus submergé de travail. Il défendait des causes importantes, et Myriam devait se battre avec lui pour qu'il réserve de temps à autre une journée aux loisirs et aux activités familiales. La semaine dernière encore, le cas s'était présenté. Elle s'était choquée :

— Tu exagères, Laurent, tu as besoin de repos… J'en ai assez de te voir le nez dans tes dossiers même le dimanche !

— Vois ce qui t'attend si tu continues à t'entêter…, lui lança-t-il. Plus de temps pour autre chose que travailler ! Est-ce cela que tu veux ? Est-ce vraiment cela ?

Et il la toisa avec un petit air cynique qu'elle n'aimait pas lui voir.

— Je saurai m'organiser pour tout concilier, lui répondit-elle en riant, je suis forte !

— Ah, nous y voilà… Les femmes sont fortes à présent !

Laurent ne put s'empêcher de ricaner…

— Les femmes sont devenues tout à coup les piliers du monde !

— Ne l'ont-elles pas toujours été ? se moqua-t-elle.

Laurent n'aimait guère ses répliques, mais Myriam n'entendait pas lui accorder la moindre concession. Son honneur de parfaite femme moderne, de mère sans reproche et de professionnelle brillante en dépendait. Alors, elle détourna la conversation en trouvant un sujet d'actualité et on oublia encore une fois ce genre de querelle pour quelques jours.

En ces temps précurseurs de bouleversements, où des transformations radicales germaient en silence, où les femmes faisaient entendre leurs voix et prenaient de plus en plus couramment le chemin de l'université, Myriam avait décidé de s'affranchir du rôle conventionnel. La société reconnaissant désormais la valeur du potentiel féminin, la partie lui paraissait facile à jouer. Elle prenait pour modèles quelques personnalités exceptionnelles des générations précédentes qui avaient élargi une brèche irréversible dans le bastion masculin et, le rôle d'épouse et de mère n'étant plus le seul horizon à atteindre pour les jeunes femmes, Myriam refusait de se soumettre à l'autorité et aux préjugés qu'on avait imposés à leurs mères. Elle était impatiente de se lancer dans une aventure qui briserait la routine.

La voiture roulait à vive allure sur le boulevard Rosemont. Elle ralentit, toujours aux prises avec ses souvenirs. Laurent ! La jeune femme se rappelait la patience et la tendresse qu'il avait démontrées lorsqu'elle avait chaviré après la mort de Maguy, déshéritée par une habile manœuvre du mari de celle-ci, Philippe Langevin, au moment où, sans défense, elle pleurait sa mère... Laurent avait été alors irréprochable, attentif, faisant tout pour la distraire et pour la gâter. D'instinct, il avait compris que cette épreuve était trop pénible et l'avait fait descendre rudement d'un nuage de candeur sur une terre impitoyable et dure. La jeune fille accoutumée à une vie facile avait découvert des facettes sombres qu'elle ne soupçonnait pas chez les personnes de son entourage. Elle qui avait chéri Philippe depuis l'enfance, persuadée qu'il était son père naturel et qu'il l'aimait tendrement, avait été gravement blessée... Heureusement, elle s'en était sortie sans trop de séquelles, mais tout cela avait été si douloureux ! Myriam ne voulait sous aucun prétexte retomber dans les ornières du passé. Elle voulait voir loin et avancer, mais pour cela il lui fallait combler un vide, se réapproprier la partie d'elle-même qu'on lui avait cachée, sous peine de n'être jamais une personne à part entière. Alors, Laurent était son partenaire, son coéquipier, celui qu'elle avait choisi. Une vie prometteuse était ouverte devant eux.

Myriam rangea sa voiture et éteignit le moteur. Elle était arrivée chez Pierrette. Sur le trottoir, deux fillettes jouaient avec une corde à danser qui faisait virevolter leurs cheveux attachés par des rubans. Puis elle aperçut le visage rieur de Guillaume qui, derrière la baie vitrée, guettait son arrivée et manifestait bruyamment sa joie de la voir. Elle lui fit un signe de la main :

— Bonjour, bonjour, Guillaume !

Myriam était fière de ses enfants. Les retrouvailles étaient toujours un vrai délice et la maison de Pierrette, un havre chaleureux où il faisait bon s'attarder. Elle grimpa les marches et leur tendit les bras :

— Tout va bien, Pierrette ? Ont-ils été sages ?

— Oh oui ! oh oui ! criait Guillaume.

Et les petites dans leur bassinette battaient des mains en gazouillant. Ici, tout était simple, propre et sans artifice. Les jumelles, si semblables qu'on devait les habiller de couleurs différentes, s'étaient dressées en serrant leurs peluches favorites. Myriam distribua des baisers et des caresses et sortit de son sac la photo qu'elle tendit à Pierrette :

— Regarde, Pierrette, j'ai retrouvé ça tout à l'heure…

Celle-ci sursauta et ajusta ses lunettes :

— À la bonne heure, je croyais que tu l'avais abandonnée !

– Qui ça?

– Ta maman Kateri…

– Jamais de la vie! s'écria Myriam.

La chère Pierrette qui n'avait jamais dissimulé ses pensées eut un hochement de tête et, soudain, son visage prit une expression grave:

– Tu as raison, il y a un temps pour tout. Maintenant le temps est venu, n'est-ce pas?

– Oui, fit Myriam. Je suis prête!

Et Pierrette eut un grand soupir de soulagement qui signifiait: «Myriam revient enfin à ses racines!» Inutile d'en dire plus. Avec une jumelle dans chaque bras et Guillaume pendu à ses jupes, Myriam posa soudain la question:

– Pierrette, as-tu des nouvelles de mon oncle Gaby?

– À ce qu'on m'a dit, il redescendrait de la baie James en ce moment, on va sans doute le voir apparaître bientôt!

– Tu vois, je l'attends…

En disant cela, Myriam sentit un léger déclic dans sa poitrine. Un éclair fugace illumina sa conscience et une vision claire, arrivée on ne savait d'où, vint la surprendre. Elle vit des plaines boréales s'étaler majestueusement jusqu'aux limites de l'horizon. Il y avait des collines, des montagnes et des vallées sans fin où serpentaient d'immenses rivières qui trouaient les forêts, et pendant quelques brèves secondes ces paysages chantèrent dans son cœur, baignés d'une lumière intense. Puis, les peuples nomades, ceux qui chassent, qui pêchent et qui vivent depuis toujours des fruits de la terre, défilèrent devant elle et lui lancèrent un mystérieux appel. Ils lui disaient: «Viens parmi nous!» Doutant de cet étrange phénomène, de ce qu'elle voyait et de ce qu'elle entendait, Myriam se ressaisit, ouvrit son sac et remit soigneusement la photo à sa place en pensant à Kateri. Elle embrassa longuement Pierrette et rassembla les effets des petits. Il était temps de ramener les trois bambins à la maison.

CHAPITRE II

Septembre 1970, dans le Nord du Québec.

Au long des rives de la baie James, non loin du cap qu'on appelle la pointe Louis XIV, il neigeait. Chassés par le vent qui tourbillonne au long des côtes en charriant d'épais flocons, les derniers vols d'oies quittaient la taïga à tire-d'aile et les petits animaux terrestres regagnaient le fond de leurs abris, craignant les hordes de caribous en migration. Ceux-ci, par milliers, dévalaient la plaine. Une famille de Cris, rassemblée autour d'un feu de branches au-dessus duquel cuisait un ragoût de porc-épic, préparait le retour vers les quartiers d'hiver. Suivant les coutumes ancestrales dictées par le rythme des saisons, ils avaient commencé à plier les tipis après avoir passé l'été sur cette terre lointaine où les eaux se confondent avec le ciel, teintées par les variations saisonnières. Avant deux jours, ils devraient avoir traversé la rivière Eastmain qui s'élance dans la mer, gonflée par les rapides de la majestueuse Opinaca et suivi la côte jusqu'à la piste qui mène à Waskaganish, à l'embouchure du Rupert. C'était leur dernière escale avant Matagami, aux limites de l'Abitibi. Quelques oiseaux de proie planaient silencieusement dans les alentours, l'œil aux aguets, encerclant de leur danse aérienne cette poignée d'hommes, de femmes et d'enfants aux cheveux noirs comme le jais et à la peau brune qui gardaient jalousement le mode de vie de leurs ancêtres, immuable depuis la nuit des temps.

Dès l'aube, les hommes s'étaient affairés à rouler les peaux des tentes avec un soin méticuleux et les femmes avaient entassé dans des sacs le reste des poissons séchés et des baies sauvages qu'on avait cueillies au long des étendues d'herbe rase. Rien n'était laissé au hasard, rien ne serait perdu ni oublié, car le moindre morceau de bois avait sa place dans cet âpre pays où les arbres n'ont que peu de chaleur pour grandir. Sur les longs rochers plats formant une pointe, au bout de la grève où la mer éclabousse ses vagues, quelques enfants couraient en riant. Ils sautaient et se penchaient pour ramasser des pierres minces qu'ils lançaient d'un geste vif en les faisant ricocher sept ou huit fois avant qu'elles ne s'engouffrent dans les flots sombres. On entendait l'écho de leurs voix joyeuses auquel répondait la mélopée de deux jeunes filles, assises un peu plus loin sur une crête. Au-dessus de l'horizon, une éclaircie qui trouait les nuages ourlait d'un ruban doré les contours des deux larges canots à moteur, échoués au creux de la berge. À l'écart, un homme à la carrure puissante scrutait le ciel, aux côtés d'un vieillard voûté qui s'appuyait sur un bâton. Une femme un peu grasse, portant sur le dos une hotte, s'approcha d'eux, la démarche courte. Ses tresses s'envolaient dans le vent, dévoilant des pommettes hautes, et quelques flocons s'écrasaient doucement sur son visage hâlé dont les yeux étaient inquiets. L'homme se retourna dès qu'il la sentit proche et posa sur elle un regard empreint de bonhomie :

— Les vents sont avec nous, Ida. Avant quatre jours nous atteindrons Matagami pour retrouver tes frères… Ne crains rien, nous y parviendrons !

Ayant dit l'essentiel, il hocha la tête sans faire plus de discours et la déchargea de son fardeau. La hotte était remplie de brindilles avec lesquelles on pourrait alimenter les prochains feux. Ida se planta devant lui.

— Il est temps de partir, Gaby.

Celui-ci hocha la tête et cria dans l'oreille du vieillard :

— Allons-y, grand-père !

Le vieil homme qui laissait son regard errer alentour eut un sourire de contentement et se leva en entendant ces mots. Son gendre connaissait bien les caprices du temps et il pouvait lui faire confiance… Alors, dans un ensemble parfait ponctué par des exclamations joyeuses, ils furent prompts à se rassembler. On hissa les paquets pour les entasser à l'avant des canots en faisant la chaîne et on donna du lest aux amarres. Les hommes ne tardèrent pas à faire ronfler les moteurs, et alors, la petite équipe serrée dans le milieu des esquifs tourna une dernière fois la tête vers la toundra qui les avait accueillis pendant la belle saison et qui reprenait son visage blanc. Ils regardèrent au-devant d'eux vers le sud et rendirent grâce à la terre de leurs ancêtres, la Terre-mère qui leur prodiguait la nourriture dont ils avaient besoin, qu'ils vénéraient et qui laissait couler dans leurs veines les accents de la liberté.

*

Depuis que les Blancs avaient investi les territoires des autochtones toujours plus au nord, les Cris, mis à l'écart du progrès et des transformations, étaient perplexes. Les hommes venus du Sud, de plus en plus nombreux, s'étaient approprié la taïga et, comme des fourmis qui travaillent sans relâche, avaient tracé des routes ici et là et abattu des forêts entières sans les consulter. Il n'était pas de jours sans que quelques-uns de leurs frères aient vu passer des machines infernales, de celles qui roulent et qui ressemblent aux monstres des enfers, de celles qui terrassent la lande en mugissant et qui abattent les arbres, coupent les roches ou fendent les airs à la façon des oiseaux migrateurs, en vrombissant et en pétaradant et qui, de surcroît, crachent derrière elles des fumées aux odeurs nauséabondes. Tout cela leur était arrivé sans qu'ils y aient pris garde, alors qu'ils se croyaient à l'abri des fléaux engendrés par l'avancée des colons. Le mal était fait. Irréparable. Jamais les Blancs ne comprendraient ce qui était cher au cœur des Cris et à celui de leurs frères, les Innus des terres plus à l'est. Jamais les Blancs n'avaient songé qu'ils étaient comme tous les êtres vivants, une partie intégrante de la création, indissociables de la chaîne sans fin qui fait tourner le monde. Tout ce qui leur importait, c'était de se déclarer propriétaires des richesses de la terre ancestrale! Comment une idée aussi invraisemblable peut-elle prendre sa source dans l'esprit d'un peuple et devenir son idéal? Personne ici ne pouvait croire à une chose aussi triste. Depuis des décennies, ces hommes avaient créé autour d'eux le désespoir. Imbus d'eux-mêmes, mus par une discipline sans compassion, ignorant les rythmes de la nature et maltraitant tous ceux qui ne se pliaient pas à leurs exigences, sans égard pour les richesses naturelles qu'ils avaient puisées, ces conquérants impitoyables avaient laissé les

Indiens de l'Amérique dans la pauvreté et le dénuement. Les nations iroquoïenne, mohawk et huronne l'avaient durement appris. Chez les Blancs, le partage n'existait pas, pas plus que la valeur de la parole donnée, aussi les anciens et les sages du conseil étaient découragés et les plus jeunes croyaient encore naïvement que leurs projets apporteraient du bien-être. Tous étaient dans l'attente de quelque miracle qui ramènerait l'espoir…

Plusieurs d'entre eux, parmi ceux que l'on disait les plus sages, ne sachant comment aborder les questions vitales, craignaient le pire. Depuis qu'on les avait entassés dans ces maisons carrées bâties à la mode des hommes blancs, leur esprit était en souffrance et leurs regards, arrêtés par les murs froids où les angles multiplient la mélancolie… Des gangrènes insidieuses s'étaient infiltrées dans leur âme et des maladies de langueur avaient fait leur apparition. La folie destructrice, née de la souffrance, s'était emparée de leur raison depuis qu'on les avait contraints à adopter des coutumes qui anéantissaient leur fierté. Jeunes ou vieux, ils étaient déchirés et doutaient de la valeur de leurs croyances. Les Cris, peuple de chasseurs et de pêcheurs, se sentaient traqués. Ils ne savaient plus comment réagir, cherchant un moyen de pénétrer l'esprit fermé des Blancs qu'ils ne comprenaient pas…

*

À Waskaganish, que les Blancs appellent Fort Rupert, village composé de quelques chalets de rondins et de baraques préfabriquées, planté au milieu des épinettes, à l'extrême sud de la baie James, chaque soir depuis une semaine on se réunissait. Une nouvelle époustouflante était parvenue au sein des conseils : le gouvernement fédéral avait octroyé par la voix de son premier ministre, l'Honorable Pierre Trudeau, un financement de plusieurs millions de dollars pour effectuer la mise à jour des documents que les Blancs avaient signés jadis. Ces traités qui dataient du XVIIIᵉ siècle garantissaient la préservation des droits ancestraux et des privilèges dont les autochtones voulaient retrouver la jouissance... Ainsi, les espoirs resurgissaient en force, alimentant les rêves du peuple cri.

Ce soir-là, lorsque le soleil se fut caché derrière les mamelons des collines, à l'heure où commence la veillée, les maisons se vidèrent. Malgré la bise qui secouait les branches et faisait trembler les tôles des toits, tous les habitants sans exception longèrent la rue centrale et, arc-boutés sous la force du vent sauvage, pénétrèrent en riant dans le plus grand bâtiment de bois qu'on appelait la salle des assemblées. Bientôt, on ne vit plus dans les rues que les chiens qui rôdaient, flairant la terre pour dénicher les restes des repas qu'on y avait enfouis. Tous s'assirent en cercle autour des anciens pour aborder le sujet à l'ordre du jour. Il y avait les chefs et leur descendance, les hommes de tout âge et aussi, tout autour, les femmes, mères de clan et épouses, puis les jeunes filles, au milieu desquelles des enfants babillaient. Personne ne manquait à l'appel. Tour à tour, les hommes firent retentir la voix des tambours et, lorsqu'ils eurent assez frappé pour que leur chant soit assourdissant, vint le moment propice pour entamer les débats. Jason Saganash, doyen du conseil des sages, prit la parole :

— Ne vous y trompez pas, dit-il, les Blancs veulent nous détourner de l'esprit de nos ancêtres et, malgré leurs beaux discours, ils prendront notre terre jusqu'à la dernière parcelle... Souvenez-vous des anciens temps, lorsque ceux de notre race étaient libres! Libres de parcourir la toundra, libres de s'adonner à la chasse et à la pêche, et libres de trouver chaque jour leur subsistance sans rien détruire autour d'eux... Ça, c'était une vie d'homme la vie qui était la nôtre, une vraie vie! Maintenant, nous sommes réduits en esclavage par des machines et on nous parque comme des bêtes dans des maisons où la tristesse s'abat sur nous...

Tous l'écoutaient. En disant cela, le vieil homme qui s'était levé étendit les bras devant lui dans un geste de lamentation.

– Tes pensées sont trop alarmistes, Jason, rétorqua Nathan Kitchen, son cousin, jamais les Blancs ne supporteront la rudesse de notre saison froide! Ils ne se hasarderont pas sur nos dernières terres...

À ces mots, un grand rire secoua l'assistance. Voir les Blancs s'adapter au climat nordique était une chose cocasse que l'on pouvait difficilement imaginer. Seuls un ou deux d'entre eux, comme le prêtre qui avait pris racine à Waskaganish ou le gros épicier qui tenait le magasin général, étaient assez fous pour adopter le pays et y rester. Leur présence ne se justifiait que par le fait de vouloir les convertir ou d'établir un commerce prospère, ils s'y entendaient! Jason et Nathan, qui se faisaient face, furent pris d'une longue crise d'hilarité en pensant à la fragilité des hommes à la peau fine et aux yeux bleus quand ils tentaient d'affronter l'hiver et qu'ils grelottaient jusqu'à en perdre le souffle.

– Ils resteront au Sud, fit Nathan au bout d'un moment...

– Qui, s'il n'est pas chasseur, peut vivre dans la glace quand rien ne sort de terre ni ne pousse pendant plus de huit mois par an ? hasarda Ida, la femme de Gaby.

Trois jeunes hommes de la famille Diamond, qui avaient la tête prise dans des bandeaux aux couleurs vives, se levèrent à leur tour. Le premier, Billy, avec une grande vivacité, s'exclama :

– Jason a raison, nous, les Cris, avons survécu depuis la nuit des temps sans boîtes de conserves et sans feux électriques !

Jason dit à Billy :

– Tu as bien parlé, fils !

Mais autour d'eux, aucun n'approuvait son point de vue et l'entêtement de ses frères faisait monter en lui une colère qu'il avait peine à réprimer.

– Voyez, continua-t-il, déjà vous utilisez leurs maudites machines jusqu'à en être esclaves !

Du regard, Jason cherchait le support de ceux de sa génération, mais personne ne bronchait, hormis Billy qui réfléchissait :

– Nous devons trouver de nouvelles façons de nous comporter, lança-t-il.

– On ne peut empêcher les temps de changer ! lui rétorquèrent alors les femmes.

Et les plus jeunes furent obligés d'en convenir : ils avaient beaucoup de plaisir à conduire camions et voitures ! Tenir le volant, sentir le moteur ronfler sous la carcasse de la machine, pousser la vitesse au maximum et déraper sur la glace leur donnaient un sentiment de puissance qu'ils n'avaient jamais éprouvé. Jadis, quand ils conduisaient les attelages de chiens dans de folles équipées, ils les lançaient sur les pistes, partaient à la

chasse et jouaient avec eux, ce qui était une seconde nature, mais depuis qu'on les avait sédentarisés et qu'on
avait motorisé les villages, les compagnons à quatre pattes étaient délaissés. Tristement, les chiens tournaient
sans but autour des baraques... On les abandonnait pour
des carcasses métalliques et, bien qu'il n'y ait à Waskaganish qu'un semblant de route se terminant par un
chemin de gravier autour des maisons, déjà sur le terre-
plein devant la salle du conseil plus d'une douzaine de
véhicules, automobiles et motoneiges rutilantes, dormaient, prêts à être utilisés comme de fringants coursiers.

— Vous vous empêtrez dans leurs filets sans y prendre garde, grogna encore Jason, hors de lui. Vous cédez
votre âme à des machines! Les Blancs vous pourchasseront jusqu'au bout de la banquise. Ils nieront votre appartenance et vos coutumes. Ils vous feront oublier vos
ancêtres! Vous ne serez plus rien... Vous n'oserez plus
vous donner le nom d'hommes!

La colère de Jason était grande, mais il eut beau lever les bras et implorer l'appui de tous, ils furent peu
nombreux à se ranger à ses côtés, car ses paroles ne montraient pas où était le chemin à suivre, ni comment l'on
devait se regrouper pour garder les traditions.

— Si les Blancs ont décidé par la voix de leur grand
chef de nous octroyer ces sommes d'argent, il faut en
profiter grassement..., fit Bob, l'un des jeunes de la famille Diamond.

— Notre peuple ne mourra pas, dit Matthew le
deuxième. Je dois vous donner mon rêve!

Hommes et femmes firent silence pour entendre ce
qu'avait dit le rêve de Matthew, car le messager du rêve
est exigeant et la coutume veut que tous le partagent.

Un rêve qui surgit dans l'esprit d'un brave, on doit le suivre jusqu'au bout pour ne pas perdre sa lumière et pour se diriger dans la bonne direction. Matthew s'avança et prit place au centre de la salle :

— J'ai vu des murs immenses qui détournaient les flots de nos rivières ! J'ai vu nos villages engloutis et notre peuple séparé des ossements sacrés de ses ancêtres…

Un murmure s'éleva dans l'assistance. Les femmes se tournèrent vers Matthew et le prièrent de donner maints détails. L'heure était grave. Même Jason se rapprocha de lui, et on décida d'un commun accord de considérer ses propos et d'y réfléchir. Tous étaient si bouleversés par ses paroles et par la vision qu'il leur avait décrite, qu'il leur était impossible de prendre immédiatement une sage décision… En chacun d'eux, la question obsédante revenait comme une litanie : « Pourquoi promettre de distribuer tant d'argent et, en contrepartie, introduire la mort et la désolation comme le prédisait le rêve ? »

Quelques-uns des plus habiles à faire des discours décidèrent sur-le-champ de se rendre à Montréal, dans la grande ville, et de s'en remettre à ceux de Kanesataké et de Kanawaké. Gaby, leur frère mohawk, qui avait épousé Ida et qui était revenu parmi eux pour la belle saison, eut à cet instant des paroles sages :

— Ce que vous devez comprendre, mes frères, leur dit-il, c'est qu'il faut persévérer à éduquer nos jeunes. Nous ne pouvons rester à l'écart de la culture et du savoir des Blancs ! Il faut désormais envoyer tous nos enfants dans les écoles des Blancs pour leur faire apprendre ce que nous ne savons pas… Nos jeunes doivent être instruits. C'est à ce prix que nous traiterons d'égal à égal !

Les hommes et les femmes hochaient la tête. Gaby avait une grande influence. C'était un homme volontaire qui allait de l'avant, qui aimait rassembler ses frères et qui, parmi plusieurs pionniers, se tenait au courant de ce que préparaient «ceux du Gouvernement». Mohawk de Kanesataké, il s'était installé chez les Cris une dizaine d'années auparavant. Depuis qu'il avait pris Ida comme compagne et qu'ils avaient eu trois beaux enfants, on avait reconnu en lui une bienveillante sagesse et un esprit curieux allié à une grande volonté. Il était respecté et ses conseils étaient écoutés: on le comparait à l'aigle, efficace, rusé et précis. Aujourd'hui, ses propos étaient comme la pointe d'une flèche que l'on n'attend pas et qui, plus rapide que le vent, vous transperce un membre, ils pénétraient sous la peau et provoquaient une blessure inattendue. Les réactions fusaient, trop vives:

— Nous ne pouvons envoyer tous nos enfants si loin dans les villes du Sud où ils vont être happés par les mauvais génies, avaient répondu les hommes de Waskaganish, soutenus par les femmes qui ne voulaient pas, elles non plus, les voir s'éloigner.

— Leur absence ajoutera à tous nos malheurs!

— Et nos enfants ne sauront plus où sont leurs racines… Ils erreront comme des misérables!

Alors, Billy Diamond, qui avait fréquenté l'université des Blancs et obtenu des diplômes, se leva et il parla avec la force paisible de l'orignal:

— Comprenez bien les paroles de Gaby, leur dit-il. Ceci est la voie à suivre. Soyons sages, mes frères, et suivons ces conseils. Ils sont aussi ceux de la nouvelle Fraternité des Indiens du Canada. Utilisons l'argent que le gouvernement nous envoie pour mettre nos enfants dans les écoles du Sud… C'est à ce prix que nous survivrons la tête haute et que nous développerons nos propres ressources !

– Il a bien parlé, reconnurent timidement les femmes.

– Il a bien parlé, dirent les plus anciens.

Billy était l'un des plus entreprenants parmi les jeunes hommes de la communauté. Il venait de lancer tout récemment sa propre entreprise. Tous sentaient fondre leurs réticences, tandis qu'une nouvelle voie se dessinait devant eux. La lune brillait dans le ciel plein d'étoiles et une aurore boréale rouge et vert se mit à danser au-dessus du village et à s'étirer vers les points cardinaux, comme pour recouvrir de son voile bienfaisant les pensées des hommes qui peuplent les terres du Nord. Les Cris se retirèrent pour aller dormir en confiant leur esprit au Grand Manitou, créateur de l'univers. L'idée fit rapidement son chemin dans les songes de chacun. Le lendemain, on désigna une demi-douzaine d'hommes et de garçons qui voyageraient de Waskaganish à Matagami avec Gaby et sa famille, et qui, après une halte, se rendraient avec eux jusqu'à Kanesataké pour parlementer avec le conseil de bande et adopter une façon sage de procéder à la scolarisation des enfants dans les grandes villes.

CHAPITRE III

17 octobre 1970, à Montréal.

L'automne s'était installé sur le Québec, rempli d'événements incertains. Dans Outremont, les feuilles s'envolaient une à une, formant sur l'herbe des taches aussi rouges que le sang et le ciel, si bleu ces derniers jours, se voilait de lourds nuages. Quelques femmes âgées qui avaient assisté à la messe du matin s'entretenaient avec des religieuses devant le portail de l'église Saint-Viateur, et des jeunes filles en uniforme, insouciantes des caprices du temps et de la politique, papotaient en marchant vers leur collège. Au cœur de la ville de Montréal, la vie semblait suivre son rythme ordinaire, même si l'on sentait une effervescence inhabituelle depuis les dernières semaines qui avaient été houleuses.

À maintes reprises, des oppositions violentes entre les membres du Front de libération du Québec et les forces de l'ordre s'étaient répétées, malgré les mesures coercitives prises par le gouvernement fédéral, et la publication d'un manifeste pour l'indépendance de la Belle Province avait fait son œuvre. L'idée révolutionnaire s'était propagée comme une traînée de poudre, échauffant les esprits des artistes et des intellectuels auxquels s'étaient ralliés un grand nombre de travailleurs et de jeunes. À la suite de la lecture du manifeste sur les ondes de Radio-Canada, les plus enragés des militants, frustrés de voir leurs revendications mises au panier, avaient enlevé le ministre du Travail, Pierre Laporte, dont on n'avait plus aucune nouvelle... Quelle serait l'issue de l'incident? Tous s'interrogeaient. La plupart de ceux qui avaient crié haut et fort leur appartenance au mouvement séparatiste – comédiens, poètes, écrivains et journalistes – étaient depuis peu sous les verrous et, toute proposition de négociation avec les rebelles ayant été rejetée, le résultat ne s'était pas fait attendre. On était dans une impasse. Jamais on n'avait vécu une situation semblable dans la province française du Canada et, malgré les appels au calme, on pressentait la venue d'événements pénibles. Les Montréalais qui ne reconnaissaient plus l'atmosphère bon enfant de leur ville taisaient leur révolte en vaquant à leurs occupations habituelles...

*

Depuis l'aube, Myriam sommeillait dans son lit sans pouvoir amorcer un geste qui la sortirait de sa torpeur. Par la porte ouverte lui parvenait, comme une musique rassurante, le souffle régulier des enfants qui dormaient dans les chambres voisines. Elle se laissait bercer dans cette sorte de béatitude qui appartient à l'univers onirique sans contrainte, tout en songeant vaguement à son oncle Gaby qu'elle n'avait pas vu depuis plusieurs mois. Dès les premiers temps de leurs retrouvailles, il l'avait implorée de conduire le dossier épineux des Indiens de Kanesataké. On touchait enfin à la réalisation de leur projet... Ce qu'elle considérait comme l'objectif de sa vie de femme allait maintenant prendre forme! Inconsciemment, Myriam remonta un pan de sa couverture et entendit comme dans un rêve Laurent qui prenait sa douche. Le murmure de l'eau qui ruisselait contre la paroi de la baignoire la fit se rendormir un peu. Les bruits habituels qui s'enchaînaient chaque matin à la même heure, formant la partie intime de leur vie commune, se lovaient au fond d'elle comme des points de repère qui rythmaient les jours et qui lui donnaient de la stabilité, une sorte de support tranquille dont elle avait besoin. Sans ces moments familiers, Myriam ne pourrait plus vivre. Grâce à eux, elle était prête à transporter des montagnes et à accomplir de grandes choses. Elle se sentait choisie par le destin, même si elle n'avait pas encore une idée précise de la finalité de sa mission et de la façon dont elle s'y prendrait. Myriam était forte… La jeune femme soupira d'aise et souleva une paupière. Auprès de Laurent, elle avait découvert des joies qui l'avaient épanouie, celles que toute jeune fille espère lorsqu'elle prend mari et, grâce à leur amour, elle avait vaincu les épreuves qui s'étaient abattues sur son chemin. Maintenant qu'elle avait laissé derrière elle les incertitudes et les bouleversements qui avaient suivi son entrée dans le monde des adultes, Myriam savourait le confort de leur vie. Grâce à la situation privilégiée que Laurent occupait comme avocat, à l'écart des soucis matériels, ils avaient acheté une ravissante maison pour abriter leur jeune famille. Et de fait, ils étaient aimés, respectés et admirés par la bonne société montréalaise. Partout, l'on disait d'eux: «Quel couple magnifique!» ce dont Myriam était fière. Elle était bien décidée à se tailler, à l'égal de son mari, un sort enviable. Autour d'elle, il ne restait que peu de ses compagnes du pensionnat. Monique, sa chère amie et complice depuis l'adolescence qui s'était mariée avec Marc, vivait maintenant à Toronto. Myriam la voyait de plus en plus rarement, surtout depuis qu'elle avait eu coup sur coup deux bébés et qu'elle en attendait un troisième. Enfin, les trois dernières années avaient été bien remplies.

Myriam entendit Laurent qui, pressé, fit tomber son rasoir en poussant un juron. Elle crut voir se crisper les traits de son visage et, repoussant son oreiller, se retourna en soupirant pour chasser l'image déplaisante. Elle aurait préféré le savoir plus détendu. L'incident l'avait tout à fait réveillée… En fait, peu lui importaient les divergences qui l'opposaient à Laurent. Leur union était cimentée par tant d'émotions partagées! Elle en était si convaincue que, même en revenant sur le sujet, elle ne percevait pas entre eux les contradictions qui pouvaient entraver son idéal de changement. Son esprit vagabondait et se promenait, allégé pour quelques minutes encore des contraintes qui ne tarderaient pas à annoncer la marche de la journée. Elle se redressa et posa un pied sur le tapis.

– Il est temps de préparer le déjeuner, s'ordonna-t-elle pour se donner du courage.

Rapidement, elle prit une douche et enfila ses vêtements avant de réveiller Guillaume avec un baiser. Puis elle souleva les jumelles de leur berceau. Les petites gigotaient de plaisir et l'appelaient doucement:

– Maman… ma… man…

Lorsqu'elle arriva en bas des escaliers, elle jeta un coup d'œil à la pendule: sept heures cinquante. Il lui restait bien peu de temps pour s'organiser… Elle installa les jumelles sur le canapé.

Depuis leur mariage, les mois avaient défilé si rapidement! Donner le jour à son premier-né l'avait comblée de joie, malgré les deux décès simultanés qui l'avaient bouleversée. En premier lieu, durant sa grossesse, il y avait eu la mort brutale de sa maman Maguy qu'elle aimait tendrement. Quelque temps après, la maladie avait emporté Philippe, son père, de façon inattendue et l'avait empêchée de régler avec lui le fardeau émotif qui l'étouffait encore: les injustices qu'il lui avait fait subir lors du partage de la succession. Dépouillée de son identité et d'une fortune qui aurait dû lui appartenir, déchirée par la découverte invraisemblable de son adoption qu'elle n'avait jamais soupçonnée, stupéfaite de posséder du sang indien, ce qui n'était pas plaisant à entendre étant donné les préjugés teintés de racisme qui régnaient dans la société, Myriam avait doucement remonté la pente grâce à la prévenance dont Laurent l'avait entourée. Il lui avait permis de garder son équilibre alors qu'elle se remettait difficilement de ses deuils. Peu de temps après, elle s'était retrouvée enceinte une nouvelle fois, espérant une fille, et voilà que la vie lui en avait donné deux: les jumelles Laurence et Lydia, maintenant âgées d'un an, qui faisaient la joie de leurs parents…

Comme chaque matin, Myriam se hâtait, ramassant ici et là les effets des enfants, qui s'étalaient jusque sur le tapis du salon: «Il faut faire vite et emmener les petits chez Pierrette sous peine d'être en retard», se dit-elle. Pour rien au monde, elle ne voulait manquer l'un des derniers cours au Barreau, l'un des seuls qui lui restaient à valider. Vive et élégante, bien sanglée dans un jean dernier cri, la jeune femme s'approcha de Guillaume, âgé de trois ans, qui mangeait avec appétit, cherchant à monopoliser l'attention de sa mère qui ne laissait rien au hasard et ne suffisait pas à la tâche. Deux fois par semaine, une femme de ménage venait l'aider et, quand elle ne pouvait l'éviter, elle laissait les enfants chez Pierrette qui les gardait pendant les heures que duraient ses cours. Fidèle et précieuse depuis l'enfance, Pierrette était une vieille amie. Gardienne du souvenir, elle avait été l'amie de Kateri sa mère biologique et par la suite, ayant travaillé durant des années au service de Maguy, elle était devenue, après la disparition de celle-ci, une vraie grand-mère pour les enfants... Myriam qui l'aimait tendrement n'envisageait plus la vie sans elle. Elle lui était reconnaissante d'avoir brisé le secret de sa naissance et d'avoir su mieux que quiconque lui parler à cœur ouvert, entretenant le lien familial avec son oncle Gaby, cet étrange personnage à la fois sage et rebelle qui arpentait la terre des Premières Nations...

Dans la cuisine, le soleil d'automne qui commençait gaillardement sa course illuminait la silhouette des érables encore rouges. Myriam fit griller des rôties et ouvrit un pot de confitures pendant que Laurent, absorbé par la lecture du journal, écoutait les nouvelles en sirotant son café. Chaque matin, ces quelques minutes autour de la table entamaient paisiblement la journée. Quand la pendule sonna huit coups, les jumelles se mirent à pleurer à l'unisson et couvrirent la voix des ondes. Laurent se leva, monta le son du poste de radio et se rassit en tendant l'oreille: «C'est avec stupeur que nous apprenons le meurtre perpétré sur la personne de Pierre Laporte... Ce matin à l'aube, le corps sans vie du ministre du Travail a été retrouvé dans le coffre de sa voiture. Tout laisse supposer que les dirigeants felquistes sont les instigateurs de ce crime abominable… Pierre Laporte aurait été assassiné par strangulation et son décès remonterait à plusieurs heures. En conséquence, et vu la gravité des faits, la loi des Mesures de guerre est décrétée par le premier ministre du gouvernement fédéral, Pierre Trudeau… Nous allons maintenant nous entretenir avec un des témoins les plus marquants de cette affaire… »

— Les mesures de guerre! fit Myriam, dont le visage changea tout à coup.

Des ombres inquiétantes se profilaient dans la douceur du petit matin.

— Pas possible, s'écria Laurent. Invraisemblable! Pierre Laporte assassiné… Mesures de guerre! Trudeau est malade, complètement malade! grommela-t-il encore.

Et il replia son journal avec rage. Même si l'actualité des derniers jours laissait présager un dénouement plus ou moins pénible, l'annonce avait de quoi couper le souffle. Laurent se rapprocha du poste de radio et colla son oreille près du diffuseur pour ne rien perdre, mais les fillettes redoublant d'ardeur, soutenues dans leurs vocalises par Guillaume qui chantait à tue-tête, rendaient l'écoute impossible. On ne s'entendait plus. Myriam suivit Laurent, espérant obtenir quelque détail, mais celui-ci, excédé par le tapage, eut un geste d'impatience, ramassa les dossiers étalés sur le coin de la table, fit un rapide signe de la main et sortit en lançant:

— Bye!

Myriam, désappointée, le suivit du regard et se pencha vers l'émetteur, tandis que Laurence et Lydia, trônant au centre du canapé, continuaient leur concert. Il n'y avait pas si longtemps, jamais Laurent ne serait parti sans souhaiter à sa femme une bonne journée et surtout sans lui donner un baiser. Elle eut un léger pincement au cœur. Alors, elle tenta de chasser sa déception et changea de fréquence pour entendre encore une fois l'invraisemblable résumé: un assassinat politique s'était produit dans la nuit même! Comment les événements avaient-ils pu dégénérer ainsi? La pacifique atmosphère qui baignait jadis la province semblait mise à mal... Quel vent néfaste s'abattait tout à coup sur le peuple qui caressait de grands rêves? Les Québécois depuis bon nombre de décennies coulaient des jours tranquilles. L'Exposition universelle avait fait de Montréal une métropole internationale connue dans le monde entier pour être un endroit où il faisait bon vivre, et voilà que le climat social s'était détérioré de façon imprévisible ces derniers mois...

Coincée entre les minutes qui s'écoulaient trop vite, les enfants qui s'agitaient, l'actualité qui la laissait perplexe et la mauvaise humeur de Laurent qui la touchait, Myriam sentit la migraine s'installer dans sa tête. Elle avala deux comprimés d'aspirine, les yeux rivés sur le cadran de la pendule, fit patienter les enfants, puis, les bras encombrés de deux ou trois peluches, elle s'arrêta devant le guéridon où était le téléphone, décrocha le combiné et composa plusieurs fois le numéro de Pierrette. Pas de réponse. «C'est étrange, se dit-elle, à cette heure-ci, ça ne lui ressemble pas...» Elle n'eut pas le temps d'y penser plus. Guillaume renversa son bol de céréales au moment où la sonnerie aiguë retentit comme un cri d'alarme... Pierrette était au bout du fil.

– Je viens de t'appeler! s'exclama Myriam. As-tu entendu les nouvelles?

– Non, fit Pierrette, la voix tremblante, réprimant un sanglot.

Le ton de Myriam changea brusquement.

– Pierrette, que se passe-t-il?

– Je viens de tomber sur les marches du perron, ma cheville est très douloureuse et Gaétan est parti travailler... Je ne peux plus bouger!

– Tiens bon, Pierrette, j'arrive!

– Et les enfants?

– Je cours chez la voisine pour voir si elle peut les garder et je saute dans la voiture...

Myriam enfila une veste et traversa la cour à la hâte. La voisine se chargea de prendre soin des petits le temps que durerait l'absence de leur mère... Il fallait faire vite. Guillaume, qui avait l'habitude des escapades chez grand-maman Pierrette, ne se résignait pas à voir partir sa mère avec le sourire... Dehors, le vent soufflait et faisait ployer les branches des érables qu'il dénudait de leurs feuilles rouges. Le gel ne tarderait pas à s'installer.

Myriam, qui roulait à vive allure, descendit l'avenue Laurier et remonta la rue Saint-Denis où des convois de camions militaires qui n'en finissaient plus se dirigeaient vers le centre-ville. Les énormes machines débouchaient aux carrefours et ralentissaient la circulation, encombrant et bloquant les artères principales. C'était inattendu et choquant. L'atmosphère de Montréal était devenue méconnaissable en quelques heures à cause d'une poignée de révolutionnaires. La plupart des magasins avaient fermé leurs portes... Chose impensable à Montréal, le monde se barricadait. Toute la vie des citadins se trouvait perturbée: la peur s'inscrivait derrière les vitrines et les rues étaient vides. Les felquistes avaient réussi à mettre le quotidien sens dessus dessous! Comment adhérer à leurs revendications et trouver raisonnable le fait qu'on en soit arrivés à ce point? Myriam s'impatientait, pressée de venir en aide à Pierrette.

«Les mesures de guerre! Seigneur, pourvu que sa jambe ne soit pas brisée! Et avec tout ce charivari, je ne peux pas avancer plus vite...»

Sa voiture était immobilisée au carrefour du boulevard Rosemont et les minutes passaient:

«Triste spectacle, se dit-elle encore. Comment croire que ceux qui se battent pour des idéologies dans lesquelles ils entraînent toute la nation ont la tête sur les épaules?»

Pas plus que la majorité des Québécois, elle ne souhaitait ce chaos. Qu'allait-il arriver dans les jours à venir? Elle se dirigea vers les rues secondaires moins achalandées pour atteindre la 17e Avenue que Pierrette et Gaétan, son mari, habitaient. Lorsqu'elle pénétra en courant dans la maison, une surprise l'attendait: son oncle Gaby qu'elle n'avait pas vu depuis l'an passé était là comme par enchantement et prenait soin de la blessée. Concentré sur le mal, attentif, maître de la situation, il était toujours aussi impressionnant avec son corps trapu et sa large carrure, s'affairant autour de Pierrette, le geste sûr. Il avait déjà transporté celle-ci sur le sofa et disposé des coussins sous sa jambe et, quand il se retourna vers la nouvelle venue, Myriam crut voir dans ses yeux une sorte de lumière particulière, sans doute celle des terres nordiques qu'il aimait et qu'il apportait avec lui partout où il passait. Tout en lui respirait la sérénité. Myriam, heureuse de le retrouver, poussa un cri de joie, sauta dans ses bras en riant et se pencha aussitôt vers la blessée :

— Pierrette, j'étais inquiète… Heureusement, nous avons du renfort…

Et elle eut un soupir de soulagement avant d'interroger son oncle :

— Gaby, quel bon vent te ramène parmi nous ?

— Le vent qui pousse mon peuple à prendre sa place…, fit-il avec un sourire énigmatique.

Myriam, qui ne le quittait pas des yeux, hocha la tête sans trop comprendre :

— Que veux-tu dire ?

— Mission particulière : je suis venu avec une équipe de jeunes qui veulent apprendre…, expliqua-t-il encore, pour faire taire la curiosité de sa nièce.

Et tout à coup, Myriam eut l'impression de sentir le souffle vif des alizés qui tourbillonnent dans les plaines s'abattre sur elle et passer au travers de son corps. Ce fut très bref. Elle s'assit sur l'accoudoir du sofa où Gaby se tenait, penché au-dessus de Pierrette :

— Mon doux, fit celle-ci pour plaisanter malgré la douleur, je suis bien entourée !

Myriam tâta doucement la cheville enflée.

— C'est juste une bonne entorse, Myriam, ne sois pas inquiète, fit Gaby, sur un ton qui excluait le doute.

— Rien de cassé ? interrogea Myriam.

— Non, rien de cassé pour sûr, fit-il, rassurant, mais les ligaments ont peut-être été déchirés…

— Regarde, ça a doublé de volume, fit Pierrette en grimaçant.

Sa cheville et son pied prenaient une teinte rougeâtre.

— Donne-moi une serviette mouillée, Myriam, ordonna Gaby, et puis une bande aussi!

Myriam s'empressa d'aller fouiller dans la pharmacie. Gaby, d'une main experte, appliqua la compresse froide sur la partie douloureuse et se mit à masser très lentement autour du mollet.

— Aïe, aïe!!!

— Détends-toi, Pierrette, dit-il, en faisant doucement tourner sa jambe, je crois qu'il faut maintenant des mains plus précises que les miennes pour réparer complètement...

Myriam admirait Gaby qui semblait posséder une technique miraculeuse.

— Où as-tu appris à donner des soins, mon oncle?

— Chez nous! Il faut bien parer à tout quand on est dans le bois...

Et il se mit à rire devant l'air ébahi de sa nièce. La douleur baissait d'intensité. Il enroula la bande autour de la cheville blessée et Pierrette se déclara soulagée. Tout compte fait, l'incident aurait pu avoir des conséquences plus fâcheuses. Il valait mieux en rire.

— Bon, c'est fini, on n'en parle plus..., énonça Pierrette, en tentant de se mettre debout.

— Wow!

Gaby la prit par le bras, l'obligea à se rasseoir et enchaîna:

— Pas question! Stop! On ne s'appuie pas sur sa jambe et on ne laisse pas sans soins ce genre d'entorse... Ou je te conduis à l'hôpital ou je t'emmène chez la cousine de Gloria qui est remmancheuse...

Myriam eut un sursaut.

— Une remmancheuse! s'exclama-t-elle.

L'idée de Gaby lui semblait malvenue et peu réaliste. Même si elle avait un grand respect pour son oncle, impossible de prendre au sérieux sa proposition. L'écart de pensée entre eux était profond et Myriam ne pouvait acheter son idée… Elle s'immobilisa et prit un air narquois. Qu'aurait pensé Philippe, l'éminent médecin qu'avait été son père, de ce genre de méthode? Rien de bon assurément… Ahurie par le naturel avec lequel Gaby avait lancé la proposition si opposée à ce qu'on lui avait inculqué, la jeune femme ne put contrôler son scepticisme. Gaby, debout, l'observait sans mot dire, comme s'il pressentait un combat entre leurs positions idéologiques divergentes. Myriam, habitée par la certitude qu'avait eue Philippe de maîtriser la seule voie médicale sensée, entendait encore les paroles qu'on lui avait maintes fois répétées. Les éminents spécialistes du collège des médecins avaient rejeté une fois pour toutes les méthodes empiriques, les remèdes de «sorcières» ou ceux «concoctés dans les cuisines» et transmis en marge de la science officielle, qui ne s'avéraient que des «supercheries ridicules». Myriam les avait souvent surpris, son père, son oncle et quelques autres, clamant les vertus de la pharmacopée sortie des laboratoires. Alors s'en remettre en matière de soins à un système «primitif» où s'illustraient des remmancheurs était pour elle totalement incongru! De plus, depuis la mise en place toute fraîche de l'assurance-maladie, chacun avait accès aux soins gratuits… Gaby continuait d'observer sa nièce, amusé par sa réaction épidermique, convaincu que, bientôt, elle irait de surprise en surprise…

Pierrette, qui avait un point de vue beaucoup plus nuancé, réfléchissait afin de faire le bon choix entre les deux propositions. Ayant assisté à plusieurs reprises à des guérisons pratiquées par Kateri, elle avait constaté qu'il y avait souvent eu des résultats imprévisibles. Surprenants… Alors elle admettait que, même apparemment simpliste, la «médecine» pratiquée par ses amis indiens avait un fondement subtil et profond, inexplicable. Opter pour une méthode même parallèle qui la remettrait sur pied ne lui posait aucun problème. Pierrette regarda Gaby, puis sa jambe et acquiesça :

— D'accord, Gaby, on part pour Kanesataké…

En éternelle optimiste, elle était ravie de ce prétexte tombé du ciel pour visiter ses amis mohawks.

— Oh ! fit Myriam en regardant sa montre.

— Viens-tu avec nous ? demanda Gaby.

— Je…

Myriam hésitait. Elle regarda Pierrette, puis Gaby :

— Oui, d'accord !

Il n'y avait rien à redire… Étant donné qu'il fallait quarante-cinq minutes pour atteindre Oka, l'heure de son cours serait amplement dépassée. «C'est perdu pour aujourd'hui, se dit Myriam. Inutile de me morfondre.» Depuis la première heure, une atmosphère étrange teintait les événements de la journée. Myriam en constatant le fait sentit monter dans sa poitrine un appel troublant auquel elle ne pouvait résister. Elle réprouvait le choix d'une consultation auprès d'une remmancheuse et, en même temps, elle se réjouissait de pénétrer dans son antre, d'approcher enfin de très près le cercle de ses frères de race, de voir ce qu'était vraiment une sorcière. Et puis, de légères craintes au sujet des enfants qu'elle avait laissés sans trop de précautions l'agaçaient. Tout cela s'emmêlait en elle et les réactions les plus contradictoires se superposaient! Elle suivit Gaby qui portait Pierrette jusqu'à son camion. «Je reprendrai mon cours après-demain…, se dit-elle, déjà conquise à l'idée de l'aventure, autant en profiter et partir en balade.»

Contre toute attente, Myriam jeune avocate partit ce jour-là à Kanesataké, non pas comme elle l'avait prévu, en professionnelle qui vient donner des conseils, mais poussée par une situation urgente, pour rencontrer une sorte de sorcière qui exercerait ses dons sur Pierrette! Les rôles étaient inversés par le hasard… Sur la route qui menait à Oka, n'ayant pas eu la présence d'esprit de téléphoner à Laurent pour le prévenir des changements inattendus, elle ressentit de l'inquiétude. «J'appellerai de là-bas», se dit-elle.

Tandis qu'elle se laissait conduire vers la réserve, tout à coup, elle cligna des yeux, incrédule. Dans le camion, l'image de Kateri souriante et invitante se dessinait entre elle et son oncle. Silencieuse, Myriam se demanda tout d'abord si elle n'avait pas la berlue. Puis elle lutta contre cette présence. Se sentant envahie contre son gré, elle la repoussa et se fâcha. Rien à faire: Kateri, impalpable devant ses yeux, semblait lui dire: «Viens!»

*

Pierrette et Gaby plaisantèrent tout au long du trajet. Pierrette évoquait ses souvenirs et Gaby contait l'histoire des lieux familiers qui l'avaient vu grandir… Ils passèrent le rang du Milieu et la pinède et continuè-rent pendant quelques kilomètres. La route serpentait entre les bosquets et les prés et, au fur et à mesure qu'on s'éloignait de la rue Principale, les maisons se faisaient plus rares et plus vétustes. Elles devenaient de pauvres cabanes semblables à celle que Kateri et Gaby avaient habitée avec Wanda leur mère, durant leur enfance. Quand la voie se rétrécit jusqu'à devenir un chemin de terre qui semblait se perdre dans un champ en contre-bas, Gaby arrêta son véhicule et prit le temps de repérer l'entrée d'un sentier presque invisible, sous les arbres qui formaient un écran touffu et dissimulaient la trouée. Peu de voitures s'aventuraient ici, car les herbes folles envahissaient les lieux. Myriam ne s'attendait pas à être à ce point coupée de la civilisation. Chaque fois qu'elle avait visité son oncle à Kanesataké, c'était dans une mai-son proche du centre du village, mais, ici, on pénétrait dans un environnement plus sauvage, un enchevêtre-ment de ronces et de buissons qui formaient des barriè-res naturelles entre les arbres. Avec une facilité déconcer-tante, Gaby souleva Pierrette de son siège et, la portant sur ses épaules comme s'il s'agissait d'un léger fardeau, à coups de bottes se fraya un chemin. Sa force légendaire n'avait pas faibli malgré les années et ce qui semblait être un exploit pour d'autres restait un jeu d'enfant pour lui. Myriam se souvint de ce jour où elle l'avait vu sauver des adolescents de la noyade dans un courant si fort qu'il entraînait même les bateaux. Pierrette, ballottée comme un paquet, riait de tout son cœur en poussant de temps en temps quelques «Aïe! Aïe! Aïe...» qui réjouissaient Gaby. Le passage s'élargit enfin quand on pénétra plus avant dans le sous-bois. Myriam s'amusait de tout ce pittoresque et les suivait, retrouvant son humeur enfan-tine, sautillant par-dessus les racines qui affleuraient et dessinaient d'étranges marelles au milieu des tapis de mousse. On déboucha bientôt dans une vaste clairière où le soleil faisait une tache claire au milieu des bouleaux, des trembles et des épinettes. Quelques femmes indiennes ramassaient des branches mortes en chantonnant, tandis que d'autres, penchées vers le sol, sélectionnaient des plantes qu'elles cueillaient avec précaution. Deux jeunes filles à la peau brûlée par le soleil nourrissaient le feu devant une grande cabane et leurs voix résonnaient comme une douce mélopée. Le tableau était insolite. Myriam eut tout à coup l'impression d'être une autre personne, transportée dans un monde lointain en des temps reculés, et une voix qu'elle était seule à entendre lui dit : « Tu es sur la bonne route, tu n'as vécu que pour arriver ici, à cette minute… » Elle tressaillit et fit un geste pour tenter d'éloigner ce qu'elle considérait comme des fadaises. « Cela n'a aucun sens, je rêve… Voilà que j'entends des voix ! se dit-elle, incrédule, rien de tout cela n'est vrai ! Si Laurent me voyait, il se moquerait de moi… » Et, fâchée de se sentir à la merci de ce genre de divagations, elle qui, dans si peu de jours, détiendrait un statut prestigieux, elle, la femme moderne, la battante, elle secoua la tête et les épaules pour rejeter ce qu'elle considérait comme une hallucination, au moment où de nouveau, venant de nulle part, la silhouette évanescente de Kateri surgit devant elle. Impuissante à la chasser, Myriam se résigna à suivre le mouvement derrière Gaby. Comme les trois visiteurs avançaient à découvert, les chants cessèrent. Une des femmes qui surveillaient le feu s'exclama en relevant la tête :

— Gaby, c'est toi pour vrai ?
— C'est bien moi, hello, Katy ! Hello, Pamela…
Il retrouvait de vieilles connaissances.

— Tu amènes de l'ouvrage pour Judy! s'exclama Katy, apercevant la posture inconfortable de Pierrette.

Katy, une forte fille aux pommettes saillantes et aux yeux moqueurs, se rapprocha pour la dévisager effrontément, puis se retourna vers Myriam en la scrutant avec le même aplomb. Celle-ci qui ne savait comment réagir se sentit rougir. À quelques pas de la porte de la grande cabane, Gaby déposa son chargement sur le sol avec précaution et fit brièvement les présentations :

— Voici Pierrette et elle, c'est Myriam!

Alors, il y eut une sorte d'étincelle dans le regard de Katy et de Pamela qui s'écrièrent en même temps :

— La fille de Kateri?

Comme un essaim d'oiseaux qui vient se poser sur une branche, au nom de Kateri, toutes celles qui étaient dispersées dans le bois se regroupèrent autour des nouveaux venus et les visages des deux gardiennes du feu s'éclairèrent. Elles poussèrent des petits cris de joie.

— Ah, bien! La fille de Kateri!

— Ça alors…

Myriam ne s'attendait pas à pareil accueil. Qu'elle fût connue des gens de cette communauté marginale ajoutait à l'insolite. Elle voulait tout savoir.

— Vous avez connu Kateri? hasarda-t-elle.

— Pour sûr, on a connu ta mère, c'est elle qui nous a guéries quand une méchante épidémie de coqueluche a fait des ravages parmi les enfants… Nous étions toutes petites! Alors, on a grandi avec le souvenir d'elle… Nos mères nous ont souvent raconté comment elle guérissait, et ensuite Judy a repris la tradition qui s'était perdue si longtemps, presque depuis l'arrivée des Blancs…

Pamela renchérit sur un ton triomphant :

– Ce que Kateri a fait nous a obligées à nous rassembler autour de nos coutumes ! Grâce à elle, on a retrouvé notre fierté !

Myriam était abasourdie par ce qu'elle venait d'entendre. Pour la première fois, elle réalisait que sa mère était une guérisseuse, une sorcière ! Tout ce qu'elle rejetait sans distinction lui était renvoyé comme un patrimoine génétique personnel, un privilège... Pour elle qui classait le tout avec mépris, c'était renversant. De plus, c'est à la recherche de ces phénomènes étranges qu'elle voulait s'aventurer sans même en être consciente... Les jeunes femmes, tout excitées, se serraient les unes contre les autres, sans faire attention à la pâleur soudaine de Myriam. En les observant, on ne voyait aucune différence entre elles : toutes portaient des jeans serrés et des chandails aux couleurs vives. Tout comme Myriam... Seuls leurs coiffures, leur teint coloré et les boucles d'oreilles ornées de plumes, qui s'agitaient au moindre de leurs mouvements, attestaient leur origine indienne.

– On est des apprenties..., fit l'une d'entre elles, avec une drôle de mimique.

– Des apprenties sorcières ! s'écrièrent-elles toutes sur un ton espiègle.

En disant cela, elles pouffaient de rire et secouaient leurs cheveux noirs. Myriam ne savait quoi penser de la fierté mélangée de raillerie qu'elles affichaient. Encore une fois, tout cela était si contradictoire avec ce qu'on lui avait inculqué au pensionnat et dans sa famille ! Elle se sentait mal. Elle résistait, incapable de se mêler à leur plaisir, et puis ces jeunes femmes affirmaient avoir bien connu cette mère qu'on lui avait arrachée dès la naissance. Tout bougeait à l'intérieur de sa tête. Ses références se lézardaient ici, et les tabous vivaces chez les Blancs s'évanouissaient. Myriam était en présence d'un groupe de sorcières et, qui plus est, fières de l'être… Rêvait-elle? Était-elle éveillée? Il fallait trouver des points de repère, et vite!

— C'est Judy qui va être contente, parce que, depuis qu'elle a repris le don, elle voit Kateri tous les jours dans ses songes…, déclara soudain Katy en s'adressant à Myriam.

Celle-ci regarda longuement son interlocutrice sans broncher. Alors, vraiment, l'esprit de Kateri apparaissait à plusieurs personnes? Elle sentit ses jambes se ramollir… Aucun son ne voulait sortir de sa bouche et ses pieds semblaient rivés au sol, comme deux masses infiniment lourdes. Intérieurement pourtant, quelque chose bouillait. Sa poitrine était agitée par de curieux soubresauts et sa respiration s'accélérait. Était-ce une révolte ou une infinie curiosité? Elle aurait voulu tenir tête à ces écervelées qui mettaient du surnaturel partout, les ramener à des choses plus terre à terre et leur démontrer que leurs croyances n'avaient plus cours, qu'elles étaient tout juste des superstitions et des fabulations. Mais en même temps, elle était médusée par leur spontanéité et retenait ses réactions, ne pouvant nier qu'elle-même voyait des fantômes! Elle se mordit les lèvres et, comme pour la narguer, plaqué tel un mirage sur le mur de la cabane, impalpable et brillant, le beau visage de cette Kateri méconnue lui sourit une nouvelle fois. Myriam sursauta quand, par-dessus le marché, elle entendit pour elle seule: «Comprends bien, mon enfant, tu aurais pu être une de ces femmes!» Les autres ne s'occupaient plus d'elle et Kateri la regardait toujours. Serait-elle désormais omniprésente sur sa route, communiquant ainsi avec elle de la façon la plus incongrue, par le biais d'un monde étrange et déstabilisant? Myriam prit peur. Non loin d'elle, Pierrette et Gaby affichaient l'air le plus naturel du monde et s'informaient des dernières nouvelles, en toute complicité, auprès des jeunes femmes. Myriam qui voyait toujours le visage de Kateri était en proie à la panique, mais n'osait le montrer. Bizarre! Elle souhaitait apporter aux Indiens son savoir, ses connaissances universitaires, structurées par une raison solide: c'était ce que Gaby lui avait demandé, mais la première rencontre se faisait dans l'antre d'une remmancheuse, parmi une classe d'«élèves sorcières», en un lieu où il n'y avait même pas un téléphone pour appeler Laurent, ne serait-ce que pour se faire rassurer. Myriam avait beau trépigner d'impatience, l'absence de toute forme de civilisation et la pénurie des objets courants qui peuplaient son univers urbain lui donnaient un sentiment d'impuissance inconnu jusque-là.

Les jeunes Indiennes, qui semblaient possédées par un esprit moqueur, continuaient de rire et d'exprimer bruyamment leur joie. Elles l'entourèrent en formant un cercle si serré que Myriam, naïvement, eut un geste de recul. Pendant ce temps, Gaby, qui déplaçait Pierrette et trouvait parfaitement naturel ce genre de cérémonie, ne prêtait nullement attention à sa nièce.

À ce moment-là, une vieille femme aux traits burinés, les cheveux blancs retenus par des lacets entremêlés de plumes, surgit sur le seuil de la porte. Elle tenait à la main une sorte de calumet à long manche dont elle tira quelques bouffées en projetant la fumée dans la direction des nouveaux arrivants. Impolitesse, provocation? «C'est vraiment une sorcière! Je dois rêver», se dit Myriam. Avec ses épaules couvertes d'un châle qui traînait jusqu'à terre par-dessus une longue jupe, ses cheveux encadrant un visage usé par les ans et la lueur presque surnaturelle de son regard noir, la vieille semblait sortie d'une légende… Myriam, impressionnée par les pommettes hautes et saillantes qui soulignaient l'éclat de ses yeux, se demandait quelle serait la suite des événements. Judy dévisagea tour à tour chacun des visiteurs sans leur adresser la parole. Comme Gaby ne se pressait pas de rompre le silence, Myriam sentit la gêne s'accentuer et serrer sa poitrine, ses joues s'enflammer et brûler. Un malaise de plus en plus profond l'envahissait et une partie d'elle lui soufflait de déguerpir. Alors Judy, prise comme ses élèves un peu plus tôt d'une hilarité inexplicable, se mit à se balancer les hanches, à taper sur ses cuisses et à promener son regard à la ronde, savourant le désarroi qu'elle provoquait. Ce fut comme un signal. Son brusque accès de gaieté était sans doute contagieux, car toutes les jeunes femmes éclatèrent en même temps d'un joyeux rire… Formant un cercle au centre de la clairière, elles n'en finissaient plus de se tortiller sur leurs jambes ou de se jeter sur le sol sans le moindre complexe. Myriam n'avait jamais assisté à pareille folie collective et regrettait qu'on n'ait pas pris le chemin de l'hôpital.

— Tout de même, aux urgences Pierrette aurait reçu des soins sérieux…, se lamentait-elle.

Mais le son de sa voix était couvert par le chœur des exclamations. Pierrette et Gaby contaminés eux aussi par la folie riaient sans retenue.

— Quelle mouche les a donc piqués tous! marmonnait encore Myriam, qui ne savait plus quoi ni comment penser depuis leur arrivée dans la clairière.

Elle restait figée. La remmancheuse brandit alors son calumet comme s'il s'agissait d'une baguette magique et proféra d'une voix tonitruante:

— Sans fumée, mon don est inutilisable, sans fumée, je ne peux entendre le message de l'esprit qui dicte la guérison…

Myriam n'était pas plus rassurée pour autant et Judy exhala un épais nuage en pointant sa pipe vers le ciel, avant de déclarer:

— Entrez donc, je vous attendais!

Puis elle tendit la main vers l'intérieur de son antre pour les inviter à franchir le seuil.

— Vous nous attendiez? ne put s'empêcher de souligner Myriam en hochant la tête, incrédule. Mais c'est impossible! Nous sommes venus à l'improviste…

À ces mots, Judy fut secouée par une nouvelle crise d'hilarité. Elle tira encore quelques bouffées sur sa pipe et se tourna vers Gaby qui avait installé Pierrette sur le lit. Myriam les suivit, fâchée de tant de drôlerie dans un moment qui lui semblait réclamer un minimum de sérieux. «Philippe Langevin avait raison de rejeter les médecines insensées comme celle-là, c'est évident!» se répétait-elle. En attendant, elle aurait aimé sentir une réaction de la part de son oncle, entendre une explication venant de lui, mais le visage de Gaby était impénétrable. Pierrette, ballottée depuis une heure, rendue muette par la douleur de sa cheville qui reprenait le dessus, avait les yeux rivés sur les gestes de Judy. À partir de ce moment-là, la remmancheuse changea de tactique. L'impertinent rire disparut comme par enchantement quand elle se pencha vers la blessée, concentrée pour accomplir son œuvre. Les élèves sorcières, restées dans la clairière, chantonnaient de plus belle. L'une d'elles brandit un tambourin qu'elle se mit à agiter pour rythmer une mélodie incantatoire, reprise en chœur par ses compagnes. Après un premier examen, la vieille femme avec des gestes rapides prit un chaudron qu'elle remplit d'eau brûlante et le déposa sur la table, puis elle choisit parmi de nombreux bouquets séchés suspendus au mur une poignée d'herbes qu'elle décrocha d'un coup sec. Elle jeta le tout dans l'eau en dessinant des cercles avec ses mains et en psalmodiant d'étranges sons. Puis :

— Attaquons le mal, fit-elle, en s'approchant de nouveau de Pierrette.

De comique, elle était devenue grave et Myriam se sentait déjà mieux. Judy réexamina avec soin la partie enflée et, comme Gaby l'avait fait un peu plus tôt, elle posa lentement ses mains en plusieurs endroits le long de la cheville. Elle marmonnait toujours, ouvrant et refermant les yeux au rythme des paroles mystérieuses, attisant de temps en temps par une grande respiration le fourneau de sa pipe qui rejetait des nuages blanchâtres.

— Bon, ç'aurait pu être pire, y'a rien de cassé…, fit-elle doctement. Maintenant, laisse-toi aller, complètement, mieux que ça, ordonna-t-elle à Pierrette au bout d'un moment.

Celle-ci qui n'était pas trop rassurée n'arrivait pas à se détendre tout à fait.

— Allons, mieux que ça, là… Laisse tout aller comme si ta jambe n'était qu'un chiffon…

Pierrette fit de son mieux. D'un coup sec, Judy donna un tour qui fit pivoter son pied. Il y eut un craquement.

— Oh! ne put s'empêcher de lancer Myriam, reprise par ses doutes.

La remmancheuse fusilla Myriam du regard, comme si le fait qu'elle ait osé lâcher un son mettait en péril la réussite de sa pratique. Elle tira encore quelques bouffées de sa pipe, souffla la fumée sur les muscles endoloris et expliqua de sa voix bourrue :

— N'aie crainte, tout se replace, mais c'est pas fini... Il faut que les herbes soient appliquées en compresses pendant dix jours, matin et soir, et que les sucs pénètrent dans ta chair pour lui redonner son énergie. Alors, écoute-moi bien : un bain de pieds chaque matin avec le jus des plantes et pas de marche avant au moins six jours, c'est bien compris ?

— Ai-je le choix ? fit Pierrette, un peu pâle.

— N'oublie pas : tu restes allongée...

Le remède était drastique pour une femme active comme Pierrette. Myriam de plus en plus impressionnée s'avança timidement vers Judy. Une question lui brûlait les lèvres :

— Je... Vous avez connu Kateri ?

— Tout le monde à Kanesataké a connu celle qui t'a donné le jour. Kateri était une grande « femme-médecine » et on la vénère encore... L'esprit m'a choisie pour reprendre le don... Tu dois apprendre à connaître ta mère et ton peuple !

Tout ceci était dit sur un ton autoritaire. Myriam hocha la tête, penaude. Les questions se pressaient sur ses lèvres, mais elle était incapable d'en exprimer une seule… Judy l'intimidait et elle se demandait si Kateri avait été aussi impressionnante que la vieille. Comme si elle avait lu dans ses pensées, Judy ajouta :

— Écoute-moi encore, fillette… On peut avoir le don de façon différente. Kateri était très douce… Chacune de nous a sa façon personnelle, et pour chacune, l'esprit se nourrit à des sources aussi variées que les créatures qui peuplent notre mère la Terre. Ta mère était une fille du peuple mohawk et elle guérissait par la voie du cœur. Moi, je suis une Abénakise… ma force est tout autre, ne t'y fie pas ! C'est le tempérament des créatures de la Terre qui galope dans mes veines. Ta mère était une fille du soleil, je suis une fille des créatures de la forêt.

Judy vit dans les yeux de Myriam une curiosité infinie, et Myriam crut entendre autour d'elle le vacarme des sabots des caribous quand ils dévalent les plaines par milliers. Mais ce n'était qu'une impression, car il n'y avait jamais eu de caribous dans le pays des Mohawks ni dans celui des Abénakis. La sorcière savait que, tôt ou tard, Myriam devrait apprendre un grand nombre de choses qui ne sont pas dans les livres. Elle savait d'instinct que chaque chose vient en son temps et que rien ne doit être provoqué pour des raisons d'intérêt personnel. Le don qui permet de transmettre et d'aider est exigeant. L'important pour aujourd'hui, c'était la cheville de Pierrette qui reprenait déjà des couleurs :

— Bon, c'est suffisant pour aujourd'hui, décréta Judy d'une voix tonitruante. Vous pouvez partir, vous trois ! Mais j'ai quelque chose à te dire, ma petite, fit-elle, en se tournant vers Myriam et en la regardant droit dans les yeux.

Gaby s'esquiva pour prêter main-forte à Pierrette. Puis :

— Toi, tu ne sais rien !

Judy avait prononcé les derniers mots sur un ton si féroce que Myriam les reçut comme un soufflet, et quand la vieille femme éleva le bras droit au-dessus de sa tête dans un geste solennel, elle se sentit soudain comme une enfant :

— Ce que tu dois apporter à mon peuple sera réel et efficace à une condition : que tu effaces en toi les travers de l'éducation qui t'a été donnée…

— Les travers ? murmura Myriam, impressionnée.

— Les travers ! répéta Judy. Les rêves des femmes indiennes sont à l'opposé de ce qui fait rêver les femmes blanches !

— Mais…, fit Myriam.

Judy lui coupa la parole :

— Tu résistes, enfant, et tu résisteras encore, car tu es conditionnée par ce qui t'a été inculqué ! Mais si tu veux accomplir la mission pour laquelle tu es venue parmi nous, il faudra gravir le sentier sacré et le franchir pas à pas. Il faudra tisser en toi le lien qui t'unit à tes ancêtres et te laisser imprégner par un monde que tu ne sais pas déchiffrer… Un monde qui est l'inverse du tien ! Tu es comme un bébé qui ne sait rien ! Tu ne sais rien, m'entends-tu ? Tu ne sais rien, clamait Judy comme dans une litanie sans fin.

On l'aurait crue fâchée. Et plus elle répétait cela, plus Myriam avait envie de prendre la poudre d'escampette pour éviter de tordre le cou à cette sorcière. La vieille femme se prenait au sérieux ! C'était ridicule ! Pourtant Myriam était clouée au sol par les paroles de cette vieille. Elle qui avait brillamment obtenu ses diplômes d'avocate, elle qui avait un mari connu à Montréal et trois beaux enfants, comment pouvait-elle se faire dire des choses pareilles? Elle était à la fois insultée et irritée.

— Les Blancs prennent l'argent pour leur grand Manitou, cria encore Judy d'une voix terrifiante, qui fit frissonner la jeune femme. Prends garde, Myriam, l'amour des Blancs pour leur monnaie de papier les perdra! Nous les humains, nous ne sommes pas sur la Terre pour nous enrichir…

«Que me chante-t-elle!» se dit Myriam, à bout de patience.

— Nous sommes ici pour partager, entends-tu? clamait l'autre. Partager nos expériences… La terre des Indiens leur reviendra et toi, fillette, tu devras bientôt choisir!

Et Judy souffla la fumée dans la direction de Myriam avec un rictus cruel, puis tourna trois fois autour d'elle en agitant ses mains. Lorsque la jeune femme, désemparée, sortit de la cabane, ces paroles continuaient de résonner comme une cacophonie à ses oreilles. Des sanglots nouaient sa gorge. Elle était sûre que Judy était complètement folle. Comment croire que Pierrette, supportée par Gaby, s'était livrée à une telle mascarade? Elle enrageait.

— Va! prédit Judy dans l'embrasure de la porte, tandis que Myriam dévalait les marches. Nous nous reverrons!

Sur la route du retour, Pierrette prenait des nouvelles d'Ida et des enfants et échangeait des propos anodins avec Gaby tout en constatant que sa cheville désenflait.

Myriam s'isolait dans le silence. Devrait-elle ou non avouer son expédition à Laurent? Celui-ci, peu enclin à l'indulgence vis-à-vis des Indiens, se moquerait d'elle avec son humour cinglant et Myriam, si fière du sang qui coulait dans ses veines, en était vexée à l'avance... Elle n'avait pas envie d'entendre des paroles qui ajouteraient à son émoi. Venue ici pour faire plaisir à son oncle et à Pierrette, avec l'idée de mieux connaître les coutumes en usage sur la réserve de Kanesataké, voici qu'elle doutait du fondement de ce qu'elle avait vu et entendu, même si a priori Pierrette était soulagée. Impulsive, Myriam n'avait plus qu'un désir: rejeter tous ces Indiens avec qui, après tout, se disait-elle, elle n'avait peut-être pas grand point commun...

*

— Bye, Pierrette, je t'appelle demain matin pour savoir si tu as besoin de quelque chose...

— Ne te tracasse pas, Gaétan sera là...

Gaby et Myriam étaient sur le départ.

— As-tu aimé ton expérience?

La question de Gaby prit Myriam au dépourvu. S'attendait-il à des compliments? Sur le bord de perdre patience, elle regarda sa montre. Il était plus que temps de retrouver ses enfants: la matinée touchait à sa fin et, de plus, elle était affamée:

— Je...

Gaby remarqua son embarras:

— Es-tu impressionnée?

— Impressionnée n'est pas le bon mot!

— Perplexe?

– Oui, plutôt!

Il se planta devant elle:

– C'est bien ce que Judy t'a fait sentir, Myriam, il n'est pas évident de changer de mode de référence…

– Je…

– Ne te referme pas sur cette première impression!

Myriam n'était pas décidée à entendre une leçon de morale.

– Tu as sans doute raison, mon oncle, mais il est tard…

– File!

– Il faudra m'expliquer…

Il l'interrompit:

– Je t'expliquerai si tu veux entendre le langage qui est le nôtre! As-tu assez confiance en moi?

Spontanément, elle lui donna un baiser sur la joue:

– Je crois que oui…

Gaby attendit qu'elle démarre sa voiture.

– Je t'appelle demain?

– D'accord!

Elle avait besoin de réfléchir tranquillement à tout ce qu'elle avait vu.

Il la regarda s'éloigner.

CHAPITRE IV

Malgré la pénombre qui régnait dans la maison, la mauvaise humeur de Suzanne Pellerin se lisait sur les traits de son visage. En maugréant, elle s'approcha du miroir de l'entrée pour ajuster un de ces chapeaux dernier cri dont elle possédait une collection invraisemblable. Suzanne cherchait son parapluie et ne le trouvait pas.

– Où ai-je bien pu l'oublier? se demanda-t-elle, en jetant un coup d'œil circulaire dans l'entrée.

Fébrilement, elle souleva la veste que Claude avait encore négligé d'accrocher dans la penderie et haussa les épaules. Depuis hier soir, elle n'avait que des sujets de contrariété. Jean-Paul était retenu au bureau jusqu'à des heures impossibles à cause des événements, ce qui les empêcherait de partir dans le Sud à la date prévue et de plus, à l'archevêché, on l'avait évincée de l'organisation des activités reliées aux crèches de Noël... Les événements! Parlons-en des événements... Le Québec mis à feu et à sang par une poignée de jeunes mécréants prêts à saccager ce que leurs pairs avaient bâti au prix de tant d'efforts! Un crime, on en était arrivé au crime. Quelle horreur! Suzanne sortit un bâton de rouge à lèvres de son sac, soupira et se refit une beauté. Elle n'avait pas changé. Même si ses cheveux s'étaient parsemés de mèches grises qui adoucissaient les traits de son visage, sa silhouette était encore d'une élégance rare. Suzanne restait capricieuse, fière et imbue d'elle-même. Avant de partir, elle revint dans la cuisine, jeta un œil dans le réfrigérateur, puis dans la dépense.

— Ces domestiques, toutes les mêmes, marmonna-t-elle. On les paye, mais elles en font le moins possible!

C'était bien cela, la femme de ménage avait oublié de déposer la farine et la crème qu'elle lui avait demandé d'acheter. Impossible de préparer le gâteau pour le dîner de demain durant lequel on célébrerait les trente ans de Claude, son fils aîné. Claude! Encore un sujet de tracas… Il ne pouvait se comporter de la façon que son père avait prévue pour lui, et ne finissait jamais ce qu'il avait entrepris. Depuis bientôt cinq ans, on attendait en vain qu'il relaie son père au bureau. Les idées de Suzanne tournaient dans sa tête et menaçaient d'avoir raison d'elle, lorsque la sonnerie du téléphone retentit. En soupirant, elle décrocha:

— Quoi! en prison? s'écria-t-elle.

Elle se laissa choir sur la première chaise. Elle s'affolait. Son fils emprisonné! Et Jean-Paul qui osait lui annoncer cela sur le ton des choses ordinaires. S'il avait été devant elle, elle lui aurait lancé en pleine face le premier objet qui lui tombait sous la main, pour se soulager.

— Pas question! hurla-t-elle dans le récepteur. Tu vas faire sortir mon fils de là immédiatement…

— Comment veux-tu que je m'y prenne? argumenta Jean-Paul.

– Comme tu voudras, trouve la solution, m'entends-tu? Conduis-toi en homme!

Quand elle raccrocha, elle était livide. Pas question, jamais un fils de la famille n'aurait à subir ce sort-là, quitte à payer cher pour étouffer l'affaire. Elle ouvrit le calepin, consulta les coordonnées de leurs amis et de la famille et trouva celles de Laurent Dagenais. «Lui, il ne refusera pas de prendre tous les moyens possibles pour nous sauver de ce scandale, se dit-elle. J'ai de quoi le contenter…» Et elle sortit du tiroir secret de son secrétaire une liasse de billets. Se ravisant, elle chercha également le numéro des parents de Laurent. «Je m'adonne bien avec Josiane Dagenais, se dit-elle. C'est une femme pieuse, respectable et sensible… Autant la mettre de mon côté, au cas où Myriam ferait encore des siennes!» Sans hésiter, elle composa le numéro de Laurent et lui adressa un discours pathétique avant de lui annoncer la visite de son mari :

– Il est indispensable que Jean-Paul vous rencontre pour parler de l'affaire en question… Il n'y a que vous qui puissiez avoir gain de cause, vous êtes si brillant! Si, vraiment, votre réputation n'est plus à faire, vous êtes le meilleur plaideur au Québec…

– Vous me flattez trop, madame Pellerin, dit Laurent.

– Pas du tout, maître Dagenais, je dis ce que je pense, croyez-moi! Alors, c'est d'accord, vous prenez l'affaire en mains? C'est entendu, votre prix sera le nôtre de toute façon…

Suzanne Pellerin boutonna son manteau, noua son écharpe et se repoudra le nez avant de sortir. Faire un tour au bazar paroissial qu'elle avait organisé lui ferait du bien. Elle y rencontrerait sûrement quelques personnalités intéressantes et sûrement Josiane Dagenais en personne qui avait une grande influence sur son fils.

*

Les rues de Montréal étaient déjà enveloppées par la noirceur, sous un ciel sans étoiles. Laurent jeta un coup d'œil à la fenêtre : les jours raccourcissaient trop vite. Accoudé sur son bureau, un peu las, il tournait sans les voir les feuilles d'un énorme dossier, à la lumière d'une lampe marquée des initiales de Napoléon Bonaparte, son héros. Bien qu'il fût déjà plus de sept heures et qu'il n'ait rien mangé depuis le matin, il tenait à revoir quelques points de droit. Rude journée! Ses associés avaient déserté les locaux depuis plus d'une heure, mais, lui, il restait là, acharné, immobile. Bien sûr, la pile de dossiers qu'il avait devant lui le poussait à rallonger sans cesse ses heures de travail, mais surtout, Laurent Dagenais était ambitieux par nature et cette ambition conjuguée avec sa santé robuste le poussait à faire quelques excès. Ses collègues le nommaient en riant «l'infatigable», ce qui ne le choquait nullement, au contraire. Il était assez fier de cette particularité et prenait tous les moyens pour arriver à ses fins, ne s'arrêtant jamais aux détails qui lui semblaient sans importance, comme par exemple le fait qu'il ne dorme que quelques heures chaque nuit depuis des années. Il tendit le bras et prit une chemise cartonnée plus mince que les autres sur laquelle une étiquette annonçait «dossier urgent».

Une semaine plus tôt, la tante de Myriam l'avait imploré de défendre Claude Pellerin son cousin, jeune avocat lui aussi, qui était soupçonné de collusion dans l'affaire Pierre Laporte… Laurent n'avait pas encore mis sa femme au courant, trop de choses étant advenues qui avaient accaparé son esprit, et puis, lorsqu'il était à la maison, il évitait de parler de son travail avec Myriam afin de préserver l'intimité des moments qu'ils passaient ensemble… Mais quelle tactique adopter quant à la défense de Claude Pellerin, devrait-il ou non plaider coupable? L'enlèvement du ministre était devenu une sombre histoire criminelle qui prenait toute la province au dépourvu et, par ricochet, touchait la famille… Il alluma une cigarette, tira longuement sur les premières bouffées qui lui semblèrent délicieuses, et reprit la lecture des cas les plus récents de jurisprudence, en prenant soin d'en noter quelques-uns. Sa secrétaire, une femme d'âge mûr à la silhouette longue et osseuse, entra discrètement, portant une chemise qui contenait le courrier des deux derniers jours. Laurent leva la tête, tandis qu'elle se tenait debout près de lui dans une attitude polie.

— Puis-je vous demander quelques signatures, maître?

— C'est bien, Paula, posez le tout ici et rentrez chez vous, il est tard…

Il désigna d'un signe de la main le coin de son bureau qui était le moins envahi de paperasses. Depuis deux ans, Paula veillait aux moindres détails et ne ménageait jamais son temps, surtout lorsque Me Dagenais était surchargé, comme c'était le cas de plus en plus souvent.

— Avant de sortir, apportez-moi du café, je vous prie, ajouta-t-il avec une pointe de lassitude, je suis bien parti pour veiller…

Paula eut une moue de désapprobation en remarquant ses traits tirés et entreprit de le raisonner de sa voix feutrée :

— Vous devriez prendre un peu de repos ou, à tout le moins, manger quelque chose de convenable, maître !

Depuis qu'il avait ouvert le cabinet d'avocats avec deux de ses collègues, Jacques Robillard et Daniel Larue, Laurent faisait confiance à Paula qui, attentive et dévouée, veillait à tout.

— Bien, Paula, apportez-moi un sandwich, dit-il, sans même lever les yeux.

Elle sortit, esquissant un sourire de satisfaction devant cette décision pleine de bon sens, et revint quelques minutes plus tard, portant un plateau garni d'un énorme sandwich à côté duquel fumait une tasse de café brûlant. Laurent dévora le sandwich avant de siroter quelques gorgées de liquide et, tout à ses dossiers, il réfléchit. Les excès felquistes étaient une arme à double tranchant. Le fait de défendre la cause de l'un d'entre eux, fût-il avocat et plus ou moins de sa famille, le classerait d'une façon ambiguë au sein du monde juridique. D'une part, il était assez original pour épouser, malgré sa condition de notable, les idées séparatistes de certains de ses compatriotes, mais, d'autre part, un esprit conservateur hérité de son père le freinait et lui dictait des attitudes plus conventionnelles. Il ne souhaitait pas qu'on lui mette une quelconque étiquette. Ce qu'il voulait avant tout, c'est que sa réputation soit à sa mesure, c'est-à-dire brillante et inattaquable. Ne pouvant démêler ses tendances contradictoires, Laurent fit une rapide évaluation de l'ensemble. Ses dossiers en cours, plus cette nouvelle affaire de son cousin, exigeaient beaucoup de lui, mais le résultat se chiffrerait en honoraires très confortables, ce qui vint étouffer ses dernières hésitations. Myriam n'en serait certes pas mécontente. Myriam… Son image lui apparaissait souvent, à la fois gage de bonheur et sujet de perplexité depuis qu'elle s'acharnait à concrétiser des objectifs que jadis on réservait aux hommes… Ne pouvait-elle se contenter de ce rôle de mère et d'épouse qui avait comblé tant de femmes remarquables jusqu'alors? Myriam était sa femme, il l'aimait et faisait son possible pour la rendre heureuse! Il aurait voulu la garder pour lui seul et la gâter comme elle le méritait. Pour quelle inexplicable raison avait-elle besoin de se mesurer au monde de la justice et de réaliser des performances qui, tôt ou tard, allaient la gâter? Une image ensoleillée, entrevue sur la couverture d'un catalogue quelques jours plus tôt, vint caresser son imagination et des paysages exotiques lui apparurent… Il prévoyait l'emmener en voyage avec les enfants, quelque part dans les Caraïbes, quand en plein cœur de l'hiver québécois le temps est si méchant qu'on ne croit jamais pouvoir survivre. Le sentiment de plaisir que lui procurait la seule idée des vacances au beau milieu du gel lui redonna une bouffée d'énergie. Il se remit au travail. Dans le bureau désert et silencieux, on n'entendait que le ronronnement étouffé des voitures et des autobus qui faisait vibrer les larges vitres. Laurent jeta un coup d'œil à sa montre et dut s'y reprendre par trois fois avant de prendre conscience qu'il était plus de huit heures. Au bout de douze heures de labeur acharné, son esprit se déconcentrait facilement et il lui fallait des doses de plus en plus fortes de discipline pour avancer dans les méandres des requêtes.

Laurent en était là de ses pensées, lorsqu'un petit déclic se fit entendre. Sans qu'il s'en aperçoive, la porte s'ouvrit pour laisser passer Myriam, radieuse et inattendue. Lorsqu'il releva la tête afin de prendre la cigarette qui se consumait sur le bord du cendrier, son visage se détendit. Il repoussa le cendrier.

— Myriam! Quelle surprise…

Il voulait exprimer sa joie et l'admirer tout à son aise, ne pouvant s'empêcher de la trouver ravissante dans ce petit tailleur vert pomme qui mettait en valeur la finesse de sa taille et la rondeur de ses seins. Elle transportait avec elle une note de gaieté qui faisait plaisir et qui remuait en lui une mâle attraction. Malgré ses deux grossesses consécutives, Myriam avait conservé une silhouette gracieuse et la fraîcheur de ses dix-huit ans. De plus, surprenante, elle l'était depuis qu'il la connaissait, et le serait sans doute toujours. Il voulut se lever pour l'accueillir, mais elle l'en empêcha et déposa un baiser sur son front.

— Quel bon vent t'amène à cette heure-ci, ma chérie?

— Tu vois devant toi une vraie avocate, enfin presque, lança-t-elle dans un éclat de rire, j'ai reçu mes résultats! Il ne manque plus que la remise officielle du diplôme. Je commence ma pratique lundi!

— Je suis bien obligé de te féliciter, dit-il en lui serrant la taille, même si ta présence au bureau me force à prévoir des dispositions particulières vis-à-vis de mes associés: je serai féroce avec toi, tiens-toi le pour dit. Pas de privilèges sous prétexte que tu es ma femme!

— Chut…, fit-elle, en mettant la main sur sa bouche. Ne recommence pas!

Malgré le ton plaisant de leurs retrouvailles, Myriam craignait qu'encore une fois Laurent ne s'engage dans une de leurs discussions sans fin sur son rôle d'épouse et de mère. Elle se recula d'un pas et lui fit la moue.

— Tu as raison, pas de chicanes ce soir ! concéda-t-il, bon joueur. Malgré la collation que Paula vient de m'obliger à avaler, je meurs de faim. Si on allait fêter ça ?

Il referma le Code civil et se leva avec empressement :

— Je t'invite au restaurant… As-tu fait garder les enfants ?

— Oui.

— Alors, on est libres !

La soirée leur appartenait comme dans les premiers mois de leur mariage, Myriam était ravie. Laurent boucla ses dossiers avec hâte en pensant qu'il n'avait pas passé une soirée avec Myriam depuis plusieurs jours. Cette soirée improvisée tombait à pic.

— Au fait, comment va Pierrette ? demanda-t-il à brûle-pourpoint.

— Elle est un peu handicapée avec sa cheville, mais dans quelques jours il n'y paraîtra plus…

— Quand tu l'as conduite à l'hôpital, ils ont pris des radios ?

— Non… pas vraiment…

Devant la réponse hésitante de Myriam, Laurent se retourna :

— Mais c'est imprudent ! lança-t-il.

— Ne t'inquiète pas, elle va bien, elle va de mieux en mieux…, répondit Myriam de façon évasive, en feuilletant une revue qui traînait sur une table. J'ai faim ! Si on y allait ?

Malgré son étonnement, Laurent ne chercha pas à éclaircir le sujet : trop de choses se bousculaient dans sa tête. Quant à Myriam, elle ne put s'empêcher d'évoquer les événements qui faisaient la une de tous les journaux au Québec:

— As-tu entendu, désormais les femmes peuvent agir comme jurées dans tous les procès! Il était presque temps, n'est-ce pas? Enfin notre opinion est prise en considération. Personne ne peut nier l'intelligence de la pensée féminine…

En disant cela, elle prit conscience soudain qu'elle s'était aventurée sur le terrain glissant par excellence, celui qu'elle désirait éviter. Laurent haussa les épaules, moqueur:

— Alors, la féministe en toi est comblée?

— Mmm, disons que je suis satisfaite, mais ce n'est qu'un début!

Impossible de faire machine arrière. La réaction de Laurent était prévisible:

— Oh! Attention à nous, pauvres hommes! Si les femmes se mettent en travers de nos routes, que va-t-il nous rester comme privilèges?

Elle se mit à rire:

— Vous les possédez tous, sans exception!

— Vous semblez bien pessimiste, madame, quant à l'avenir du matriarcat…

Laurent en riant entoura Myriam d'un bras protecteur et l'entraîna dans le couloir. Il décrocha son manteau et éteignit les lumières.

— Viens, dit-il en lui donnant la main, on reprendra la voiture plus tard. Marcher un peu nous fera du bien…

Ils descendirent les deux étages de l'édifice situé sur la rue Sherbrooke et se dirigèrent vers le boulevard Saint-Laurent, où se trouvaient quelques restaurants un peu plus au nord. L'air était frais. Les magasins avaient fermé leurs portes et de rares promeneurs attendaient l'autobus. Myriam accordait son pas sur celui de Laurent qui avançait à grandes enjambées. Au bout d'un moment, essoufflée, elle le tira par la manche.

– Tu me fais courir!

Il ralentit.

– Je ne t'ai pas tout dit, lui lança-t-elle. J'ai longuement parlé avec Gaby de notre vieux projet... On a décidé que je prendrais en main tous les dossiers qui concernent la communauté de Kanesataké et peut-être même ceux des Cris de la baie James!

Myriam s'attendait à des compliments, mais Laurent s'immobilisa et s'exclama en prenant un air furibond :

– Alors Gaby a fini par te convaincre? Serais-tu devenue folle?

Elle recula d'un pas, interdite par la violence de sa réaction, et soutint son regard.

– Comment ça, folle? Oublies-tu les crédits qui viennent d'être alloués pour les droits autochtones?

Se faire traiter de folle était trop fort! Depuis leur mariage, jamais Laurent n'avait été si loin dans ses reproches, même lorsque certaines de leurs conversations étaient devenues épineuses. Jamais il n'avait employé ce genre de propos avec elle, aussi ce débordement imprévisible laissa Myriam bouche bée. Décidément, Laurent abusait de son autorité d'une façon inacceptable... Alors, si elle avait encore quelques raisons d'hésiter à se lancer dans les affaires indiennes, elle repoussa ses doutes à la seconde même, par principe, et choisit de taire ses stratégies professionnelles. Laurent quant à lui était visiblement contrarié. Encore ces histoires d'Indiens qui tournaient la tête à sa femme, se morfondait-il… Depuis trois ans, n'en avait-on pas assez entendu des histoires de fraude et de délinquance? Toujours là où il y avait des Indiens, évidemment! Heureusement que les autochtones restaient confinés dans les réserves, sinon Dieu sait ce qui infesterait la vie des Québécois! Analphabétisme, violence de plus en plus fréquente, drogue et trafics illicites. Bref, il en avait par-dessus la tête de cette graine de marginaux et considérait comme une perte de temps l'intérêt qui animait Myriam. En plus, Gaby revenait à la charge pour la faire chavirer du côté de ces rebelles. Des rebelles! Rien que des rebelles! Il y avait ceux qu'on pouvait à la rigueur accepter quand ils brandissaient la bannière indépendantiste, et ceux qui n'avaient pas leur raison d'être comme les Mohawks et les autres… Laurent considérait que Myriam ne devrait jamais s'aventurer dans cette direction! Depuis que les femmes n'en faisaient qu'à leur tête et ne se préoccupaient plus de l'avis des hommes, rien ne fonctionnait selon les règles établies… Laurent enfonça les mains dans ses poches et serra les poings. Enragé! S'apercevant qu'il avait mis trop d'emphase dans sa réaction, il prit un air contrit et reprit sa marche rapide, non sans avoir écrasé maladroitement le pied de Myriam.

— Aïe, tu ne peux pas faire attention?

— Excuse-moi, minou…

Elle se baissa pour frotter le bout de son soulier en haussant les épaules et en marmonnant:

— Je dois courir derrière toi et, maintenant, tu m'écrases…

Touchée dans sa fierté, Myriam ne savait comment réagir. Et puis, il en faisait une tête! En d'autres temps, elle l'aurait planté là pour héler un taxi et serait repartie sans se retourner. Mais à quoi bon gâcher la soirée quand elle touchait au but qu'elle s'était fixé ? Maintenant qu'elle détenait un statut égal ou presque à celui de Laurent, il valait mieux faire preuve de diplomatie et passer un bon moment ensemble, sinon en amoureux, du moins en amis… Oui, en amoureux, cela faisait longtemps que ce n'était pas arrivé ! Et puis, elle désirait sentir l'admiration de son mari pour sa détermination et sa persévérance et elle l'obtiendrait coûte que coûte. De plus, Myriam aimait se sentir libre de mener ses affaires à sa guise ; elle avait décidé de composer avec les circonstances pour arriver à ses fins… Il fallait tenir tête à Laurent sans le braquer. Elle mit l'acidité de ses dernières paroles sur le compte d'une fatigue excessive, lui demanda encore une fois de marcher moins vite et s'efforça de faire réapparaître un sourire sur son visage en prenant cet air candide auquel personne ne pouvait résister. Comme s'il avait compris ce qui la préoccupait, il la prit par l'épaule et afin de se faire pardonner, il déposa un baiser sur ses cheveux.

— Tu te surmènes, Laurent, je te sens fatigué…, remarqua-t-elle avec un brin de mélancolie.

— Tu as sans doute raison, mais le travail me pousse…

— Allez, viens…

Au restaurant où ils aimaient de temps à autre déguster un bon rôti de bœuf, ils choisirent une table au fond de la salle. Le fumet des sauces qui mijotaient dans les cuisines embaumait la pièce et quand la serveuse leur tendit le menu, le choix fut vite fait. Laurent, à la fois gourmet et gourmand, se régalerait. Quand ils eurent dégusté quelques bouchées suffisantes pour calmer leur faim, Myriam revint sur le sujet délicat de Kanesataké :

— Je ne pensais pas que tu t'opposerais formellement à mes projets… D'ailleurs, où est le problème, dis-moi?

Laurent, qui aurait aimé ne plus entendre parler de la réserve ni des Indiens, se pencha vers elle et la surprit encore par son air sévère:

— Écoute-moi bien, Myriam, orienter ta carrière du côté des Indiens est une erreur monumentale…

Elle le regardait avec des yeux ronds, ne pouvant adhérer à ses recommandations.

— Si tu soutiens la cause des autochtones, continuait-il, pas de salut pour toi, mais une réputation qu'on te collera à la peau et qui te suivra partout, en plus du fait que tu es une femme et que les juges te traiteront de haut, même s'ils s'en défendent… Tu végéteras… Si encore le dossier t'avait été confié par le biais du fédéral, tu aurais la chance de collaborer avec les grands juristes, les « stars » de la cour, mais de cette façon, c'est perdu d'avance, tu te poses en défenseur des hors-la-loi! D'ailleurs, ces Indiens sont tous des délinquants, des rebelles et des fainéants qui n'ont pas de parole… Pourquoi t'entêtes-tu sur cette voie dès tes débuts? Voyons, Myriam!

Le visage de Laurent exprimait une colère hors de proportion avec leur désaccord. Myriam était choquée. Les motifs de son mari ne lui paraissaient pas clairs et elle avait beau l'écouter, il s'adressait à elle comme si elle était une enfant. Son discours, prononcé dans le but de la protéger et de lui donner des conseils avertis, aboutissait dans une ornière… Il dénigrait ses origines et faisait fi de sa capacité à savoir ce qui était bon pour elle; tout ce dont elle voulait être fière! Le contraire de ce qu'elle avait besoin d'entendre. Chacune des paroles de Laurent la déstabilisait, provoquait une immense déception qu'elle ne pouvait dissimuler. Les expressions qui animaient son visage, les mots qu'il lui lançait comme un verdict sans appel, tout lui pinçait le cœur et faisait remonter en elle des bouffées d'angoisse semblables à celles qu'elle avait vécues quelques années plus tôt. Elle détestait qu'il la traite ainsi, elle bouillait de colère. Sans être conscient de l'impact de son discours, Laurent quant à lui ne cherchait pas à déchiffrer ce qui chagrinait tant Myriam. Il était sûr de son fait et ne remettait pas en cause sa perception des choses, ayant l'intention de superviser, même de loin, les positions de Myriam, pour lui montrer la route à suivre… Après tout, elle était sa femme et il devait agir en bon père de famille, selon les usages, pour la ramener à la raison. De plus, ses deux collègues Jacques Robillard et Daniel Larue, qui avaient en horreur les affaires autochtones, ne se gênaient pas pour en parler avec lui d'une façon qui aurait fait frémir Myriam ! Récemment encore, lorsque des histoires de trafic illicite d'alcool avaient fait la manchette, ils avaient affirmé tous les deux leur peu de respect pour ces « Sauvages ». Alors, préoccupé par plusieurs défis qu'il avait à relever, ayant été comme la plupart de ses congénères sous l'influence de la pensée catholique omniprésente au Québec, Laurent n'accordait aucune valeur, aucun bien-fondé aux revendications qui motivaient tant l'ardeur professionnelle de Myriam. Il classait définitivement les Indiens dans la catégorie des révolutionnaires, à la fois mécréants et parasites. D'ailleurs, il ne voyait aucun rapport entre sa femme et ceux qu'elle appelait parfois ses « frères de race ». Il la considérait comme une Québécoise pure laine et rien d'autre !

— Arrête donc de me répéter que tu as du sang indien ! lâcha-t-il.

Il était convaincu qu'elle n'en avait pas une goutte…
il était prêt à mettre sa main au feu.

— Cela te dérange?

— Certainement, il n'y a rien de plus farfelu…

— Sur quoi te bases-tu pour dire cela?…

— Mais tu es la fille de qui tu sais! fit-il en baissant
le ton.

— Cela empêche-t-il ma mère d'être une Indienne?

Laurent secoua vivement la tête comme pour affirmer que jamais le Cardinal n'aurait pu s'abaisser de cette
façon.

— Je suis convaincu!

Tout ceci: l'histoire de cette mère de sang indien à
qui on aurait arraché Myriam n'était que fabulations…
Le vrai: c'était que sa mère naturelle avait couché avec
le Cardinal! Pour le reste, rien que des histoires… Interloquée, révoltée par l'étroitesse des idées de son mari et
par le manque d'écoute dont il faisait preuve, blessée
dans son amour-propre, Myriam qui ne pouvait laisser
les choses à ce point lui lança le seul argument présent à
son esprit:

— Tu avais des vues plus larges, voici trois ans!

— Il y a trois ans, tu n'étais pas avocate, répliqua
Laurent sur un ton sans appel.

Ce fut plus fort qu'elle, Myriam fut incapable de
contrôler sa réaction:

— Et tu espérais sans doute que je ne le sois jamais,
dis-le donc encore une fois! Alors, que les Mohawks ou
d'autres brisent ma carrière, quel soulagement ce devrait
être pour toi!

Elle était rouge de colère. Laurent, surpris par ses
mots amers, tenta maladroitement d'apaiser l'orage. La

détermination farouche de sa femme l'étonnait au plus haut point.

— Ne dis pas cela, c'est stupide…

— Si Gaby n'était pas revenu à la charge…, continua-t-elle.

— Bon, tu vois ce que ça donne, ton oncle est un autochtone de souche pure, et le résultat? Aussitôt qu'il réapparaît, tu perds la tête…

Myriam se leva d'un bond, comme mue par un puissant ressort:

— Je ne vois pas le rapport! Ma tête et ma raison n'ont rien à voir avec mon oncle… Et puis on avait dit qu'on ne discuterait pas et nous voilà en plein cœur d'un épineux débat… Veux-tu qu'on abandonne la chicane?

— Oui!

Soulagée, elle se rassit. Laurent plus nerveux qu'à l'ordinaire serrait les dents et tortillait le coin de sa serviette, histoire de se détendre:

— Il n'empêche que ces Indiens-là…, grommela-t-il.

Myriam, sentant qu'on avait dérapé, implora une nouvelle trêve:

— On n'en sortira pas si on n'abandonne pas le sujet…

Laurent baissa la tête. Impossible ce soir de faire renaître la bonne humeur! Pourtant, tout avait si bien commencé, mais le trop-plein d'émotivité mis à jour par l'évocation des problèmes indiens se déversait contre eux et Laurent ne déchiffrait ni les blessures inconscientes ni cette négation du sentiment d'appartenance qu'il infligeait à Myriam depuis longtemps. Barricadés derrière leurs positions respectives, hérissés de frustrations refoulées, quoi qu'ils disent l'un et l'autre, les choses allaient s'envenimer. Dès lors, le repas au restaurant fut morne. Myriam repoussa la moitié de son assiette en faisant mine de rester impassible. Elle qui avait pour habitude de dévorer à belles dents n'avait plus faim. Quant à Laurent, il grillait cigarette sur cigarette comme pour se donner une contenance. Myriam laissait son regard errer vers la rue visible de l'autre côté de la fenêtre. Son visage reflétait la contrariété, et l'éclat de ses yeux et de sa peau se ternissait un peu plus à chaque nuage de fumée âcre qui les enveloppait. Pendant un long moment tous deux restèrent silencieux, n'osant plus aborder le moindre sujet équivoque. Puis Myriam se mit à parler des enfants, de leurs petites habitudes et de leurs maladresses. Laurent fit semblant de l'écouter, les yeux dans le vague, sans rien retenir de ses propos qu'il trouvait anodins. Machinalement, il chassait de la main les volutes qui s'abattaient sur elle et la faisaient tousser, tandis que ses dossiers lui trottaient dans la tête…

La violence de cette première confrontation professionnelle avec Myriam déplut étrangement à Laurent, d'autant plus qu'ils étaient dans un lieu public… Tout à coup, il lui revint à la mémoire une conversation qu'il avait eue avec la tante de Myriam.

— Avec tout ça, je n'ai pas eu le temps de te mettre au courant: j'ai reçu un appel de ta tante Suzanne…

— Hein? Ma tante! Elle a du front tout le tour de la tête… Que voulait-elle?

— Elle et ton oncle Jean-Paul sont très inquiets: ton cousin Claude a été arrêté!

Myriam pâlit.

— Serait-il soupçonné dans l'assassinat de Pierre Laporte… ?

— Peut-être pas directement, mais accusé de complicité… Enfin, c'est à suivre…

Myriam, qui se contenait depuis au moins deux
heures, rugit.

— Je suis désolée pour Claude, mais il n'empêche
qu'après tout ce qu'ils m'ont fait je les trouve odieux !
Et ils osent encore quêter ton appui pour masquer les
problèmes ! Alors, tu vois, il n'y a pas que les Mohawks
qui sont des délinquants…

— Myriam !

Laurent et Myriam se mesuraient du regard. Les
événements apportaient des arguments pour corroborer
la position de Myriam. Elle n'avait rien contre son cousin, mais ne pouvait supporter l'idée que son oncle et
sa tante aient demandé de l'aide à Laurent, alors qu'ils
avaient été les premiers à la mettre à l'écart de la famille
après le décès de Maguy. Ils l'avaient traitée en étrangère, trop contents de pouvoir la priver de sa part d'héritage, et rien de tout cela n'était guéri. Entendre parler
d'eux faisait tout à coup déborder le trop-plein d'une
coupe qu'elle n'avait jamais pu avaler.

— Je prends sa cause, Myriam, continua Laurent.
Vois les difficultés dans lesquelles ton cousin s'est empê-
tré ! Il a besoin d'une bonne défense…

— Je ne te comprends pas… En acceptant de plaider pour lui, c'est encore moi que tu bafoues. Tu oses
m'interdire de m'occuper de mes frères de race et, sans
me consulter, tu décides de défendre un de ceux qui
m'ont trahie…

— Ce n'est pas Claude qui t'a trahie !

— Non, mais il ne m'a pas aidée non plus… Et moi, Laurent, moi qui ai supporté toutes leurs manigances, as-tu pensé à me sauver de leur mépris quand mon propre père m'a dépouillée de ma part d'héritage ?

— Voyons, Myriam, tu ne pouvais pas faire un procès à ton père… On n'a jamais vu ça !

— Un procès à mon père, peut-être pas. Mais toutes les malversations qui ont reçu la bénédiction de la sainte famille trop heureuse de s'emparer de la fortune de Maguy… Ça ne méritait pas que justice me soit rendue ? Je m'en veux de n'avoir rien fait !

— Tu n'avais aucune preuve…

— Ne revenons pas là-dessus, je n'avais pas de preuve, mais je sais de quoi je parle, je sais ce qu'ils m'ont fait vivre et ce que j'ai ressenti…

— Ton cousin a besoin d'un excellent avocat !

En disant cela, Laurent reprit son attitude professionnelle. Il sortit son calepin et inscrivit une date à côté du nom de Claude Pellerin.

— En effet, il a d'autant plus besoin de toi, qu'il file un mauvais coton. Il s'est mis dans de beaux draps ! Un fils de bonne famille ! Les honorables tremblent de reconnaître une brebis galeuse parmi eux… Ça ne s'est jamais vu dans le temple des chevaliers de la sainte mystification !

— Myriam, tais-toi !

Le propos offensait Laurent et Myriam, sachant quels remous elle provoquait, allait trop loin. Il n'était pas dans ses habitudes de se soumettre aux règles ecclésiastiques mais Laurent, quant à lui, restait chatouilleux sur le sujet. Elle se sentait devenir cynique et n'avait pas l'intention de se taire : les convictions religieuses de son mari la mettaient hors d'elle qui voulait avoir des idées larges et placer son idéal au service d'une société humaine, plus juste, plus égalitaire, non pas tournée vers le passé mais vers un avenir nouveau… Entêtée, Myriam haussait le ton et se mesurait à lui avec de grands gestes qui trahissaient son émotion, tant et si bien que, dans son emportement, elle renversa son verre de vin. La serveuse, torchon en main, se précipita pour réparer les dégâts, tandis qu'à la table voisine les regards réprobateurs des quatre convives se tournèrent vers elle. Insensible, Myriam continuait à défier Laurent :

— Alors, avec moi, des brebis égarées, ils en auront deux… Et ne me reproche pas de m'occuper des Indiens ! J'irai jusqu'au bout !

Elle donna un petit coup sec de son doigt sur la table.

— Oh… Myriam !

À côté d'eux, les femmes sursautèrent en prenant un air pincé et leurs compagnons cessèrent brusquement la conversation. De mari et femme, d'amants qu'ils savaient être, à cet instant Laurent et Myriam se faisaient face en ennemis et ni l'un ni l'autre ne pouvait corriger la situation. D'ailleurs le voulaient-ils ? Laurent observait Myriam qui lui fit tout à coup l'effet d'une amazone, farouche et invincible. Il remarqua le tremblement de son menton, son cou tendu à l'extrême et ce regard qu'il découvrait de jour en jour plus déterminé. N'ayant jamais réalisé qu'elle serait bientôt son égale, sa consœur dans le milieu juridique, et ne l'ayant jamais vue ainsi, il était très ébranlé. Finalement, ils restèrent devant cette perspective, chacun sur ses positions, sans plus entrer dans les détails.

La fin de la soirée fut inhabituelle. Malgré plusieurs tentatives, Laurent et Myriam n'arrivaient plus à se rejoindre… Chacun s'était enfermé dans sa position en la maintenant fermement, sans offrir la moindre ouverture. Pour ne pas envenimer les choses, Myriam monta se coucher très vite, repoussant la colère qui grondait en elle et pesait sur sa poitrine. Elle préférait se taire, persuadée que les nuages se dissiperaient vite et que Laurent reconnaîtrait sous peu le bien-fondé de son enthousiasme, la justesse de sa position. Elle se réservait le plaisir de le convaincre un prochain jour, en lui exposant à nouveau un résumé bien à propos de ses projets. Finalement, ne comprenant pas trop ce qui leur arrivait, elle s'endormit comme une bûche.

Laurent s'éternisa ce soir-là devant la télévision qui retransmettait les nouvelles. L'affaire Pierre Laporte n'avançait guère. Il y avait eu plusieurs arrestations consécutives aux événements de la semaine précédente, mais rien qui puisse éclairer les véritables motifs du meurtre… Il écoutait d'une oreille distraite, préoccupé par les affirmations de Myriam, et songeait avec un peu d'amertume à cette nouvelle assurance qui changeait sa femme, écornant la légèreté qu'il aimait tant chez elle. Devait-il se morfondre ou se réjouir de la transformation? Semblable à la majorité des hommes, Laurent voulait garder sa femme ainsi qu'il l'avait connue, pareille à l'icône qu'il avait aimée le premier jour. Il la retenait prisonnière d'un amour paternaliste qui, pensait-il, était bon. Il refusait les changements et les perturbations inévitables auxquelles la vie expose chacun de nous, enchâssant leur relation dans une vision statique, éloignée de la réalité du monde qui, en cette fin du second millénaire, bougeait et bousculait plus que jamais… Laurent avait beau vouloir être un mari moderne, savoir que sa femme prenait une direction qu'il n'approuvait pas créait en lui un trouble dont il ne savait quoi faire. «Après tout, se dit-il, ce n'est peut-être que l'expression trop fraîche de son nouveau statut d'avocate qui la rend si batailleuse!» Mais il ne pouvait nier qu'il perdait du terrain.

Dans les jours qui suivirent ce malencontreux souper, Laurent et Myriam, penauds l'un et l'autre, évitèrent d'aborder les sujets tabous. En fait, ils évitaient tous les sujets! Laurent, surchargé de travail, contrarié de surcroît, affichait maladroitement de l'indifférence et Myriam, habituée à partager ses préoccupations professionnelles avec lui, était malheureuse. Aux heures réservées à la famille, Laurent se lançait dans des jeux sans fin avec son fils, évitant l'impact de certains mots qu'il aurait pu échanger avec sa femme. Finalement, ni l'un ni l'autre ne revinrent sur cette affaire, persuadés que leur sujet de discorde était bel et bien mort et enterré.

*

Il faisait un temps radieux, un vrai temps d'été indien… Par la vitre entrouverte, l'air embaumait le parfum des herbes coupées et celui, plus discret, des feuilles fraîchement tombées. Le vent qui montait de la rivière portait une grande douceur. C'étaient les derniers soubresauts de la belle saison qui se posaient comme un manteau sur les épaules des promeneurs. Myriam au volant de sa petite voiture filait dans le rang du Milieu, à Kanesataké, afin de rencontrer son oncle. Après le premier contact déroutant qu'elle avait eu avec Judy la sorcière et ses apprenties, Gaby l'avait convaincue de ne pas se laisser impressionner ni rebuter, mais d'écouter, de regarder et de continuer patiemment son investigation pour comprendre le tempérament des hommes et des femmes des Premières Nations. Myriam avait réfléchi et les choses qu'elle avait vues s'étaient doucement intégrées en elle pour apparaître sous un jour nouveau, moins inquiétant.

— Tes réticences sont seulement un réflexe de peur devant l'inconnu, lui avait dit Gaby. Rien ne nous rend plus peureux et plus agressifs que ce que nous ne connaissons pas. Nous qualifions de stupide ce que font ceux qui ont des coutumes différentes des nôtres et nous les jugeons mal, parce que nous les connaissons mal…

Petit à petit, elle avait accepté que des différences fondamentales entre les attitudes des Blancs et celles des Indiens puissent exister et que ces différences, en fait, étaient une vraie richesse. Aujourd'hui, cette promenade lui apparaissait comme une promesse et elle avait hâte d'arriver, de profiter de la nature, de savourer ce qui, pour elle, commençait à avoir un parfum de découverte…

Les jumelles, bien sanglées sur la banquette arrière, dormaient, et Guillaume chantonnait en écho avec sa mère les vieilles mélodies qu'elle lui avait apprises. De hautes quenouilles bordaient les routes et des salicaires des marais formaient des haies qui se courbaient joliment. Quant à Laurent, plongé dans ses dossiers, il avait refusé de participer à l'expédition. Myriam arrêta doucement son véhicule dans la cour, derrière la petite maison de bois où Gaby et Kateri avaient grandi. L'habitation devenait un peu plus bancale chaque année : le toit penchait tant qu'il menaçait d'écraser le linteau de la porte, et les marches de l'entrée ne tenaient que grâce aux deux énormes pierres sur lesquelles elles reposaient à califourchon. Les bardeaux étaient de plus en plus noircis, quelques-uns avaient été déchirés par les intempéries. Un gracieux mobile de facture indienne, fait de lanières et de plumes, était suspendu sous le portique et se balançait au gré du vent, invitant. La voix de Gaby retentit avant même que Myriam l'aperçoive :

– Ah, la belle visite !

Déjà réjouie, elle se retourna et son oncle apparut, souriant et chaleureux, qui venait lui prêter main-forte pour faire descendre les enfants de leur siège. Autour d'eux, une dizaine de gamins de tous les âges, qui portaient de lourdes bottes, arrêtèrent leurs jeux pour les dévisager en pouffant de rire et en se tortillant. Ils étaient comiques avec leurs pommettes rougies par le grand air. Myriam leur fit à tous un salut, et les rires redoublèrent. Rares étaient ceux qui comprenaient bien le français, car l'usage sur la réserve était de parler anglais. L'un d'eux, un garçonnet aux yeux en amande qui tenait un gros ballon, s'approcha de Guillaume et, sans dire un mot, saisit sa main comme pour faire avec lui un pacte d'amitié. Puis, il fit un signe qui voulait dire « suis-moi ! »

– Laisse-les faire connaissance, dit Gaby, qui voyait les hésitations de sa nièce. Les enfants ont l'art de communiquer simplement, et puis c'est Jason mon fils aîné !

Myriam gratifia le gamin d'un gros baiser et, soulagée, ne se préoccupa plus de Guillaume, qui bon enfant se laissa entraîner. Les deux garçonnets coururent jusqu'au bout du terrain sans se lâcher. Une femme un peu grasse, dont les cheveux noués grisonnaient autour des tempes et qui portait un poncho par-dessus des jeans, sortit de la maisonnette et descendit lourdement les marches, tandis qu'une deuxième, plus courte et cachée derrière elle, fit une apparition timide.

— Bonjour, je suis Gloria, te souviens-tu ? dit la première.

Myriam esquissa un hochement de tête. Elle n'était pas très sûre d'avoir gardé l'image de Gloria dans sa mémoire : sa dernière visite ici avec Laurent, quatre ans auparavant, quand ils avaient suivi Gaby qui venait tout juste de reconnaître sa nièce, avait été trop brève. Myriam secoua la tête :

— Vraiment, je suis désolée, Gloria, je ne me souviens pas...

— Pas grave, fit Gloria...

Myriam se tourna vers la seconde femme, qui balançait la tête d'un air réjoui.

— C'est Ida, ma femme, dit fièrement Gaby.

— Bonjour, Ida ! lança Myriam.

Et Ida se précipita vers elle, le visage animé d'un large sourire.

— Nous allons garder tes petits pendant que tu feras le tour des maisons avec lui, expliqua Gloria.

Myriam était toujours un peu craintive à l'idée de s'éloigner de sa petite famille. Constatant sa réserve, Gloria ajouta :

— Sois sans crainte, j'ai l'habitude, je suis grand-mère et Ida a une patience infinie...

Gloria et Ida firent retentir des rires qui n'en finissaient plus. Malgré leurs manières déconcertantes, Myriam se souvint qu'il était préférable de ne pas réagir de façon négative.

— Comment va Pierrette ? demanda Gloria.

– Oh, le traitement de Judy a fait effet, elle trotte comme un lapin! s'exclama Myriam.

Gloria eut un sourire de contentement:

– Judy est capable…

Puis elle ajouta en regardant Myriam droit dans les yeux:

– Judy, c'est comme ta mère, elle est capable de tout guérir!

Derrière elle, Ida manifestait sa joie en faisant de grands signes.

– Judy guérit tout! renchérissait-elle.

Myriam hocha la tête. On lui vantait les capacités de sa mère Kateri, et il lui était impossible de nier les talents de Judy… Elle était bien obligée de s'y faire! Ida, fascinée par les jumelles, en prit une sur chaque bras et entreprit de les bercer doucement pour leur plus grand bonheur. Gloria s'approcha de la marmaille qui s'était agglutinée sur le perron et distribua quelques biscuits. Myriam les observait, attentive. Aussitôt rassasiés, les enfants s'éloignèrent en piaillant comme un essaim de moineaux. Elle revint vers Gloria:

– Tu as bien connu Kateri? demanda-t-elle un peu maladroitement.

Gloria laissa échapper un soupir:

– Kateri n'a pas eu de chance, avoua-t-elle sur le ton de la confidence.

Devant le regard interrogateur de Myriam, elle précisa:

– Kateri a choisi de s'éloigner de nous autres, et ce fut son malheur… Personne chez les Blancs n'a compris qu'elle avait besoin de protection et d'amour. Là-bas, on l'a méprisée, on l'a humiliée!

Myriam qui avait déjà entendu des paroles semblables dans la bouche de Pierrette était de nouveau sous l'emprise du questionnement qui la hantait. Pour quelles raisons la vie de Kateri avait-elle dévié à ce point? Elle avait été emprisonnée et ensuite enfermée dans un hôpital réservé aux malades mentaux. C'était dur à concevoir et à accepter… Difficile de croire que la religion souveraine, qui prêche depuis toujours la charité, avait brisé la vie de Kateri à ce point. Gloria posa un regard bienveillant sur Myriam et lui souffla, comme pour répondre à son interrogation muette:

– Ne t'en fais pas, tout cela est loin maintenant…

Myriam abandonna un peu à regret Laurence et Lydia qu'on avait installées devant la fenêtre ouverte, face au soleil. Elle les caressa avant de s'éloigner avec Gaby. Pour la première fois, elle confiait ce qu'elle avait de plus cher à une autre que Pierrette. Quant à Guillaume, il était si absorbé avec Jason, son nouveau partenaire, qu'il ne remarqua même pas la disparition de sa mère. Myriam craignit à ce moment-là que Laurent apprenne les détails de sa randonnée d'aujourd'hui. Sans trop se poser de questions, elle avait confié ses enfants à des Indiennes… «Mais, bah, se dit-elle, ne gâchons pas la journée par des prévisions pessimistes.» Maintenant qu'elle était à pied d'œuvre, Myriam était impatiente de rencontrer les hommes et les femmes qui allaient lui apprendre l'histoire des Premières Nations, ou, du moins, celle des Mohawks et des Cris.

Il faisait si beau… Gaby et Myriam avançaient côte à côte dans la pinède d'Oka en papotant. Au loin, on entendait le bruit discret du ressac qui mourait sur

le bord de la plage, tandis que le lac des Deux Montagnes s'étalait, hérissé d'une rive à l'autre des quelques derniers voiliers de la saison. Le parfum sauvage des grands arbres était colporté par le vent qui tourbillonnait tout autour. Gaby était habité par la beauté du lieu vénéré par les Mohawks. Il contemplait. Sous les majestueux arbres centenaires qui bordaient l'extrémité de la plage, le sol était jonché d'aiguilles rousses qui s'entrelaçaient en un épais tapis et amortissaient chacun de leurs pas… Myriam avait l'air heureuse et décidée, il la sentait remplie d'une belle assurance et jamais auparavant il ne l'avait vue si déterminée. Il pensait à sa première visite chez les femmes-sorcières, et au choc qu'elle avait reçu en assistant aux pratiques de l'étrange Judy… Avait-elle commencé à intégrer les rituels et les symboles si chers à son peuple? Plus ils marchaient, et plus Myriam questionnait son oncle. Elle prévoyait rencontrer ceux de la communauté à qui elle pourrait apporter un peu d'aide, voulait tout savoir et parlait vite, comme si ses idées fusaient trop nombreuses dans son cerveau, comme si le fait de les exprimer une à une lui demandait une patience qu'elle ne possédait pas! Gaby souriait de son enthousiasme et pensait qu'elle était vive comme le feu et rapide comme l'aigle. Tandis qu'elle lui exposait son point de vue, ses cheveux s'envolaient à chaque bourrasque. Un rai de lumière qui dansait à l'extrémité d'une branche accrocha des étincelles dorées dans ses yeux, l'espace d'un instant et Gaby, touché par un souvenir confus, s'arrêta tout net. Un vrai rayon de soleil!

— Comme tu ressembles à ta mère, murmura-t-il, sans pouvoir détacher son regard du visage de Myriam…

Celle-ci rougit sous l'effet de ces paroles, elle baissa les yeux, encore une fois confrontée au fait qu'elle avait eu deux mères. Finalement, qui était la bonne? Maguy l'aristocrate ou bien Kateri l'Indienne? Le contraste était trop fort. Elle perdait contenance, comme si le fait de se consacrer à Kateri était une trahison envers Maguy! Gaby vit le brusque changement que sa réflexion avait suscité sans comprendre le dilemme qui perturbait sa nièce et évoqua ses jeux d'enfant avec Kateri, ce qui la troubla plus encore. Grâce aux mots de Gaby, Kateri redevenait vivante et réelle et le souvenir de Maguy s'agitait dans sa mémoire comme pour défendre sa place…

– Sais-tu, lui dit Gaby à brûle-pourpoint, que Kateri était un ange? Souvent je lui jouais des tours pour la faire enrager. Jamais elle ne se fâchait contre le garnement que j'étais! Un ange!

Il y avait du regret sur son visage, et de la tristesse en évoquant ce bonheur perdu.

– Ça, dit Myriam en plaisantant, un ange, ça ne me ressemble pas!

Et tout à coup, touchée par l'évocation de son oncle, elle changea de ton et se fit implorante:

– Gaby, raconte-moi ma mère…

C'était la première fois que Myriam avait dit « ma mère » en nommant Kateri. Gaby, stupéfait, hocha la tête et comprit. En l'espace de quelques secondes, Myriam était redevenue une toute petite fille. Le besoin viscéral de se dissoudre dans un sentiment d'appartenance, qui lui avait échappé, ne lui permettait plus de détour. Il l'observait. Homme rude et simple à l'esprit droit et aiguisé, Gaby pouvait imaginer les fondements de ce qui déchirait sa nièce. Il y avait une opposition vertigineuse entre le mode de vie qu'on lui avait offert et celui qu'elle voulait réapprendre et il pressentait les répercussions que cette bataille finirait par avoir sur sa vie avec Laurent. Les projets que Gaby et Myriam caressaient depuis quelque temps transformeraient la jeune femme bien plus qu'elle ne le pensait. Il le savait! Quant à lui, il devait faire revivre Kateri, permettre à sa nièce de la rencontrer, de l'approcher et de la connaître autrement qu'en rêve. La seule femme autorisée à porter le nom de mère de Myriam était sa sœur Kateri, celle qu'il pleurerait toujours et qu'on avait enchaînée dans l'ombre comme une malfaitrice. L'heure était venue de réparer les torts que les Blancs avaient faits à la mémoire de sa sœur et de lui redonner sa valeur par le biais de sa fille… Gaby revoyait les années lointaines de leur enfance. Il songeait à sa vieille mère Wanda, à tous ses ancêtres et, pour mieux parler d'eux, il fit un pas vers sa nièce et la prit par les épaules :

— Nous étions pauvres, Myriam, très pauvres! Notre condition d'Indiens ne nous laissait aucun espoir… Notre père était décédé et notre mère, malade…

Tous deux s'assirent sur le sol, adossés à un chêne. Il parlait pour faire revivre le temps passé, contant l'éloignement de Kateri lorsqu'elle avait trouvé chez les sœurs un poste de couturière. Il disait à Myriam ses espoirs, sa candeur, tout ce qui fut détruit en quelques heures par des malveillances et par la lâcheté de son amant. Myriam avait posé la tête sur l'épaule de son oncle et elle écoutait, ne pouvant s'empêcher de faire un parallèle avec l'attitude de ceux qui, vingt ans plus tard, après l'avoir chérie depuis sa naissance, l'avaient reniée et déshéritée. Elle avait vécu des injustices semblables à celles qui avaient emporté Kateri dans le monde des esprits et vers la mort… Tout cela l'attristait, mais elle ne regrettait pas de savoir, au contraire, elle en était reconnaissante à Gaby, car savoir l'histoire de sa mère lui faisait battre le cœur. Quand il eut fini de parler, la lumière automnale recouvrait le fleuve d'un voile doré et deux hérons, immobiles, perchés sur une roche, guettaient leur repas du soir.

— Quelle beauté…, murmura Myriam, éblouie.

Gaby lui prit la main tendrement :

— Maintenant que tu es avocate, ton rôle est ici, Myriam.

— Je sais…, avoua-t-elle.

— Je t'emmènerai partout… Chez les Mohawks, chez les Innus et chez les Cris, là-haut. Tu auras beaucoup à faire, car il s'y passe des choses qui compromettent l'avenir de ces peuples !

— Jusqu'où cela ira-t-il ?

— Les gouvernements sont prêts à nous voler le seul trésor qui nous reste : la terre ! Celle qui nous appartient. Nos territoires de chasse sont notre vie et notre espérance de survie. Ils contiennent les ossements sacrés de ceux qui nous ont précédés…

Myriam savait combien les autochtones sont respectueux de leurs ancêtres et des lieux qui les ont vus vivre. Alors, le visage de Gaby prit une expression farouche et un langage imagé jaillit tout à coup de son discours :

— Ils veulent donner à tous le feu que crachent leurs machines infernales ! Ils veulent aussi retourner et creuser notre terre, s'emparer de ce qu'elle contient pour s'enrichir avec. Ils appellent ça « modernisation » !

Myriam ne saisit qu'à moitié le sens de son discours. Elle pressentait confusément le danger auquel les Premières Nations seraient bientôt confrontées:

— Je suis prête! Et je vais adorer parcourir avec toi les terres du Nord… C'est une aventure dont je rêve depuis longtemps et je te fais tellement confiance!

D'un commun accord, ils décidèrent d'entreprendre des tournées dans les communautés de Kanesataké et de Kanawaké, puis de rejoindre Matagami à la belle saison pour, ensuite, monter jusqu'à Fort-Chimo[1]. Lorsque l'après-midi fut achevé, ils avaient déjà rencontré deux familles et Myriam avait fait la connaissance des trois chefs du conseil de bande qui lui avaient confié leurs préoccupations, en plus du mandat de défenseur des droits autochtones. Myriam, qui avait pris des notes partout où elle était passée, était décidée à se charger dès maintenant des litiges débattus au tribunal civil.

— Il y a beaucoup à parier que tu vas leur apprendre un grand nombre de choses essentielles! dit Gaby. La plupart des Indiens sont des gens illettrés, si simples, qu'ils ne savent pas où ni quand ils sont autorisés à faire appel à la justice. Ils vivent dans la peur du système… Tu vas les aider et les réconforter par ta simple présence…

— J'ai remarqué cela, tous m'ont accueillie comme si j'étais une bonne fée, s'exclama-t-elle, étonnée. Mais je gage que c'est moi qui vais en apprendre beaucoup, ajouta-t-elle en riant, c'est ça qui va arriver!

— Tu vas redécouvrir l'envers du monde… de ton monde! lui rétorqua Gaby.

1. Fort-Chimo est la ville que l'on appelle actuellement Kuujjuaq.

Sur le chemin du retour, Myriam ne put détacher son esprit de ce qu'elle avait vu à Kanesataké. Fallait-il commencer à aborder en premier lieu les questions de réappropriation des terres, veiller à l'application des privilèges rattachés au statut d'Indien, ou encore prendre part aux revendications des femmes ? Chaque problème avait un caractère de priorité, une grande misère ayant stigmatisé les autochtones qui s'étaient par la force des choses écartés de la voie usuelle. En bloc, on les avait mis au rebut de la société et Myriam, bien qu'elle s'y perde un peu, commençait à comprendre ces phénomènes auxquels, jadis, elle ne prêtait pas attention. Tout en conduisant sa voiture, elle essayait d'analyser ce qu'elle avait vu et, dans le rétroviseur, surveillait du coin de l'œil ses trois bambins qui, sages comme des images, sommeillaient sur la banquette, derrière elle. « Pourrai-je les emmener ainsi partout à chaque déplacement ? » se demandait-elle. Rien n'était moins sûr ! Non seulement elle aurait besoin de la coopération de Pierrette, mais aussi de celle de sa belle-mère qui ne verrait sûrement pas d'un bon œil ses préoccupations féministes... Que de complications à venir !

À la maison, une agréable surprise l'attendait. Laurent était déjà de retour, impatient de voir tout son monde. Les enfants poussaient de petits cris d'allégresse. Il avait allumé au salon un feu qui crépitait joyeusement. Myriam adorait depuis toujours veiller devant le foyer et lui, soucieux de lui faire plaisir, avait programmé ce moment de détente. La lumière dansante des flammes mettait Myriam en joie tout autant que Guillaume et les fillettes. On soupa de bon appétit et quand les trois petits furent endormis après avoir eu leur ration de caresses, Laurent et Myriam s'installèrent côte à côte sur le canapé. La douce clarté du feu mettait des étincelles dans leur regard. Pourquoi ne pas profiter de la perfection de l'instant pour évoquer ce qu'elle avait vu ?

— Laurent, je voudrais ton avis…

— Sur quel sujet, minou ?

Myriam sourit. Quand, dans ces moments-là, Laurent l'appelait « minou », elle pouvait tout espérer. Elle se serra contre lui et, comme une chatte, posa la tête sur son épaule, se laissant griser par le parfum familier de sa nuque et par l'odeur de sa peau. Elle connaissait bien son langage et ses mimiques familières. Tout en se remémorant ses découvertes, elle sentait leur désir s'installer. Un désir qui montait en elle, comme des vagues poussées par un courant subtil, et se mêlait lentement à celui de Laurent. Impossible d'y résister… Pendant de longues minutes, il caressa ses cheveux, silencieux. La magie du feu emplissait la pièce et les enveloppait d'une sorte de plénitude qui n'appelait rien d'autre. La question de Myriam concernant ses frères de race resta en suspens et, petit à petit, devint lointaine comme un chuchotement presque inaudible au fur et à mesure qu'ils se rapprochaient. Laurent la prit dans ses bras et dès qu'il se mit à l'embrasser avec appétit, avec application, Myriam, heureuse, se laissa faire. L'appel de sa force mâle provoquait en elle un élan qui, ardent, faisait vibrer tout son corps, le modelait à son rythme, l'accordait à sa demande. Elle lui rendit ses baisers avec passion, laissant leurs corps se réchauffer, se tendre, immergés dans ce rituel d'union sans cesse renouvelé. Laurent fit glisser la manche de son chandail, caressant d'une main chaude les seins vibrants de Myriam qui se dressaient et cherchaient à s'enfoncer jusqu'au creux de son torse à lui. Sa peau frémissait, se hérissait pour se fondre à celle de l'homme. Myriam avait toujours aimé la poitrine et les épaules de Laurent, fermes et puissantes, et quand l'étau de ses jambes enserra ses cuisses et ses hanches, elle se dévêtit et se laissa prendre tout entière, gourmande, enivrée par le parfum de leurs corps qui se retrouvaient et se mêlaient lentement dans leurs parties les plus intimes. Il y eut un long moment d'ivresse et, dans l'accroissement de la chaleur, une circulation de la jouissance, puis la montée fulgurante de l'énergie qui leur fit perdre la tête, point culminant où l'extase comme un tourbillon les submergeait. Abandon inévitable. Myriam et Laurent n'étaient plus qu'un nuage. Légers, ayant perdu les frontières et les limites des perceptions, ils flottaient dans l'univers de leurs amours, devant le foyer qui, doucement, ronronnait encore... Laurent semblait dormir, mais ce n'était qu'une apparence, et Myriam, prisonnière de ses bras, écoutait son cœur battre au rythme rapide qui suit l'accomplissement. Quand elle posa son visage sur le sien, il prit encore sa bouche comme pour prolonger ces instants de bonheur, ce mystère de bien-être qu'on touche en ces moments-là... Pourtant, au bout de quelques minutes, la question qui la hantait refit surface. Myriam détacha ses lèvres de celles de son mari :

– Chéri, dis-moi... Pourquoi la plupart des Québécois méprisent-ils tant les autochtones?

Laurent frémit et tourna la tête vers le foyer. Cette préoccupation de Myriam qui revenait sans cesse était envahissante. Il la reçut comme un choc trop brutal, qui n'avait pas sa place ici. Il en fut contrarié. Lui qui essayait en vain de la comprendre, il ne put s'empêcher de penser que bientôt, par son entêtement, ils se retrouveraient dans des positions ennemies : divisés sur ces questions épineuses. S'il lui répondait franchement, Laurent n'était pas tout à fait sûr de garder son calme et cela l'agaçait. Il avait tant d'autres choses en tête que ces Mohawks dont il se fichait éperdument. Pourquoi ne pas savourer en paix les moments où ils faisaient l'amour ? « Voilà jusqu'où nous entraîne l'entêtement des femmes ! » songea-t-il, un peu las. Il prit le visage de Myriam entre ses mains :

— Je ne sais pas vraiment, minou, et je ne compte pas de façon impérative me pencher, comme toi, sur ce problème…

Myriam fit une pause et s'éloigna de lui, entièrement nue.

— Viens ici…, murmura-t-il en l'admirant.

Elle rit et se colla contre lui, amusée, lui mordillant l'oreille, le gratifiant de baisers dans le cou qui le chatouillaient et murmurant comme une litanie la question fatidique. Frustré mais bon joueur, il l'enlaça, l'embrassa encore pour l'obliger à se taire et la fit glisser avec lui sur le tapis. Tout près d'eux, les bûches finissaient de se consumer en pétillant avant de se donner en pâture aux flammes. Dans la maison endormie, l'ombre invitait aux fantaisies et Laurent était résolu à en profiter… L'heure n'était pas à la philosophie, mais au jeu amoureux. Pourtant, Myriam n'avait pas dit son dernier mot :

— Dis-moi…

Il redoubla d'ardeur pour la faire taire et, comme elle ne répondait plus à son baiser, il lui lança de façon abrupte :

— Minou, tu veux ou tu veux pas ?

Myriam ne répondit pas. Laurent s'assit devant elle et prit le parti de donner crûment son avis :

— À vrai dire, c'est sans doute que ces Indiens, tous autant qu'ils sont, n'ont d'autre Dieu que leur propre désir et qu'ils refusent obstinément de se comporter comme des chrétiens. Et puis, pourquoi ce sujet te tracasse-t-il autant ?

— Parce que, à Kanesataké, j'ai vu un profond désarroi et parce que j'ai constaté que nombre d'entre eux sont devenus ainsi, non pas parce qu'ils sont stupides ou mauvais, mais parce qu'on les a rejetés… Ce sont des gens fiers, farouchement épris de liberté…

— Alors là, minou, je t'arrête tout de suite ! Ils n'avaient qu'à s'intégrer, personne ne les en a empêchés au contraire ! Qu'ils adoptent nos valeurs et…

Elle l'interrompit :

— Mais s'ils s'étaient comportés de cette façon depuis l'arrivée des Blancs, qui serait en vie parmi les enfants et petits-enfants de colons ?

— Fadaises !

Laurent était intraitable sur le sujet. D'après lui, les Indiens et particulièrement les Iroquois, Mohawks et autres n'avaient fait que nuire à l'établissement des Français, ce qu'il exposa clairement.

— Voyons, Laurent, dans ce pays nouveau, rien n'était facile et tu le sais…

— Non ! Ragots de bonnes femmes, fit encore Laurent, excédé.

— Et puis, pourquoi voudrais-tu qu'ils aient abandonné leur identité, leurs privilèges et leurs coutumes ?

– Ça les aurait améliorés…

– Oh!

– Es-tu malheureuse, toi qui es parfaitement inté-grée à notre société? Leur identité, c'est quoi au juste? Et leurs coutumes, parlons-en!

Laurent ricanait sur un ton d'autant plus cinglant qu'il était frustré. Le visage de Myriam devint blême. Il l'attaquait de front sur un sujet qu'elle avait remis en question quelques jours plus tôt, mais la maladresse avec laquelle il s'y prenait appelait la révolte. Elle se renfrogna. Il tenta de faire marche arrière.

– Et puis, on ne va pas passer la soirée à discuter de ça. Il y a des choses plus amusantes…

Myriam qui avait rassemblé ses vêtements éparpillés se rhabillait.

– Quoi donc?

– Devine…

Laurent encore à moitié nu fouilla dans la poche de son veston et brandit une enveloppe qu'il agita sous son nez.

– On part au soleil!

– Tu penses à tout…

C'était dit sur un ton poli. Il la prit par les épaules:

– Deux semaines de farniente au Mexique aussitôt après Noël!

– Acapulco?

– Non, le Yucatán. Les pyramides des Mayas, ça te dit?

– Super…

Malgré la belle perspective, l'enthousiasme provoqué par la surprise s'était un peu effiloché. Laurent s'efforça de ravaler sa déception. Ils montèrent se coucher, tristes l'un et l'autre… Laurent se réveilla plusieurs fois dans la nuit, s'accusant d'avoir été gauche et même grossier. Il descendit dans la cuisine pour fumer une cigarette:

«Je suis trop direct avec elle», se dit-il, envahi par des remords paternalistes.

Il n'arrivait plus à suivre les méandres de la pensée de Myriam.

*

Quelques jours plus tard, près de minuit. À l'heure où les bruits assourdis font place à la réflexion et à la concentration, le silence rend à chacun cette part de lui-même qui disparaît dans la cohue journalière. Laurent travaillait dans la pièce contiguë au salon, où il avait installé une annexe de son bureau, et Myriam qui avait investi le canapé, plongée dans ses dossiers après avoir endormi les enfants, tombait elle-même de sommeil. Depuis le matin, elle était particulièrement préoccupée. Elle se frotta les yeux, ramassa ses feuilles et rangea les documents dans sa sacoche. Les enfants avec leur excellente constitution et leur joyeux caractère, épanouis, ne lui posaient jamais de problème. Les jumelles bien que délicates avaient fait tout récemment leurs premiers pas, ce qui avait ému les grands-parents Dagenais, quant à Guillaume, c'était un gaillard sans complication. Il lui suffisait d'avoir quelques petites voitures pour s'amuser pendant des heures. Pourtant, une difficulté avait surgi qui risquait de perturber la marche des choses et de rompre l'équilibre, bien calculé, qui reliait les membres de la famille: Gaétan, le mari de Pierrette, devait subir une opération. Pierrette, qui l'avait appris à Myriam aux petites heures, ne pourrait garder Guillaume et ses sœurs pendant un certain temps. Elle était dans tous ses états. Myriam qui avait retourné le problème dans tous les sens au cours de la journée avait dû s'adresser à Mme Dagenais, sa belle-mère. Cela semblait être la solution la plus convenable. La mère de Laurent adorait les trois bambins, mais, depuis quelque temps, elle ne manquait pas de faire sentir une certaine désapprobation à sa belle-fille. Tout à l'heure encore, sa réaction avait fait à Myriam l'effet d'une douche froide.

— Je m'occuperai des petits avec plaisir, autant qu'il le faudra, Myriam, avait-elle dit, mais qu'avez-vous à travailler autant? Mon fils ne vous procure-t-il pas ce dont vous avez besoin pour élever vos enfants?

Myriam était restée coite quand elle avait ajouté:

— Votre entêtement de femme moderne nuit à Laurent et par le fait même à toute la famille...

— Nuire à Laurent! n'avait pu s'empêcher de s'exclamer Myriam.

Mme Dagenais qui la regardait derrière ses lunettes avait l'expression sévère de la mère supérieure du couvent. Myriam s'était sentie prise en défaut comme une petite fille qui aurait fait l'école buissonnière, mais elle n'avait osé lui répliquer. Celle-ci détenait un argument de poids: la garde des enfants. Un peu plus tard, elle y pensait encore, sidérée, n'ayant jamais reçu une pareille semonce de la part de cette dame généralement effacée, souriante, qui ne colportait pas ses opinions à la légère et qui jouait son rôle de grand-mère avec élégance... En y réfléchissant à plusieurs reprises, Myriam sentit que Laurent n'était pas étranger à ces remarques aigres-douces qui faisaient mouche à la suite de leurs discussions, et elle en fut peinée.

De plus en plus endormie, elle se leva et posa son regard sur Laurent. La belle complicité qu'ils avaient au moment de leur mariage s'était disloquée ces derniers temps, mais elle espérait encore que d'un commun accord ils sauraient retrouver l'harmonie et recoller ensemble les morceaux de ce qui devenait un casse-tête. Il suffirait sans doute d'un peu de temps! Elle s'approcha douce-ment de lui pour lui dire bonsoir. La lueur de sa lampe de bureau sculptait des zones sombres sur son visage et ses cheveux qui lui retombaient sur le front soulignaient une pâleur excessive. Myriam n'aimait pas le voir ainsi:

— Mon pauvre chéri, travailler à la maison devient une habitude dont tu ne peux plus te passer! Trop, c'est trop!

Elle déposa un baiser sur son front et reçut un gro-gnement pour toute réponse.

— Au fait, Pierrette ne pourra pas garder les enfants cette semaine, Gaétan est malade…

— Alors, garde-les toi-même: prends quelques jours pour rester à la maison…

Laurent, trop absorbé, ne leva même pas les yeux pour lui parler.

— Impossible, j'ai deux causes à présenter pour le conseil de bande. Je dois monter tout le dossier…

— Bon! Que veux-tu que je te dise? C'est ça, être avocate!

Il eut un geste d'impatience en soulevant les épau-les. Myriam prit soin de ne pas répliquer.

— Ta mère va les prendre…

— Bon, alors le problème est réglé…

Il fit la grimace et alluma une cigarette avant de se replonger le nez dans ses papiers. Fermeture, tensions, mauvaise humeur chronique, Laurent ressemblait de moins en moins à celui qu'elle aimait. En vain, elle cherchait à retrouver avec lui une complicité qui s'amenuisait de jour en jour. Il se dérobait même pour prendre des décisions au sujet des petits ou bien il se butait à la moindre occasion. Cet éloignement créait un vide qui la faisait souffrir.

Elle monta se coucher et lut machinalement, tentant de se concentrer sans mémoriser ce qu'elle lisait. Elle éteignit la lumière. Les vacances! les vacances arrangeraient tout, bien sûr... Myriam mit longtemps à trouver le sommeil. Trop de questions encombraient son esprit et puis les remarques de sa belle-mère, loin de s'être envolées comme des mots sans importance, avaient fait leur chemin; elles s'étaient agglutinées dans sa poitrine et l'oppressaient de plus en plus.

CHAPITRE V

À Kanesataké, dans la maisonnette délabrée par les ans où il avait grandi, Gaby, allongé sur le sofa, tenait entre ses mains les derniers textes de loi concernant les droits des autochtones. Dans la chambre contiguë, Ida et les enfants dormaient profondément, enroulés dans leur couverture. Essayant de se concentrer sur sa lecture pour trouver une quelconque inspiration, il réfléchissait... Proposer une vision nouvelle aux chefs de bande n'était pas une mince affaire. Le fait que les Blancs s'arrogeaient des droits sur les terres du Nord le décourageait et, malgré l'énergie qu'il y mettait depuis des années, la lassitude s'emparait de lui. Il repoussa en bâillant le coussin qui lui servait d'oreiller. Peine perdue, il avait beau lire et tourner les pages, rien ne faisait naître dans son esprit de nouvelles idées, rien ne suscitait chez lui un embryon de solution... Il fallait coûte que coûte démontrer que, malgré leurs travers, ses frères étaient des citoyens responsables et libres, prêts à redevenir maîtres sur la terre de leurs ancêtres.

En soupirant, Gaby se répéta que les Indiens n'avaient ni le langage politique des Blancs ni l'esprit assez retors. Impossible pour eux de comprendre que ce qu'on leur

présentait comme une entente était sous bien des aspects un piège qui se refermerait sur leur innocence. Les
années passant, les préserver des nombreux malheurs
qu'il entrevoyait devenait de plus en plus ardu et il n'y
avait que peu de leaders capables de relever ce genre de
défi. Gaby déposa sur le chevet les feuillets imprimés.
Une question le hantait, lancinante : « Trouve-t-on encore des visionnaires capables d'agir au sein d'un peuple
opprimé et malheureux qui refuse la violence ? » Ses frères, las de lutter, las de se voir maltraiter et de devoir endurer le mode de vie infernal qu'on leur imposait, baissaient les bras et se refermaient, révoltés. D'ailleurs,
pouvaient-ils faire autre chose ? Pris dans des filets qui
les étouffaient, la plupart se taisaient, restant à l'écart et
d'autres s'aventuraient sur des sentiers dangereux, empruntant des voies délinquantes qui attiraient la répression et le mépris des Blancs. Dans la région montréalaise,
chez les Mohawks, comme chez les Abénakis, les Cris ou
les Innus, les communautés dispersées avaient du mal à
se redresser pour faire face aux problèmes qui éclataient
de tous côtés. Pourtant, Gaby persistait à croire que des
consciences se réveilleraient ! Autour de la grande ville,
les femmes faisaient bloc, unissant leurs efforts. Elles dé-
nonçaient les textes de la nouvelle loi selon laquelle elles
perdraient leurs droits ancestraux si elles épousaient un
Blanc. Pas question de lâcher leur objectif. Les femmes
devenant la pierre angulaire de la transformation amé-
rindienne, Myriam pourrait jouer un rôle primordial
dans les mois à venir avec les mères de clan…

Gaby étira le bras pour éteindre la lumière. Dès que
l'ombre eut envahi la pièce, un semblant de paix revint
dans sa tête. Le silence avait enveloppé les alentours et,

sur la réserve, seul un chien osait manifester sa présence en jappant d'une voix rauque. Chassait-il une quelconque bestiole attardée au tournant de la route? Quelqu'un s'était-il égaré? Gaby se leva, ouvrit la porte et contempla le ciel. Hormis de petits nuages ronds qui filaient en s'étirant et voilaient par instants la clarté de la lune, tout était tranquille. Quelques dizaines d'étoiles accrochées au firmament lançaient leurs étincelles comme pour rappeler que la vie était partout dans un univers sans fin et que chaque être vivant y avait sa place, si infime soit-elle. Était-il révolu à jamais le temps où l'on vivait au rythme des saisons, sans artifice; le temps où chaque pas humain marquait avec respect l'appartenance à la Terre-mère? La Terre ne se rebellerait-elle pas un jour ou l'autre de toutes les agressions qu'on lui faisait subir? Il eut la vision des coupes de bois qui se perpétraient sur la quasi-totalité des territoires nordiques, sans égard au fait que la forêt boréale est fragile et que les résineux y repoussent lentement. Il crut entendre la longue plainte des arbres qu'on avait sacrifiés, depuis quelques années. «Durant les dernières décennies, lui reprochaient les frênes, les bouleaux et les chênes, vous avez massacré plus de trésors que tous les peuples de la Terre depuis la nuit des temps!» et Gaby ne pouvait se distancier d'une culpabilité collective englobant l'ensemble de la race humaine... «La terre est dépouillée de sa peau de verdure et mes frères n'y peuvent rien!» pensa-t-il tristement, en aspirant quelques bouffées d'air frais. Il chassa le trop-plein de sa mélancolie et fit quelques pas sur l'herbe gelée en ouvrant son cœur. Les cimes des épinettes qui bordaient le pré derrière la maison se balançaient doucement et la campagne sentait bon. Gaby laissa monter en lui une prière, invoquant le Grand Esprit qui régit le destin des choses et des êtres, et après un long moment de méditation silencieuse, apaisé, il rentra dans la maisonnette et referma la porte. Tout à coup, il frémit. Un léger courant d'air caressait son visage. Autour de lui, rien ne bougeait. La porte était close, la fenêtre aussi et les enfants dormaient serrés contre leur mère. Il s'allongea, croisa les bras derrière sa nuque et referma les paupières. Le phénomène se reproduisit. Il n'était pas seul. Une présence subtile s'annonçait en le frôlant pour la troisième fois. C'est alors que le visage de sa sœur Kateri lui apparut, souriant, nimbé d'une douce lumière et il sentit dans son cœur une vibration :

— C'est bon, petite sœur, dit-il, je comprends. Tu as un message pour moi…

Alors, il fit silence dans sa tête, à l'écoute de sa chère Kateri qui, muette et bienveillante, le regardait, tandis que du fond de sa poitrine jaillissait une vieille berceuse qu'on chantait aux nouveau-nés et que sa sœur adorait :

Petit Soleil, toi qui viens avec nous
Sur cette Terre si belle et si généreuse,
Sois le bienvenu,
Et moi qui suis ta mère,
Toujours je te tiendrai la main,
Pour te montrer, petit Soleil,
Les merveilles
De notre Mère à tous,
La Terre…

Jadis, Wanda sa mère leur avait appris cette chansonnette, puis Kateri l'avait murmurée à Myriam, si peu de temps, hélas! Gaby comprit. C'était à lui que reviendrait le rôle d'enseigner la mélodie et le sens de ces paroles à sa nièce, aux petits de Myriam et à la nouvelle génération, programme lourd de conséquences. Myriam, élevée parmi les Blancs, saurait-elle s'imprégner de ces valeurs-là? Et les enfants de son peuple, retrouveraient-ils ce que les dernières décennies de colonisation avaient détruit? Tandis que le visage de Kateri s'estompait jusqu'à s'effacer tout à fait, il entendit frapper. Il se releva.

«Qui peut venir à cette heure-ci?» se demanda-t-il, en faisant pivoter la poignée de la porte.

Une silhouette de femme se profilait sur le fond du ciel où dansait la pâle clarté de la lune. C'était Judy. Elle entra précipitamment, enroulée dans un long châle dont la pointe traînait sur le sol et les cheveux ceints du bandeau traditionnel. Essoufflée, pendant quelques secondes elle ne dit mot, se contentant de dévisager Gaby comme pour lui faire comprendre le motif de sa venue.

– Judy, qu'est-ce qui t'amène?

Il s'attendait à quelque problème concernant les femmes et s'apprêtait à réveiller Ida, mais Judy l'en empêcha:

– Non, c'est toi que je viens chercher, suis-moi!

Interloqué par le ton de la requête, bien qu'il connût les manières de Judy, Gaby croisa les bras. La sorcière lui faisait signe de la suivre de façon impérative.

– Judy, explique-toi! proféra-t-il.

Judy pouvait choquer par son franc-parler, mais sous aucun prétexte elle n'aurait eu l'idée de le déranger à cette heure sans un motif sérieux. Il ne l'avait jamais vue dans cet état de nervosité. Elle ne bronchait toujours pas et Gaby s'impatientait.

— Judy, me diras-tu ce qui arrive ?

Alors, elle daigna s'expliquer :

— C'est chez les Nicholas ! dit-elle en prenant une grande respiration. Les jeunes ont bu et fumé avec les voisins quand le père était en tournée avec son camion ! Tu sais que la mère est hospitalisée… Ils se sont saoulés, ont sorti le char sans permission. Résultat : un accident sur la nationale, avec les fils du père Ouellet, les maudits jeunes qui sont enragés contre les Mohawks. Tout ça devant la trappe d'Oka… Ça a dégénéré en bagarre. Ils sont presque tous amochés, les enfants Nicholas, les fils Saint-Onge et aussi les Ouellet ! Maudite affaire, les prêtres du séminaire les ont séparés et ont appelé la police qui a menotté toute la gang !

Judy et Gaby se regardèrent, consternés.

— Maudite boisson…

— Mais Judy, que veux-tu que je fasse ?

— Viens leur faire entendre raison, fais quelque chose, Gaby ! demande aux prêtres et aux policiers de les relâcher, ces enfants !

— Sous quel prétexte ?

— Sers-toi de ton autorité… tu sais ce qui va arriver si on les laisse faire !

Gaby eut un geste d'impuissance, puis il se reprit. Il devait faire quelque chose et vite :

— Je suppose que personne n'avait de permis de conduire…

— Évidemment non !

— Et les voitures sont bosselées ?

— Évidemment oui !

Il enfila sa veste et emboîta le pas à Judy.

— Nos jeunes sont de plus en plus perdus, Gaby…

– Je sais, Judy, je sais… C'est bien ce qui me préoccupe…

– Y'a que toi, Gaby, qui peux faire entendre raison et ramener un peu de bon sens!

– Tu me surestimes, Judy, mais une chose est sûre, je vais essayer…

Sur ces entrefaites, Ida apparut tout endormie, se frottant les yeux.

– Je vais avec Judy, expliqua Gaby. Les policiers ont arrêté des jeunes qui ont provoqué un accident…

Ida leva les bras au ciel, inquiète, et les regarda sortir. Que de problèmes sur la réserve… N'ayant vécu que chez les Cris, elle ne se faisait pas à l'idée qu'ici, près de la grande ville, les commerces illicites et la délinquance devenaient la quasi-totalité des activités des jeunes. On savait que les autochtones, une fois pris par les autorités, seraient traités sans compassion et que le point de vue de leurs parents, considérés eux aussi comme des mineurs, serait ignoré. Le camion rouge de Gaby démarra vite et fit un demi-tour avant de s'élancer d'un trait jusqu'au monastère. Dans le parloir où l'on avait fait entrer les jeunes, les prêtres et les policiers, le rassemblement était hétéroclite et plutôt inhabituel. Les agents s'étaient entendus pour traiter l'affaire selon les règles. Assis sur des bancs, quatre adolescents de la réserve baissaient la tête, menottés comme de vulgaires malfaiteurs. Honteux, ils attendaient le verdict, l'air perdu. Gaby s'approcha du groupe et s'adressa à celui qui était le plus âgé :

– C'est toi qui conduisais, Théo?

Le jeune qui avait des balafres sanguinolentes sur le front fit un signe affirmatif, puis tenta de se cacher le visage dans le col de son blouson. Il était penaud. Les autres se tenaient cois, humiliés. Pour ceux de la famille Ouellet, une famille québécoise connue, l'affaire serait classée sans retard. Dès que les parents seraient venus les chercher, on les relâcherait avec une amende et un sermon. Mais pour les autres, le traitement qui leur était réservé serait celui qui s'appliquait aux Indiens: rapport de force et répression... Gaby prit le temps d'évaluer la situation. Aucun des chefs du conseil n'étant présent et bien qu'il ait eu dans le passé maille à partir avec la police, il fit un effort. Il se présenta pour parlementer et dédramatiser les faits qui, en eux-mêmes, n'étaient pas si graves. L'incident se soldait avec quelques légères blessures et des égratignures sur les carrosseries des voitures:

— Ces jeunes ont commis une faute, mais je me porte garant d'eux..., affirma-t-il à plusieurs reprises aux policiers, faisant bonne mine et essayant d'accaparer leur intérêt.

Le chef remit sa casquette en place, bomba le torse et croisa les bras avant de lui lancer un regard furieux:

— Ils ont provoqué la bagarre, causé du trouble sur la voie publique, conduit un char sans permis et vous trouvez que tout cela n'est pas si grave?

Inutile de compter sur la moindre empathie... Jusque-là, Gaby avait réussi à rester stoïque. Immobile, il fit face au policier, en prenant soin de le fixer. Avec un physique qui imposait le respect, il ne pouvait cependant espérer cacher sa race. Son type indien sautait aux yeux et les officiers de l'ordre public le dévisageaient sans vergogne. Gaby restait impassible.

— Où est la catastrophe? demanda-t-il.

Ils éclatèrent de rire. Aucun d'eux n'était prêt à donner du crédit à un autochtone:

— Pas de grosse catastrophe, d'accord, mais cette racaille d'Indiens est dangereuse…, dit l'un d'eux, en toisant Gaby pour bien lui montrer qu'il connaissait ses origines.

— Cette racaille d'Indiens, comprends-tu? répéta le deuxième.

— Ils savent juste mettre la pagaille…, fit le troisième avec un rire gras.

— Des bons à rien! renchérit le premier en le narguant pour voir s'il perdrait son sang-froid.

Leur attitude relevait carrément de la provocation. Que faire? Un sentiment d'impuissance envahit Gaby. Il eut envie de frapper et de frapper encore, jusqu'au bout de ses forces. Mais il était révolu le temps où il aurait sans hésitation asséné son poing sur la face du détestable personnage. Il avait appris à se contrôler. Les années l'avaient assagi. Il ravala sa hargne et s'efforça sans y parvenir d'oublier le ton méprisant du chef de police et de ses collègues. Après quelques instants, il choisit d'abonder dans leur sens pour aboutir au résultat qu'il escomptait:

— Ce genre d'incident est regrettable, je vous garantis que ça ne se reproduira plus…, affirma-t-il.

Les trois policiers ricanèrent en chœur. Gaby enfonça les mains dans ses poches en pensant: «Les imbéciles! Ils sont bornés, à cause de ce sentiment de supériorité qui les aveugle… J'aimerais tant me battre avec eux, rien que pour leur montrer ce que je sais faire!» Il maintint ses mains prisonnières. L'un des trois officiers ôta sa casquette et leva le nez vers Gaby avec un sourire malin.

— T'es qui toi, pour croire ça?

Gaby savait le jeu dangereux puisqu'il avait des antécédents, mais il déclina son identité et, en plus, leur fit la promesse qu'il surveillerait les coupables. Les moines, qui assistaient depuis le début à la scène, baissaient les yeux en faisant cliqueter leur chapelet, ou serraient d'une main convulsive le crucifix pendu à leur cou, se comportant comme des spectateurs et surveillant sans broncher les échanges, comptant les points derrière leur feinte indifférence. Aucun d'eux ne prononça la moindre parole bienveillante à l'égard des jeunes blessés qui auraient eu besoin d'un minimum de soins. Gaby les regardait se retrancher de la réalité, médusé. Rien n'avait changé dans ces lieux qui, supposément, étaient le refuge de Dieu! Où était-il le Dieu de miséricorde dont ces gens se gargarisaient, se prétendant ses messagers? «Sûrement pas en ces lieux!» se dit Gaby, hors de lui. Il réussit si bien à refouler sa colère et à faire preuve de diplomatie en prononçant des paroles convaincantes qu'il obtint finalement la libération de ses protégés, moyennant quoi l'équipe au complet devrait se présenter le lendemain chez le juge, à Saint-Jérôme. Ceci ne voulait pas dire la fin de leurs ennuis… Au pire, ils seraient jetés en prison et, au mieux, on les séparerait de leurs familles pour les envoyer dans un des derniers pensionnats disciplinaires tenu par des religieux, à l'autre bout de la province. Et ces jeunes, coupés de leur environnement naturel, devraient abandonner leur langue et leurs attaches; une fois tout germe de révolte brisé et après qu'ils auraient perdu définitivement leur identité, on les laisserait se fondre, sans appui, dans la foule des citoyens anonymes, malades de solitude. Gaby, qui connaissait l'ampleur du stratagème machiavélique utilisé depuis plusieurs décennies par les autorités, aurait fait n'importe quoi pour leur éviter cette brisure irréversible... Il songeait à tous ceux qui avaient fini comme des misérables, prisonniers de ce genre de situation et sentait la colère renaître dans sa poitrine pour le pousser à utiliser sa force physique. Une tempête se déchaînait en lui, qui lui dictait de lutter contre ces injustices. Il eut envie de faire disparaître à jamais ces hommes sans compassion, esclaves d'un pouvoir aveugle, imbus d'eux-mêmes et de leurs manières hypocrites.

« Qui donc, ici, sont les Sauvages ? » se demandait-il amèrement. Mais, dans le passé, il avait si souvent éprouvé les résultats fâcheux de son impulsivité qu'il était devenu sage, et qu'il se retint même de leur crier : « Laissez donc les gens de mon peuple régler leurs problèmes avec des solutions qui leur appartiennent et ne vous en prenez pas à des enfants... Mes frères de race sont des êtres humains qui savent encore réagir en êtres humains ! »

Il continua de faire bonne mine pour empêcher à tout prix que ces jeunes soient emmenés loin de leurs familles et traités comme des prisonniers. Mais il avait besoin d'aide. Impossible d'agir seul, il fallait être réaliste. En un éclair, sa décision fut prise, il ferait appel à Myriam pour les défendre et obtenir leur pardon. Il se dirigea vers un téléphone et composa le numéro des Dagenais. Laurent lui répondit sèchement avec un soupir, puis il y eut un long silence. En consultant le cadran de sa montre, Gaby réalisa soudain qu'il était onze heures du soir... Trop tard, la maladresse était commise ! Il patienta un certain temps avant d'entendre la voix rassurante de Myriam :

— Je serai là demain matin, ne sois pas inquiet, mon oncle! Avec les subventions que le conseil de bande vient de recevoir, on paiera une caution et je réglerai l'affaire sur-le-champ… Dors en paix mais, avant, passe-moi le chef de police…

Elle avait l'air de trouver tout cela normal, de bien connaître son affaire et sa parole avait du poids. En quelques phrases qui furent échangées sur un ton courtois, le problème parut soudain s'aplanir. Soulagé, Gaby prit le chemin du retour avec Judy et les jeunes, entassés dans son camion. Quand la remmancheuse eut pansé les plaies et remis en forme du mieux qu'elle put les éclopés, Gaby discuta longuement avec chacun pour lui redonner le sens des réalités et lui faire comprendre que jouer à ces sortes de jeux le mettait en position dangereuse et donnait mauvaise réputation à la communauté tout entière. Il passa la nuit au milieu d'eux dans un sac de couchage. Ce n'étaient que des enfants perdus qui manquaient de modèles et à qui on avait enlevé leur dignité. Révoltés, ils avaient besoin d'attention… Reconstruire l'ossature de leur personnalité, leur donner l'éducation manquante, leur réapprendre la vision indienne et les remettre dans la bonne direction: quel programme!

Alors, l'idée qu'il attendait depuis des jours jaillit dans son esprit. Comme un oiseau qui plane dans le ciel et fond d'un seul coup sur ce qui sera son repas, l'aigle, symbole de la vision claire, l'oiseau de proie à qui rien n'échappe, son animal totem, lui vint en aide et lui montra le chemin. Il vit des écoles où la langue serait celle des autochtones et des salles de classe où les professeurs redonneraient aux jeunes le goût d'apprendre les histoires et les rites des anciens… «C'est bien sûr, se dit

Gaby, il ne suffit pas d'envoyer nos enfants dans les écoles des Blancs, comme nous l'avions envisagé, il faut créer nos propres écoles : des institutions qui fonctionneront selon nos règles et qui transmettront à nos enfants le savoir et les valeurs qui sont les nôtres ! » Et, avec cette idée, brillante, puissante et pleine de promesses, la paix revint en lui, inonda tout son être comme une marée bienfaisante. Il se détendit. Il savait quoi faire. Quand enfin il se laissa tomber dans le sommeil, les images et les impressions qu'il avait ressenties en bavardant avec Myriam les jours précédents défilèrent derrière ses paupières closes. Myriam ne se doutait pas encore de ce qui l'attendait : poser des jalons solides, créer des programmes d'enseignement dans des institutions scolaires indiennes pour tous ces jeunes en perdition, tous ceux qui, entre tradition et modernisme, s'égaraient, honteux de leurs origines, montrés du doigt. Il y avait songé depuis longtemps. Comme tous ceux de sa race, Gaby rêvait longuement ses objectifs et se laissait diriger par ses visions intérieures jusqu'à leur accomplissement. Le temps était venu de passer à l'action.

*

Depuis le matin, en ce milieu de novembre, sur la réserve de Kanesataké, il pleuvait des cordes. Avec un petit choc métallique, la pluie givrait dans sa chute, et se déposait en une mince couche luisante qui rendait la chaussée glissante. Poussée par le vent, elle martelait en rafales drues le sommet des grands pins qui commençaient à ployer la tête et, de l'autre côté de la pinède, le fleuve ordinairement calme et majestueux se

hérissait de vagues dont les crêtes charriaient des fila-
ments d'écume. On sentait la saison froide préparer
son avancée. Impossible de voir les rives du village
d'Hudson du côté ouest. Malgré le temps peu invitant,
devant le débarcadère du bac et tout au long de la
route nationale proche du village d'Oka, d'énormes
véhicules allaient et venaient depuis le matin. Sur le
quai, deux géants indiens à la carrure imposante riaient
en arrimant aux énormes crochets le câble du bac qui
finissait sa traversée. Au milieu du traversier, il y avait
un unique véhicule : un camion rouge. La plateforme
glissa doucement en pivotant et s'immobilisa à l'extrémité de sa course avec un léger sursaut. Gaby fit
tourner la clé de son moteur et lança un salut familier aux deux gaillards.

— Ça sera pas bien long avant qu'on ouvre le pont
de glace…, fit un des gars.

— Ouais, le ciel va bientôt nous charrier ça, la neige
et la froidure ! dit l'autre.

— Pour sûr, mon gars, ça sera pas bien long…, acquiesça Gaby.

Le plus grand des deux avait ôté ses mitaines et
soufflait dans ses doigts qui commençaient à geler, tandis que le deuxième tentait d'allumer une cigarette qu'il
protégeait du revers de sa veste. Quand le camion rouge
ronfla pour gravir la pente et monter sur la route, les
deux hommes envoyèrent un salut.

Gaby leur répondit par un signe de la main. Myriam,
assise à côté de lui, sourit et pencha la tête vers eux. Le
premier lança :

— Hé, Gaby, tu restes parmi nous astheure ?

— Ouais, mon gars… Les élections s'en viennent !

— Alors, ça veut-y dire que tu seras élu comme chef?

— Va savoir… Salut!

Gaby embraya au moment où un énorme poids lourd qui débouchait à grande vitesse faillit les percuter. Myriam se recroquevilla sur son siège : elle occupait la «place du mort» et serrait les dents, mais, heureusement, son oncle avait des réflexes rapides et sûrs. Il ralentit et l'autre ne fit que les frôler… L'engin arborait sur ses flancs une tête couronnée de plumes, surmontée du nom de la compagnie en lettres noires. Énorme, semblable à un mastodonte, il tourna lentement du côté de la pinède et dérapa dans un crissement de freins sur la couche de verglas. Il y eut le bruit mat d'un choc : celui de son flanc qui s'écrasait sur le bas-côté. Gaby suivait de près. Il étendit le bras pour protéger Myriam, fit une embardée et ramena son véhicule au milieu de la voie par un habile coup de volant. En grognant, il ouvrit sa portière :

— Es-tu malade, mon gars? C'est-y devenu une habitude à Kanesataké de conduire de la sorte? On dirait qu'à chaque fois que j'suis dans les parages, j'ai affaire à des fous de la route…

L'homme perché derrière son volant était prêt à répliquer grossièrement. Il reconnut Gaby. Alors, un large sourire illumina son visage :

— Hé… Gaby! Qu'est-ce que tu fais ici?

— Et toi, mon gars, depuis le temps?

— Tu le vois, je travaille fort…

— Je le vois bien, mais c'est pas une raison pour écraser ceux qui sont prudents!

Les deux hommes se mirent à rire.

— Tel que c'est là, il faudrait appeler un towing…

— Pantoute, je vais le sortir de là… Tu vas voir…

— Allez, monte avec nous autres, on te dépose.

Le conducteur se gratta la tête, regarda son camion d'un œil désemparé et ouvrit la portière du côté de Myriam.

— Ça marche pour toi, Joe? dit Gaby, en montrant d'un signe de tête l'énorme machine. Il est à toi?

— *Yes!* fit-il en se redressant.

— Qu'est-ce que tu transportes?

L'autre se mit à rire.

— Tout ce qui paye!

— Alcool?

— Alcool, cigarettes, tout!

— Je suis content pour toi, mon gars, mais j'peux pas m'empêcher de penser que tu t'en vas direct vers de gros ennuis…

— C'est que les ennuis quand t'as l'argent, c'est moins pire! t'inquiète pas, Gaby, les Blancs y pourront pas nous empêcher de faire de l'argent… Y sont bien trop friands de nos produits! On les vend en claquant des doigts! Hop! Et puis, ça fait partie de nos droits an-cestraux, pas vrai?

— Fais pas ça, Joe… tu sais que les règlements du gouvernement sont féroces, et maintenant qu'«ils» nous donnent d'énormes subventions, tenons-nous corrects pour les recevoir!

Joe n'avait que faire des conseils de Gaby.

— Suis-moi! fit-il, j'vais chez Gloria…

Sans écouter la suite, il reprit sa place au volant, fit ronfler son moteur et remit doucement le camion au milieu de la route. Derrière lui, Gaby roulait au pas et Myriam frottait de sa main le pare-brise pour effacer la buée opaque et collante qui masquait la visibilité. Quand

ils s'arrêtèrent, deux kilomètres plus loin, la pluie verglaçante redoublait.

— Cochonnerie, murmura Joe entre ses dents.

Il se couvrit d'une pèlerine jaune avant de descendre et, d'un pas mal assuré, courbé sous l'averse, il claqua derrière lui la porte de l'habitacle avant de cogner à
une cabane en bois délavé. Gaby sortit de sous son siège
un imperméable roulé en boule et le tendit à Myriam,
puis il rabattit la capuche de sa veste et les deux rejoi-
gnirent Joe sur le perron.

— C'est qui, elle? fit Joe à l'endroit de Myriam d'un
air soupçonneux.

Il lui trouvait l'air un peu trop raffiné. Les femmes
de Kanesataké avaient généralement un style plus cam-
pagnard.

— Ma nièce, répondit Gaby.

Joe eut l'air rassuré. De chaque côté de la cabane,
des affiches barbouillées de rouge, attachées de guingois
au tronc d'un gros érable et peintes à la main, indiquaient
« cigarettes à vendre »… Un gamin ébouriffé qui montrait sa frimousse derrière la vitre colla son nez contre le
carreau d'un air vainqueur :

— *Daddy, daddy!* criait-il, en frappant la fenêtre de
son petit poing.

Joe se dévêtit de sa pèlerine, l'accrocha dans la minuscule entrée et prit le gamin dans ses bras. Puis, il
s'approcha de Gloria qui comptait des liasses de billets
derrière le comptoir. Elle leva la tête et sourit.

— Gaby et Myriam, ah ben! Quelle bonne surprise
par ce temps… Asseyez-vous.

— Alors, le commerce roule? s'enquit Gaby.

— Pas si mal, fit Gloria avec un soupir. Heureusement, on finit par y arriver…

Joe souleva sa casquette et se gratta la tête en l'interpellant :

— Combien aujourd'hui, Gloria ?

Elle baissa le ton.

— Deux cent quatre-vingt-cinq dollars…, dit-elle.

Joe siffla entre ses dents et déposa le bambin sur le sol avant d'empocher les billets.

— Tu peux m'en laisser cinq caisses, fit encore Gloria, en ôtant ses lunettes et en secouant ses tresses, la fin de semaine approche, les clients ne manqueront pas…

— Les Blancs se donnent le mot pour les cigarettes, et aussi pour l'alcool ! Je vais t'en déposer six de chaque, hein, la mère…

Joe crut bon d'expliquer à Gaby. Il faisait de la contrebande de cigarettes et d'alcool d'une réserve à l'autre et multipliait les points de vente le long des routes. Les affaires allaient bon train et le réseau grossissait, alimenté par les clients des villes qui se passaient le mot. Myriam, silencieuse, l'écoutait, ahurie par l'aplomb qu'il affichait. Tout cela était parfaitement illégal, mais, depuis la proclamation des droits des Indiens, personne ne se privait pour organiser le trafic au vu et au su de tous. Les Blancs trop heureux de l'aubaine achetaient à prix réduit tout ce qu'on leur offrait. Gloria se retourna vers Joe en regardant le bambin et ajouta, hésitante :

— Tu pourrais laisser un peu d'argent pour les enfants, Gina n'est toujours pas revenue et il faut que je les équipe pour l'hiver, non ?

Ce fut comme si Joe explosait :

— Elle peut bien aller se faire pendre, la garce! Heureusement que tu veilles, hein, grand-maman! Toi, t'es une vraie femme d'affaires...

— Écoute, je suis pas une femme d'affaires, et si je m'occupe pas de ce que vont manger les petits, qui de vous deux va y veiller? fit encore Gloria, c'est pour eux que je le fais...

Depuis bientôt deux mois, elle remplaçait à elle seule les parents de trois gamins.

— Elle les a plantés là, ses marmots...

— Ben, toi aussi, innocent!

— Moi, je m'décarcasse à travailler pour eux...

Et Joe sortit quelques billets qu'il lança sur le comptoir.

— D'accord, elle les a plantés là et toi, tu travailles fort, mais t'avais peut-être pas toujours raison! C'est pas que je veux la défendre, mais tu crois pas qu'elle était à bout?

Le géant réagit violemment:

— Rien à faire! Qu'elle mange un char de... je vais aller trouver un avocat et je vais lui faire savoir si elle est la plus forte!

Myriam eut un frisson. Après sa visite chez les femmes, elle avait imaginé que la vie des Indiens était imprégnée de folklore... Ici, les choses apparaissaient sous un autre angle. Un des aspects les plus pénibles de leurs difficultés se manifestait de façon claire... Pour survivre, les Indiens organisaient des réseaux de consommation plus ou moins honnêtes et les femmes, aux prises avec un conjoint ivrogne, subissaient une forme de violence jusque-là inconnue. «Je dois faire respecter les droits des femmes et on doit aussi faire disparaître la contrebande», se répétait-elle, bouleversée de constater à quel point l'histoire des femmes se ressemblait d'une génération à l'autre. Myriam mesurait ses privilèges. Libre et heureuse, elle l'avait été depuis toujours… Encore tout récemment, elle avait refusé de plier devant l'autorité de Laurent et revendiquait la liberté de ses faits et gestes, pressentant que rien ne serait facile. La pluie qui redoublait ruisselait sur les fenêtres et martelait les vitres de la cabane qui résonnaient comme un tam-tam guerrier. Joe, hors de lui, et sa mère s'affrontaient, tandis que le petit Jimmy se bouchait les oreilles en agitant la tête. Le tableau était surréaliste. Les femmes en rupture totale avec l'attitude de soumission qu'on leur avait imposée prenaient le gouvernail et n'en faisaient qu'à leur tête, contre vents et marées. Le bateau familial qui voguait depuis la nuit des temps menaçait de sombrer. Déroute perceptible et signe d'un bouleversement, la douloureuse question des relations pénibles entre les hommes et les femmes surgissait au-dessus du silence des convenances… Le silence mortel des convenances! Myriam observait le petit Jimmy inquiet, qui s'accrochait aux jambes de son père. Intuitivement, l'enfant sentait qu'il se passait quelque chose de grave et réclamait de la protection. Joe était presque toujours absent et en plus, obsédé par la course au profit, il avait vis-à-vis de sa compagne un comportement agressif, peut-être même violent dans l'intimité. Quant à ses enfants, il n'y prêtait guère attention. Myriam ne pouvait croire que ce triste panorama était monnaie courante… Bien protégée depuis son adoption par le cocon douillet dans lequel les Pellerin et les Langevin l'avaient maintenue, elle avait plané au-dessus de ces considérations. Elle était prête à croire que, chez les autochtones, tout était simple et même simpliste, semblable à ce qu'elle avait observé chez Judy la remmancheuse avec un tantinet de mépris... Gaby qui connaissait l'étendue du problème se taisait, prêt à raisonner Joe, et Gloria en bonne grand-mère faisait tout pour apaiser son fils que la détermination de Gina rendait fou.

— Joe... tu pourrais quand même admettre tes torts, non ? lança Gloria.

L'autre s'agitait, de plus en plus furieux.

— Tu crois peut-être que t'es un cadeau ? Bien que tu sois mon fils, jamais j'te défendrai contre elle.

Joe eut un geste de mépris. Gloria haussa le ton en ajoutant :

— Pense à tes enfants, maudit ! C'est pas compliqué, pense à tes enfants...

— C'est bien pour eux que j'entasse les cigarettes dans les camions et les dollars par la même occasion ! Qu'est-ce que tu crois, la mère, hein ?

Joe vociférait, mais Gloria tint bon :

— Ce que je crois, mon gars, c'est que t'as beau gagner gros, ta femme, elle en voit pas la couleur ! Et tes enfants, tu leur donnes un mauvais exemple... Tu oublies que le plus important, c'est ta présence. T'es jamais là !

Gloria tendit un biscuit à Jimmy qui s'impatientait et continua :

— Les femmes sont pas gâtées avec des hommes comme vous autres, des vrais innocents qui pensent qu'à faire la fête et à prendre un coup quand y'a tant à faire pour redresser les problèmes de notre peuple...

— Tu rêves, la mère! rétorqua Joe. Depuis que les Blancs se sont proclamés les propriétaires de notre pays, que veux-tu qu'on fasse? On est foutus… On n'est plus rien, nous autres, alors qu'y viennent pas mettre le nez dans nos affaires!

Joe avait l'air si désemparé en énonçant le fait que Myriam ressentit sa peine.

— Mettez-vous un peu de plomb dans la cervelle tant qu'à ça, innocents, marmonna Gloria, et aidez un peu ceux qui ont des idées!

Et elle fit un signe de connivence à Gaby, mais Joe, aveugle et sourd, continuait sur sa lancée:

— On n'a plus que le droit de se taire chez nous, sais-tu ça, la mère? Le sais-tu? On est un peuple bâillonné…

Gaby et Myriam l'écoutaient. Ses gestes désordonnés et ses paroles pleines d'amertume brossaient le tableau du déséquilibre et de la souffrance dans lesquels se trouvaient plongés les Indiens, particulièrement ceux qui habitaient autour des zones urbaines, car ceux-là avaient perdu leurs grands espaces. Gaby crut le moment opportun pour redonner un élan à Joe et le faire réagir:

— C'est bien pour ça que je me présente aux élections du conseil de bande, Joe… On a de quoi à dire et à faire! Aide-nous! On y verra un peu plus clair si nos enfants vont à l'école pour apprendre notre langue et nos coutumes plutôt que de faire des mauvais coups pendant que les femmes travaillent et que les hommes font la fête. Si l'ordre revient dans les familles, avec les traditions, on retrouvera ce qu'on a perdu… J'ai demandé l'aide de Myriam qui est avocate! On va bien aboutir quelque part…

– On va aboutir…, répéta Myriam en hochant la tête.

Joe se calma peu à peu et son fils Jimmy retrouva le sourire. De retour chez elle, Myriam ne put détacher son esprit de la scène à laquelle elle avait assisté un peu plus tôt. En pénétrant plus profondément dans le monde de la réserve, elle avait pris contact avec un univers méconnu qui évoluait à des années-lumière du cercle bourgeois dans lequel elle avait grandi. Un monde où tout fonctionnait en dehors des codes qui lui étaient familiers et surtout en dehors de ce qu'on lui enseignait au Barreau. Le monde des opprimés.

*

Il était bientôt quatre heures. Au bureau Dagenais, Robillard & Larue, Myriam, perdue derrière une montagne de dossiers, s'efforçait de ne pas se laisser divertir par son goût de l'aventure qui lui jouait des tours. Il faisait trop chaud dans l'édifice, malgré la porte ouverte de son bureau. Elle jeta un regard distrait sur le panorama de la rue. Des passants emmitouflés avançaient prudemment pour ne pas glisser sur les trottoirs encombrés de monticules de neige. L'interminable hiver n'avait pas fini de maltraiter les Montréalais! Elle sourit, savourant l'image de son bien-être prochain: les bagages étaient bouclés. Le dossier des enfants Nicholas était enfin réglé, d'autres attendraient son retour, et demain, avec Laurent et les petits, on s'envolerait pour les vacances au Mexique, pendant qu'ici le froid redoublerait de cruauté. Une ombre qui se profilait devant la fenêtre lui fit lever la tête. Un des deux associés de Laurent, Daniel Larue, était debout devant elle, tendu. Daniel n'appréciait pas la collaboration d'une femme sur son territoire professionnel, mais il aurait été mal à propos de le lui dire franchement : Myriam était l'épouse de son associé… Sans en avoir l'air, il tournait autour d'elle, essayant de découvrir une faille, de trouver quelque bévue qu'elle aurait commise, avec laquelle il pourrait la narguer et alimenter les potins lors d'un prochain dîner avec ses collègues. Tout cela serait exprimé sur le ton de la plaisanterie la plus anodine, il s'en régalait déjà… « Depuis que les femmes ont, elles aussi, le titre de maître, nous, les hommes, nous passons en second lieu sur le rôle, au palais de justice ! » se répétait-il, agacé. Myriam croyait entendre ses propos et sentait le regard narquois de Daniel posé sur sa nuque. Elle bouillait de colère, mais ne pouvait réagir par des paroles pour le piquer au vif, car rien n'était clairement exprimé. Depuis trois mois, elle était accaparée par plusieurs dossiers concernant des autochtones et, jusque-là, s'en tirait très bien malgré le peu de support que ces messieurs (y compris Laurent) lui offraient. Le plus souvent, ils la regardaient manœuvrer, espérant qu'elle ferait appel à eux quand la situation serait désespérée, qu'elle abandonnerait son « étiquette » de défenseur des Indiens, mais cela n'était pas encore arrivé et n'arriverait probablement jamais ! Profitant des moments privilégiés où elle était seule avec son mari, la jeune femme avait tenté de l'amadouer, usant tour à tour d'un raisonnement sans faille, puis de son charme pour lui faire admettre son choix, quêtant la reconnaissance et la considération de ses collègues, mais rien n'y avait fait ! Hier, quand elle avait su qu'elle avait gain de cause au tribunal de la jeunesse, elle avait manifesté sa joie et sa fierté, mais Laurent, boudant sa première vraie victoire, lui avait dit sur un ton sans appel :

– Myriam, tu te charges des dossiers des Indiens, d'accord, mais ne sollicite pas mes félicitations. Tu pourrais te bâtir une place enviable avec une spécialité comme le droit commercial et je t'y aiderai…

– Mais voyons, Laurent, laisse-moi faire ce que j'aime… Le droit commercial et moi, on est aux antipodes…

Elle le trouvait cruel.

– Nous sommes d'accord : je te laisse faire !

C'était comme s'il enfonçait un clou, inutilement, pour la voir souffrir. Puis, les choses s'étaient arrêtées là. Laurent, malgré la déception qu'elle avait montrée, était resté inébranlable. « Ainsi, se disait-il un peu malicieusement, elle finira bien par comprendre quelle est la voie à suivre pour une mère de famille, celle que je lui offre sur un plateau ! » Et il avait levé le nez sur ses efforts. Myriam étouffait dans ce carcan imposé au nom d'une tradition patriarcale et voulait croire qu'avec de la patience elle finirait par convaincre Laurent et ses partenaires. Mais elle était tout sauf patiente et se faisait violence pour le devenir. Alors, elle se sentait mal à l'aise. Elle aurait voulu s'éloigner de ce bureau et trouver un lieu plus convivial où se réfugier pour travailler en paix comme bon lui semblait. Daniel Larue écrasa sa cigarette en soufflant quelques nuages de fumée devant elle, ce qui la fit revenir à la réalité. Il lui lança d'une voix nasillarde :

– Alors, ces braves Indiens, tu leur fais gagner des bons points ? Vraiment, ils méritent toute ton attention ! fit-il avec un sourire mauvais.

Et il lui tendit la dernière édition de *La Presse*. Le trafic de cigarettes à Kanesataké faisait les manchettes de la première page… L'acidité de sa remarque et son air fanfaron étaient une insulte à peine déguisée. Il marquait un point! Le Québec était scandalisé: les commentaires noircissaient le portrait des Mohawks. Devant son air vainqueur, Myriam posa le journal devant elle et se retint de lui administrer un soufflet. Au même moment, Laurent sortit de son bureau avec un homme qu'elle eut peine à reconnaître tant il avait vieilli.

— Mon oncle Jean-Paul! s'écria Myriam, hésitante.

Elle se leva précipitamment et resta interdite pendant quelques secondes, ne sachant si elle devait l'embrasser, lui faire un simple salut, ou encore engager la conversation. Trop de souvenirs pénibles s'agitaient en elle. Il ne fallait pas réveiller les fantômes.

— Ah, Myriam, félicitations! dit Jean-Paul d'une voix mesurée, en admirant le diplôme accroché au-dessus de son bureau. Tu fais honneur à la famille Pellerin…

Myriam baissa la tête, cachant une réaction émotive trop forte à son goût. Elle avait envie de crier à ce vieux bonhomme que, pas plus aujourd'hui qu'hier, elle ne se reconnaissait dans ce patronyme puisqu'on lui en avait contesté l'héritage jusqu'à la faire passer pour une usurpatrice. Faisant un effort pour rester maîtresse d'elle-même, elle posa pudiquement la question:

— Et Claude?

— Grâce à Laurent, il est hors de cause, Dieu merci…, fit Jean-Paul, en hochant la tête d'un air satisfait.

Laurent qui avait l'air mal à l'aise gardait les yeux fixés sur les dessins du tapis. Jean-Paul mit un doigt sur sa bouche et chuchota d'un air entendu :

— Le meurtre de Pierre Laporte n'est pas éclairci, on n'est pas sûrs d'avoir mis la main sur les coupables, mais le Québec reprend son visage habituel… On dit que ce sont les frères Rose et, heureusement, ils sont en prison ! Des voyous, rien que des voyous…

— Oui, dit finalement Laurent. Tout va rentrer dans l'ordre. La poussière retombe et la justice finit toujours par avoir le dernier mot.

Jean-Paul se pencha vers l'oreille de Myriam :

— Suzanne et moi, nous sommes entièrement reconnaissants à ton mari de la façon dont il a traité l'affaire…

Puis, il jeta un coup d'œil sur la page du journal et se tourna vers Laurent :

— Quelles calamités nous devons endurer avec ceux-là !

Laurent haussa les épaules et acquiesça sans mot dire à ses paroles. Myriam bouillait de plus en plus. Finalement, Jean-Paul se plaça devant le miroir de l'entrée et ajusta son chapeau en prenant congé.

— Donnez le bonjour à mes cousins, se crut obligée de dire Myriam.

Mais, en réalité, elle avait envie de lui crier : «Allez donc tous au diable !» Alors, quand Jean-Paul fut sorti, elle jeta un coup d'œil furibond à Laurent qui n'avait pas cru bon de la tenir au courant des derniers développements de l'affaire Pellerin, depuis la conversation orageuse qu'ils avaient eue à ce propos.

— Ça, c'est la meilleure! Suzanne Pellerin… il ne manquait plus que cette chipie dans nos affaires! grommela Myriam.

Elle suivit Laurent dans son bureau:

— Tu ne m'avais pas dit que tu avais réglé le dossier de Claude Pellerin, malgré que ça me crève le cœur…

— C'est sans importance, il a été disculpé, minou…, fit Laurent de sa voix la plus naturelle.

— Sans importance pour toi, mais pour moi? Ils ont bien payé, je suppose!

Bien qu'il la vît hors d'elle, Laurent ne répondit rien et détourna rapidement la conversation.

— Je serai tout l'après-midi au Palais, minou, quand tu rentreras, peux-tu acheter un étui pour mes lunettes de soleil… Le compte à rebours est commencé!

Myriam comprit que Laurent ne lui en dirait pas plus. Il était temps de s'occuper du départ.

— On n'a rien oublié pour demain?

— Je ne crois pas…

— Les heures sont comptées.

Quand elle sortit du bureau de Laurent, Daniel Larue leur lança:

— Chanceux, vous autres, bon séjour au soleil de Mexico!

Et il laissa maladroitement tomber son paquet de cigarettes.

— On ne les a pas volées, ces vacances, répondit Laurent en riant.

Myriam resta muette. Il était trop hypocrite pour qu'elle accepte ses souhaits. Enfin quelques jours de détente pour oublier avec Laurent et les enfants les fatigues et les frustrations du travail quotidien, pour se dépayser un peu et prendre le temps de jouer avec les petits. Se retrouver ! Il lui fallait bien reconnaître que, depuis ses débuts comme avocate, le temps lui manquait de plus en plus. Mais à l'idée de ces deux semaines, Myriam sentait le plaisir monter dans tout son corps.

*

Il était à peine huit heures sur la plage déserte. Le soleil illuminait la mer qui prenait des teintes d'émeraude presque irréelles. Le roulement continu des vagues qui venaient s'écraser doucement sur le sable rythmait le début de la journée. De vraies vacances ! Devant l'hôtel, les premiers amoureux de la mer s'installaient sur les chaises de toile en se saluant joyeusement. Laurent, un livre à la main, surveillait les jumelles qui jouaient, armées d'un petit seau et d'une pelle, bien abritées à l'ombre d'une palapa et Myriam barbotait depuis bientôt une heure avec son fils. Elle avait l'impression de se régaler d'un morceau de paradis. Elle sortit de l'eau en courant, accompagnée de Guillaume, s'ébroua en riant et s'écria, sautant par-dessus deux ou trois iguanes qui paressaient en tirant la langue :

– Ah, qu'elle est bonne !

Le soleil, la chaleur et les bains de mer avaient coloré la peau et les pommettes de toute la famille. Les Dagenais étaient resplendissants.

– Quand je pense qu'à Montréal il a fait -25 ° C, hier !

– Il paraît que les tuyaux gèlent et que les toits pètent.

– J'ai peine à le croire…

Myriam et Laurent éclatèrent d'un rire triomphant. Depuis leur arrivée à Playa del Carmen, Myriam, intrépide, avait forgé le plan d'aller visiter les ruines de Tulum, l'ancienne cité maya, sise à quelques kilomètres, et aussi celles de Chichén Itzá un peu plus loin dans la jungle, un jour prochain. Laurent qui n'éprouvait aucune passion pour les vestiges archéologiques ne manifestait pas le moindre enthousiasme et retardait le moment de se joindre à ses escapades culturelles. Aujourd'hui, Myriam voulait en finir et tournait autour de lui, arborant son sourire charmeur, prête à le harceler gentiment jusqu'au moment où il baisserait pavillon, mais lui se faisait tirer l'oreille.

— Allez, chéri, fais-moi plaisir, on y va! Dis oui... dis oui...

— Et qui gardera les mioches?

— On les laissera à l'hôtel...

— Jamais de la vie! On n'est pas au Québec. Je ne les abandonnerai pas à des inconnus pendant notre absence...

— D'accord, j'irai voir les ruines sans toi!

Elle avait l'air si sûre d'elle que Laurent n'insista pas. Il replongea le nez dans son bouquin et lui lança:

— Évidemment, les Indiens, que ce soit ici ou ailleurs, te font perdre la tête!

Myriam haussa les épaules, noua sa serviette autour de ses hanches, par-dessus son maillot de bain, et se dirigea vers la boutique de l'hôtel pour louer une voiture. La plage permettait de goûter pendant des heures et des jours le repos dont on avait tant besoin, mais venir au Yucatán sans se déplacer pour explorer les vestiges des Mayas lui paraissait être inconséquent.

Une heure plus tard, elle était à Tulum au milieu d'un groupe de touristes. L'endroit était charmant. Le village jouxtait les ruines qui bordaient la grève et, de chaque côté de la route, une enfilade de baraques ouvertes masquant les façades des maisons regorgeaient de souvenirs locaux. De vieilles Indiennes revêtues de robes amples, les cheveux tressés et la peau cuivrée arrêtaient les promeneurs pour leur vendre une foule de menus objets. Il flottait dans l'air ce parfum particulier, l'odeur du Mexique qui vous chatouille les narines dès qu'on atterrit. Ici et là, des jeunes filles se promenaient, parées de leur robe traditionnelle brodée de couleurs éclatantes, tandis que s'échappaient d'une gargote des accords de guitare et de marimba. Myriam, ravie de l'atmosphère des lieux, voulait tout voir, tout admirer et s'attardait devant les colifichets, les tissus régionaux et les broderies. De petites sculptures confectionnées dans une pierre verte, translucide et brillante, qui avait la couleur des flots attirèrent son attention, mais elle eut beau questionner les vendeurs sur cette gemme, aucun ne put lui en donner le nom ni la provenance exacte. Une jeune fille lui dit avec un accent chantant :

– Les jolies grenouilles en pierre verte, elles sont magiques, si, si! Elles font apparaître le prince charmant! Si, si, si…

Devant son air convaincu, Myriam resta perplexe. «Le prince charmant, il est moins charmant depuis quelque temps!» eut-elle envie de lui rétorquer. Mais elle se contenta plutôt de rire de bon cœur avec la jolie brunette. Mise en joie, Myriam choisit une des innombrables grenouilles en pierre verte pour Laurent «son prince charmant», trois autres, adorables, faites en tissu, pour chacun des enfants, plus une paire de boucles d'oreilles et elle rangea le tout au fond de son sac avant de se munir d'un billet pour visiter les ruines. De loin en loin, jusqu'au bout de l'interminable rue principale, des entrées de chemins sablonneux surplombaient la dune et débouchaient sur la mer. Le guide mexicain exhortait les promeneurs à le suivre.

Myriam gravit l'imposant talus qui permettait d'accéder au site archéologique et s'arrêta soudain, éblouie. Se découpant sur la couleur idyllique de la mer, illuminées par le soleil, les ruines de ce qui avait été une grande cité maya se dressaient, gracieuses. En franchissant la porte d'enceinte, Myriam ressentit une impression fugitive. Le sentiment très vif d'être chez elle, de connaître ce lieu depuis toujours et d'avoir vécu là l'envahit. Pendant qu'elle continuait à avancer sous le charme de ses étranges sensations, le guide décrivait avec force détails la période faste de Tulum, et invitait les aficionados de tout poil à arpenter les restes de sa magnificence. Myriam se laissait porter par le dépaysement complet et par ses perceptions, écoutant d'une oreille distraite les commentaires de ses voisins, fascinée par le charme des pierres millénaires qu'elle contemplait, recueillie. Ces peuples qui, bien sûr, ignoraient l'Occident avaient développé une science astronomique si précise que leur calendrier est encore aujourd'hui une source de connaissances et de découvertes pour les chercheurs. Les touristes buvaient les anecdotes du guide et prenaient des notes en s'éparpillant, tandis qu'elle tentait de déchiffrer avec chacun de ses sens la trame invisible d'un temps révolu… Tout à coup, une chaleur intense pesa sur son front et la fit sortir de sa demi-torpeur. Myriam tourna la tête. Les rayons solaires convergeant derrière la façade du temple principal traversaient les orifices du mur à claire-voie, marquaient les heures du calendrier maya et provoquaient un pur éblouissement. Elle contemplait encore, muette. Mais ce n'était pas ce qui faisait réagir son corps, car le phénomène de chaleur se reproduisit… Il y avait autre chose. Non loin d'elle, un homme jeune, grand, au type indien marqué, la fixait, immobile. Il semblait avoir été parachuté ici par les dieux, tant son visage rappelait celui des portraits indiens, avec des yeux légèrement bridés et très noirs, de beaux traits et des lèvres bien dessinées qui surplombaient une mâchoire puissante. Un sourire au coin des lèvres, il s'amusait de la voir s'émerveiller. Son regard était troublant, malgré que ce trouble eût quelque chose de plaisant. Elle baissa les yeux, timide tout à coup, se sentant prise en flagrant délit de rêverie, découverte dans le coin le plus intime de son jardin secret, comme il lui était arrivé de l'être, jadis, au pensionnat… Elle rougit. Quand elle leva les yeux, le jeune homme lui fit un signe de tête poli et avança de deux ou trois pas pour se rapprocher d'elle. Il avait une haute stature, des épaules bien découpées et un port de tête altier, sans parler de ce regard dont la brillance pénétrait sous sa peau, éveillant de minuscules réactions qui s'enchaînaient comme des étincelles. De plus, il portait les cheveux noués sur la nuque à la façon des Indiens. Nul doute qu'il était ici dans son élément! Myriam qui ne savait comment réagir le salua simplement:

– *Hi…*

– *Hi*, fit-il avec son beau sourire. *I'm Michaël Vollant… or simply Mike! Where are you from?*

– *From Quebec… I'm Myriam Dagenais*, répliqua-t-elle un peu gauchement.

– Ah, vous parlez français?

– Bien sûr…

Et ils rirent ensemble, mis en joie par la coïncidence.

– Vous aimez cet endroit?

– J'adore, et vous?

– Bien sûr… Vous êtes en vacances?

– Oui, fit-elle en hochant la tête.

Tandis qu'elle le regardait encore à la dérobée, il lui parut avoir quelque chose de mystérieux et de familier à la fois. «C'est ridicule, se dit-elle, mon imagination m'emporte puisque je ne l'ai jamais vu!» Et elle fit mine de se rapprocher du groupe qui encerclait le guide à une bonne distance, au milieu du terrain où se déroulaient jadis les jeux de balle. Mike qui était ravi à l'idée de commenter son sujet favori la suivit. Il en profita pour lui expliquer le rôle des anneaux accrochés à la muraille, aux endroits stratégiques. Intarissable, il possédait sa matière, et donnait maints détails qui faisaient revivre les lieux:

– Les anneaux constituaient des épreuves incontournables sur le parcours des joueurs, expliquait-il. Ceux qui échouaient et manquaient la balle risquaient des châtiments aussi sévères que la mort… On a cru longtemps à une civilisation maya empreinte de douceur, où les rapports entre les individus étaient idylliques… Mais on sait maintenant qu'il régnait ici de farouches rapports de force, une soumission totale à la loi des prêtres et des punitions terribles pour qui enfreignait les coutumes…

Myriam l'écoutait, admirative.

– Vous connaissez bien le sujet…

— En fait, je suis en voyage d'étude. Je parcours les cités amérindiennes pour préparer une nouvelle thèse, ajouta-t-il avec un large sourire qui découvrait des dents magnifiques.

Elle eut l'air étonnée :

— Il n'y a pas beaucoup de gens de votre race qui fréquentent les universités…

— D'accord avec vous ! C'est rare…

— Vous avez déjà une maîtrise ?

— Oui, en anthropologie et je prépare un doctorat, comme je vous l'ai dit… Mon père a insisté dès mon plus jeune âge pour que je fasse des études en ville. Une de ses cousines vivait non loin de Montréal et avait adopté par son mariage avec un Blanc les habitudes occidentales. Elle m'a pris avec elle et a surveillé mes études. Grâce à elle, j'ai fait toute ma scolarité et je suis allé à l'université…

— Cela a dû être une aventure !

— Oui, vous avez trouvé le terme ! Une aventure pour un petit Indien qui a grandi dans une réserve jusqu'à l'âge de huit ans… Ma famille et mes frères m'ont terriblement manqué, et surtout le contact avec la nature. Les Indiens s'adaptent mal dans les cités, vous savez… Alors, l'été, dormir sous un wigwam et pêcher, l'hiver, suivre les hommes à la chasse, tout cela m'a manqué et me manque encore…

Il continuait d'observer le visage de Myriam d'une façon si intense qu'elle se sentit devenir écarlate quand il lui posa la question :

— Vous-même, n'avez-vous pas des ancêtres indiens ?

— Heu… je ne sais pas, vraiment je ne crois pas…, mentit-elle avec aplomb.

Mike n'osa pas insister. Tant de personnes refusaient cette éventualité, trouvant dégradant le fait d'avoir du sang indien. L'appellation de «Sauvages» bien entretenue par les autorités ecclésiastiques dans les cours et les manuels scolaires persistait, même si elle n'avait aucun fondement objectif et n'était que le succédané d'une forme de racisme. Le tout, hérité de l'époque de la colonisation. Quant à Myriam, elle ne souhaitait pas dévoiler son histoire. Mike l'entraîna vers des cavités alignées au sol devant un muret que le guide montrait du doigt.

— Des tombes… Est-ce la première fois que vous visitez un site maya?

— Oui. Et vous, Mike, d'où venez-vous exactement?

— De la même région que vous, je vous l'ai dit!

— Pas possible, vous arrivez de Montréal?

— De Québec…

— Alors, vous trouvez sans doute de grandes différences entre les Iroquois, les Cris et les Mayas…

— Ne croyez pas cela, Myriam! Les Mayas, les Toltèques et les Aztèques ont, sur bien des points, une philosophie semblable à la nôtre. Ils sont beaucoup plus proches de nous que vous ne le pensez…

— C'est intéressant… Mais vos frères de race n'ont pas de rites cruels comme ceux que vous me décrivez ici?

— En effet, hormis quelques batailles mémorables, les premières nations du Nord ont opté pour la non-violence de façon presque systématique… Le plus souvent, dès le XVIIIe siècle, ils combattaient aux côtés des armées du roi de France…

— Que c'est passionnant! Êtes-vous un Cri ou un Huron?

— Montagnais, c'est-à-dire Innu dans notre langue!
Et vous, Myriam, que faites-vous dans la vie?

Pudiquement, Myriam baissa les yeux. Malgré le plaisir qu'elle éprouvait à bavarder avec ce nouvel ami, elle se refusait à conter son parcours, préférant s'en tenir à une conversation banale.

— Oh, nous allons perdre le groupe…

Ils hâtèrent le pas pour rejoindre les autres.

— J'ai trois enfants, précisa-t-elle en courant, et mon mari, qui n'a pas comme moi la passion des vieilles pierres, les garde en ce moment…

Mike, attentif, s'enquit du nom des trois petits.

— J'ai été marié, moi aussi… Ma femme est morte subitement, il y a bientôt trois ans.

— Oh, mes sympathies…

— J'ai un fils : Dany, que ma mère élève jusqu'à ce qu'il soit en âge d'aller à l'école… Il a trois ans.

Il y eut un bref éclair de tristesse dans son regard, puis le sourire reprit sa place sur son visage. Mike ne voulait pas s'attarder dans les regrets, et cela n'était pas dans les usages de son peule. Myriam sentait cela. Ils restèrent encore un long moment à écouter le récit du guide à propos des sacrifices et des cérémonies rituelles pratiqués par les habitants de cette tradition perdue. Un élan de sympathie les rapprochait sans qu'ils aient besoin de prononcer de grands discours. La visite presque terminée, Mike prit les devants :

— Si vous le voulez, on pourrait se retrouver dans deux ou trois jours pour escalader la pyramide de Chichén Itzá?

— J'accepte! À ce qu'on m'a dit, c'est la plus belle de tout le Yucatán…

– C'est bien vrai, il ne faut pas manquer ça !

– Je suis sûre qu'avec vous, ça va être passionnant !

Myriam retrouvant son enthousiasme d'enfant se surprit à battre des mains, puis tout à coup lui vint la crainte que ce projet déplaise à Laurent qui, malgré les vacances, avait de fréquents accès de mauvaise humeur. Elle se sentait prise au dépourvu. Elle haussa les épaules, chassa toute forme de crainte préalable et promit à Mike de le retrouver le surlendemain.

Laurent qui avait flâné toute la journée sur la plage était d'excellente humeur et Myriam réussit à lui arracher la promesse de visiter Chichén Itzá en compagnie de Mike, avec les enfants. Pour les récompenser, elle sortit de son sac les souvenirs achetés à Tulum, les aligna sur le sol :

– Aimez-vous mes grenouilles ?

– Oui, oui, s'écriaient les trois petits.

– On en trouve partout ici. Ce sont les survivantes de la légende d'el Dorado !

Et Myriam commença à raconter l'histoire, taisant à Laurent les propos de la vendeuse selon lesquels ses grenouilles laissaient présager la venue d'un prince charmant. Laurent se serait bien trop moqué d'elle.

*

Les vacances avaient été l'occasion de moments de plaisir irremplaçables. Dans l'avion du retour, les petits s'adonnaient à la sieste. Guillaume se laissait ballotter par le ronronnement du moteur et les jumelles, étalées sur deux sièges avec leurs peluches, dormaient à poings fermés, l'air béat. Laurent, quant à lui, profitait de ces heures perdues pour se replonger dans ses dossiers et rédigeait une requête, et Myriam, la tête pleine de souvenirs, sirotait un jus de fruit en feuilletant une revue. Une photo de la danse du soleil attira son attention. Les Amérindiens pratiquaient cette même cérémonie dans plusieurs régions de l'Amérique du Nord et en Amérique latine, sous des formes quelque peu différentes, mais en même temps semblables. En fermant les yeux, elle revoyait ce qui l'avait impressionnée à Chichén Itzá. Les images surgissaient précises, avec la mémoire des moments partagés en compagnie de Mike, à la découverte des trésors de la pyramide...

Ce jour-là, Laurent l'avait accompagnée. Le soleil baignait le site maya perdu au milieu de la jungle quand ils avaient retrouvé Mike :

— Je suis ravie de vous revoir...

— Et moi donc !

Mike l'embrassa spontanément et Laurent prit plaisir à bavarder avec lui, impressionné par son érudition. Ils s'arrêtèrent aux endroits les plus caractéristiques, arpentèrent les allées parsemées de colonnes que dominait la place du dieu de la pluie Tlaloc, prirent des photos sous tous les angles, et posèrent en famille... Il faisait une chaleur écrasante. Mike surprit tout son monde en sortant de son sac une flûte dont il joua à merveille, tirant des sons étranges qui résonnaient entre les murailles de pierre. On arpenta les escaliers en colimaçon sous la voûte en spirale du monument appelé « El caracol », avant de découvrir le clou de toutes les merveilles, la pyramide précolombienne. Myriam et Laurent avaient convenu que chacun monterait à son tour, mais à la dernière minute Laurent changea d'avis. Dès qu'il fut confronté à la masse de l'édifice, constatant la hauteur et le raide escarpement des parois, il préféra rebrousser chemin :

— Je vous attendrai là, sur l'esplanade, avec les enfants, déclara-t-il.

Myriam, contrariée et déçue, eut un moment d'hésitation. Abandonner l'escalade représentait une frustration pénible… Devait-elle se sentir coupable ? Décidément, non ! Elle avait espéré que le soleil et le repos feraient retrouver à Laurent la joyeuse insouciance qu'ils partageaient jadis, mais c'était peine perdue. Sa bonne humeur s'envolait régulièrement pour faire place à un manque d'enthousiasme désappointant… Elle coiffa un petit chapeau de toile blanche et scruta la hauteur.

— Allons, vas-y, monte ! lui enjoignit Laurent.

Il avait déjà l'air impatient… Mike fit remarquer le peu de profondeur des innombrables marches, qui empêchait d'y poser le pied de façon confortable. Le fait nécessitait un effort constant tout au long de l'ascension.

— Es-tu prête ? lui lança-t-il.

— J'y suis !

Myriam abandonna les bambins à son mari et entreprit de grimper derrière Mike qui, toujours souriant, montait avec souplesse et rapidité. Depuis la base jusqu'au sommet où un temple qui surmontait une étroite plateforme était érigé, ils ne s'arrêteraient pas une seule fois durant l'ascension. Quelques touristes qui s'essoufflaient et prenaient des pauses suivaient d'un regard admiratif leur rapide progression malgré la chaleur. Myriam sentait ruisseler son dos sous la tunique légère. Ils parvinrent finalement tout en haut, où se trouvait l'autel des célébrations. Endroit inquiétant où la pierre semblait suinter et portait en elle les traces des sacrifices humains jadis monnaie courante ; il y avait en son centre une sorte de cheminée, un passage secret dans lequel était emmuré, disait-on, un jaguar aux yeux de jade. Il aurait fallu être bien fou pour se laisser glisser dans ce réduit dont on ne voyait pas le fond… Du sommet de la pyramide, Myriam dominait la jungle, dense et serrée à perte de vue, et le panorama grandiose qu'elle contemplait effaçait l'impression macabre qu'elle avait éprouvée devant l'autel… Comme sur les terres du Nord, les Indiens avaient apprivoisé, méthodiquement, avec des raffinements inconcevables pour l'époque, une nature sauvage à l'extrême. Myriam, fière de son escalade, fit un signe de la main à Mike qui, lui aussi, admirait le paysage, les bras croisés. Pendant un quart de seconde, elle l'imagina, la tête couverte d'une coiffe bariolée, ornée de plumes : il aurait fière allure. Lui songeait, de son côté, qu'elle aurait fait une belle princesse maya. Alors il sortit sa flûte et, encore une fois, improvisa des mélodies surprenantes qui semblaient égrener autour de lui ce temps révolu et mystérieux. Puis, il s'agit de redescendre. Le vide était partout et la perspective de lui faire face effraya si bien Myriam qu'elle fut prise de vertige. Rien pour se raccrocher ! Elle porta la main à son front et devint blême, tremblante de peur. Plus elle essayait de se contrôler, et plus ses jambes se dérobaient. Mike ne connaissait pas le vertige. Se tenant sans crainte entre ciel et terre, son visage reflétait le plaisir et la sérénité. Il s'aperçut tout de suite du malaise de la jeune femme et rangea son instrument de musique :

— Donne-moi la main, Myriam, et ne regarde pas en bas…

Ayant perdu tous ses moyens, elle ne réagit pas. Il la vit hésitante et il insista, souriant et sûr de lui :

– Allez, viens !

Elle refusa tout d'abord de se plier à sa demande, mais voyant combien il était aisé de perdre l'équilibre et de glisser sur la pente sans aspérité, elle serra la main tendue qui la maintint fermement. Le trac finit par s'estomper. Elle descendit en se laissant conduire, ne pensant plus à combattre sa faiblesse. Il lui importait peu de se montrer invincible aux côtés de Mike, alors qu'elle s'y sentait toujours obligée avec Laurent, comme pour vaincre un perpétuel défi qui dominait sa raison et qui la bousculait. Elle y songea pendant quelques secondes et chassa l'idée, trop occupée à s'abandonner à son guide, dégustant un bien-être presque enfantin, tandis qu'elle le laissait prendre le contrôle. Quand enfin, le cœur battant, elle posa le pied sur l'herbe en lâchant la main de Mike, les enfants riaient autour d'elle, les yeux brillants, heureux de la retrouver. Laurent se moqua de sa pâleur persistante.

– Toi qui veux vaincre le monde, tu as eu l'air bien hésitante !

Faisant comme si elle n'avait pas compris le sens de ses paroles, elle détourna la conversation. Inutile de souligner devant Mike ce jeu de sous-entendus désagréables... Décidément, les vacances n'amélioraient pas le comportement de Laurent. Elle ravala sa déception. C'était la fin de l'après-midi. Le soleil se rapprochait doucement de l'horizon et projetait ses rayons derrière la silhouette de la pyramide en découpant la pureté de ses formes. Lorsqu'elle leva les yeux pour contempler ce monument qu'ils avaient conquis, au-dessus du tapis vert de la jungle, se déployait un arc-en-ciel.

*

— Mesdames et messieurs, nous traversons une zone de turbulences, nous vous prions de bien vouloir boucler vos ceintures…

La voix du commandant de bord la fit revenir au temps présent. Elle plia sa revue et la glissa dans son sac, attacha sa ceinture et resserra celle de Guillaume. La carlingue vibrait et tressautait, mais les enfants, paisibles, continuaient à rêver.

— À propos, Myriam, au sujet de ton cousin Claude…

Myriam tourna la tête vers Laurent, déjà irritée. Il n'avait donc pas compris que sous aucun prétexte elle ne voulait entendre parler de ses deux cousins!

— Tu as l'air fâchée…

— Je t'ai dit, Laurent, que cela me contrarie de te voir passer du temps à arranger les affaires de ces malhonnêtes…

— Mais qu'est-ce qui te prend, minou, tu t'énerves pour si peu de chose? Et puis, c'est ta famille après tout! D'ailleurs, ajouta-t-il, «malhonnêtes», tu y vas un peu fort, non?

Laurent prenait l'air innocent de quelqu'un qui tombe des nues, comme s'il ignorait les rebuffades que Myriam avait essuyées au sein du clan Pellerin.

— D'ailleurs, j'ai reçu des…

— Tu veux dire qu'ils t'ont grassement payé, n'est-ce pas, avec l'argent de ma mère? Dis-le, Laurent, avec l'argent de ma mère?

— Myriam, calme-toi, je pensais te faire plaisir!

— Te rends-tu compte de ce que tu dis?

— Allons, Myriam, tout cela est derrière nous…

— Changeons de sujet, veux-tu?

Inutile d'entamer une longue discussion en plein vol. Elle lui tourna le dos pour ne pas éclater.

— De toute façon, le procès de Claude est définitivement classé. L'honneur de la famille est sauf!

Décidément, Laurent ne voulait rien comprendre. Myriam soupira et replongea le nez dans sa lecture. Pourrait-elle jamais lui faire sentir à quel point ce qui provenait des Pellerin créait dans son âme des remous dont elle ne pouvait sonder la profondeur? Elle se pencha vers le hublot, courroucée. Dans moins d'une heure, on serait à Montréal.

Chapitre VI

Comme c'était bon d'oublier pour quelque temps l'atmosphère trépidante du bureau et le rythme essoufflant du travail. Ouf! La neige tombait dru. Myriam qui s'était chaussée de bottes confortables avançait dans le sous-bois à grandes enjambées. Les épinettes étaient revêtues de manchons cotonneux dont les contours se confondaient avec le voile qui recouvrait le ciel. Un peu plus loin, les bouleaux et les trembles dessinaient de leurs squelettes entremêlés des formes délicates et un ruisseau qui murmurait sous la neige faisait naître des cristaux de dentelles près des congères qui bordaient la colline. Sur la surface du tapis blanc, on apercevait les traces fraîches des lièvres, des mulots et des oiseaux qui cherchaient ici et là leur nourriture, même par un froid intense. «La nature vit, se dit Myriam, elle ne se repose jamais complètement et donne généreusement à ceux qui ont besoin…» Et elle se sentit emplie d'une joie inexplicable, comme chaque fois qu'elle découvrait une de ces merveilles qui jalonnaient son escapade. Tout la ravissait. Une mésange plus téméraire que les autres s'approcha d'elle, délaissant ses compagnes qui piaillaient et picoraient les bourgeons au sommet d'un mélèze. Comme lorsqu'elle était petite et qu'elle avait couru dans la neige sans savoir où elle allait pour déjouer la surveillance de sa gardienne, Myriam avait les joues rougies par le froid et son cœur battait la chamade. Gaby lui avait téléphoné, aux petites heures, ce matin, pour la convoquer chez Judy, et bien qu'il n'ait évoqué aucune raison précise au sujet de ce rendez-vous, elle avait accepté impromptu de le rejoindre. Maintenant, elle se sentait étrangement libre.

— Viens, avait insisté Gaby, je veux te faire rencontrer des personnages que tu dois connaître, il me faut entreprendre ton initiation pour travailler avec nous...

— Mon initiation? lui avait-elle rétorqué sur un ton moqueur.

Le terme lui paraissait fort.

— Bien sûr!

Et Gaby ne s'en était pas laissé imposer. On le sentait accaparé par des objectifs sérieux.

— Nous avons fort à faire. Viens!

Sans écouter les hésitations de sa nièce, il avait raccroché après lui avoir indiqué de se rendre dans la clairière où, voici bientôt cinq mois, elle avait fait la connaissance de Judy et de ses élèves...

Myriam courait. Il lui tardait de revoir ces étranges bonnes femmes dont le langage s'accordait si bien avec celui de la nature... Elle avait laissé sa voiture sur le bas-côté, à l'endroit convenu, et suivait les traces de ceux qui l'avaient précédée. La couche de neige fraîche s'enfonçait sous ses pas et ralentissait naturellement son allure pour lui donner le temps d'admirer le paysage un peu féerique. Elle sentait les doux flocons s'écraser sur ses joues et picoter sa peau, ce qui ajoutait à l'impression de se fondre dans l'immensité, de retrouver des sensations aussi vieilles que le monde et d'appartenir à l'hiver qui prépare le réveil de la belle saison. Perdue dans ses rêveries, elle entendit soudain près d'elle le cri d'un oiseau. Était-ce le hululement d'une chouette ? « Impossible, les chouettes sont des animaux nocturnes », se dit-elle. Au même moment, des rires fusèrent et la voix chaude de Gaby, masqué derrière une haie d'épinettes, retentit :

— Hep, Myriam, c'est par ici, viens…

— Toujours aussi farceur, mon oncle !

Autour de la cabane, le soleil profitant d'une percée dans les nuages fit jaillir une délicieuse clarté printanière. Du toit s'échappait, au-dessus de la cime des arbres, une fumée légère qui embaumait le parfum des bûches d'érable. Aux côtés de son oncle, quatre hommes déchaussaient leurs raquettes :

— Myriam, je te présente : Jeff McKenzie qui vient de Malioténam chez les Innus, et puis Théophas Gabriel, descendu d'Eastmain pour le peuple cri, et son fils Nicolas et…

Myriam qui serrait les mains tendues s'arrêta, interdite.

— Mike !

Michaël était devant elle. Avec l'air le plus naturel du monde, il rit de sa surprise et elle, comme la première fois qu'ils s'étaient vus, sentit un choc dans sa poitrine. Une grande émotion la bousculait, son cœur battait plus vite et la joie débordait de tout son être. Elle se précipita dans ses bras…

— Nous devions nous revoir, dit-il, en lui caressant familièrement la joue.

Elle s'exclama, incapable de cacher son émoi :

– Mais je n'imaginais pas te revoir aujourd'hui !

Il s'approcha plus encore et lui murmura à l'oreille :

– Je savais bien que du sang indien coule dans tes veines…

Un frisson parcourut son corps. Comme il riait de la voir prise au dépourvu et rougissante, elle se tourna vers son oncle :

– Gaby, cachottier, tu aurais pu me prévenir !

– De quoi donc, Myriam ?

Elle fit signe qu'elle ne comprenait rien à la coïncidence et Gaby, qui prenait un air innocent, clignait des paupières.

– J'ignorais que vous vous connaissiez…

Les intéressés savouraient leurs retrouvailles sans dire un mot, avec des regards éloquents.

– Le monde est petit, tu sais, Myriam, tu n'as pas fini de l'apprendre !

Gaby monta les marches et ouvrit la porte de la cabane. La truie qui ronronnait au beau milieu répandait dans toute la pièce une sorte d'allégresse communicative. Les visages s'éclairaient

– Judy n'est pas là ? s'enquit Myriam, ne voyant pas trace de la sorcière.

– Elle ne reviendra pas avant trois ou quatre jours !

– Si le dégel ne barre pas les routes…

Tous donnaient la même réponse… Myriam hocha la tête. Juste avant le printemps, la nature change si vite. En quelques heures, la terre se dévoile sous la neige et une multitude de ruisseaux et de flaques se révèlent à sa surface, qui se transforme en boue et fertilise les champs. Les routes et les chemins de campagne deviennent impraticables pendant quelques jours. Il n'y a rien d'autre à faire, alors, que patienter.

– Où est-elle?

– Partie soigner un chasseur dont la jambe a été déchirée par un ours près du lac Saint-Jean...

Myriam ouvrit de grands yeux. C'était donc vrai, il existait encore des ours dans les bois et des accidents survenaient... Innocente au cœur de la ville, Myriam n'y avait jamais songé. Sans compter que le lac Saint-Jean, cette mer intérieure bordée de forêts, elle n'y était jamais allée! Quelle piètre Québécoise... Tôt ou tard, il lui faudrait réparer cette négligence. Son envie de parcourir les steppes nordiques revint... Elle sentit le regard de Mike sur sa nuque. Elle déposa son sac et son manteau sur la seule chaise qui meublait la pièce et, songeant à Judy qu'on avait appelée dans ces contrées lointaines, admit que la vieille femme avait un réel pouvoir de guérisseuse. Autant commencer à y croire! Myriam, jadis si réticente, s'ouvrait peu à peu à cette perspective qui lui devenait acceptable. De plus, sans qu'elle puisse comprendre pourquoi, l'absence de Judy, cette étrange sorcière, la décevait, et son gros rire, ce rire qui lui avait jadis paru si irritant, manquait à la scène. Elle aurait voulu l'entendre résonner au milieu de la cabane, aurait aimé qu'il l'isole pendant quelques secondes, afin que les autres ne perçoivent pas son émoi; Mike la regardait toujours et, malgré elle, elle évitait son regard. Gaby fit bouillir de l'eau pour préparer le thé, et tous se placèrent en cercle sur d'épais coussins posés le long des murs. Mike s'assit à ses côtés. Devant la fenêtre, un mobile fait de brindilles et de plumes, constellé de pierres brillantes, se balançait langoureusement et la bouilloire commençait déjà à siffloter tant la truie faisait bien son ouvrage. Myriam était déjà en terre indienne, elle se sentait glisser dans ce monde dont elle avait tant rêvé…

– Nous sommes ici pour mettre sur pied un projet de première importance, annonça Gaby.

Il prit une pause. Théophas qui était le doyen du groupe en profita pour sortir du sac qu'il portait en bandoulière un calumet dont il nettoya minutieusement le fourneau avant de le remplir de tabac, puis, une fois qu'il en eut tiré quelques bouffées, il le remit à son fils et demanda qu'on le fasse circuler selon la tradition. Nicolas, avec ses cheveux nattés sur la nuque, faisait figure de guerrier et Jeff qui avait couvert ses épaules d'un épais drap de laine ressemblait à un vieux sage, comme ceux qui ornent les pages des livres scolaires. Gaby posa sur le sol les fameux textes qu'il entreprit de lire. Mike quant à lui sortit une flûte de son sac. Comme le moment n'était pas propice pour s'évader dans la musique, il se contenta de continuer à regarder Myriam, sans qu'il y paraisse… Enfin, croyait-il! Elle sentait la subtile investigation pénétrer sous la surface de sa peau et, de plus en plus troublée, se garda bien de réagir. Un peu hypnotisée par le décor et par les acteurs rassemblés autour d'elle, ne sachant plus qui elle était, de l'avocate ou de l'Indienne, elle observait ce mélange inextricable d'ancien et de moderne que reflétaient les objets et les visages, l'atmosphère étrange d'un autre monde qui se dégageait du décor. Myriam, sans vouloir se l'avouer, était attirée par Mike. Il lui faisait l'effet d'un aimant auquel elle ne pouvait se soustraire.

Gaby tira sur le calumet en exhalant un nuage blanc et le passa à Mike.

— Depuis qu'il a rendu public son document sur la politique du Canada à notre égard, le ministère des Affaires indiennes nous donne du fil à retordre, annonça Gaby. On nous prend pour des innocents...

— Ça, c'est pas nouveau, sais-tu! fit Jeff en hochant la tête.

Théophas, Nicolas et Mike approuvèrent en riant, tandis que la fumée montait en volutes au-dessus de leurs têtes.

— À toi, Myriam, fit Mike en lui tendant la pipe.

Elle prit un air si comique en la recevant, que tous éclatèrent de rire.

— De quoi as-tu peur, femme? lui demanda Nicolas.

— Tu dois te plier à la coutume, lança Mike sur un ton ferme. C'est le rite le plus sacré parmi ceux que nous observons, car il symbolise l'unité entre nous.

Tous les regards convergèrent vers Myriam qui obéit, s'appliquant à serrer les lèvres sur l'embout. Elle aspira, tira sur le calumet non sans faire la grimace, se demandant comment elle devait réagir pour l'utiliser avec efficacité. Cet engin folklorique ne répondait pas à ses aspirations répétées... Impossible de faire monter convenablement la fumée jusqu'à sa gorge... Elle s'acharnait, manquait de souffle, et le tout dégageait un goût amer parfaitement dégoûtant. Ses yeux larmoyaient et ses narines picotaient. Myriam qui avait toujours détesté le tabac était servie! Elle toussa à deux ou trois reprises en écoutant Gaby et faillit s'étouffer sous les regards impassibles de tous, qui retenaient leur hilarité.

— ... Heureusement, nous commençons à déchiffrer les intentions du ministère et à les comprendre mieux que leur ministre n'aurait pensé ! lança Gaby, après quelques minutes de lecture.

— Tu veux dire qu'on les comprend mieux que le ministre lui-même, rétorqua Théophas, qui rit franchement en se tapant sur les cuisses, imité par ses comparses.

Et on lut quelques paragraphes ennuyants au long desquels étaient énumérées les nouvelles directives concernant l'intégration tant souhaitée des autochtones dans le monde des Occidentaux. Myriam se ressaisit et se fit attentive. Le ministre désirait que tous les autochtones, sans exception, deviennent des citoyens ordinaires, ce qui, vu par eux, était franchement ridicule :

— Après nous avoir maintenus sous tutelle et avoir décrété que nous étions tous des idiots, ils veulent nous assimiler !

— Ah ! ah ! ah ! Ils sont plus innocents que nous, sais-tu !

Ils étaient secoués par des rires de plus en plus forts, l'idée de l'assimilation étant pour eux la plus saugrenue qu'ils puissent envisager. Ils riaient à en perdre haleine ! Myriam qui avait abandonné le calumet, espérant qu'il ne repasserait pas de sitôt dans ses mains, les observait, étonnée, mais d'accord avec leur raisonnement.

— Depuis le temps qu'ils nous font de belles promesses pleines de pièges pour avoir les richesses de notre terre ! dit Nicolas.

Derrière ses paroles perçait une grande amertume, mais, fait étonnant, le tout était dit sans agressivité.

— Il est indiscutable que plusieurs de nos frères se sont déjà laissé assimiler à leurs façons, question de survie pour certains…

– Tout dépendant des circonstances!

Myriam eut pendant quelques secondes la vision de Kateri qui en avait payé le lourd tribut.

– Ceux qui ont fait ça n'avaient pas le choix, sais-tu?

Jeff ramenait les choses dans un contexte humaniste au fur et à mesure qu'on avançait dans le texte, mais, après chaque paragraphe, les commentaires fusaient. Myriam, tout en dégustant le thé brûlant, entendait la lecture comme une litanie et les étapes de la réforme se fondaient en une rumeur confuse qui n'atteignait pas ses oreilles. Elle devinait l'attention de Mike rivée sur sa personne et sa peau réagissait, sensible à une attraction qu'elle ne pouvait qualifier, la même qui l'avait touchée lors de leur première rencontre. Une chaleur intense lui brûlait le front. Elle tourna les yeux de son côté et rougit sans le vouloir. Il était très beau. Il la dévisageait, elle le sentait. Impossible de ne pas s'en rendre compte… Elle se mordit les lèvres, crispa ses doigts sur un crayon et, pour se donner une contenance, griffonna des formes insensées sur une feuille de son carnet, comme si elle prenait des notes, passant par toutes les phases d'une angoisse imprévue et insensée qu'elle n'avait jamais connue auparavant, sauf peut-être lorsqu'elle était au sommet de la pyramide. Soudain, un vertige s'empara d'elle, une sensation forte qui, cette fois-ci, ne provenait pas de la hauteur. Pourtant assise comme les autres à quelques centimètres au-dessus du plancher, elle craignit de perdre l'équilibre et ferma les yeux. Rien en ce lieu ne la menaçait, sinon un phénomène auquel elle ne voulait surtout pas s'abandonner. Une sorte de raz-de-marée qui risquait de tout renverser sur son passage. Une émotion intense la fit chavirer. «Pourquoi revient-il sur ma route?» s'interrogea-t-elle. Et plus elle tentait de chasser ce désir inavouable, plus son cœur vacillait, éclatait. Elle était tiraillée entre son élan instinctif vers Mike et son devoir d'épouse et de mère qui lui commandait de ne rien sentir, de ne rien laisser paraître, d'ignorer à jamais ce qui se passait au plus secret d'elle-même. Tout autour, ils continuaient d'écouter la lecture et ne pouvaient retenir leurs réactions:

— Au moins, nous avons obtenu le droit de vote!

— Nous devons nous en servir pour aller là où nous le voulons, et jouer de la même façon qu'eux, sais-tu...

— Et puis, les sommes qu'on nous verse...

— Ça ne compense pas, mais enfin c'est un début... Nous ne lâcherons pas nos objectifs...

Les propos de Gaby et de Jeff lui parvenaient vaguement. Chaque mot qu'ils prononçaient s'égrenait comme le son d'une cloche lointaine. Elle n'écoutait pas. Son savoir de juriste pris au piège de sa féminité s'emballait pour les yeux et les manières de Mike Vollant, ce bel Indien tombé du ciel sur sa route, et sa science fraîchement acquise s'évaporait dans le feu de la truie qui ronronnait devant elle, dans la fumée du calumet qui devenait plus dense et plus opaque, et dans ce sentiment naissant qui la rendait plus vulnérable qu'elle ne l'avait jamais été. Myriam qui, à Montréal, tenait tête aux juges en plaidant avec brio pour arriver à ses fins, Myriam la battante, celle qui endossait tous les rôles, qui se mesurait à son mari, un des avocats les plus en vue au Québec, se dissolvait lentement sous la chaleur d'un regard de braise, se laissait choir dans ses abysses et ne se reconnaissait plus, prête à abandonner tout ce qu'elle avait gagné! À cet instant, divisée, elle se souvenait à peine de son entêtement de pionnière, de son combat à l'avant-garde des professions réservées aux hommes, de son affirmation de femme libre. Elle n'était plus en possession d'elle-même. Elle recevait en plein cœur des flèches qu'elle ne savait combattre. Les autres continuaient à parlementer et à décider des attributions de crédit concernant les projets dont ils avaient préparé la liste, tandis qu'elle se remémorait, pour redescendre sur terre, ses trois enfants qui avaient besoin d'elle, son mari qui n'arrivait pas à la comprendre et Pierrette, sa chère Pierrette. Que lui dirait-elle si elle était au courant? Elle lui ferait la morale, c'est certain! Alors elle ne saurait rien de sa lutte, car Myriam terrasserait le démon qui avait pris possession d'elle… Myriam s'en fit le serment, essayant de toutes ses forces, mais en vain, de faire taire cette complainte guerrière au fond de son cœur, ce besoin d'amour qui s'enroulait autour de sa personne…

— À Malioténam, nos frères ont été jetés en prison, et malmenés par la police pour avoir pêché les saumons de la rivière sans permis de pêche…

— Depuis quand les Innus doivent-ils demander la permission pour se nourrir?

Il y avait là un accent de rébellion:

— N'est-ce pas le Grand Esprit qui dicte les permissions en fonction des besoins de chacun?

— N'est-il pas naturel de manger?

Des grognements de colère passaient dans les rangs.

— Est-il possible de vivre sur la terre de nos ancêtres sans pêcher et sans chasser?

— De quelle façon pourrions-nous le faire? Vraiment, c'est impossible, sais-tu!

— Les lois des Blancs sont si insensées qu'elles empêchent de subvenir aux nécessités de la vie…

Le grand bon sens qui cherche la justice faisait sourdre la révolte.

— Les lois des Blancs sont faites pour tuer la vie.

— Les Blancs ne comprennent pas la vie.

— Ils ne la comprennent pas à votre façon, murmura Myriam timidement, avant de se replonger dans sa rêverie.

Les quatre braves la regardèrent d'un même mouvement sans comprendre.

— Ils essaient de recréer un phénomène artificiel pour dominer leurs semblables…

— Devons-nous accepter cela ?

— Nous ne pouvons l'accepter, firent-ils, unanimes.

— La vie saura, un jour, les remettre dans la bonne direction, mais combien faudra-t-il de malheurs pour en arriver là ?

— Ce sont nos frères qui souffrent de leurs folies, sais-tu !

Jeff hochait tristement la tête et les autres, qui savaient que ses paroles n'étaient jamais dites à la légère, l'écoutaient avec respect.

— Et toi, notre avocate, toi qui connais les lois mieux que nous, qu'en dis-tu ?

Myriam sursauta. Tous les yeux s'étaient tournés vers elle, qui ne savait comment lui répondre. Alors, comme elle semblait tomber des nues, en chœur ils se moquèrent, et elle se mit à rire, enveloppée par les débordements de leur bonne humeur qui était contagieuse… Dans ce moment qui aurait pu être si grave, Myriam apprenait la richesse de la simplicité. Elle décida de s'y abandonner sans réserve, bien intégrée à leur présence et loyale à leur cause. Comme une des leurs, elle riait sans complexe.

Puis, dans un second temps, les réflexions de Jeff McKenzie arrivèrent jusqu'à ses oreilles, provoquant un réveil brutal de sa conscience qui voguait sur des eaux limpides où flottait aussi celle de Mike. Elle se sentit coupable, s'accusa de légèreté et, selon ce qu'on lui avait inculqué au pensionnat, d'avoir des pensées mauvaises... Finalement, par un effort de volonté, elle revint aux discussions et écouta attentivement.

— Si on accepte les choses ainsi, disait Jeff, il n'y aura bientôt plus d'Indiens, sais-tu! Nous serons assimilés pour vrai, et tous, nous deviendrons des citoyens canadiens sans distinction, sans passé, sans culture et sans ancêtres... Tous pareils! Même notre langue nous sera enlevée, éradiquée par le souhait des Blancs prôné dans ce document...

— Plus de Premières Nations! s'exclama Théophas.

— Plus de territoires de chasse pour survivre...

— Ce n'est pas ce que nous voulons!

— Nous devons réagir!

Une tension extrême courait parmi eux. Leur fierté se redressait. Mike frappa le sol de son poing. Ils étaient à bout de patience.

— Tout cela, nous avons à le craindre dans un texte qui prétend nous protéger...

— C'est assez, nous avons déjà trop perdu. Regagnons du terrain pas à pas...

Gaby revint sur son idée:

— Nos jeunes ont besoin d'une école qui respecte nos valeurs, nos traditions et notre langue. Le gouvernement nous attribue de jolies sommes : investissons-les dès maintenant dans l'éducation. Nous avions formé le projet d'envoyer nos enfants étudier dans les collèges des Blancs, hé bien, ils iront dans nos propres écoles… ils apprendront ce qu'est l'âme de notre peuple. Ils retrouveront leur âme et garderont leur langue !

– En plus de rester fiers de leurs ancêtres…

C'est alors que Myriam réagit :

– Faisons cela, mais préservons-nous de toute attaque ! Il est indispensable de nous organiser, de créer les bases des commissions scolaires comme nous les voulons et de veiller à l'élaboration d'un programme d'enseignement sérieux pour assurer la crédibilité de l'entreprise…

En elle, la femme d'affaires reprenait tout à coup le dessus et, comme si elle énonçait sa propre critique, elle leur dit encore :

– Ne rêvons pas trop, les Indiens sont trop rêveurs… Il s'agit maintenant de donner la vie à nos rêves d'une façon telle que les Blancs ne pourront pas nous le reprocher…

Gaby remarquait avec beaucoup de plaisir que Myriam, au cours de la conversation, s'était assimilée totalement à leur identité. Il lui lança un coup d'œil complice et paternel. Il lui en était reconnaissant et cela lui redonnait espoir.

– Bravo, petite sœur ! s'écrièrent-ils tous en chœur. Nous te nommons notre grande conseillère…

Dans la cabane, la fierté reprenait sa place, les hommes poussaient des cris en formant une ronde autour d'elle et les murs tremblaient. On ne s'entendait plus… La cabane tout entière vibrait au rythme de leur souffle et de leurs pas qui frappaient le plancher. Nicolas cognait sur un tambour. L'âme de tous les peuples de l'Amérique participait à la fête pour scander le point de départ du grand réveil, celui des Nations silencieuses… Dans un geste spontané, ils soulevèrent Myriam et la portèrent à bout de bras en continuant leur tapage, jusqu'à ce que l'énergie qui les animait forme une spirale et s'élève toujours plus haut dans le ciel, encore plus haut que les nuages. Et quand fut atteint le point culminant, ils firent silence et, solennellement, les cinq hommes déclarèrent, comme le faisaient les anciens :

— Toi, la fille de Kateri, tu seras désormais parmi nous au sein des Premières Nations…

Quand ils la relâchèrent pour la poser sur le sol, la tête lui tournait, mais son cœur était heureux. Gaby se souvint tout à coup de ce que Wanda sa vieille mère avait dit à Pierrette avant de mourir, alors que Myriam était tout juste née et qu'elle ne la connaissait pas : «Cette enfant surprendra un jour ceux de mon peuple comme ceux de votre race. Elle est un lien entre nos deux civilisations et elle appartient aux peuples de demain.» Gaby songea que la prophétie était en train de s'accomplir et il en fut comblé.

*

Après que Gaby fut retourné chez lui et que Myriam eut de son côté repris la route de Montréal, Mike, Jeff, Théophas et Nicolas avaient décidé de passer la nuit chez Judy. Mais d'abord, ensemble ils avaient soupé au restaurant du coin et discuté longuement, et depuis qu'ils étaient revenus pour se reposer et dormir, tout était calme. Chacun avait réfléchi et pesé les décisions prises, analysé les idées émises dans la journée. Dehors, la nuit était très noire… Le ciel cachait jalousement ses étoiles au-dessus d'une épaisse couche de nuages et le gel dessinait des ramages opaques dont les franges scintillaient délicatement sur les vitres quand la lueur du poêle venait les caresser. Dans la maisonnette, perdue au milieu des bois, on sentait le froid, qui, comme une chape, enveloppait la campagne, immobile et mordant. Il faisait bon autour de la truie. Dehors, aucun souffle ne faisait bouger les branches. C'était le silence. Il devait être une heure du matin… Les petits animaux qui, un peu plus tôt, s'égaillaient au soleil avaient disparu chacun dans leur terrier et même la source ne chantait plus si fort, elle se faisait discrète.

Théophas ronflait. Jeff et Nicolas dormaient paisiblement, la tête cachée dans leur sac de couchage. Mike, lui, n'arrivait pas à trouver le sommeil. Il éprouvait une sorte de surexcitation à la fois agréable et exténuante qu'il ne pouvait dompter et qui, même s'il tentait de l'analyser, échappait à sa raison. Il se leva et rechargea le poêle qui menaçait de s'éteindre, faute de combustible, puis il attendit quelques minutes avant qu'une nouvelle flambée éclaire la pièce. Alors, il enfila son blouson, ses gants et sa tuque et chaussa ses bottes avant de sortir de la maisonnette pour faire quelques pas. Marcher dans le froid serait un remède infaillible pour retrouver le sommeil. Respirer goulûment l'air vif, puis courir pendant quelques minutes pour apaiser ses sens et ses idées lui feraient du bien. Il descendit les marches et s'écarta de la maison. Avec la couche de neige fraîche qui recouvrait le sol, impossible d'avancer sans caler. Il revint sur ses pas, ouvrit la porte de la remise et décrocha parmi un bric-à-brac de vieux objets une paire de raquettes rondes en forme de pattes d'ours, celles qu'on utilisait pour cette sorte de neige depuis la nuit des temps, faites de bois franc et entrelacées de babiche. Il se baissa pour les ajuster. Ainsi équipé, il pourrait se donner l'exercice que son corps réclamait et respirer à son aise en écoutant les bruits assourdis de la nuit... Il serra le harnais autour de ses mocassins. Il était prêt. Deux secondes plus tard, il avançait dans le bois, en proie à un curieux mélange de sentiments. Depuis qu'il avait rencontré Myriam, l'image de la jeune femme faisait monter en lui divers désirs très troublants qui n'étaient pas uniquement charnels et sa présence, aujourd'hui, avait remué en lui des attentes qu'il ne voulait pas s'avouer... Mike, homme solide, guerrier du cœur selon la tradition, attaché aux valeurs pour lesquelles les chefs de son peuple luttaient, avait choisi de s'initier à la science des Blancs pour aider ses semblables. Il était un pionnier parmi les siens. Tout en avançant à grandes enjambées, il revit avec délice le moment de sa rencontre avec Myriam, au Mexique. Dès le premier instant, il l'avait trouvée belle et désirable. Une chaleur intense qui n'avait rien à voir avec la température ambiante s'était répandue dans son corps et il avait eu la certitude qu'elle aussi réagissait à cet appel instantané, à ce langage de la chair plus subtil que n'importe quel discours ou compliment. Il avait senti en moins d'une seconde leurs auras s'enchevêtrer, se fondre en un seul nuage homogène, comme s'ils s'étaient connus depuis toujours. Mike avait eu le sentiment qu'elle était un prolongement de lui-même. Tout de suite, il avait admiré les traits de son visage. Myriam possédait ce genre de beauté qui rayonne sans artifice et qui, par sa simple présence, avait conquis le cœur d'un brave de son espèce! Il fallait bien que ça lui arrive à lui… Il écarta une branche qui se trouvait sur son chemin et un paquet de neige lui dégringola en plein milieu du front. Ce fut comme si la peau de son visage, passant du chaud au froid, avait reçu une gifle cuisante. Le sang lui monta aux joues. Il accéléra sa course. Derrière lui, la silhouette de la cabane n'était plus qu'une forme minuscule et, devant, les arbres ne laissaient rien passer des pâles reflets lunaires. Il courait, presque aveugle, laissant ses pieds et ses raquettes suivre les courbes du terrain, ressentant dans ses jambes, souples comme des ressorts, les aspérités et les bosses. La mémoire en éveil, il revoyait sa vie tout entière… Sa femme Pierrette, une Abénakise, était décédée à peine trois ans plus tôt d'une rupture d'anévrisme quand tout allait bien et que leur bébé était âgé de quelques semaines. Depuis, il n'avait pas souvent jeté les yeux sur une squaw. Il s'était retranché du monde… Résolument. Il avait trop de peines à guérir et aussi trop de luttes à mener pour retrouver un équilibre, se bâtir une place à sa mesure, et préserver son fils Dany, un beau bébé dont la grand-mère prenait soin…

Mike, cruellement blessé par l'irréversible départ de sa femme, s'était investi comme un fou dans les études. L'enfant en sécurité chez sa mère, il avait cumulé les certificats et terminé en moins de deux ans une maîtrise en anthropologie, en plus d'étudier l'anglais et l'espagnol. Il s'était abruti dans les études et, les semaines et les mois passant, il avait eu le sentiment de vivre en prison dans cet univers contraignant et froid où il était séparé des siens. Comme il aimait par-dessus tout apprendre, il s'était juré de parvenir à connaître l'histoire de tous les peuples d'Amérique, du nord au sud et de l'est à l'ouest. Pour y parvenir, il dévorait les livres et s'imprégnait de ses découvertes, avec une curiosité sans fond qui le happait et l'entraînait aux limites de lui-même et qui, dans les jours les plus solitaires, lui avait permis de tenir bon, aiguisant sa volonté jusqu'à la réussite. Il avait discipliné son esprit. Devenu un des meilleurs étudiants à l'université, il vit sa persévérance lui attirer la sympathie de plusieurs professeurs qui le considéraient comme un des leurs. Au bout de trois ans, sortant de cette torpeur intellectuelle avec ses diplômes en poche, heureux d'avoir vaincu les monstres qui avaient barré sa route, il était retourné dans la réserve, à Malioténam. Son fils avait grandi et Mike, enfin réveillé du cauchemar qui l'avait ébranlé, avait recommencé à voir ce qui se passait autour de lui. Ses plaies, sans être guéries tout à fait, étaient devenues des cicatrices. Il avait retrouvé Dany, un magnifique petit Indien qu'il chérissait. Grâce à l'enfant, il avait fermé ses livres pour un temps, retrouvé son appartenance et réfléchi à l'avenir des siens. Désormais, son but était de se joindre à ceux de ses frères qui voulaient rétablir un minimum de justice et de bien-être dans les territoires des Premières Nations. Ainsi, il avait rencontré Gaby, avec plusieurs chefs, et il avait reconnu la justesse de ses propos, la clarté de ses principes. Sans hésiter, il s'était lié à lui et à son groupe, et avait pris une part active à leurs démarches, même s'il savait que leur entreprise ne serait jamais facile. Parmi la multitude d'Amérindiens qui se réveillaient depuis quelques années, il n'y avait pas uniquement des cœurs purs et des têtes bien vissées sur les épaules, hélas! Il y avait aussi des fantaisistes, des belliqueux et des fanfarons qui ne pensaient qu'à faire croître le sentiment tenace de la vengeance envers les Occidentaux, se précipitant dans n'importe quelle entreprise. Mike était parfaitement conscient des travers qui accaparaient l'esprit des plus faibles, et il souhaitait que finissent pour tous ces souffrances intolérables. Il voulait en compagnie des leaders trouver la voie qui permettrait une habile cohabitation de deux mondes indépendants et tolérants. Jadis, grâce à sa femme, cette voie, il l'avait apprise du grand chef abénakis William Commanda, lui qui avait été proclamé chef suprême du gouvernement de la Nation indienne, une vingtaine d'années plus tôt. C'était un homme d'une valeur inestimable, un modèle pour les Indiens de toutes les nations et Mike, qui l'avait bien connu, avait pour lui une admiration sans borne. Malheureusement, ce gouvernement autochtone avait été bien vite écrasé par le gouvernement fédéral. Bien qu'il se fasse vieux, William Commanda, dont la sagesse était respectée, enseignait aux autochtones les façons de faire traditionnelles, celles que les jeunes générations risquaient de perdre, faute de transmission… De cet homme, Mike avait beaucoup appris. Il avait forgé son idéal grâce à lui, le prenant pour modèle, lui qui fabriquait encore de ses mains des canots d'écorce comme en utilisaient les anciens, avec les seules ressources de la nature! Il avait aussi compris qu'il ne fallait jamais abandonner sa fierté ni sa dignité et surtout ne jamais renier ses origines.

Mike avançait toujours. Avec force, avec rage, il pressait le pas pour calmer le feu qui le faisait bouillir. Ses yeux s'étaient accoutumés à l'obscurité, et la neige, qui contrastait avec les formes sombres des résineux, d'une teinte laiteuse éclairait le sol et lui dictait son chemin. Le froid lui pinçait le nez et il sentait geler le bout de ses oreilles. Il enfonça sa tuque et prit quelques grandes respirations. Bien qu'il se démenât, l'image de Myriam ne le quittait pas. Elle était encore là, souriante, belle et désirable. Et soudain son instinct de mâle lui joua un tour. Il ne put rien retenir… La colère le fit trembler et un mugissement pareil à celui de l'orignal monta du plus profond de ses entrailles. Il s'immobilisa, lucide, conscient d'être le jouet d'une force plus grande que sa raison, puis se mit à frapper le tronc d'un chêne qui se trouvait devant lui. Une violence qu'il ne pouvait maîtriser grondait dans tout son être, tandis qu'il martelait avec ses poings l'écorce de l'arbre, car déjà il savait que rien de ce qu'il ressentait pour cette adorable créature ne pourrait aboutir selon ses espérances… Myriam n'était pas une femme libre. Myriam n'était pas une squaw qui lui était destinée… Un hibou, délogé par ses coups furieux, battit des ailes et passa lourdement près de lui en hululant. Mike poussa un cri qui effraya la bête. Myriam avait un mari, et célèbre à part ça! Et trois beaux enfants, en plus de ses occupations! Alors, il était inutile de s'accrocher à l'idée d'un rapprochement entre eux. Cela ne le ferait que souffrir un peu plus. Sans s'en rendre compte, il frappait et frappait encore et rugissait comme une bête sauvage prise dans un piège… Toute sa nature d'homme hurlait sa souffrance d'être ligoté, retenu loin d'elle par des cordes trop solides pour qu'elles se brisent. Il était enchaîné à son désir impossible et inassouvi. Désormais, il lui faudrait éviter de la rencontrer, éviter de se sentir comme un ours en cage, comme une bête blessée. Voilà ce qu'il ressentait en cette nuit mouvementée… Il n'était plus qu'une bête blessée, et elle, si jolie, était inaccessible… Ce matin encore, il avait surpris de petits éclats de lumière dans ses yeux quand elle avait levé sur lui son regard… Un tremblement de terre, d'une puissance inconnue jusqu'alors, l'avait secoué et menaçait à nouveau de le faire s'écrouler. Jusqu'à quand allait-il souffrir de cette façon-là ? Il avait compris que rien ne pourrait plus lui faire oublier cette femme. Il avait eu envie de la soulever de terre, de la serrer contre lui et de l'embrasser comme un fou, de la couvrir de baisers en respirant le parfum léger de sa peau. Il le connaissait déjà, le parfum de sa peau, comme la tiédeur de son corps et la douceur de ses formes… Tout cela il le savait, mais il fallait courir. Il fallait s'éloigner d'elle et chasser son image… Il poussa une plainte qui ressemblait à celle d'un loup affamé et il en fut effrayé. Un long cri d'amour et de désir qui, d'un seul coup, emplissait la nuit, montait par-dessus la cime des arbres, se heurtait aux branches, perçait l'épaisse houppelande de nuages, et voguait dans l'air comme un vaisseau trop longtemps retenu, écho de son insoutenable solitude. Tous les bouleaux frémirent en entendant sa voix traverser leur sève endormie. Quand il s'arrêta de hurler, Mike, penché sur son bras, appuyé au tronc noueux d'un vieux frêne, ne sentait plus le froid, ne ressentait plus rien dans son corps. Alors, il ne put retenir ses pleurs. Les larmes jaillirent d'elles-mêmes comme une source intarissable et lui, un valeureux et fier Innu, oubliant sa réserve coutumière, les laissa rouler de ses yeux, inonder son visage et geler sur ses pommettes en feu. Pendant un très long moment, il s'abandonna à son chagrin qui le submergea, le broya. Puis, une fois sa douleur évacuée comme un torrent monstrueux, Mike sanglota longtemps, courbé sur la souche d'un bouleau. Il se débarrassait de ses années de peine, laissait mourir hors de lui des mois de privation. Quand la clarté parut au-dessus de l'horizon pour précéder un nouveau jour, sa raison avait repris le dessus.

Il revint vers la cabane en songeant qu'il lui fallait mettre une croix sur ses pulsions et ne plus rêver. Elle l'avait dit ce matin : les Indiens sont trop rêveurs ! Myriam appartenait à un autre, un homme qui sans doute, comme la plupart, ne connaissait pas son bonheur et ne l'évaluerait jamais à sa vraie mesure. Quand il franchit la porte de la maisonnette, les autres se réveillaient déjà, mais lui, il s'endormit comme une bûche. Au bout d'une heure ou deux, ses rêves lui présentèrent encore et encore le visage de celle qu'il aimait.

*

De retour à Outremont, Myriam était un peu déboussolée. Le changement d'univers, le passage entre deux mondes, si opposés, l'écartelait. Franchir le pas s'avérait, chaque fois qu'elle allait de l'un à l'autre, une épreuve plus complexe qu'elle ne l'aurait imaginée. Au fil des semaines, n'ayant pas encore suffisamment pénétré l'univers des autochtones, elle devait réajuster son mode de pensée et ses comportements en intégrant lentement le tout, comme on s'habitue au goût d'une substance nouvelle. Pourtant, à bien y regarder, ses actions extérieures étaient rapides et efficaces, et son enthousiasme ne faiblissait pas... Son esprit était comme un balancier qui, se mouvant sans cesse, l'emportait d'un antipode à l'autre et provoquait un malaise, accentué par l'incompréhension de Laurent. Plus elle avançait en compagnie de Gaby, de Mike et des quelques irréductibles idéalistes de leur trempe, plus elle devait nuancer sa position et ses idées face à son mari. Laurent, qui faisait bloc avec ses associés et sa famille, tentait toujours subtilement de la décourager. Dans l'intimité, il s'impatientait de plus en plus quant à la direction que Myriam avait choisie, renonçant à lui servir des raisonnements trop tranchés comme il l'aurait fait jadis. Inquiet, il la sentait s'éloigner de sa logique personnelle à laquelle il croyait dur comme fer et devenait taciturne, tournant et retournant dans sa tête les frustrations que lui infligeaient les idées de sa femme. Myriam était maintenant reconnue dans le domaine juridique qu'il considérait comme une chasse gardée et quand, un beau jour, elle lui demanda :

— Connais-tu les cas de jurisprudence concernant les attributions de terres à des colons, celles qui sont sur la réserve ?

Cette question parut à Laurent des plus inadéquates : Myriam annonçait par là une détestable remise en question.

— À Kanesataké ? fit-il en haussant les épaules.

— Rien ne prouve que la totalité du pays que nous disons nôtre n'appartient pas aux Indiens ! insista-t-elle.

— Myriam Langevin, tu es en train de perdre la tête !

Et une colère froide s'empara de lui. D'une part, parce que ces tracasseries concernaient encore et toujours les Indiens qui, d'après lui, auraient mieux fait de se mettre au diapason des Québécois et, d'autre part, parce que, finalement, qu'est-ce qu'une femme, même avocate, avait à se battre pour cet embrouillamini administratif de mauvais goût? La majorité des concitoyens sensés s'étaient écartés des Indiens depuis belle lurette. La comprendre devenait une épreuve au-dessus de ses forces, et plus il se butait, plus elle n'en faisait qu'à sa tête. «Comment, se demandait Laurent, comment Myriam peut-elle à la fois être préoccupée par le bien-être de nos enfants encore si jeunes et, sans vergogne, se passionner pour les malheurs d'une poignée de mécréants, malheurs qu'ils ont bien cherchés d'ailleurs, avec leurs idées saugrenues de vivre à l'envers de tous les honnêtes gens?» Les honnêtes gens, bien sûr, étant dans l'esprit de Laurent ceux qui obéissent au pouvoir en place, sans se plaindre. Alors, il s'enfermait dans un mutisme qui n'échappait pas à Myriam et qui la désarmait. Mais par ailleurs, plus les mois passaient, plus la réputation de Me Laurent Dagenais, et par conséquent sa carrière, se solidifiait. Comment aurait-il pu douter de ses propres convictions, comment aurait-il pu changer un iota de ce qui faisait sa personnalité?

À partir de ce moment, les causes commerciales, celles qui relèvent du droit international, lui furent fréquemment confiées et son nom, synonyme de réussite, fit le tour de la province et même du pays. Myriam, admirative, fit tout son possible pour ne pas le froisser, pour le complimenter et lui démontrer, malgré ses sautes d'humeur, l'affection qu'elle avait pour lui. Mais la passion qui les avait animés s'effritait, ne pouvant tolérer de se faire écorner par ces peccadilles et ces mots désagréables qui revenaient trop souvent entre eux.

*

Le printemps s'annonçait avec un accent de folie qui seyait bien aux rues et aux Montréalaises. Comme chaque année, après les longs mois d'enfermement, quand le froid avait lâché son emprise, les rires fusaient autour des parcs, sur les balcons et derrière les fenêtres ouvertes qui invitaient le soleil à entrer. On se préparait à célébrer la fête de Pâques… Dans la maison de la 17e Avenue à Rosemont, Gaétan, le mari de Pierrette, était encore souffrant :

— Je suis désolée, annonça Pierrette à Myriam ce matin-là, impossible de garder les trois bambins ces jours-ci…

Myriam n'avait jamais vu Pierrette dans cet état. Son visage défait exprimait l'inquiétude. Depuis trois jours, Gaétan, qui avait dû abandonner le chantier d'une maison en construction, était cloué dans son lit. Les médecins avaient laissé entendre qu'il devrait renoncer à ses activités journalières et lui avaient ordonné un traitement sévère. Personne n'osait prononcer le nom fatidique de ce mal qui le rongeait lentement, le cancer… Gaétan souffrait, et lui qui n'avait jamais manqué de travailler par tous les temps, il avait baissé les bras en espérant qu'un repos momentané réparerait les faiblesses de son corps… Il ne mangeait pas le quart de ses portions habituelles et, bien que sa femme mette chaque soir sur la table les mets qu'il adorait, il répétait obstinément en refusant de s'alimenter :

— Ça ne passera pas, je t'assure, Pierrette, rien à faire !

Et il repoussait son assiette encore pleine. Pierrette était consternée. Jamais elle n'avait redouté que son Gaétan en arrive à ce point. En plus de ce souci-là, très attachée à «ses trois petits», elle craignait de ne pouvoir respecter les horaires que Myriam et elle avaient patiemment élaborés. Elle était sens dessus dessous et tout cela arrivait au moment où Myriam avait plus que jamais besoin d'elle… Accaparée par les dossiers urgents qu'elle avait pris en charge, la jeune avocate ne pouvait alléger ses horaires, et l'engrenage dont elle se moquait quelques mois plus tôt auprès de Laurent se refermait lentement sur elle. Pierrette le savait.

— Ne t'en fais pas comme ça pour les « flos », lui dit Myriam, en la serrant dans ses bras pour la rassurer. Je me débrouillerai, allons! Occupe-toi plutôt de rétablir la santé de ton homme…

Pierrette réprima un soupir et releva la tête pour montrer qu'elle était vaillante, mais, en réalité, elle n'avait pas le cœur à rire et quand Myriam lui suggéra :

— Tu devrais emmener Gaétan voir Judy!

Pierrette s'exclama, trouvant l'idée parfaite :

— La bonne inspiration que tu viens d'avoir là, Myriam, mais je ne suis pas sûre que Gaétan se laissera convaincre… Tu sais comment il obéit scrupuleusement à son médecin…

— Je comprends, fit Myriam. Essaie tout de même de lui faire accepter l'idée, Judy est capable de faire des miracles!

Pierrette eut un léger sourire. Les convictions de Myriam avaient changé…

— Serais-tu devenue une inconditionnelle de notre sorcière?

Myriam fut bien obligée de l'admettre.

— J'apprends tant de nouvelles choses depuis que Gaby est de retour, avoua-t-elle à sa vieille amie, ma vie se transforme avec mes croyances qui évoluent…

En se levant pour partir, Myriam ajouta, sereine :

— Les petits, je les confierai à ma belle-mère… Et puis, ensemble, nous allons guérir Gaétan !

Pierrette qui ne demandait qu'à se laisser convaincre gratifia Myriam d'un baiser :

— Tes paroles me redonnent espoir…

— C'est cela dont la plupart des malades ont surtout besoin, l'espoir !

— Comment sais-tu ça, toi ?

— J'imagine que c'est ce dont Maguy et aussi Kateri ont eu besoin chacune à leur tour…

Pierrette hocha la tête. Quand Myriam fut sortie, elle resta de longues minutes songeuse, le regard perdu, derrière la fenêtre qui donnait sur le jardin où son mari aimait tant se détendre en cultivant, depuis leur mariage, les légumes les plus divers.

— Et si c'était seulement cela dont Gaétan a besoin pour guérir, l'espoir ?

Et elle se signa. Les cloches de l'église voisine appelaient les paroissiens à la veillée du Vendredi saint.

Le mardi suivant Pâques, avant de partir pour le bureau, Myriam emmena tout son petit monde chez les grands-parents Dagenais. La journée fut remplie d'événements qui l'empêchèrent de se libérer à l'heure habituelle. Un dossier lui était arrivé sans crier gare de Kanesataké, dénonçant – entre autres – le fils de Gloria. Il était accusé de trafic d'alcool et de cigarettes de contrebande ! Elle dut recevoir ses clients au bureau et saisir les points clés de l'affaire. Impossible de quitter son travail. Laurent, comme toujours, avait de quoi s'occuper toute la nuit et bien plus encore. Finalement, après quelques minutes de discussion sur les horaires des gamins, il céda aux instances de Myriam :

– D'accord, tu gagnes pour cette fois-ci…

Laurent était déjà de mauvaise humeur quand il partit chercher les trois bambins chez sa mère. Mme Dagenais, assistée de sa bonne, les avait fait souper. Laurence et Lydia poussaient des petits cris de joie et Guillaume exhibait fièrement les dessins qu'il avait barbouillés depuis le matin, chefs-d'œuvre de spontanéité, mélanges de couleurs contrastées comme seuls les enfants osent le faire.

– As-tu mangé ? demanda Mme Dagenais à son fils.

– Pas le temps, répondit Laurent.

Elle remarqua à cet instant qu'il avait les traits tirés par la fatigue :

– Alors, assieds-toi et soupe avant de repartir… Je ne te trouve pas bonne mine !

Laurent ne se fit pas prier. Depuis son mariage, il venait rarement dans la maison de son enfance, pour ainsi dire jamais sans Myriam et surtout lors des réunions de famille, des fêtes de fin d'année ou à l'occasion des anniversaires… Les longues discussions politiques avec son père l'accaparaient ces jours-là. L'invitation de sa mère et l'atmosphère de la maison maternelle lui apparurent à cet instant comme une gratification dont il avait besoin, un contraste délicieux avec les casse-tête du bureau. L'idée d'avoir à préparer son repas sans Myriam lui était insupportable. Même si la présence de la femme de ménage leur évitait les tracas de l'intendance, il n'en restait pas moins que plus Myriam cumulait les activités, et plus Laurent ressentait un manque, un sentiment désagréable d'abandon. Depuis quelques semaines, son caractère se transformait. Il devenait nerveux et avait parfois l'impression d'être un homme à qui on aurait coupé un bras. Laurent avait bien trop peur de s'interroger sur son malaise, et puis, il n'avait pas le temps… Pas le temps de penser à lui ni à toutes ces fadaises qui occupaient l'esprit de Myriam! Il prit place devant l'assiette pleine de ragoût que sa mère avait posée devant lui. L'absence de sa femme à la maison symbolisait sans aucun doute ce bras manquant, cette sensation de vide pénible qui l'habitait et qu'il trouvait de plus en plus intolérable. Avoir à s'occuper de leurs enfants et veiller au quotidien sans elle, la savoir au bureau quand lui, le grand avocat, était obligé de jouer le père au foyer le faisaient tourner comme un lion en cage, comme un animal estropié qui ne trouvait plus d'issue. Bref, dans ces conditions, il ne se sentait pas un homme à part entière, encore moins un mari comblé. Que sa mère lui propose ce que sa femme n'avait plus le temps de faire pour lui le fit se détendre. Il appréciait son geste plus qu'il n'aurait pu lui exprimer. Mme Dagenais vit des couleurs revenir sur les joues de son garçon. Retrouvant tout à coup sa bonne humeur d'adolescent, il mangea de bon appétit et se fit servir plusieurs fois. Le bouillon, la viande et les légumes avaient une saveur exceptionnelle, celle que les mères savent donner à leurs mets. Les enfants jouaient autour de lui et se réfugiaient tour à tour dans les bras de leur grand-mère ou sur ses genoux, et Laurent se sentait régresser aux temps heureux où, encore célibataire, sans responsabilité, il plaisantait avec sa mère et se mesurait au prestige de père. Vers la fin de son repas, sans préambule, Mme Dagenais lui demanda:

– Myriam est-elle en forme?

– Oui…

— Est-elle une bonne mère?

La question abrupte ne ressemblait pas aux façons délicates de sa mère. Il lâcha sa fourchette et leva la tête vers elle, curieux de l'entendre, elle si conservatrice, discrète comme toutes celles de sa génération, briser le tabou des non-dits qui pesaient encore sur sa morale.

— Pour quelle raison, mère, me demandez-vous cela?

— Pour la bonne raison que je vois bien ce qui se passe!

Question de convenance, Laurent, même s'il le voulait, ne pouvait décemment lui répondre. Il fit un signe de tête affirmatif et détourna la conversation en prononçant des éloges sur la qualité de la viande. Pour rien au monde, il n'aurait dévoilé sa détresse récente, car il se serait senti trop humilié... Mais Mme Dagenais ajouta encore:

— Quel est ce besoin qui pousse ta femme à vouloir te concurrencer? Avec ton père, nous en avons parlé ces derniers temps et lui comme moi trouvons fort inconvenant que Myriam se tue au travail et vous abandonne tous les quatre, pour des Sauvages, en plus!

Laurent voulut rattraper les choses et ne pas laisser ternir l'image de leur couple. Pour la famille et les amis, une harmonie de bon ton devait régnait comme au premier jour entre eux et il n'entendait pas déroger à cette loi du silence des convenances, même avec sa mère et surtout avec elle.

— Myriam a choisi de mener une carrière, mère... Je ne peux mettre des entraves à ses ambitions! De nos jours, les femmes considèrent qu'elles ont leur mot à dire et nous devons les respecter...

— Leur mot à dire, j'en conviens, mais de là à ne plus prendre assez de temps pour s'occuper de leurs enfants, je suis très bouleversée par la situation, je t'avoue!

Mme Dagenais retroussait les coins de sa bouche, mimique de colère contenue que Laurent connaissait bien. Il tenta encore une fois d'esquiver le sujet de préoccupation de sa mère et de faire bonne figure, mais il ne put avaler son dessert. Le désaveu maternel le touchait.

— Mais voyons, maman, il n'y a pas péril en la demeure...

— Ça, c'est toi qui le dis, Laurent! J'ai rencontré récemment un groupe de dames qui font du bénévolat, et il se trouve que, parmi ces dames, il y avait Suzanne Pellerin, la tante de Myriam... Elle est charmante.

Mme Dagenais fit une pause qui évoquait le bon chic et le bon genre de Suzanne.

— Elle aussi s'inquiète, encore plus que moi peut-être! Suzanne trouve que, de nos jours, les enfants sont sujets à de gros problèmes quand la mère n'est pas au foyer... D'ailleurs, nous nous inquiétons toutes de voir l'influence du mouvement féministe peser sur les jeunes mères de famille et leur faire perdre la tête... Nous, les femmes d'expérience, nous les trouvons un peu... comment dire, écervelées!

— Voyons, mère...

Laurent, gauchement, tenta de la convaincre et de lui faire changer d'opinion. Un nœud s'était formé dans sa gorge et les mots ne sortaient plus. Il était estomaqué par le discours tranchant de Mme Dagenais. Sans égard au malaise visible de son fils, celle-ci continuait:

— Surtout, comme Suzanne me l'a fait remarquer et je suis de son avis, surtout qu'on n'a jamais vraiment su qui étaient le père et la mère de Myriam…

— Je ne vois pas le rapport, mère…

Maintenant qu'elle était lancée, rien ne pouvait plus l'arrêter. Les origines inconnues de sa femme étaient sur la sellette :

— Alors ses fréquentations avec ce chef des rebelles, tu comprends, si je m'inquiète tant, c'est pour mes petits-enfants !

— Mais non, maman, ce n'est pas un chef des rebelles, c'est un chef du conseil de bande, qui est son oncle et qui…

— Voilà, voilà… son oncle, maintenant ! Un Sauvage… encore des folies ! Si tu peux m'assurer qu'elle va se calmer et que tu vas lui faire entendre raison, je serai rassurée, sinon…

— Sinon quoi, mère ?

Laurent trouvait qu'elle y allait trop fort quand, à l'instant même, son père fit son apparition, ce qui n'empêcha pas sa mère d'aller au bout de sa logique :

— Sinon, je te propose, en accord avec ton père, de prendre en charge mes petits-enfants à temps plein ! fit-elle, en jetant un coup d'œil complice à son mari.

Laurent réagit vivement :

— Ne vous énervez pas de cette façon, maman, je parlerai à Myriam ! Et puis, vous ne pensez pas que les enfants vous fatigueraient tout le jour ? Trois enfants, c'est exigeant… Vous seriez épuisée…

— Jamais de la vie…

M. Dagenais, qui venait de prendre sa retraite après trente années d'une activité intense, ajouta :

— Nous serons deux, tu sais, avec moi qui suis à la maison, ce sera moins lourd pour ta mère et puis, nos trois petits seront confortables et en sécurité…

Lorsque Laurent repartit, les paroles de sa mère et l'intervention de son père faisaient leur chemin dans sa tête pour affaiblir un peu plus les positions de Myriam. Laurent qui n'aimait pas se poser de questions fut désormais sous l'emprise d'énormes doutes. Si seulement sa femme avait daigné abandonner ses idées de réforme de la justice, il n'aurait jamais pensé ainsi. La fatigue aidant, il ne savait plus où se terminait le bon sens ni de quelle façon il allait contenter sa mère sans déplaire à sa femme…

Chapitre VII

On était dans les derniers jours du mois de mai, le soleil restait plus longtemps au-dessus de l'horizon, mais le vent qui soufflait entre les monts en suivant le lit de la rivière était encore froid. L'itinéraire qu'on avait prévu comportait plusieurs étapes. Tout d'abord, on avait fait une brève escale au lac Saint-Jean, dans la réserve de Mashteuiatsh où l'on avait dormi, et, depuis qu'on avait quitté la région montréalaise, on montait vers le nord. Myriam qui s'aventurait dans la région pour la première fois ne savait où poser son regard. La taïga boréale qu'elle avait tant de fois imaginée s'étalait devant ses yeux, pays sans limites, verdoyant, peuplé d'épinettes noires, parsemé de lacs à l'infini où les rivières coulaient tranquilles et majestueuses, parfois alimentées par des eaux vives qui dévalaient en chutes mugissantes depuis la fonte des neiges. Et durant le bref été, la nature en délire s'adonnait à cette brusque métamorphose des couleurs et des formes qui ne se produit que dans les régions nordiques. Les peuples qui avaient habité ce pays depuis toujours ne pouvaient que se fondre dans les changements perpétuels et porter en eux cette constante alchimie. C'était leur vie, leur particularité…

Au nord de Sept-Îles, à l'extrémité de la réserve de Uashat et de Maliouténam, une famille d'Innus désertait les quartiers attribués aux autochtones après la découverte des gisements de fer, où se déversaient les rejets de la cité. Peuple nomade devenu sédentaire par la force des choses, ils avaient dressé les tipis pour la belle saison. Vivant à l'étroit pendant les mois d'hiver, contraints de s'entasser dans des maisons préfabriquées contrairement à leurs habitudes, ils retrouvaient dès les prémices de la belle saison leurs racines au sein de la nature, reprenaient contact avec la terre et ses bienfaits, loin des crevasses irréparables infligées par les mines à ciel ouvert. Sur ce territoire, voyageant en avion, on pouvait apercevoir les rivières et les lacs qui quadrillaient la terre du Nord. On était tout à la fois sur des îles et dans la taïga et, vers l'est, on rencontrait le bord de mer, extrême frange rocheuse de l'Amérique.

Un feu avide ronronnait en léchant les brindilles, et les braises discrètement tapies en dessous des bûches sifflaient de plaisir. Avec frénésie, le bois se tordait, éclatait et s'offrait encore, puis, marié à la mouvance des flammes, se volatilisait en étincelles qui montaient vers le ciel, crépitaient et se changeaient en minuscules feux d'artifice, accueillis par les enfants qui applaudissaient et sautaient de joie. La nuit se faisait attendre, lente brunante étoilée, demi-obscurité qui précède le réveil de la lune.

Un vieil homme à la peau basanée se pencha pour remettre du bois par-dessus la lisière de pierres plates, bien serrées, qui délimitaient le feu. Ses gestes étaient lents et sa parole, douce. Il s'exprimait dans un langage ancien comme le monde, la langue des Innus, celle des hommes de la terre du Nord. Les Blancs lui donnaient le nom de Joseph McKenzie, mais on l'appelait Jeff. Dans les années cinquante, le gouvernement avait contraint les Indiens, citoyens sous tutelle, de porter un nom chrétien pour enregistrer leur état civil. Mais son nom innu, son nom d'Homme, était N'tchouk, ce qui veut dire La Loutre. Jeff n'était pas très haut de taille, mais son dos se tenait si droit qu'il avait naturellement un air de majesté. Il portait un chapeau de feutre fatigué et, par-dessus sa chemise faite de flanelle épaisse, un gilet brodé de couleurs vives qui lui tenait lieu de manteau. Jeff McKenzie, comme tous ceux qui affrontent le vent du nord en ce pays, ne craignait pas le froid. Il n'était pas bavard non plus. Les paroles qui sortaient de sa bouche n'étaient jamais inutiles. Elles exprimaient tout juste ce qu'il avait pensé. Sans hâte, elles allaient droit à leur but.

Myriam, assise sur une souche, regardait vivre ces gens simples. Elle laissait monter en elle des sensations nouvelles et subtiles, celles qu'on acquiert à l'écoute des autres quand ils sont différents. Autour de Jeff, qu'elle connaissait déjà, étaient les proches et les amis, c'est-à-dire le clan qui résidait depuis toujours dans les parages et subsistait grâce à la chasse et à la pêche. Jusqu'au milieu du XXe siècle, ces hommes et ces femmes parcouraient avec leurs traîneaux et leurs chiens des centaines de milles à chaque saison, sans que soit tracée la moindre route. Ils avaient pour seuls points de repère les particularités naturelles disséminées sur leur chemin: la pointe d'un lac, les chutes d'une rivière, le mamelon d'une montagne ou la paroi d'une falaise. Sans leur laisser le choix, tout récemment, pour les contraindre à se sédentariser, on les avait parqués dans un quartier de la nouvelle réalisation des Blancs : la cité de Schefferville. Ils avaient dû abandonner leur raison d'être. Personne parmi les hommes politiques n'avait écouté leur discours ni leurs lamentations. Ils n'étaient que des Indiens.

Tout autour des tipis, on entendait les enfants babiller et jouer, et les femmes s'affairaient à la cuisine. Myriam n'en finissait plus d'observer le vieil homme, fascinée par ses gestes hiératiques et par la noblesse de ses attitudes dans ses occupations les plus banales. Héritage inconscient, atavisme, il avait une façon de faire inimitable reçue de ses ancêtres. Habilement, avec un soin tout particulier, Jeff avait taillé les branches dont il avait besoin pour suspendre un énorme volatile et l'accrocher fermement au-dessus des flammes. C'était une oie sauvage qu'il avait abattue la veille à la chasse avec les hommes du clan et ses fils et gendres. Gaby leur avait prêté main-forte. On la mangerait tout à l'heure avec quelques autres, autour du feu, juste avant la veillée, rôties à point et bourrées d'herbes sauvages qui leur donneraient un fumet inimitable. Un vrai régal qu'on partagerait au cours du makushan[2] ! Mais avant, la femme de Jeff, Yvonne, entourée des squaws, en un tourne-main et avec maîtrise dépeça l'oiseau et le dépouilla de ses plumes. Ensuite, elle choisit les plus belles, les plus longues et les plus colorées qu'elle mit de côté, bien alignées dans un petit sac de toile brodé, comme un trésor précieux, et, voyant l'air ébahi de Myriam, elle expliqua d'une voix chantante :

2. Makushan : grand festin, repas de fête qui réunit toute la parenté.

– On doit garder les plus belles plumes à la mémoire de cet animal, et du sacrifice qu'il a accepté de faire pour notre subsistance en nous donnant sa chair…

Alors, elle lui donna deux ou trois longues aigrettes, en ajoutant :

– Au cours de la prochaine cérémonie, quand chacun revêtira ses plus beaux atours, les plumes seront présentes, transformées en parure sur une robe ou accrochées au rebord d'un chapeau, et ainsi on se souviendra de l'oie qu'on a sacrifiée… L'oie fera partie de nous…

Myriam reçut ces paroles comme des paroles de vie dont la profondeur fit vibrer en elle des cordes inconnues, en tirant des accents si opposés aux préceptes usuels de ses proches, qu'elle en fut touchée plus que de raison. Elle les serra sur sa poitrine et elle se souvint de Kateri. La nuit précédente, elle l'avait vue en songe, parée d'une coiffure gracieuse. Myriam comprit l'importance des plumes qui jouent un rôle primordial dans les cérémonies rituelles des Amérindiens. Présentes partout, elles symbolisent la migration perpétuelle de leurs peuples, leur sens de la liberté et leur appartenance à la création tout entière… Yvonne, voyant Myriam réfléchir, sourit avant de s'esquiver en hochant la tête d'un air de contentement. Elle se dit avec satisfaction : «Myriam capte la pensée des peuples du Nord, et c'est bien ainsi.» Alors, marchant rapidement le long des bosquets, Yvonne s'adonna à une autre quête pour le confort de tous. Elle cueillit dans les épinettes de quoi étaler sur le sol encore froid un épais tapis de verdure. Chaque fois qu'elle prenait à un arbre un de ses rameaux, c'était d'une caresse qu'elle le dépouillait. On voyait à peine son geste tant il était léger, presque aérien… Elle effleurait les branches extérieures et, rapidement, choisissait celles qui deviendraient une couche pour la nuit, ou une banquette pour s'asseoir en rond et déguster le festin. Et tout en travaillant, Yvonne, de son nom innu, Maïkan, ce qui veut dire La Louve, rendit grâce aux arbres de la toundra et à toutes les créatures de la nature qui se donnent aux hommes et aux femmes vivant sur les terres boréales. Ah, l'odeur des bois et de la brousse, l'odeur des mousses et des herbes gorgées de vent et de soleil, et puis celle du rôti qui, lentement, tournait depuis des heures en répandant ses effluves!

Myriam, fourbue, après avoir cheminé tout le jour, admirait la convivialité de ces instants et elle suivit du regard cette femme grassette et courte, aux cheveux noirs roulés sur les oreilles, surmontés d'une coiffe aux couleurs vives, joliment ornée de perles. Elle revenait de sa quête, cachée sous une énorme brassée de branches tressautant au rythme de ses pas. On aurait dit qu'elle dansait en marchant.

Dans ce décor naturel, voire grandiose, éloignée de son environnement quotidien, Myriam songeait. Elle qui avait imaginé les Amérindiens à partir d'idées reçues, de clichés véhiculés d'un bout à l'autre des Amériques se trouvait confrontée à une réalité tout autre. Chez les Innus encore plus que chez les Mohawks d'où venaient sa mère et son oncle, les images qu'on colportait dans les livres d'histoire étaient sans fondement. Myriam le constatait maintenant de ses propres yeux et se laissait aller à ses déductions comme si, au milieu de ces gens, poussaient doucement en elle les germes d'une vision qui la transformerait à jamais. Malgré le peu de données réelles qu'elle possédait, étant sur les lieux qui appartenaient à l'histoire des Innus, elle pressentait de quelle façon ils avaient survécu malgré le climat si dur, imprégnée par ce que rayonnait chacun d'entre eux. Les Mohawks, pour leur part, étaient des nations iroquoïennes dont le tempérament et les attitudes contrastaient avec les coutumes innues. Dans les temps anciens, les premiers avaient vécu de l'agriculture, alors que les Innus étaient essentiellement un peuple nomade qui vivait de la pêche et de la chasse. Ici, loin au nord des terres fertiles, la subsistance ne pouvait venir que de la faune et de la flore. Myriam rit de sa naïveté... Pas de coiffes de plumes comme elle aurait pu s'y attendre, pas de démonstrations bruyantes ni de déclarations mystiques, mais une sobriété dans les gestes et dans les rapports, doublée d'une pudeur particulière et d'un amour immense pour la paix et pour la liberté. La notion de liberté était subtilement présente et façonnait les moindres faits et gestes. Il flottait partout une douceur enveloppante et inconnue dans la grande ville, qui surprenait Myriam, la touchait profondément. La paix, ces gens respiraient la paix et elle y était sensible. À les regarder, il lui sembla pendant quelques instants que de vieilles peaux encombrantes l'avaient recouverte depuis son enfance, peaux faites de principes et de rigidité sans égard pour l'extérieur, qui avaient étouffé sa véritable nature. Maintenant inutiles et désuètes, elles se détachaient d'elle pour se dissoudre dans la terre, laissant la place à une femme nouvelle, moins apprêtée, une femme qui prenait part à la marche du monde.

Les heures s'écoulaient sans heurt et Myriam flottait dans un bien-être infini.

Demain, quand commencerait une nouvelle journée dans la toundra, Mike et les autres se joindraient au groupe pour continuer le voyage. Rien qu'à y penser, Myriam se sentit folle de joie. Toutes sortes de sensations plaisantes montaient en elle et elle se surprenait encore à rêver de lui en secret. Pourtant, le but de leur mission était des plus incertains… Il avait été prévu avec Gaby de se rendre au chantier du plus récent barrage de la Manicouagan afin d'entreprendre une dernière tentative : parlementer avec les gens du gouvernement qui se trouvaient sur les lieux et les convaincre d'écouter les arguments des Innus. Arrêter cette catastrophe programmée ! Hélas, Myriam en connaissait d'avance l'issue… Impossible de modifier le cours des choses. Lutte inégale vouée à une fin de non-recevoir, entêtement aveugle qui menait à la destruction d'un équilibre avec la nature de plus en plus précaire… Malgré les discours fraternels qui avaient été servis à tous, cette énorme et monstrueuse plaie creusée au milieu de la forêt avait déjà englouti les forces vives de la rivière et les créatures dont se nourrissent les Indiens, saumons et autres espèces qui n'ont de raison de vivre que par elle. Désastre écologique et humain, ce genre d'ouvrage, qu'on projetait de construire de la même façon à la baie James, chez les Cris, dans les prochains mois, démembrait l'organisation de ceux qui n'avaient d'autre richesse et d'autre bien matériel que leur vie… La vie sans artifice !

– Myriam, rêves-tu ? Viens manger !

La voix de Gaby la fit sursauter. Myriam se leva pour se rapprocher du cercle qui s'était formé autour du feu et s'assit à son côté. En riant, les jeunes hommes coupaient de généreuses tranches de viande encore fumante et des morceaux de banique, dorée à point, cuite au-dessus des braises. Les femmes distribuaient le régal d'abord aux anciens, comme c'est la coutume, puis à tous les ventres affamés, tous ceux qui, mis en appétit par le grand air, tendaient les bras et dévoraient à belles dents. Ils étaient si occupés à manger qu'on n'entendait plus la moindre bribe de conversation. Seuls les « mmm » de satisfaction et les demandes de nouvelles rations ponctuaient le déroulement du festin. Comme c'était bon ! Puis, au fur et à mesure que le repas s'achevait, que chacun y trouvait l'apaisement de ses sens, on alimentait le feu pour qu'il fasse encore office de rassembleur durant de longues heures.

Après la distribution d'énormes tartines agrémentées de marmelade de chicoutais[3] et accompagnées d'une tasse de thé des bois, les hommes et les femmes se resserrèrent autour des anciens, réclamant un conte ou une légende… Le brouhaha était assourdissant. Gaby sortit une guitare et scanda quelques accords en faisant chanter les enfants. Myriam lui découvrait un talent supplémentaire… Les hommes étaient parés pour la veillée et Gaby, comme eux tous, avait fière allure, les cheveux ceints d'un bandeau brodé. « J'espère qu'il deviendra le prochain grand chef de Kanesataké », se dit Myriam en l'admirant. Les élections étaient au programme des prochaines semaines, mais Gaby ne voulait pas admettre, quand on lui en parlait, qu'il était l'homme de la situation… « Trop modeste ! » se disait encore Myriam. Et elle lui sourit. Les hommes, rassemblés autour du tambour, firent écho aux chansons en martelant le sol de coups puissants qui résonnaient jusque dans les entrailles de la terre. Ils poussaient des grognements de satisfaction,

3. Chicoutai : mûre des marais.

tandis que les femmes et les enfants, possédés par l'esprit de la danse, formaient une ronde autour du feu et se laissaient emporter dans un rythme ensorcelant sous la lumière chatoyante et fantasque des flammes. Enchantement supplémentaire, la complicité des multitudes d'étoiles qui, aux premières loges de ce grand spectacle, se répondaient par des clignotements brefs de l'une à l'autre dans un ciel encore habité de nuages bleu et rose.

Quand les danseurs faiblirent, lorsqu'ils eurent donné tout leur souffle et furent prêts à prendre du repos en écoutant, un chasseur aux cheveux blancs s'approcha du feu, les épaules couvertes d'un poncho. C'était Romuald Saint-Onge, un des compagnons de Jeff, dont la réputation de conteur était fameuse; il perpétuait la tradition. Il se plaça au centre de l'assemblée, tournant le dos au feu. Le silence s'était fait comme par magie. Il allait parler... Devant lui, des pipes circulaient de main en main, sans jamais s'éteindre et la fumée montait par vagues rejoindre les flammèches du brasier et les étoiles. Il était temps de goûter la verve de ses mots, les expressions de son visage qui, mobile, mimerait l'histoire en captivant l'auditoire au complet. Romuald avait hérité l'habileté des plus grands conteurs innus, les « atanukan », qui savent décrire le monde en empruntant la voix du carcajou et dont la réputation avait fait le tour des villages et des réserves... Oubliant les tracas et les peines, tous les participants, grands et petits, se tenaient cois face à celui qui offrait le cadeau tant attendu. L'assistance fut unanime, on voulait une histoire qui mettrait les esprits et les cœurs en joie! Les plus jeunes écarquillaient les yeux et se rapprochaient, avides d'entendre tout ce que Romuald leur conterait. Frissons de peur et de plaisir, admiration sans borne dédiée à ces personnages si colorés et pleins de vie… Éclats de rire aussi à l'évocation de la petite squaw qui avait donné son panier de framboises à l'ours amoureux d'elle, celle qui mit au monde un enfant au pouvoir miraculeux. Les cœurs palpitaient à l'unisson, les regards brillaient. Les esprits s'envolaient vers des sommets mythiques qui rejoignaient les rêves et les désirs les plus vivaces de chacun. On reconnaissait la force des anciens, on les vénérait, et près de la chaleur du feu qui dévorait de nouvelles bûches, on ne sentait pas le froid boréal s'étendre sur la taïga pour geler la terre jusqu'au lever du soleil. On avait chaud, ensemble on était bien… Petits et grands écoutaient, fiers d'être les descendants de ces hommes valeureux et purs, toujours en quête de l'unité de la création, conquête sans effusion, aujourd'hui perdue.

On riait et on tremblait encore. Les mots se succédaient, comiques ou dramatiques, et formaient un long ruban fluide qui voyageait de l'un à l'autre et s'enroulait dans les âmes pour les rassurer. La langue des Innus, aussi douce que le vent qui court sur la lande et aussi vive que l'eau de la rivière lorsqu'elle dévale les collines, faisait écho au chant de l'immensité. Langue venue des confins de la terre avec les peuples nomades qui la parcourent, elle appartient aussi aux Naskapis, aux Cris et aux Abénakis et décrit les paysages et la vie en métaphores et en images qui lui sont propres. Myriam ne pouvait tout comprendre. Ignorante de ce langage, elle en découvrait la beauté musicale, écoutant et saisissant intuitivement le sens de ce qui était lancé à la volée. Mais ce qu'elle lut sur les visages attentifs, c'est que ces gens-là étaient heureux, qu'ils s'aimaient et qu'ils aimaient la vie, ne demandant rien à personne.

La veillée se prolongea fort tard et quand vint l'heure d'aller dormir, quand les yeux commencèrent à papilloter sous le poids des paupières devenues trop lourdes, ce fut le temps de s'en remettre à l'esprit des rêves. Myriam s'allongea sous la tente, entre deux peaux de caribou, sur le tapis d'aiguilles fraîches qui recouvrait le sol, au milieu des femmes et des enfants allongés dans la grande shaputuan[4], respirant le parfum de la terre, avec dans tout son être le sentiment d'avoir retrouvé ses racines. Comme elle fermait les yeux, elle sentit la présence de Kateri. Certitude, sensation subtile de son visage un peu flou… Kateri, lumière de son âme, vint lui chanter une douce mélodie, un petit chant qu'elle ne pouvait traduire, mais dont les accents maternels répandaient un baume dans son cœur. Ce contact délicieux et apaisant ouvrit sur une nuit de réconciliation totale avec la partie d'elle-même que la vie lui avait fait oublier. Myriam se sentit comme un bébé qui vient de naître. Elle laissa son corps lui révéler la mémoire occultée des premiers instants, et la coupure d'avec celle qui l'avait portée pendant neuf mois. Choc des retrouvailles, langage des émotions qui nous pétrissent dès l'entrée dans ce monde…

«Oh toi, ma mère, murmura alors Myriam pour elle-même, comme tu as dû souffrir de ton éloignement, dans une ville inconnue, comme tu as dû te sentir seule et perdue au milieu des religieuses qui ne te comprenaient pas, astreinte à des coutumes éprouvantes et à des pensées moroses!» La jeune femme, de plus en plus étrangère aux

4. Shaputuan : vaste tente à plusieurs foyers et à deux portes.

exigences de la vie occidentale, songea avec tendresse à celle qui lui avait donné le jour. Ses rêves furent peuplés des légendes et des chants indiens que les esprits de la nuit apportent à ceux qui dorment le cœur en paix.

*

Après une escale en avion, par un de ces jours brumeux où le soleil se dérobe quand on croit l'approcher, on roulait aux abords de Schefferville, construite en hâte non loin des mines à ciel ouvert. Deux véhicules équipés pour la brousse suivaient la piste. Il y avait Jeff et ses fils, Romuald, et puis Mike qui venait d'arriver le matin même... Myriam, à la fois excitée et émue de sa présence, le regardait de loin, prisonnier d'une autre voiture, et lui, l'esprit habité par son image, faisait de temps en temps, derrière le pare-brise, des signes de la main qu'elle lui rendait. L'un et l'autre ressentaient ce quelque chose qui les mettait en émoi et qu'ils n'osaient surtout pas exprimer. La pudeur, une pudeur bien normale, se mêlait à leur attirance et les entravait dans leurs gestes qui, parfois, devenaient gauches. Myriam le regardait en rougissant comme une adolescente et Mike évitait toute situation qui aurait pu la mettre mal à l'aise, d'autant plus qu'ils n'étaient jamais seuls... Gaby, quant à lui, voyait bien leur manège et souriait discrètement de les voir ainsi désemparés. Il respectait sa nièce, comme on doit respecter une femme mariée. «Évidemment», se disait-il parfois avec un brin de dérision, «le mari de Myriam n'est pas celui que j'aurais choisi pour elle, mais enfin il est le père de ses enfants et on ne doit pas remettre cela en question...» Et de plus en plus souvent, il se demandait si sa nièce était heureuse avec lui, sans oser formuler la réponse. Il avait perçu, lorsqu'il lui était arrivé de rencontrer Laurent ou lorsque Myriam parlait de lui, une froideur inexplicable à son égard, qui ressemblait à de l'animosité. Il en avait conclu que Laurent Dagenais n'aimait pas les Indiens et qu'il devait être bien perplexe d'avoir pour femme une personne comme Myriam, déterminée à retrouver son identité première… Quant à Mike, Gaby comptait sur lui pour le seconder. Il lui reconnaissait, en plus de son éducation blanche, une intégrité et une vision intelligente des choses dont ils auraient tous besoin dans un avenir proche. Il était impatient de le voir en action et de voir comment lui et Myriam se débrouilleraient dans leurs rôles respectifs, au milieu des populations du Nord.

On fit une brève escale dans le quartier autochtone. Le logis qu'habitait Jeff était comme tous les autres, trop exigu pour des hommes et des femmes qui parcourent des centaines de kilomètres à chaque saison depuis la nuit des temps. Ridicule, mais les Innus n'avaient pas eu le choix… Tout n'était ici que boue autour des maisons préfabriquées à trois étages, construites à la hâte, semblables et stupidement serrées les unes contre les autres. Il n'y avait encore aucun trottoir. Environnement moderne. Laideur d'uniformité, sécheresse des matériaux et des lignes sans humanité… Cruel manque de poésie dont les Occidentaux ne s'embarrassent pas! Jeff s'approcha de Myriam :

— L'Indien n'a pas été habitué à cette promiscuité, sais-tu! Tout ce que tu vois ici est contraire à notre mode de vie. Dans ces appartements, nous ne pouvons pas être nous-mêmes. Impossible. Il nous manque le contact avec la terre…

Quand il expliquait cela, son front se plissait et ses yeux clignotaient pour tenter d'oublier que les rêves, désormais abandonnés, avaient toujours guidé son peuple dans les grands espaces, dans le froid et dans le vent qui inspire la beauté. Il pointa du doigt une grande carte accrochée près de la fenêtre, au-dessus du canapé.

– Tu vois, nous sommes ici!

Et il montrait à Myriam un minuscule point rouge au milieu des relevés topographiques. Les autres se rapprochèrent pour voir.

– Dans ce décor, serrés les uns contre les autres, nous sommes étrangers à nos rêves. La mélancolie s'abat sur nous, sais-tu!

Myriam commençait à comprendre ce que cela voulait dire. Jeff regarda ses fils:

– Nos enfants n'aiment pas ces lieux, ils y sont malheureux.

En disant cela, il baissa la tête et Myriam crut voir une larme qui glissait le long de sa joue. Mike et Gaby ne bronchaient pas.

– Quant à nos femmes, elles doivent acheter la nourriture au magasin général! As-tu pensé à ce que cela représente pour nous, manger des boîtes? On perd le goût...

Myriam ne sut quoi lui répondre. Tout cela était énoncé sans colère, presque avec résignation. C'étaient des paroles qui pénétraient dans sa chair et qui y faisaient leur œuvre pour qu'elle saisisse encore mieux le sens de ce qu'elle voyait.

– Notre mode de vie ancestral est moribond..., ajouta Mike, dont le visage s'était assombri à l'évocation de Jeff.

— Et nous avec, murmura Romuald, qui jusque-là n'avait rien dit.

Tous, ils hochaient la tête et avaient l'air grave. Le silence se fit lourd avant que Jeff reprenne la parole :

— Jamais les Blancs ne nous ont consultés, sais-tu ! Nous avons été obligés de nous installer ici pour libérer les territoires où ils exploitent le métal… Mais ce sont nos terres, sais-tu ! Ce sont nos terres qu'ils occupent et qu'ils pillent !

Personne ne souhaitait s'étendre sur la question. Il n'y avait aucune solution valable pour redresser la situation. Rien que des problèmes générés par le bouleversement social dont ils avaient été les otages…

Tout autour de l'agglomération, partout où on posait le regard, ce n'étaient que boue rougeâtre, crevasses et longues plaies qui défiguraient les courbes naturelles du pays et qui faisaient suinter le sol autour des rivières et des canaux, avec, ici et là, de petits creux remplis de neige ou de glace, teintés de veines ferrugineuses. La taïga, mosaïque entremêlée de plans d'eau et de collines, pays de rivières, de landes et de vent, se rebellait contre les écorchures qu'on lui avait fait subir et pleurait des larmes de sang à cause des interventions de l'homme. Myriam eut un sentiment de désolation.

— Quel triste paysage !

— Ici, la nature offre ses trésors sans les dissimuler, fit Gaby, voilà ce que ça donne…

Et il eut l'air triste, lui aussi, quand le camion, cahotant à bonne allure, s'éloigna de cette blessure infligée à la croûte terrestre. Ils suivirent une piste qui serpentait au milieu des collines, contournant des lacs et des îlots de résineux, hérissés de bosquets, de bouleaux et ourlés de rubans de sable clair. L'eau frémissait de vaguelettes qui s'arrondissaient et brillaient de leurs teintes de velours, des teintes gris bleuté proches de la couleur du métal que contenait la terre. À perte de vue, c'était la nature vierge, sans autre limite que celle de l'horizon, cette ligne pâle et mouvante où le ciel vaporeux descend et s'imbrique aux rochers apparemment minuscules. Quelques anachroniques panneaux publicitaires étaient fichés autour des maisons, énormes, paradant pour le compte des nouvelles pourvoiries; ils annonçaient leur implantation récente et vantaient la quantité des prises qu'elles offraient aux futurs vacanciers. On voyait les photos disproportionnées des saumons, bien plus grands que nature et des brochets monstrueux, pendus aux lignes de pêcheurs pleins d'orgueil. Et puis, un peu plus loin, une station d'essence appuyée au magasin général qui desservait la région, où l'on trouvait de tout, seule concession au magasinage et à la modernité.

Tout à coup, au détour d'un vallon, surgit au moment où on s'y attendait le moins une maisonnette en bois un peu ridicule, tant elle paraissait petite dans ce décor gigantesque. Les murs extérieurs, recouverts de dessins et de tableaux aux couleurs vives, surprenaient et appelaient le regard. Le coup d'œil était exceptionnel. Gaby arrêta son véhicule et donna deux ou trois petits coups de klaxon. Une femme souriante, vêtue de jeans et d'un chandail aussi bariolé que ses toiles, parut sur le seuil. Bien sûr, c'était une Indienne... Plus grande que la moyenne, mince, encore jeune avec un beau visage à la peau dorée et fine, avenante, elle eut l'air ravie de la visite impromptue qui égayait sa journée. De maisons, on n'en voyait pas d'autre à des kilomètres à la ronde et il n'y en avait pas.

— Marie!

— Hello...

— Comment va l'artiste? questionna Gaby, qui la connaissait bien.

— Entrez, entrez, j'ai de nouvelles œuvres à vous montrer...

Et cela la fit rire: voir d'un coup arriver tant de visiteurs, pouvoir parler de tout et de rien, en plus d'entendre commenter ses peintures. Quelle aubaine! Ce qui étonnait, de prime abord, c'étaient les tableaux qui tapissaient les moindres recoins de la maisonnette; même exposés aux quatre vents, ils n'avaient pas souffert de la situation. Les tons colorés et variés n'étaient nullement défraîchis, ils soulignaient des formes délirantes que le pinceau avait tracées, guidé par une main visionnaire. La maison était sombre et, là encore, lorsqu'on y pénétrait, on ne savait où poser le regard. C'était une floraison de chefs-d'œuvre. Un foisonnement, une moisson de créations picturales, toutes plus réussies les unes que les autres, qui recouvraient les cloisons, se chevauchaient parfois, se répondaient l'une l'autre et se complétaient avec aplomb, obstruant jusqu'aux fenêtres. Myriam s'exclamait à chaque pas, ne trouvant plus de mots pour exprimer son ravissement.

— Regarde ce tableau et celui-ci, puis celui-là là-bas!

Elle retrouvait son enthousiasme d'enfant et, ce faisant, prit la main de Mike sans s'en apercevoir. Comme celle d'un papillon, son admiration se posait ici et là et butinait de tous côtés. Avant de les faire asseoir, Marie raconta comment l'inspiration lui venait et décrivit l'historique de chacune de ses toiles. Enthousiasme! C'était passionnant de l'entendre. Elle bougeait et refaisait en gestes le parcours qu'elle avait suivi depuis la naissance du sujet jusqu'à son accomplissement, avec une simplicité désarmante.

— Vends-tu tes œuvres? questionna Myriam.

Un éclat de rire secoua Marie.

— Je les troque quelquefois…

— Qui voudrait payer, alors que tous, nous peignons, nous sculptons? s'écria spontanément Nicolas.

— On va t'en montrer partout des artistes, tous plus créatifs les uns que les autres! s'exclama Gaby.

— Tu vas en voir de tous les côtés…, ajouta Jeff.

Ce n'était pas une plaisanterie. Les Indiens savent instinctivement donner libre cours à leur créativité. De plus, Marie et ses acolytes vivaient à des années-lumière des spéculations courantes dans les milieux à la mode. Myriam le voyait dans les yeux de la jeune femme, dans son regard profond et limpide où se reflétaient les beautés de la nature, il n'y avait ni perversion ni désir de richesse. Il ne lui venait même pas à l'idée d'envisager un commerce lucratif avec son art… Elle mettait ses œuvres en évidence et les cédait pour une bouchée de pain à la seule condition qu'on les aime et qu'on les comprenne.

— Alors, il y a tant de créateurs au sein du peuple innu? s'étonna encore Myriam.

Marie et les autres eurent un sourire énigmatique.

— Tous, nous savons représenter ce que nous voyons, sais-tu, précisa Jeff.

— On s'exprime de mille façons avec les matériaux à notre portée. Les Innus traduisent ce qu'ils vivent d'une façon spontanée…, renchérit Gaby. Même les femmes qui cousent et brodent les moindres objets en les ornant de perles, celles qui font des paniers d'écorce de bouleau en y gravant de jolis motifs, ce sont aussi des artistes...

Alors, Myriam se souvint de Kateri qui était une couturière hors pair et qui, lui avait-on souvent répété, brodait comme nulle autre. Elle ouvrit son sac et sortit la petite bourse ornée de dessins de perles multicolores qui ne l'avait pas quittée. Elle la serra sur son cœur. Elle y avait mis la photo de Kateri afin de l'emporter partout avec elle.

— Oh! C'est bien joli, dit Marie en voyant la bourse.

Elle la prit et en admira la confection. Les autres s'exclamèrent aussi et l'objet passa de main en main. Myriam rougit de plaisir, heureuse que ses amis contemplent ce petit objet en apparence insignifiant. Sans en avoir l'air, il était tout son héritage et représentait son appartenance. Mike la regardait intensément et même s'il trouvait la bourse remarquable, c'était bien plus la jeune femme qu'il trouvait belle.

— Oui, expliqua-t-il, l'art des peuples d'Amérique n'est pas fait d'une expression raisonnée, on pourrait dire qu'il est primitif, mais je crois que cette définition n'est pas exacte. En fait, c'est un élan du cœur qui passe tout droit dans l'action de peindre, de sculpter, ou de broder... Il n'y a pas de détour par l'intellect...

— C'est beau! s'exclama encore Myriam, impressionnée par la synthèse qu'elle venait d'entendre.

Elle eut un grand élan de tendresse pour ce qu'elle découvrait, pour Mike, pour Marie et les autres, et se retint de le laisser jaillir. Dans ce moment de communion autour de l'œuvre de Marie et de la petite bourse de Kateri, elle trouvait à Mike encore plus de charme. Son cœur battait plus vite, plus fort. Elle se sentit vivante et importante et cela la rendait mille fois plus belle… Même s'il souffrait de ne pas pouvoir le lui dire, Mike s'était juré de ne rien laisser paraître et tant pis si cela n'était qu'une illusion.

Il devina que Myriam le regardait et baissa les yeux. Marie se pencha vers la fenêtre. Les compliments qu'on lui faisait étaient plaisants, mais il n'y avait rien là pour lui tourner la tête, même si l'enthousiasme de Myriam lui faisait chaud au cœur. L'art faisait partie de sa vie et sa vie était simple. On entendit les cris de ses trois enfants qui couraient dehors et faisaient les fous, accompagnés par un chien tout blanc, semblable à un loup. Mike et Gaby sortirent les saluer et jouer avec eux. La jeune femme observa les gamins quelques secondes avant de continuer sa conversation avec Myriam:

— L'inspiration ne tarit jamais quand on fait corps avec la nature et ses créatures…

Elle ouvrit les bras devant le paysage:

— C'est ça que je vois tous les jours et c'est ce que je peins!

— C'est bien dit et ce que tu fais est beau, Marie! répéta Myriam.

Jeff et Romuald étaient fiers de l'admiration que démontrait Myriam pour une des leurs. Mike revint, portant la plus jeune des fillettes sur son dos et jouant avec elle. Puis, il s'attarda devant un tableau qui représentait le compagnon de Marie. Son mari, ses enfants, elle les avait peints dans les postures les plus diverses, pris sur le vif ou, parfois, jumelés à un animal, l'animal symbole de chacun, en s'inspirant de ceux qui venaient rôder autour de son domaine. Ce faisant, comme ceux de son peuple, elle mêlait avec grâce les mythes, les légendes et la réalité des formes. Caribous, renards et autres petites bestioles qui passent en trottinant et qui, quelquefois, ont la fantaisie de s'arrêter une seconde ou deux pour ronger un os ou grignoter. Oiseaux migrateurs, oiseaux de proie, habitants perpétuels des troncs d'arbres, chouettes et harfangs, geais et corneilles, son pinceau ne les oubliait pas et dévoilait une créativité expressive en rapport avec la création tout entière. Elle marquait les saisons, utilisait les formes et les matières que l'on trouve dans les bois, le tout habilement rassemblé avec un talent fou, une touche personnelle, une facture inimitable. Il y avait là une vraie symphonie de tons et de formes qui ignorait les proportions et les règles académiques de l'Occident, donnant un résultat vivant et original.

Myriam admirait une peinture dans les tons fauves, constellée de plumes qui épousaient les courbes du motif central. L'œuvre représentait un personnage, moitié aigle, moitié femme, qui surplombait une montagne encerclée de loups...

— J'aimerais acheter ce tableau, Marie. Je ne sais pourquoi il me parle! Il provoque en moi des émotions, une passion incontrôlable! Donne-moi ton prix... Je le mettrai dans mon bureau.

Marie rougit. Le prix n'avait pas d'importance.

— Il représente ma vision du futur... L'aigle est symbole de clarté, il voit tout et survole le monde et ses pièges... Fais ton prix toi-même, Myriam, il est à toi...

Ce qui était inestimable aux yeux de Marie, c'était l'admiration de Myriam pour son tableau: chaque fois qu'elle poserait le regard sur cet objet, son esprit en serait rempli, nourri et heureux. Alors, c'était cela l'essentiel. Finalement, Myriam dut parlementer un bon moment pour lui faire accepter le triple du montant qu'elle demandait... Étrange marchandage, à l'inverse de ce qu'on voit d'ordinaire! Quand elles furent d'accord, Mike décrocha l'œuvre et la porta avec précaution dans le camion de Gaby.

— Vous vivez ici toute l'année? demanda Myriam, intriguée et admirative.

— Oui.

— Vous ne vous sentez pas trop isolés?

Devant la naïveté citadine de Myriam, Gaby, Jeff, Mike et Romuald souriaient, attendant la réponse de Marie:

— Isolés? La nature est plus vivante que n'importe lequel des appartements où sont entassés les gens de la ville... Alors, ici pendant toute la belle saison, moi, je peins, tandis que Nelson part à la pêche et à la chasse... Comment pourrais-je me sentir isolée avec les enfants, les bois et les bêtes qui nous entourent?

— Tes enfants vont à l'école? demanda encore Myriam.

Marie fit un signe à moitié affirmatif. Jeff eut un soupir. C'était bien ça, le problème, celui qu'on devrait résoudre en priorité. Le débat était lancé. Chacun trouva un siège, soit sur le canapé, soit sur une chaise un peu vieillotte. Marie rechargea le poêle et fit bouillir de l'eau pour offrir du thé, et son mari, Nelson, arriva sur ces entrefaites. Il revenait de la pêche avec deux énormes truites grises, des « touladis ».

– Je prépare le feu! lança-t-il. Marie va les cuire et on mange tous ensemble!

Myriam s'étonnait de la facilité avec laquelle on était accueillis partout et conviés à partager les repas, sans préavis, sans façon. Tous y participaient. Les odeurs de la nourriture cuite à point se mêlèrent bientôt au parfum des épineux et aux effluves tenaces des tubes de couleur de Marie… On dévora à belles dents. On parla longuement, on décida des programmes scolaires à mettre en place rapidement et on aborda aussi les pro-blèmes engendrés par la sédentarisation des Innus. Marie, en femme avisée, appréhendait les conséquen-ces du malheur qui s'était acharné sur eux depuis le dé-but de ce siècle.

– Quand les cœurs sont malheureux et les âmes, emprisonnées, dit-elle, la misère fond sur les êtres. Cela se fait dès qu'ils ont perdu leur raison de vivre…

– C'est une loi naturelle et universelle, inconnue de ceux qui font les lois humaines, précisa Gaby, tous les êtres à qui on a volé leur dignité restent prisonniers de la misère…

– On commence à voir des comportements enta-chés de violence dans nos communautés! ajouta Marie. L'alcool et la drogue en sont la cause… En perdant notre mode de vie nomade, enfermés dans des appartements, les jeunes et les hommes cèdent au désœuvrement…

Jeff, Mike, et les autres écoutaient Marie et Gaby et firent leurs commentaires qui allaient dans le même sens. Il fallait tenter d'agir pour endiguer cette dé-chéance. La journée s'achevait avec de gros nuages qui roulaient dans un ciel porteur d'orage. Marie et Nelson proposèrent le gîte pour la nuit. On ne put refuser. Chacun s'étendit dans son sac de couchage, mais, avant de sombrer dans les rêves si chers aux Innus, on échangea encore longtemps autour du feu.

— La terre d'Amérique est la terre de nos ancêtres, sais-tu, dit Jeff. Un jour, elle nous reviendra. C'est la volonté du Grand Esprit, créateur de l'univers ! Tous les songes de nos frères se rejoignent en ce sens...

Un frisson parcourut la poitrine de Myriam. Ces paroles, qu'elle avait déjà entendues dans la bouche de Judy, la remuaient jusqu'au fond de l'âme.

CHAPITRE VIII

Marie et Yvonne devinrent les amies de Myriam. Inséparables, elles flânaient dans les prés qui avaient pris en quelques heures leur couleur estivale. La journée était ensoleillée et chaude. Chacune savourait le plaisir de vivre en plein air et de sentir son corps vibrer en harmonie avec l'élan de la nature… Les bouleaux s'étaient parés de feuilles, les graminées poussaient à vue d'œil et, tout en préparant les prochaines réunions et les groupes de réflexion, on s'égaillait à la recherche des baies sauvages. Comme les chicoutais ne se montraient pas encore, on espérait les fraises des champs et, pour les dénicher, les femmes se dispersaient dans les herbes bordant le ruisseau, celui qui serpentait avec un joli clapotis.

– Aïe !

Myriam s'accrocha dans les griffes d'un bosquet et trouva plein de fruits, grâce auxquels on remplit tout un panier… Après l'avoir libérée des longues épines qui s'emmêlaient dans ses vêtements, Yvonne et Marie l'entraînèrent un peu plus bas. Ici, le filet d'eau devenait une cascade fringante et prenait d'assaut une plateforme de rochers en pente douce avant d'onduler vers la décharge du lac, au milieu duquel, formes minuscules et lointaines, les hommes pêchaient. De l'autre côté, on apercevait aussi des silhouettes enfantines qui jouaient autour des tipis et leur babillage s'élevait dans les alentours, faisant écho au chant estival de la terre.

Myriam avait l'impression de découvrir une partie inexplorée d'elle-même et se sentait reliée à la création tout entière. Elle s'assit sur les rochers et ôta ses sandales. La pierre lisse, gorgée de soleil, était tiède et douce, et tremper ses jambes dans l'eau glacée lui donnait des frissons de plaisir. Ces sensations tactiles provoquaient graduellement un changement d'état, la faisaient pénétrer dans son monde intérieur où les réactions se décuplaient et s'intensifiaient. Elle resta ainsi un long moment, collée au rocher comme un prolongement de la pierre, puis, en regardant les petits Innus jouer au ballon, songeuse, elle ressentit tout à coup un vif sentiment de solitude. Myriam s'ennuyait de ses enfants… Cette nuit même, elle avait rêvé d'eux, et leur image s'était mélangée à celle de Kateri dans une vision surréaliste qui, maintenant qu'elle était à l'écart, reprenait vigueur. Guillaume, Laurence, Lydia. Son cœur de mère s'ouvrait pour les appeler et leurs frimousses lui souriaient. Elle eut l'impression fugitive que Guillaume était triste… Alors, tandis qu'elle regardait la vie se dérouler autour d'elle, une sensation de vide surgit, criante. Le sentiment d'être isolée et d'avoir perdu son identité se mit à lui jouer des tours. Myriam qui, retournée aux sources, marchait en tête des peuples autochtones, fière de leur renouveau, forte de nouvelles stratégies, ne savait plus où se trouvait sa voie… L'éternelle contradiction de la condition humaine la prenait d'assaut et lui répétait que rien ne peut être esquivé. Elle qui, acharnée, continuait d'affirmer sa détermination, elle qui se rebellait contre les idées reçues sentit un trou noir et douloureux s'emparer de son esprit.

Depuis deux semaines, éloignée de Montréal, elle n'avait pu parler à ses enfants que de très rares fois au téléphone et le temps était décidément trop long sans son fils, sans les jumelles et même sans Laurent! Généralement, quand elle rejoignait son mari au bout du fil, les trois petits dormaient, ou bien ils étaient chez les grands-parents. Ses enfants lui manquaient. Terriblement. Ce besoin inassouvi de leur présence, auquel elle n'avait pas pris garde quelques jours auparavant, s'imposait de plus en plus. Pour la première fois depuis qu'elle avait quitté le confort du nid familial et de ses habitudes, tout faisait place à des rituels différents qui la désorientaient, même si elle ne voulait pas se l'avouer. Par-dessus le marché, dans cet horizon méconnaissable, il y avait Mike, Mike avec son regard brûlant qui la troublait, Mike dont la tranquille assurance l'emplissait de vertiges, attisait ses passions secrètes et la torturait. Mike qui jouait de la flûte et dont la silhouette se découpait, aussi ensorcelante que les sons qu'il lançait, perché sur une crête rocheuse ou face aux berges de la rivière. Sa présence était à la fois une source de joie, de rêves secrets et de tracas. Myriam avait, à cause de lui, l'impression de monter et de descendre sans cesse, prisonnière d'un ascenseur qui s'était emballé. Ballottée, elle passait de l'espoir irraisonné à une culpabilité pénible, d'un immense désir de lui à un rejet complet de son image et elle s'y perdait, le contrôle lui ayant échappé. Plusieurs fois par jour, elle surprenait Mike en train de l'observer. Alors, comme un automate, tandis qu'elle voulait se jeter dans ses bras et s'avouer vaincue, elle détournait les yeux et se précipitait vers l'un ou l'autre, discutait avec son oncle, faisait mine d'être occupée… Mike en était-il dupe? Impossible de sonder son âme. Il l'observait sans mot dire et, comme un aimant dont on ne peut se détacher, la fascinait. Elle aurait dû s'expliquer avec lui. Exorciser par des paroles cette obsession grandissante. Impossible. Toujours de bonne humeur, il attendait et elle languissait, de plus en plus déroutée. Ils avaient eu au moment de leur première rencontre une belle complicité, une communication sans détour. Désormais, ils n'osaient s'approcher l'un de l'autre, retenant tout débordement, gênés et muets comme des enfants. Myriam s'efforçait de repousser l'emprise que ce bel Indien avait sur sa personne et se maintenait à une distance respectable pour ne pas faiblir. Quand elle s'interrogeait, faisant usage de sa logique pour démonter le mécanisme de ses réactions, elle s'avouait vaincue. Il n'y avait rien à comprendre: elle était amoureuse. Mike, comme s'il saisissait son pauvre manège, restait discret, attentif, relié à elle par un fil invisible et impalpable. Comme Gaby, il lui enseignait par des gestes sereins le fondement des coutumes que lui avaient transmises ses pairs, à l'écoute d'un monde vivant dans ses moindres manifestations. Quelquefois, il s'agissait d'apprendre le nom d'un arbre, d'autres fois, de découvrir les habitudes des animaux de la forêt…

Tandis qu'elle rêvassait, elle entendit les cris et les rires des enfants qui s'amplifiaient et résonnaient sur la surface des roches, parvenant à ses oreilles comme des rappels qui taraudaient son mal. Était-elle à la bonne place, loin de ses petits? La question la poursuivait. Elle mit la main au-dessus de son front pour scruter les alentours. Ici, les plus jeunes s'ébattaient sans contrainte, sans interdit. En totale liberté, garçons et filles jouaient, les yeux rieurs et les pommettes barbouillées... Le tableau augmentait son vague à l'âme.

Un des plus jeunes, en courant après la balle, tomba à plat ventre, puis éclata en sanglots. Aussitôt, tous ceux qui étaient de la partie se précipitèrent dans un ensemble parfait et l'aidèrent à se relever, le consolèrent avec tendresse, le câlinèrent. Myriam en fut frappée. Les plus grands prenaient soin du petit, l'entouraient de façon à apaiser son mal et, pendant ce temps, Yvonne et Marie devisaient en remplissant leurs paniers bientôt pleins à craquer de fruits rouges qui régaleraient tout le clan. Demain, après une veillée animée autour du feu et une nuit emplie du parfum des bûches et des aiguilles d'épinette, on ferait une grande expédition en canot, juste avant de reprendre le train pour redescendre jusqu'à Sept-Iles. Ce serait une nouvelle façon d'explorer le paysage et les habitudes ancestrales des Innus. Puis, après avoir rassemblé les esprits et les âmes et redonné de l'espoir aux Naskapis de Betsiamites, on s'envolerait chez les Cris, vers la baie James, où de sombres bruits couraient quant aux travaux de l'énorme barrage planifié par le gouvernement du Québec en territoire autochtone. Myriam, avec Gaby et son équipe, savait captiver l'attention, parler et redonner courage à tous pour faire face en connaissance de cause à ces épreuves et, en contrepartie, elle apprenait tant de choses de tous ses amis. Il n'était pas question de changer de direction, d'abandonner la lutte. En Myriam, la rebelle, l'idéaliste reprenait ses droits et se jurait de vaincre le malaise sournois qui, par moments, s'emparait d'elle sans raison, quitte à se faire la guerre longtemps encore et à s'astreindre à une discipline sans concession. Myriam se devait de montrer l'exemple. Courage. Elle rechaussa ses sandales et rejoignit Marie et Yvonne qui s'exclamèrent :

— Vois, Myriam, ces chicoutais sont gorgés de fruits… Et ce soir, on mange du saumon !

Elles avaient le sourire aux lèvres. Yvonne et Marie se réjouissaient de montrer ce que la nature avait donné, et elles lui rendaient grâce avec une simplicité touchante. La récolte était inespérée.

— Mmm, quel régal en perspective !

L'omble des rivières, frais pêché et rôti au feu de bois, serait un régal incomparable… Inconnu dans les villes ! Une des merveilles que la nature prodigue à ses enfants et qui rend heureux. Une nourriture saine qui retransmet la vie… On revint vers le camp. Déjà, la banique cuisait sous la braise. Les vieilles prenaient soin de la retourner, de la dégager des cendres accumulées, de la placer dans le coin des pierres chaudes où elle resterait tiède et croquante à souhait quand on la dévorerait. Le fumet du poisson, lui aussi, ne tarderait pas à emplir l'air. Pendant ce temps, les hommes là-bas flâneraient encore sur l'eau tant que les prises seraient bonnes. Ils reviendraient bientôt, portant les sacs pleins à craquer de saumons, d'ombles et de truites mouchetées.

Entre deux conférences avec les hommes, Gaby était parti au village le plus proche, escorté de Mike et de Jason, afin de refaire les stocks de fil à pêche et d'hameçons. Myriam regarda sa montre. Il était déjà tard. Une pointe d'inquiétude vint se glisser dans sa mélancolie et quand, au même moment, on entendit le bruit familier d'un moteur, elle dressa l'oreille et tourna la tête, soulagée. Elle ne s'était pas trompée, le camion revenait du village. Myriam poussa un long soupir. La présence de Gaby était bienfaisante ; elle se sentait proche de lui par les liens du sang. Le besoin de l'entendre chaque jour raconter son expérience, de sentir sa force et d'admirer son jugement toujours si clair ne la quittait pas. La portière claqua. Gaby descendit précipitamment du véhicule, suivi de Mike.

— Myriam, un message pour toi : tu dois rappeler Laurent !

Dès qu'il eut prononcé ces paroles, un flot de pensées alarmistes fit irruption dans la tête de Myriam. Il avait été convenu que Laurent ne lui adresserait un message au village que dans le cas d'une urgence… Gaby et Mike virent son visage changer. Marie et Yvonne se rapprochèrent d'elle, attentives.

— Ne t'en fais pas, dit Gaby. Ça n'est sans doute qu'un détail…

Mais Myriam ne put cacher la crainte irraisonnée qui s'était emparée d'elle. Gaby se tourna vers Mike qui couvait des yeux sa bien-aimée, prêt à toute éventualité :

— Retourne au village avec elle !

Mike avait saisi. Instantanément, il démarra le moteur pour repartir avec la jeune femme. Sur le semblant de piste qui s'allongeait, serpentait et musardait, le vent s'était levé et soufflait des nuages de poussière opaque qui ralentissaient l'allure du véhicule et piquaient les yeux. Myriam trépignait d'impatience. L'angoisse lui serrait la poitrine. Quand enfin ils furent au magasin général, elle se rua sur le téléphone, sous l'œil amusé du vendeur et obtint la ligne. À l'autre bout, Laurent était nerveux :

— Guillaume a beaucoup de fièvre…

Elle le pressa de lui donner des détails.

— Comment est-ce arrivé ? Que dit le médecin ? A-t-il mal à la tête ? A-t-il bien mangé ? N'est-ce pas une simple indigestion ?

Laurent attendit que l'avalanche de questions qui s'abattait sur lui soit tarie pour répondre :

— Le médecin ne comprend pas… Il ne voit ni cause ni symptôme révélateur… Seulement une fièvre inquiétante !

Myriam se fit presque implorante :

— Passe-moi Guillaume…

— Impossible. Il est trop abattu. Sa température est haute !

Il hésita avant de préciser :

— Il délire… Je l'emmène à l'hôpital.

Elle reçut comme un coup au milieu de l'abdomen et Laurent sentit sa détresse :

— Ne sois pas nerveuse, minou, ça ne sert à rien !

— J'arrive… Je prends la route tout de suite…

Elle s'affolait, elle perdait pied. Elle oubliait qu'on ne pouvait atteindre la route qu'en empruntant le train ou l'avion.

— Non, pas la route, Myriam, c'est long et fatigant, reviens en avion, conseilla Laurent.

Lui aussi était bouleversé. Myriam jeta un coup d'œil à Mike :

— Je t'accompagne ! chuchota-t-il.

Leurs regards se croisèrent. Il y eut un déclic et immédiatement elle précisa à Laurent avant de raccrocher :

– Je reviens le plus vite possible…

La santé de Guillaume menacée, plus rien n'avait d'importance. Le sang refluait dans ses tempes, ses jambes se dérobaient sous elle. Le monde entier avait chaviré dans l'espace de quelques mots. Mike l'entoura d'un bras consolateur et elle, sans même s'en rendre compte, renversa la tête sur son épaule, incapable de retenir ses larmes, fragilisée par cet événement qui faisait déborder la coupe. Mike la serra doucement contre lui. Longuement. Sans se consulter, l'un et l'autre savaient qu'il n'était pas question de perdre une minute. Coûte que coûte, il fallait se rendre à Montréal. Vite. Ils passèrent en premier lieu à l'aéroport de Fermont qui desservait la région. La réceptionniste les informa :

– Le dernier Cessna a décollé pour Québec, il y a à peine deux heures ! Aucun vol pour Montréal avant deux jours…

– Êtes-vous bien sûre ? N'y a-t-il pas moyen de louer un avion, avec un pilote ?

La femme, quelque peu troublée par la nervosité de Myriam, tenta de leur venir en aide. Elle consulta un répertoire et composa deux ou trois numéros. Il était tard et les deux pilotes qualifiés étaient déjà partis en expédition. Il fallut se résigner. En quelques secondes, Mike prit les choses en main :

– On descend en train jusqu'à Baie-Comeau et on attrape un avion pour Québec.

Myriam n'avait plus le choix. Elle se laissa guider.

Au camp, ils eurent vite fait de prendre deux ou trois vêtements et quelques provisions pour la route. Autour d'eux, ils étaient tous là, grands et petits, à dispenser à Myriam des gestes de tendresse. Et c'était vrai que, depuis quelques jours, la «squaw, avocate de Montréal» leur faisait battre le cœur et les enchantait par ses paroles convaincantes, par son enthousiasme et par sa simplicité... Tous voulaient la voir revenir en pleine forme et heureuse! Gaby la prit par les épaules pour lui prodiguer ses conseils:

— N'oublie pas que ton fils va puiser dans la force qui t'habite pour se guérir... Mais s'il te sent chancelante, il va tomber lui aussi!

Myriam l'écoutait. Même si elle ne comprenait pas intégralement la façon de penser de son oncle, elle sentit que son discours n'était pas vain. Il prenait racine dans les profondeurs de la vie, celles qui, depuis la nuit des temps, sont immuables, inexplicables et que tous les peuples déclarent sacrées. Ses paroles a priori étranges avaient un sens subtil et envoûtant et laissaient derrière elles une traînée d'espoir apaisante. Elle aurait voulu y réfléchir plus, le questionner sur le sens qu'il donnait réellement à ses propos, mais il était temps de partir, impossible de philosopher maintenant sur la compréhension qu'elle en avait. Il fallait se hâter et plier bagage pour ne pas manquer le passage du prochain train qu'ils attrapèrent de justesse. Il n'y avait rien d'autre à faire que de se laisser emporter malgré l'inquiétude. Mike était respectueux de la détresse de Myriam. Sachant ce qu'elle endurait, il lui caressait la joue de temps en temps en prononçant quelques paroles de réconfort:

— Ne sois pas inquiète, Myriam, ton fils n'a rien de grave... J'en suis convaincu...

— Puisses-tu dire vrai!

Et elle se recroquevillait sur son siège, ne pensant qu'à Guillaume. Concentrée sur son image, dialoguant silencieusement avec lui, priant tous les saints du ciel et tous les dieux de l'univers... Non loin d'eux, quelques bûcherons jouaient aux cartes. Deux ou trois femmes prenaient soin de leurs enfants. Myriam ne les voyait pas. Elle n'entendait même plus le ronronnement de la machine ni le grincement des roues sur les rails lorsque le train ralentissait. Parfois elle semblait s'assoupir, parfois elle regardait le cadran de sa montre. Les arbres défilaient, les collines se succédaient et le paysage s'obscurcissait. Les kilomètres et les heures s'égrenaient trop lentement dans un cadre qui n'avait plus aucun charme parce que la crainte le transformait, lui enlevait ses couleurs intenses et le réduisait à des ombres apeurantes. Le silence s'installait pendant de longs moments entre le bel Indien et l'avocate, et aucun d'eux ne trouvait à le rompre. De temps à autre pourtant, Myriam se détendait un peu mais, bientôt, l'angoisse, obsédante, remontait à la surface en bloquant toute forme d'expression. Ils étaient concentrés sur une seule pensée : arriver vite à Montréal.

*

Dans Rosemont, malgré la chaleur revenue et le soleil qui inondait les parterres, Gaétan maigrissait de plus en plus. Le cancer se généralisait. Les médecins de l'hôpital avaient instruit Pierrette de la situation, sans la ménager :

— N'attendez pas de miracle, des métastases ont envahi le foie.

Depuis trois jours, cloué au lit sans bouger, le malade n'avait rien mangé. Il refusait même de s'asseoir pour admirer son jardin, lui qui en avait fait depuis des années, par son acharnement, une petite merveille que tout le quartier lui enviait... Les prescriptions du médecin de famille ne suffisaient plus à le soulager. La douleur paralysait ses gestes, ses pensées, ses projets. Pierrette, qui n'osait pas formuler ses craintes devant lui, ne le quittait pas et souhaitait le faire transporter en milieu hospitalier pour lui éviter la souffrance. «Là-bas, on le soignera mieux jusqu'aux derniers moments...», se disait-elle. Et puis, aussitôt, elle était terrifiée de ce qu'elle avait osé penser! Tout cela mettait ses nerfs à rude épreuve et lui tournait dans la tête comme un refrain empoisonné. Finalement, elle se décida à parler:

— Accepte ce séjour à l'hôpital. Ils vont calmer tes maux!

Gaétan la regardait, résigné et lucide. Il lui répondit:

— Ma femme, je veux rester près de toi pour vivre mes derniers jours...

Que lui rétorquer? Pierrette, d'habitude si enjouée, cédait à la tristesse, s'effondrait. Bien qu'elle fût catholique, pratiquante et convaincue, envisager le décès de son cher Gaétan la rendait malade. Les paroles du spécialiste, qui s'étaient enfoncées comme un dard venimeux dans sa chair, lui nouaient la gorge, courbaient ses épaules. La toile de sa vie avec Gaétan était en train de se déchirer. Elle qui avait toujours été pieuse tentait de prier, mais en vain, car les mots qu'elle connaissait par cœur depuis l'enfance ne s'alignaient plus dans l'ordre qu'on lui avait appris; ils fuyaient, glissaient et se rebellaient, vidés de leur substance, soumis à un affreux charivari qui mettait à mal sa dévotion. Incapable de ressentir sa ferveur religieuse, Pierrette croyait que sa foi avait basculé dans un néant dont elle ne se sortirait plus. Le vide avait dévoré la paix qui d'ordinaire l'accompagnait, et elle n'y pouvait rien, butant contre une muraille infranchissable : ce diagnostic médical sans appel… Elle ne pouvait quitter des yeux son mari diminué, essayant de toutes ses forces de se tenir droite, l'espoir défaillant. Lui revenait l'image du crucifix accroché à la tête de leur lit conjugal et, en bonne chrétienne, elle se sentait déjà coupable de n'être pas habitée par la certitude d'un miracle ! Il lui fallait déjouer la terrible prédiction qu'elle venait d'entendre. Dieu exauce-t-il les prières de ses ouailles lorsque celles-ci n'ont plus l'entièreté de leur esprit pour les énoncer selon les règles ? Dieu est-il à l'écoute de ceux qui l'ont toujours servi de la façon la plus fidèle, quand il arrive qu'ils trébuchent ? Impavide, elle tentait de maintenir le dialogue avec Dieu et s'accusait en même temps de n'en être pas capable. N'avait-elle pas toujours été croyante, aimante et obéissante ? Fallait-il dès maintenant s'avouer vaincue par la fatalité ? « Cette terrible épreuve m'est envoyée pour expier une quelconque faute dont je n'ai jamais eu conscience », redoutait-elle. Les questions et les suppliques galopaient dans sa tête et son corps tremblait. Elle était à la fois terrorisée et prête à offrir sa vie pour que son homme dispose de la sienne dans des conditions acceptables : « Acceptables ? Non, non, n'importe quelles conditions, mon Dieu, dites vos conditions, énoncez-les et j'obéirai… » Mais Dieu restait silencieux. D'ailleurs ne l'a-t-il pas toujours été ? Les réponses que l'on quête dans nos prières ne viennent-elles pas de nous-même et d'un parcours de notre propre esprit qui nous les insuffle? Non. Impossible! Pierrette inventait un marché avec le Fils de Dieu, avec le Saint-Esprit et avec Dieu lui-même. Quelles que soient les clauses qu'Il lui imposerait ou qu'Il daignerait proposer, elle les acceptait d'avance! Pierrette se mettait à sa disposition, sans réserve, comme la femme simple et généreuse qu'elle était et qu'elle avait toujours été. Elle offrait le sacrifice de sa propre vie. Ce qu'elle voulait, c'était démontrer pour elle-même et pour Gaétan que les miracles existent et qu'il suffit d'y croire, comme elle y avait cru pour Kateri lorsqu'elle et Gaby l'avaient retrouvée après bien des années à l'hôpital! Pierrette pleurait en silence et ses lèvres frémissaient. À plusieurs reprises, elle surprit au coin de sa bouche la fraîcheur salée d'une larme qui roulait doucement. Elle se répéta qu'elle devait croire aux miracles pour conjurer le sort. Croire. Comme elle l'avait toujours fait. Gaétan s'était assoupi, les traits creusés par la douleur… Même ainsi, elle l'aimait. Encore plus. Elle chercha son répertoire pour prendre un rendez-vous dans le service hospitalier où il avait été suivi. Elle l'aurait emmené au bout du monde pour tenter l'impossible. À ce moment-là, la sonnerie du téléphone la fit sursauter.

– Ah! Myriam, je te croyais loin dans le Nord! dit-elle d'une voix chevrotante.

– Je suis revenue d'urgence, Guillaume est à Sainte-Justine…

– Comment ça?

Pierrette faillit suffoquer. Les dieux s'étaient-ils donné le mot pour faire soudain dévier la route de tous ceux qu'elle affectionnait? C'était trop. Pierrette sentait sa voix s'éteindre dans sa gorge. En ces jours où rien n'allait, les enfants, ces pauvres innocents, étaient donc menacés eux aussi… La brave Pierrette à bout de forces ne pourrait absorber un nouveau malheur.

– Je cours auprès de lui, Pierrette, dit encore Myriam, mais je voulais te prévenir… Je suis très inquiète, je suis descendue avec Mike, le bras droit de Gaby… Je t'appelle d'une cabine téléphonique. Dis-moi, comment va Gaétan?

– Ça n'est pas fort…

– Je suis désolée, Pierrette…

Chacune avait sa part de misère qui les réunissait, les obligeait à se sentir encore plus solidaires qu'elles ne l'avaient été…

– Je t'en demande sans doute trop, Pierrette, mais accepterais-tu de loger Mike pour quelques nuits?

– Oui… Mais dis-moi, pourquoi Gaby n'est-il pas descendu avec toi?

– Parce que les heures sont décisives dans le Nord: sa présence y est indispensable… Et puis, redescendre est une longue et coûteuse expédition.

– Bien sûr, bien sûr…

Jamais de sa vie Pierrette n'avait refusé de rendre service, encore moins l'aurait-elle fait à cet instant, bien qu'elle ne connût pas Mike.

– Alors je te laisse et je te reverrai plus tard, dit Myriam.

Aussitôt, Pierrette laissa échapper un soupir et se mit à pleurer. Myriam comprit qu'il fallait l'aider sans tarder. Après quelques mots d'encouragement, elle raccrocha. Elle se tourna vers Mike.

— C'est le mari de Pierrette, Gaétan, qui va très mal.

Comme s'il avait lu dans ses pensées, le jeune homme suggéra :

— On devrait l'emmener à Judy…

— Oui, c'est ce que j'ai pensé… Il faut faire cela très vite, Mike. Je peux compter sur toi ?

Il se fit rassurant :

— D'abord, je te dépose à Sainte-Justine et, ensuite, je vais chercher Pierrette et Gaétan.

— Sois diplomate avec Gaétan, il n'est sans doute pas vendu à l'idée !

Et puis, tout à coup, Myriam prit conscience que son fils avait, lui aussi, besoin de soins et elle imagina l'emmener là-bas, à Kanesataké : « Demain peut-être, le plus vite possible », se dit-elle. Ensuite, prise de doutes : « Jamais Laurent n'acceptera ce genre de marché pour Guillaume… », se convainquit-elle. De plus, impossible d'obtenir gain de cause aux yeux de la famille Dagenais qui dénigrait toujours si farouchement les autochtones et leurs méthodes… Que faire, que penser ? Son esprit s'emportait et faisait des bonds sous les assauts d'une inquiétude désordonnée et sa hâte d'être près de son enfant se jouait de sa logique. Alors, pour se soulager du trop-plein d'émotion qui la malmenait et qu'elle ne savait comment faire taire, elle se confia à Mike et lui conta ce qui lui passait par la tête, tout ce qui la troublait depuis ces derniers jours. Trop de choses avaient changé, elle n'était plus tout à fait la même… Et Mike l'écoutait. Compréhensif, il la dévorait des yeux, émerveillé par le naturel avec lequel elle se confiait à lui. Au bout d'un moment, rassurant, il posa délicatement la main sur son bras, pour qu'elle s'apaise, pour qu'elle sache qu'il l'aiderait, quoi qu'il arrive :

— Ne te tracasse pas, lui dit-il simplement.

— Heureusement que tu es là !

Sans même y penser, elle laissa tomber la tête sur son épaule en signe de remerciement et lui donna un baiser dans le cou. Comme un volcan qui se réveille, un immense brasier surgit du fond de ses entrailles, qui surprit Mike. Il prit le visage de Myriam entre ses mains avant de déposer un long baiser sur ses lèvres. Ce fut plus fort que lui. Instinctivement, sa nature avait repris le dessus. Il l'enveloppa de ses bras. Jamais il n'avait respiré un parfum de femme aussi enivrant. Jamais il n'avait été bouleversé à ce point par l'odeur que dégageait son corps. Mike ne se contrôlait plus. Tout son être lui criait qu'elle était sienne, qu'elle était celle dont il avait un besoin fou, celle qu'il désirait comme compagne, comme amante, comme femme, sa femelle… Il faillit perdre la tête. Il voulut arracher les vêtements qui masquaient la douceur de sa peau, qui entravaient le parcours de ses mains sur sa poitrine, mais il se rendit compte tout à coup, comme s'il sortait d'un rêve, qu'ils étaient au bord de la route, près d'une cabine téléphonique et que des automobiles filaient à côté d'eux. Trouvant le moment mal venu, il refoula sa pulsion, puis il voulut l'embrasser encore. Myriam, réalisant combien la situation était anachronique, repoussa son visage. Alors, Mike fit monter la jeune femme dans la voiture. Avant de remettre le moteur en marche, il murmura :

— Tes lèvres sont si douces !

Et Myriam soupira d'aise, comme si elle avait attendu depuis toujours ces mots qui précédaient une promesse. Ne sachant pas si elle devait répondre, elle baissa les yeux, et aperçut l'anneau d'or que Laurent lui avait passé au doigt voici maintenant quatre ans. Pourquoi tout ceci? Il y avait en elle à la fois du bonheur et du malheur qui se faisaient la guerre. Elle aurait tant aimé que tout soit simple! Après avoir eu deux mères, voici que deux hommes se partageaient son cœur et sa raison... Une dualité flagrante, inconcevable quelque temps plus tôt, faisait ses ravages dans son existence. Les oppositions radicales entre Laurent et elle avaient creusé des ornières qui la précipitaient dans la direction de Mike.

Une heure plus tard, on montait la Côte Sainte-Catherine où l'imposant édifice du nouvel hôpital Sainte-Justine déployait ses ailes, bâti pour sauver les enfants souffrants. Mike arrêta la voiture devant l'entrée. Myriam lui fit un bref signe de la main et descendit d'un bond pour courir jusqu'à l'ascenseur. La chambre de Guillaume était au septième étage.

*

Plus pâle que de coutume, Laurent marchait de long en large dans le corridor du service où on avait installé le jeune garçon. Myriam arriva au pas de course et poussa la porte avec précipitation. Laurent lui appliqua un baiser sur le front avant de pénétrer derrière elle dans la chambre. Elle était vêtue d'un chandail trop grand et ses cheveux étaient décoiffés. La coquetterie légendaire de sa femme avait cédé le pas à l'inquiétude. Myriam, à la même seconde, remarqua chez lui une négligence inhabituelle: Laurent, toujours si soigné de sa personne, ne s'était pas rasé. Leur désarroi réciproque, imperceptible aux autres, était visible pour eux à ces détails anodins.

– Comment va-t-il? lança Myriam d'une voix où perçait l'émotion.

– Pas si mal…

Rien qu'à son ton, elle comprit que Laurent faisait le fanfaron. Guillaume était abattu dans son lit, les joues en feu et les yeux brillants. Laurent à voix basse, laissant échapper malgré lui un soupir, murmura:

– Il a eu des convulsions…

Myriam s'élança vers l'enfant qui avait reconnu sa voix:

– Maman!

Toute à son fils, Myriam l'embrassait sans s'apercevoir de la présence de ses beaux-parents. Quand, enfin, elle remarqua le regard glacé et sévère de Mme Dagenais, assise dans un fauteuil près de la fenêtre, elle en eut un frisson de déplaisir. M. Dagenais la salua d'un signe de tête. «Est-ce l'anxiété qui leur donne cet air méchant?» se demanda Myriam sans s'y attarder, tandis que, penchée sur le petit lit, elle serrait le garçonnet dans ses bras:

– Ne bouge pas, mon chéri, ne bouge pas, maman est là…

Alors Myriam se mit à bercer Guillaume, comme lorsqu'il n'était qu'un bébé, et il se laissa faire, referma les yeux en souriant. De ses petits bras enroulés, il s'accrocha à son cou, et elle lui murmura des mots tendres. Elle avait eu si peur, elle s'était sentie si loin de lui, que tout son corps relâchait d'un seul coup les tensions accumulées. Une seule chose comptait maintenant:

son fils était vivant dans ses bras. Comme toutes les mamans, Myriam voulait le protéger, l'entourer, lui prodiguer éternellement un bonheur qu'elle avait craint de perdre. Le garder contre elle au long des prochains jours par n'importe quel moyen était sa seule pensée. Finalement, quand Guillaume fut rassasié de ses caresses :

— Où sont mes deux adorables jumelles ? demanda Myriam.

— Nous les avons fait garder…, fit M. Dagenais.

— Comment vont-elles ?

— À merveille, répondit Mme Dagenais sur un ton sec.

Quant à Guillaume, il était transformé. Le simple fait de voir sa mère lui avait redonné de la vigueur. Son visage s'était coloré dès que Myriam avait franchi le seuil.

— Maman, lui dit-il, maman, emmène-moi !

Et il pleurait doucement, les yeux embués par un chagrin comme seuls les enfants en éprouvent. Myriam le souleva et le berça encore.

— Je t'emmène, mon trésor, je t'emmène…

— Mais tu es bien ici, on te soigne…, renchérit Laurent, en se penchant vers lui et en posant la main sur son front.

L'enfant, entêté, répétait inlassablement :

— Je veux retourner à la maison, maman, avec toi, avec toi, maman !

Myriam lui caressa la tête et l'embrassa de nouveau, émerveillée par la blondeur de ses cheveux.

— Que dit le médecin ? demanda-t-elle, en se tournant vers Laurent.

— Il doit l'examiner une nouvelle fois d'une minute à l'autre…

Et de fait, à cet instant précis, le pédiatre fit son entrée, suivi d'une infirmière. Il ausculta l'enfant, longuement, et enleva ses lunettes :

— Je ne vois aucun diagnostic alarmant…, dit-il à la ronde. Au point de vue clinique, tout est normal… On le garde sous observation jusqu'à demain et, si la température est stable, on vous le redonne !

Myriam sentit une grande chaleur inonder sa poitrine. Il suffisait d'entendre cela pour que l'angoisse qui la possédait soit dissoute, évaporée. En moins de trois secondes, il n'en restait qu'un vague souvenir. Laurent et ses parents hochèrent la tête de contentement, pendant que l'infirmière notait la marche à suivre et les indications sur une feuille de route, réjouie elle aussi des bonnes nouvelles. Le médecin, stéthoscope en main, précisa en s'adressant à toute la famille :

— Les enfants ont parfois des réactions vives qui sont d'ordre psychosomatique…

Mme Dagenais qui ne comprenait pas trop les termes médicaux lança :

— À son âge !

Le pédiatre remit ses lunettes sans faire de commentaire et, s'adressant à Laurent et à Myriam, il crut bon d'insister :

— A-t-il vécu des changements qui auraient pu le perturber ces derniers temps ?

Le regard de Laurent croisa celui de Myriam. Ils se comprirent.

— C'est possible, dit-elle au docteur, je me suis absentée pour la première fois pendant plus de deux semaines…

– Ne cherchez pas plus loin…, répondit le spécialiste, il n'y a aucune infection, aucun symptôme qui soit inquiétant…

Il se rapprocha de l'enfant et lui tâta la joue :

– Probablement un bouleversement d'ordre affectif ! Hein, qu'en dis-tu, mon grand ?

Guillaume, impressionné, releva la tête. Le médecin examina encore sa langue, ses réflexes.

– Tout est parfait, répéta-t-il. Parfait !

Ah, les bonnes paroles ! Myriam eut envie de sauter au cou de cet homme à la fois scientifique et généreux qui lui donnait la permission de renaître, d'être optimiste… M. et Mme Dagenais baissaient les yeux. Laurent souriait. La vie reprenait son cours normal, celui que tous souhaitaient. Le soleil qui perçait les vitres de la fenêtre illumina le regard de Guillaume, tandis que quelques goélands tournoyaient sans bruit au-dessus du mont Royal, comme pour célébrer la victoire de la quiétude retrouvée. Myriam pensa avec attendrissement à tous ses amis du Nord qui espéraient pour elle un heureux dénouement… Les esprits malins, ceux qui perturbent l'équilibre des êtres et provoquent par leurs facéties des danses désordonnées de l'énergie, s'étaient évanouis avec le retour de Myriam à Montréal. Il n'était plus indispensable de s'affoler ni de penser à Judy, sinon pour Gaétan. Quelques secondes plus tard, le médecin, continuant ses visites, avait disparu et Myriam vit l'image bienheureuse de Kateri qui lui adressait un clin d'œil avant de se volatiliser. De plus en plus accoutumée à ces familiarités, elle ne s'en choquait plus !

– Plus de peur que de mal, se contenta de dire Laurent. On va te laisser avec Guillaume. J'ai beaucoup de travail. On se retrouve à la maison demain…

De profonds cernes marquaient ses yeux. Ses parents sortirent derrière lui. Myriam passa la nuit près de son fils sur un lit d'appoint placé dans la chambre et, moins de vingt-quatre heures plus tard, Guillaume fut de retour au bercail, triomphant, sa petite main blottie dans celle de sa mère.

Les jumelles sautillaient et se collaient aux jambes de Myriam qui retrouvait sa vocation maternelle au milieu de ses trois petits. L'atmosphère de la maison était celle des beaux jours. Quant à Guillaume, plus sage que de coutume, il avait l'air du vainqueur et ne quittait pas sa maman. Laurent, pour une fois, céda aux instances de sa femme. Il prit une journée de congé et commanda un repas de fête chez un traiteur afin de célébrer l'événement en famille, entouré de ses parents. Chacun veillait sur Guillaume, lui apportait des cadeaux, le gâtait. On avait eu si peur… On ne comptait plus les petites voitures en modèle réduit, ni les ballons ni les livres illustrés, sans compter les bonbons qu'il fallut distribuer avec parcimonie. Même les jumelles eurent droit à leur part de friandises et se disputèrent de nouvelles poupées, des cubes multicolores.

Myriam, habitée par la sensation que la vie avait repris son cours normal et par la certitude qu'elle y verrait désormais un peu plus clair, se jura de chasser les tentations que Mike lui inspirait encore. C'était bon de retrouver la maison. Tout lui paraissait avoir un éclat nouveau, particulier. Dans quelques jours, rien ne paraîtrait des dernières complications et elle oublierait le bel Indien aux yeux de braise, remisant son souvenir dans un coin reculé de sa mémoire pour reprendre avec Laurent le droit chemin qu'elle avait, somme toute, négligé ces derniers mois, elle en convenait en son âme et conscience… Le repas fut mémorable, avec les trois générations autour de la table. Guillaume en fut le centre d'intérêt et toutes les conversations tournèrent autour de ce qu'on considérait maintenant comme un miracle : sa guérison instantanée dès l'apparition de sa mère. Chacun rit du phénomène et oublia de prendre en considération que l'enfant, au moyen de cette soudaine maladie, avait exprimé son besoin dans un langage ignoré des adultes…

Soulagé, Laurent se garda de commenter le parcours de Myriam dans le Nord et, refusant de débattre ici les opinions de ses parents, qui restaient étrangement silencieux, il fit comme si sa femme ne s'était jamais absentée. Myriam avait retrouvé en quelques heures son allure élégante et soignée. Elle portait une petite robe de coton bleu qui lui allait à ravir. Seules des boucles d'oreilles ornées de plumes, qui se balançaient en suivant ses gestes, mettaient dans sa tenue une touche exotique. C'étaient Marie et Yvonne qui les lui avaient offertes. Quand on servit le dessert, Mme Dagenais, qui, jusque-là, n'avait rien dit au sujet de l'absence de sa bru, ne put se contenir. La colère qui couvait lentement surgit sans préavis :

— Je suppose, Myriam, que cet épisode va vous remettre sur la voie qui devrait être la vôtre !

La maîtresse de maison ne s'attendait pas à recevoir ce genre de semonce à table. Le rouge lui monta aux joues. Elle faillit s'échapper et crier, mais retint ses mots et fit un signe à Laurent qui, gêné, tenta de détourner la conversation. En vain.

— De quoi s'agit-il exactement ? répliqua-t-elle finalement, sur un ton ferme, faisant face à sa belle-mère.

Mais celle-ci ne répondit pas. Elle avait probablement pensé qu'on allait s'en tenir au statu quo et que la fin du repas se déroulerait sans anicroche, derrière le plaisant silence des convenances. Mais les enfants n'entendaient pas se tenir sages… Le gâteau au chocolat, posé au centre de la table, faisait frétiller de joie Laurence et Lydia qui, gourmandes comme des chattes, réclamèrent bruyamment leur dû. Myriam distribua à chacun son morceau et, tandis que Guillaume se régalait, elle s'approcha de sa belle-mère et prit son courage à deux mains. Il était temps de briser toute forme de malentendu :

— Laissez-moi vous dire, mère, que je suis blessée par vos paroles ! Qu'entendez-vous par « la voie » qui devrait être la mienne ?

Mme Dagenais lâcha sa cuiller et, le nez plongé dans son assiette, prit un ton doucereux pour lui répondre :

— Myriam, êtes-vous dépourvue de raison pour courir après des Sauvages, pendant que mes petits-enfants sont délaissés ?

La réaction fut instantanée :

— Mes enfants sont choyés de toutes les façons possibles et j'entends mener de front ma carrière et leur éducation. Vous le savez, mère !

Mme Dagenais ne put cacher sa réprobation :

— Hélas, si nous n'étions pas, mon mari et moi, toujours disponibles, que feriez-vous donc ?

— Eh bien, je ferais comme toutes celles qui se lancent dans une carrière, je mettrais mes enfants à la garderie ou je les confierais à une personne compétente… Ils ne seront pas les seuls à être traités ainsi… Il est bon de les habituer dès leur plus jeune âge à s'ouvrir sur le monde…

– Oh!

Mme Dagenais était scandalisée. Myriam entendait faire adopter le nouvel usage et ne pas être critiquée. L'atmosphère avait changé en quelques secondes. Le malaise était palpable. M. Dagenais qui, jusque-là, n'avait rien dit grogna simplement :

– Foutaises et balivernes!

Laurent qui se tenait coi se garda bien de manifester un quelconque appui à Myriam. Elle ravala sa colère. Il était évident que ses beaux-parents ne pourraient admettre sa vision de la vie et que Laurent subissait, hélas, leur influence. Mme Dagenais se rapprocha de son mari qui ne disait mot et, comme si elle cherchait la permission de son seigneur et maître, elle murmura encore, en défiant sa belle-fille :

– Les jeunes femmes et les méthodes modernes! Parlons-en, comme si, de nos jours, un enfant était autrement fait que dans notre temps!

Ni M. Dagenais ni Laurent ne bronchèrent. Autant laisser les femmes s'égratigner entre elles et rester à l'écart en comptant les réparties… Quant à Myriam, ce genre d'altercation renforçait les positions qu'elle avait adoptées et avait l'effet contraire de celui que recherchait sa belle-mère. Celle-ci le savait. Il était illusoire de penser que Myriam lui obéirait ou changerait en quoi que ce soit le cours de sa vie pour lui plaire. Les jeunes mères n'affichaient plus le respect dû aux générations précédentes… Myriam se contenait. Se laisser manipuler? Jamais! Elle avait tenu tête à Laurent et elle continuerait, convaincue d'avoir pris la bonne décision pour elle et pour ses enfants. Les pensées s'agitaient dans sa tête. Mue par une rébellion grandissante, la jeune femme qui sentait son sang bouillonner dans ses artères s'esquiva dans la cuisine et, sous prétexte de mettre de l'ordre, en un tournemain fit le nettoyage complet de la vaisselle et des comptoirs avant d'ouvrir la radio. Être seule pendant quelques instants lui permit de se détendre. Les refrains d'un jeune chanteur en vogue, René Simard, et son dernier succès, *L'oiseau*, finirent de la calmer.

Dans la salle à manger, Laurent avait relancé la conversation qui tournait autour du projet hydroélectrique de la baie James. Tout le Québec se passionnait pour l'événement.

— Connais-tu la date d'inauguration du chantier? demanda M. Dagenais à son fils.

— Plus ou moins, mais je sais que c'est une véritable manne pour le pays tout entier! Les milliers de Québécois embauchés vont occuper des emplois grassement payés…

Myriam, qui écoutait la radio d'une oreille et leurs propos de l'autre, ne put s'empêcher d'être remuée pour ses amis cris et songea qu'à cette heure elle aurait dû être là-haut avec Gaby, Jeff, Nathan et tous ceux qui, comme les familles Kitchen, Saganash, Diamond et les autres, attendaient leur venue pour faire front à l'inéluctable, pour tenter de retarder encore le saccage de leur pays. Au salon, les enfants tombaient de sommeil. Quand ils furent couchés et les parents, repartis chez eux, satisfaite de se retrouver en tête-à-tête avec Laurent, Myriam, pour se rapprocher, lui prit la main comme elle le faisait souvent. Tenter de reprendre leur parcours sans équivoque et, enfin, montrer patte blanche, faire la paix était urgent. Laurent regardait les nouvelles à la télévision en fumant une cigarette.

– Que d'émotions fortes…, lança-t-elle pour engager la conversation.

Laurent ne répondit pas.

– Veux-tu un café ?

– D'accord…

– Ta mère est dure à mon égard…

– Ma mère pense aux enfants, minou !

Myriam sursauta et s'écria :

– Tu crois donc que, moi, je n'y pense pas ?

– Je n'ai pas dit ça, mais…

– Ton « mais » est porteur de ce qui nous cause du trouble, n'est-ce pas ?

Laurent alluma une cigarette. Il avait perdu son sourire. Myriam, trop impulsive, regrettait déjà le ton qu'elle avait employé et ne savait par quel bout prendre son mari pour dialoguer avec lui à cœur ouvert. Laurent s'était refermé comme une huître, tandis qu'elle sentait une sorte de vapeur effervescente dans sa tête. Le résultat n'était guère brillant.

– Écoute, minou, si tu veux bien, on va laisser ça pour ce soir… Ou plutôt, j'aimerais que tu prennes une position claire… Étant donné ce qui s'est passé, qu'envisages-tu ?

– Comment ça, ce qui s'est passé ?

– Je veux dire ces dernières semaines…

– Comment ça, qu'est-ce que j'envisage ?

Le ton et les paroles de Laurent lui firent perdre tous ses moyens. En un quart de tour ses résolutions disparurent. Il ne restait qu'un nouveau défi. Perturbée par le peu d'ouverture que lui laissait son mari, elle eut l'impression de ne plus savoir raisonner. Ensuite, comprenant qu'il se situait à l'opposé d'elle et qu'il n'avait que du mépris pour sa démarche, elle se raidit. Tremblante, comme s'il lui avait jeté un seau d'eau froide au visage, elle lui apporta sa tasse de café en balbutiant :

— Il est évident que je continue à mener ma carrière dans le circuit des Indiens et que je fais garder les petits…

Cherchant un cendrier, Laurent se planta derrière la fenêtre. À ce moment-là, le présentateur de Radio-Canada annonça : « Ce matin même, la loi concernant le développement du barrage hydroélectrique à la baie James a été votée… La première phase des travaux commencera donc sans tarder, c'est une question de deux ou trois jours… » Myriam ne put retenir un cri. Jusque-là, le projet n'ayant pas été adopté officiellement, les chefs indiens avaient manifesté leur opposition en croyant pouvoir influencer les décisions à venir. Ils gardaient espoir. Le gouvernement québécois s'étant armé d'une loi, même sans aucun fondement aux yeux des Premières Nations, les choses étaient devenues graves. Tout ceci ressemblait à la lutte de David contre Goliath.

— Et voilà !

Laurent qui semblait satisfait agita la cuiller dans sa tasse, faisant un son aigrelet que Myriam ressentit comme une agression.

— Comment veux-tu que je les laisse tomber ?

Il fit un signe de la tête : c'était bien là son dernier souci.

— Je te le répète, minou, ou bien tu arrêtes tes activités qui deviennent trop accaparantes, ou bien c'est ma mère qui garde nos enfants…

Et il alluma nerveusement une nouvelle cigarette. La précédente finissait de se consumer dans le cendrier posé à côté de lui. La fumée l'enveloppait, voilait les détails de son profil.

— Bon, et alors, où est le problème ? Ta mère a l'air ravie de s'occuper de nos trois bouts de chou…, fit Myriam.

Naïveté ou innocence, Myriam ne saisit pas les nuances inquiétantes dans l'attitude de son mari et, comme pour éviter de se laisser convaincre, elle osa à peine le regarder.

— Il n'y a pas de problème ! lui répéta-t-il à plusieurs reprises.

Ces dernières paroles la rassurèrent. Laurent arrêta ici toute forme de discussion, prenant le parti de ses parents, sans que sa femme soit vraiment consciente d'un danger.

CHAPITRE IX

Depuis l'aube, Judy marchait dans les bois, chaussée de mocassins de cuir souple. La vieille femme avançait sans bruit et nul ne pouvait deviner sa présence sous les arbres. Un sac de toile accroché sur son dos, elle filait. Derrière ses pas, aucune piste n'était visible, car Judy savait d'instinct placer ses pieds comme le font les Indiens depuis la nuit des temps. Rapide, vive malgré son âge, elle s'approchait de « sa » source, ce minuscule filet d'eau claire qui jaillissait sous le rocher noir surplombant la rivière. Vivement, elle se délesta avant de s'accroupir et remplit quelques bouteilles du précieux liquide, qu'elle déposa dans le sac avant de le replacer sur ses épaules. Là-bas, l'eau qui descendait en cascades rapides et bouillonnantes se frayait un étroit passage entre les pierres, pour finalement lézarder, tranquille, dans la plaine autour de Saint-Eustache. L'air était léger, porté par un vent frais qui faisait bruisser les feuilles des bouleaux et des trembles. Un parfum délicieux emplissait la campagne. Le soleil, impertinent, se glissait entre les nuages pour darder sur le tapis de mousse ses rais de lumière qui, d'un seul coup, terrassaient les ombres du sous-bois. Un peu plus loin, des salicaires formaient ici et là des taches vives, blotties dans un vallon où reposait un marécage.

Chaque matin, par tous les temps, la sorcière, veuve depuis dix ans, faisait la tournée de «son domaine» et saluait ses amis… Il aurait fallu un froid extrême ou une tempête de neige hors du commun pour qu'elle manque à ce rituel, car ses amis étaient infiniment nombreux… Arbres, plantes, fleurs, oiseaux et habitants de la nature qui, patiemment, coopèrent, tissent la toile de la vie et donnent à la création tout entière leur part d'énergie l'attendaient. Dans ces moments de solitude, Judy se recueillait et priait à sa façon, intensément. Unie à tout ce qui vit, elle saluait chacun avec gratitude et puis, ayant empli son esprit des merveilles invisibles aux yeux des promeneurs ordinaires, elle retournait dans sa cabane, revigorée et bienheureuse. Alors, Judy était prête à retransmettre à ceux qui en auraient besoin la force dont elle avait fait provision. Certains jours, elle arrêtait sa course pour admirer sous une feuille une couronne de gouttelettes scintillantes comme des diamants, ou bien elle s'immobilisait devant la toile d'une araignée minuscule, qui dessinait entre deux touffes d'herbe une figure géométrique irisée par le soleil. Semblable à tous les guérisseurs qui œuvrent sur tous les continents de notre planète, Judy entretenait sa vocation en puisant aux sources de la nature. Chaque semaine depuis bien longtemps, elle apprenait aux filles du village à cueillir l'ail sauvage, le lobélia ou le thé des bois pour en tirer parti, et les jeunes femmes, enjouées et passionnées, qui formaient une joyeuse équipe étaient fières d'être ses apprenties.

Quelquefois, tard dans la nuit, Judy préparait soigneusement diverses décoctions avec les plantes qu'elle avait cueillies au cours d'une de ses promenades. Afin d'utiliser au mieux leurs vertus, elle les faisait bouillir pendant des heures dans un chaudron plus vieux qu'elle, rempli de l'eau de sa source, un sourire de satisfaction au coin de ses lèvres espiègles… Lorsqu'elle n'était pas penchée au-dessus d'une blessure, Judy aimait rire et se moquer. Des remèdes de sa fabrication, il y en avait pour tous les genres de maux, car la sorcière savait les choses qu'on n'apprend pas dans les écoles et taisait son savoir à ceux qui jugeaient ou rejetaient ces phénomènes si familiers pour elle. Étant, depuis l'enfance, instruite par sa grand-mère, elle n'était pas bavarde dans l'action : son instinct lui dictait l'inutilité des paroles destinées aux profanes. Sur la réserve, tous la connaissaient et on savait fort bien, quand on venait la voir, qu'on serait soulagé… Habitants ou voisins lui confiaient le soin de calmer une souffrance, de résorber un handicap, qu'il soit physique ou moral. Rien ne la décourageait.

– Tant que la vie fait son œuvre, disait-elle souvent, il y a encore de l'espoir…

En plus de donner des soins, la vieille femme faisait office de conseillère, écoutant d'une oreille attentive les mésaventures qu'on lui contait pour déterminer avec un grand bon sens quel serait le traitement à suivre… Quand on n'était pas familier avec Judy, la première fois qu'on entendait sa voix puissante qui s'égrenait comme un fracas, cette sorte de vacarme orageux qui la précédait, on la croyait un peu folle. Et d'une certaine façon, elle l'était, car elle ne se comportait jamais comme la majorité des gens ordinaires. Les plus sensibles en avaient peur, les méchants la craignaient. Pourtant, bien vite on s'apercevait qu'elle était guidée par une sagesse inébranlable et animée par cette bonté sans artifice qui germe dans le cœur d'une personne lorsqu'elle a longtemps réfléchi au sens de la vie.

Ce jour-là, quand elle revint à sa cabane, ployant sous le poids de son sac, elle ressentit que quelqu'un avait besoin d'elle et, tandis qu'elle suivait sa route, une sorte d'alarme se déclencha dans sa poitrine. C'était un petit son grêle, le tintement lointain d'une clochette qui vibrait de façon subtile comme pour attirer son attention. «Je vais recevoir de la visite», se dit-elle. Et elle pressa le pas. Elle avait perdu la notion du temps depuis qu'elle s'était attardée à flâner sous un vieux chêne dont la majesté l'avait enveloppée… Longuement, elle s'était collée à l'arbre pour profiter de la puissance de ses fluides, sans penser à l'heure ni au soleil qui continuait inlassablement sa course. De fait, Judy était à peine à dix mètres derrière sa maisonnette qu'elle vit surgir ceux qu'elle pressentait:

— Ah, ah, Pierrette et Mike! lança-t-elle de sa voix tonitruante.

Pierrette qui ne s'attendait pas à la voir apparaître derrière les épinettes sursauta.

— Gaétan, mon mari…, fit-elle, plus blanche que de coutume, en désignant le chargement de Mike.

Celui-ci, aussi vigoureux que Gaby, portait sur son dos Gaétan amaigri, enroulé dans une couverture. Le pauvre devait être moins lourd qu'un enfant, mais il avait encore la force de sourire, accroché aux épaules du jeune homme. Sans qu'il fût besoin de lui expliquer la situation, Judy savait… Elle ouvrit la porte et entra devant eux, puis, ayant posé son sac, elle alluma sa pipe pour réfléchir, le temps que chacun prenne place. Mike en un tournemain allongea Gaétan sur le sofa. Judy, pendant ce temps, en aspirant quelques bouffées, concentrait son esprit sur le cas du malade. Il était dans un état grave et, honnêtement, elle se demandait s'il lui serait possible d'améliorer son sort. Tous ceux qui soignent, qu'ils soient guérisseurs, remmancheurs, médecins ou chamans, savent que leur science a ses limites et que le temps finit toujours par en avoir raison. De plus, il lui fallait obtenir la collaboration entière de Gaétan pour arriver à bonne fin... Elle avait assez d'expérience pour ressentir qu'en dernier recours Gaétan avait cédé aux instances de sa femme et de Mike. Judy aurait pu lancer à Pierrette une sorte de reproche, du genre :

— Pourquoi avoir tant tardé à l'amener jusqu'ici ?

Mais, sachant fort bien que les semonces de ce genre ne font que provoquer de nouvelles contrariétés et ne guérissent aucune plaie ni aucune souffrance, Judy ne dit rien. Elle se leva et prit son temps pour choisir un des nombreux flacons alignés sur l'étagère au fond de la cabane. Il était plus gros que les autres, ventru, avec un large goulot. Elle dut insister à plusieurs reprises avant de faire tourner le bouchon qui refusait de se laisser ébranler... L'ayant ouvert, elle remplit une tasse avec l'épais liquide brunâtre qui s'échappait de la bouteille, puis, brandissant l'élixir dans une main et son calumet dans l'autre, elle s'approcha de Pierrette qui tenait la main de son mari. Gaétan avait les traits tirés par la souffrance. Le pauvre s'efforçait de bien paraître et s'abandonnait à sa femme, observant toutefois avec insistance celle dont on lui avait dit grand bien, inquiet de constater qu'elle détenait de quoi le torturer avec cette sorte de potion à l'air infect. Mike lança à Gaétan :

— Es-tu correct ?

Et, comme le malade acquiesçait, il sortit sur le balcon pour laisser le champ libre à la vieille femme. Inspiré par le décor bucolique autant que par la douceur de l'air, il se mit à jouer de la flûte. Les notes de son instrument montaient dans le ciel en une sorte de mélopée, son hommage du jour à la beauté de la nature.

— Bon, racontez-moi un peu l'histoire de cette maladie-là…, fit Judy en fronçant les sourcils.

Elle posa la tasse près de Gaétan qui eut un haut-le-cœur :

— Je dois vous dire, fit-il comme pour se défendre, en se soulevant sur un coude, je suis venu parce que ma femme m'a traîné ici…

— Mmm… correct ! répliqua la sorcière d'un air entendu.

— Même si vous avez aidé Pierrette, et fort bien à part ça, ajouta-t-il encore, je suis sceptique ! Soyons francs, au point où on en est, je ne perds rien à essayer vos…

— Ben correct ! l'interrompit Judy. Tant qu'on a la force de se rebeller contre mes manières et contre mes remèdes, c'est que la vie est encore capable de tout !

Gaétan se retint de manifester de l'étonnement. Les douleurs le reprirent. Judy enchaîna :

— Ah ! Ah ! vous n'avez pas peur des mots, vous, n'est-ce pas, mon gaillard ?

Surpris par la bonne humeur de la sorcière, Gaétan se détendit. Pierrette était ravie de constater que ces deux-là faisaient connaissance sur le ton de la plaisanterie. Tous les trois se laissèrent aller à rire en chœur, de ce bon gros rire qui permet à la santé de se substituer au mal, la joie étant la meilleure recette de guérison !

— Allons, allons, fit encore Judy en tirant sur sa pipe, racontez… Vous là, je vous ai à l'œil, ne cherchez pas à me cacher quelque chose, mon gaillard!

— Par où voulez-vous que je commence? demanda Gaétan, qui rigolait encore en se tenant le ventre à deux mains.

Le visage de Pierrette, sous l'influence de la gaieté qui faisait briller les regards et même les flacons alignés sur l'étagère, reprenait la mine qu'on lui connaissait.

— Y a-t-il longtemps que vous souffrez ainsi? interrogea Judy.

— Le mal s'est beaucoup aggravé pendant l'hiver…, précisa Pierrette qui, pour éviter que son mari s'épuise, donnait des détails.

Judy savait si bien relever ce qu'on lui contait pour en faire des plaisanteries que Gaétan, en l'écoutant, s'esclaffait à tout moment. Pierrette parlait du courage de son homme et vantait ses qualités, elle évoquait fièrement ce qui pourrait l'encourager. Chacune de ses phrases exprimait combien elle l'aimait et lui, touché aux larmes, refusait de s'apitoyer sur son sort. Il tentait de refouler les émotions qui le secouaient malgré lui, préservant l'image d'un homme fort, un homme qui pourvoit aux besoins des siens dans toutes les circonstances. La maladie symbolisait une faiblesse qu'il ne pouvait accepter… Judy ouvrit la fenêtre et l'on entendit pépier une horde d'étourneaux perchés sur les branches d'un mélèze. Il y avait dans la cabane une atmosphère si chaleureuse que le soleil ne voulait pas être en reste. Il se montrait avec générosité. Mais à force de rire, tout à coup, Gaétan fut pris d'une grande douleur au ventre. Une douleur fulgurante et tranchante, de celles qui désorganisent le corps. Pierrette serra les dents et son front se plissa. Alors Judy posa la main droite sur le plexus du malade, laissant couler l'énergie qui circulait en elle par le bout de ses doigts, tandis que de la main gauche, la paume levée vers le ciel, elle recevait le courant intarissable, le flot invisible des éléments vitaux qui dansent éternellement dans l'air. Tout cela s'ordonnait à travers elle qui était devenue un relais... Pierrette et Gaétan s'étaient tus. Mike qui rentrait à l'instant dans la maisonnette les imita. Leur silence exprimait le respect. Il se passait quelque chose d'important, quelque chose qu'il ne fallait entraver par aucune manifestation bruyante... Au bout de quelque quinze minutes, la douleur de Gaétan qui avait diminué lentement se calma tout à fait. Il ferma les yeux.

— Gaétan, dit alors Judy, je ne peux pas te promettre un miracle, mon gaillard! D'ailleurs, les miracles, ce n'est pas moi qui les fais, c'est le Grand Esprit, celui que vous appelez Dieu... C'est lui qui décide quand il enverra l'énergie de guérison!

Les yeux de Gaétan brillaient comme ceux d'un enfant qui apprend des choses nouvelles, des choses qu'il n'aurait jamais crues possibles.

— L'énergie ne fait que passer au travers de mes mains quand je l'appelle..., réitéra Judy. Et toi, tu la reçois, si tel est ton choix!

Pierrette hocha la tête en même temps que Gaétan. Mike songeait que les femmes de la trempe de Judy sont indispensables en ce monde.

— On a trop attendu, murmura soudain Pierrette, prise d'un doute... peut-être...

D'un regard, Judy lui imposa de se taire.

– Tout ce que je peux te promettre, dit encore la sorcière, désormais familière avec Gaétan, c'est que, pour quelque temps au moins, tu pourras mieux digérer, mieux dormir, et reprendre un peu de forces… Mais je ne peux pas te dire que tu seras guéri!

– C'est déjà très bien, acquiesça Gaétan timidement.

Les couleurs revenaient sur ses joues. Alors Judy prit entre ses mains la tasse qu'elle avait préparée et ordonna à Gaétan:

– Bois ça, mon gaillard, tu en prendras deux fois par jour jusqu'à la fin de la bouteille et puis, tu reviendras me voir!

– Pouah! fit Gaétan, en essayant de recracher le liquide.

Il s'essuya les lèvres du revers de la main.

– Il faut l'avaler jusqu'au bout. Allons, courage…

Gaétan fit encore la grimace, mais Judy ne s'en laissait pas imposer. Il dut boire jusqu'à la dernière goutte et Pierrette, par précaution, sortit un mouchoir afin de l'aider s'il advenait qu'il ait un malaise. Enfin, elle s'empara du flacon et le rangea dans son sac. Finalement, son gaillard de mari était épuisé. La séance était terminée.

– Merci, Judy…

– C'est inutile de me remercier, Pierrette.

– Tiens, prends ça…

Et Pierrette glissa dans la main de la sorcière quelques billets que Judy accepta. Ils étaient si nombreux ceux qui venaient quêter son secours et qui ne pouvaient rien lui donner quand elle leur faisait du bien! Quelques-uns apportaient du pain ou des légumes, parfois le produit de leur chasse ou de leur pêche et cela l'aidait.

La vieille Indienne ne se préoccupait jamais de ce qu'elle allait manger le lendemain ni les jours suivants, persuadée que la vie donne à chacun ce dont il a réellement besoin et qu'on peut vivre au jour le jour.

Lorsqu'ils furent sortis, Judy but un grand verre d'eau de sa source en les regardant disparaître au tournant du sentier. Elle réprima un soupçon de tristesse en replaçant une mèche de ses longs cheveux et dégrafa son chandail. Elle avait chaud.

— Esprit de la Terre-mère, marmonna-t-elle, protège ce gaillard et adoucis sa dernière étape ici-bas!

Et elle tira quelques nuages de sa pipe qui s'envolèrent très haut dans le ciel... Gaétan n'en avait plus pour longtemps avant de quitter son corps. Judy le savait. Sa compassion allait vers Pierrette qui aurait du mal à passer au travers de cette terrible épreuve. Au bout de quelques secondes, Judy se ravisa:

— Grand Manitou, aide-la elle aussi... Surtout elle...

Elle savait ce que sont les affres de la solitude quand on est femme et qu'on perd le compagnon de toujours.

Ils étaient revenus à Rosemont depuis une heure à peine. Gaétan reposait dans la chambre, terrassé par le sommeil. La douleur qui le maltraitait depuis si longtemps avait lâché prise. Était-ce grâce à ce fluide qui passait par les mains de Judy et qu'elle lui avait transmis? Gaétan n'avait pas cherché à comprendre. Il n'en avait pas la force. Pour la première fois depuis deux ou trois semaines, il dormait paisiblement. En d'autres temps, il aurait raisonné, argumenté et tenu tête à sa femme pour contester ce qu'il aurait qualifié de charlatanisme.

Maintenant, ses convictions étaient sans importance… Tout ce qui comptait, c'était de continuer à vivre, finir ses jours auprès d'elle et, surtout, prolonger le plus possible et par n'importe quel moyen le temps qui lui restait à vivre. Alors, tant mieux si cette sorcière-là connaissait quelque chose que les médecins ignoraient encore… Il en doutait, mais à quoi bon? Si le résultat s'avérait positif, tant mieux… Sa Pierrette. Il l'aimait tant! Il n'avait plus mal. Il rêvait…

Mike et Pierrette étaient passés à table, n'osant aborder le sujet qui leur brûlait les lèvres. Depuis qu'ils avaient fait connaissance, une amitié était née entre eux. Même si elle était une Québécoise traditionnelle, une catholique convaincue, en femme de cœur, Pierrette comprenait les Indiens. Elle les respectait et ne les classait pas, comme la plupart, dans la catégorie des citoyens de seconde zone. Les démarches qu'avec Gaby et les autres chefs indiens ils avaient entreprises envers et contre tous lui paraissaient justes. Elle imaginait aisément la détresse de tous ceux dont la survie était menacée et les drames personnels auxquels ces pauvres gens devaient faire face. Avec Mike, ils écoutaient la radio, en avalant une bonne soupe, et commentaient tous deux, à mi-voix, les derniers développements. Le dossier de la baie James faisait les manchettes de toutes les nouvelles: «Les Cris manifestent leur désapprobation… Pour éviter des malentendus devant leurs demandes répétées, le premier ministre Robert Bourassa est monté sur les lieux du chantier avec son équipe ministérielle…», disait la voix qui sortait du poste.

– Leur désapprobation! fit Mike. Il a des mots légers, celui-là… C'est de révolte qu'il faudrait parler!

Les propos anodins qu'on propageait sur les ondes le scandalisaient. À croire qu'on voulait faire passer les Cris pour des imbéciles... Mike prit une feuille de papier et un crayon et dessina un plan à grands traits, pour expliquer à Pierrette avec maints détails l'envergure du barrage. Il lui décrivit la topographie des lieux et l'emplacement des travaux prévus. Pierrette l'écoutait, bouche bée. Tout cela était inimaginable... Et il n'en restait pas moins que la situation était préoccupante.

— Tiens, lui dit-elle tout à coup, en se levant et en dépliant *Le Journal de Montréal* qui était sur le buffet, lis ça, c'est paru il y a quelques jours...

Mike plongea le nez dans l'article. *Dans le bassin de la baie James, les trois rivières qui sont concernées : la Nottaway, la Broadback et la Rupert donneraient ensemble à peu près environ 5 millions de kilowatts. Mais à quel prix ?* S'ensuivait une longue énumération technique, puis cette conclusion : *M. René Lévesque qui a été ministre des Richesses naturelles demande : D'où l'argent viendrait-il ? À quelles conditions ?*

— Tu vois, tout le monde ne s'est pas mis d'accord avec le développement effréné de l'Hydro-Québec! Ceux qui ont du bon sens sont inquiets! fit Pierrette, en mettant son doigt sur le paragraphe en question.

— On a peut-être une chance, murmura Mike pour se donner du courage.

Ils en étaient là quand trois petits coups furent frappés à la porte. Pierrette leva les yeux et cria :

— Entre, Myriam! Qu'arrive-t-il ?

La jeune femme avait l'air bouleversée. Mike lui tendit une chaise.

– Comment va le petit? fit Pierrette sur le qui-vive.

Myriam hocha la tête et conta l'essentiel:

– Tout est rentré dans l'ordre, heureusement, et Gaétan?

– Il se repose… Judy lui a fait du bien, je crois…

– J'en suis sûre!

– Espérons… Veux-tu une assiette de soupe?

Myriam fit signe qu'elle avait déjà mangé. Pierrette s'apprêtait à conter comment s'était déroulée la scène entre Gaétan et Judy, mais elle ne put s'empêcher de penser en voyant la mine décomposée de Myriam que quelque chose clochait. Elle attendit patiemment que la jeune femme passe aux aveux, mais celle-ci restait muette:

– Quel vent t'amène à cette heure-ci, ma fille?

Mike qui sentait que Myriam aurait aimé faire des confidences à Pierrette s'esquiva discrètement dans le jardin. Myriam comprenant son manège lui fut reconnaissante de sa délicatesse. Elle hésita encore un peu, puis avoua enfin à Pierrette:

– Je me suis chicanée avec Laurent…

– Sérieusement?

Et elle fondit en larmes. Pierrette la prit dans ses bras:

– À quel propos?

Pierrette la berçait maternellement, cherchant à adoucir sa peine.

– C'est qu'on doit remonter de toute urgence à Mistassini pour la Baie-James… Il faut faire bouger les choses avec la participation de tous les conseils de bande, alors Laurent…

Les larmes de Myriam redoublèrent. Pierrette lui tendit un mouchoir.

— Allons, sèche-moi ça qui ne donnera rien… Alors ?

— Laurent est furieux… Il m'a lancé un ultimatum !

Pierrette essayait de mesurer l'ampleur de la situation :

— Un ultimatum ?

— Il veut que je choisisse entre ma pratique et la famille…

— Ne t'en fais donc pas tant, lui dit-elle en l'entourant de ses bras, dans quelques jours, quand tu vas revenir, tout sera effacé… Querelle d'amoureux ! C'est parce que tu lui manques trop…

— Hélas…

Il fallait faire taire ces affreux doutes qui revenaient encore et s'abattaient sur elle comme des vagues, remettant en cause le bien-fondé de ce qu'elle avait choisi de faire. Parfois, c'était sa relation conjugale qui lui semblait devenue intolérable… « Ma mission auprès des Indiens, est-ce vraiment la route que je dois suivre ? se demandait-elle. Laurent est-il vraiment l'homme de ma vie ? Oh, pensait-elle encore, pourquoi tant de questions qui surgissent de l'ombre quand tout paraissait lumineux il y a si peu de temps ? » Elle espérait exorciser tout ce qui affaiblissait sa détermination. Ne plus y penser. Agir et vite pour oublier les soucis, le temps que les choses s'aplanissent.

— Mike, appela-t-elle en ouvrant la porte, Mike, es-tu prêt à repartir ? On doit remonter vite, Mike… J'ai réussi à communiquer avec Gaby. On doit participer à la grande assemblée des sages qui aura lieu à Mistassini. Dans tous les villages, les Indiens se sont donné le mot, ils veulent une concertation de leur peuple au complet… Il nous reste quelques jours pour nous y préparer… D'après moi, il faut partir tout de suite pour la baie James. Les Cris sont dans la peine, et le premier ministre vient d'enfoncer le clou dans la plaie!

– On part! fit Mike.

Le jeune homme dit cela d'une façon naturelle, en regardant intensément Myriam.

CHAPITRE X

Depuis leur arrivée sur la terre d'Amérique, les hommes venus de l'Est avaient provoqué bien des bouleversements qui avaient perturbé l'ordre des choses…

Dans la forêt boréale parsemée de quelques villages autochtones où jamais un Blanc ne s'égarait en dehors des chantiers de coupe, on sentait une grande effervescence. Les jours s'étaient allongés : on était aux alentours du solstice d'été. Tous, jeunes, braves, mères et enfants vivaient dehors sans contrainte. Les tipis fleurissaient au long de la rivière et chacun s'activait autour, comme dans l'ancien temps. Cela faisait plaisir à voir. Le territoire ancestral reprenait sa vocation et son vrai visage : porter des hommes et des femmes heureux de vivre dans leur milieu naturel… Le bruit courait qu'on se rassemblerait bientôt pour discuter et adopter une attitude commune face à une nouvelle invasion de la terre des Cris. Selon la volonté de tous, les palabres de concertation seraient entreprises sous une shaputuan et ceux qui avaient quelque chose à dire se préparaient à utiliser la hutte des sueurs pour se purifier. L'heure était grave : il fallait avoir l'esprit clair. En réalité, les questions qui avaient paru sans fondement à l'automne précédent devenaient angoissantes : comment imaginer ce qui se passait dans la tête des Blancs, alors qu'ils s'arrogeaient des droits et s'emparaient sans rien dire de ce qui appartenait aux Indiens depuis toujours ? Les peuples du Nord, hommes et femmes, nomades et suffisants dans leur mode de vie, parcouraient à chaque saison des centaines de kilomètres pour aller trapper et chasser. Ils s'étaient si bien adaptés à cette lande qu'ils en connaissaient les moindres vallons, les aspérités rocheuses, les cours d'eau et les chutes. Mais, désormais, tout cela leur serait-il dérobé ? Ils voulaient au moins conserver leur mode de subsistance et vivre entourés de leurs ancêtres qui dormaient çà et là sous la terre, et qu'ils révéraient plus que tout. Qu'adviendrait-il d'eux et de la façon dont ils se nourrissaient ? Qu'adviendrait-il des terres qui, disait-on, seraient inondées ? On disait que l'eau recouvrirait la taïga depuis la rivière Eastmain jusqu'à la Waswanipi. On avait du mal à l'imaginer…

En attendant la tenue de la grande assemblée, les sages se regroupaient et se réunissaient par équipes, essayant de comprendre. Du côté du gouvernement du Québec, personne n'avait jugé bon d'informer les familles disséminées à travers le territoire des conséquences pour elles du chantier à venir ou de leur proposer des alternatives. On n'osait plus s'approcher du lieu où, semaine après semaine, des avions ou des camions débarquaient toutes sortes de matériel bizarre dont on ne connaissait pas la nature. Les prémices de cet invraisemblable chantier se concrétisaient, menaçantes… Depuis que Matthew Diamond avait partagé son rêve à Waskaganish, à l'automne précédent, avec toute l'assemblée, on n'avait plus entendu parler de rien et voici que, de bouche à oreille, les rumeurs d'inondation des terres resurgissaient. Alors, on s'était souvenu avec inquiétude du rêve de Matthew qui avait prophétisé d'immenses murs d'eau.

Ce matin-là, Ella, une femme du village de Waswanipi, arriva dans une vieille voiture conduite par ses fils, et entourée de ses chiens. Jouant son rôle de mère, Ella venait pour veiller à l'accouchement de sa sœur, lequel surviendrait d'un jour à l'autre. Pourtant, après avoir posé son sac, elle entra directement dans le tipi de la famille Saganash. Jason était absorbé dans la réparation de quelques paires de raquettes et tout en faisant consciencieusement son ouvrage, il réfléchissait. Ella s'accroupit devant lui et lui parla sans détour :

— Mon mari, Teddie, qui chasse et qui trappe là-bas avec ses frères, m'envoie te parler, Jason… Tu dois faire savoir à tous que le projet de l'électricité est déjà bien avancé…

Jason écoutait Ella qui ne le lâchait pas des yeux.

— Avancé comment, femme ? questionna-t-il en relevant la tête.

— Ça fait plus d'un mois que deux avions Twin Otter transportent du matériel pour l'Hydro ! Dans un seul voyage, un avion a transporté cinquante barils, et ils font cela sans cesse, tout le jour. Peux-tu imaginer combien de matériel ils entassent là-bas ?

Jason lâcha la lanière de babiche qu'il avait entre les mains et dit gravement :

— Es-tu bien certaine, Ella, de ce que tu me rapportes ?

La femme hocha la tête avec conviction, froissée par la question de Jason.

— C'est la parole de Teddie que je te rapporte, Jason !

Jadis, aucun guerrier, aucune femme n'aurait été soupçonnée de ne pas énoncer la vérité. Personne ne pouvait remettre en question la franchise d'un Indien. C'était un principe d'honneur, le plus important dans les rapports. Comment s'y retrouver et agir de façon adéquate si on passe son temps à se conter des mensonges et à contredire sa parole ? Rien n'est possible dans un monde qui permet le mensonge... Tous les anciens savaient cela. Maintenant, depuis que tout était changé, on tremblait de se faire raconter des sornettes, car les Blancs avaient institué l'usage de ce qui est équivoque. Ella, comme Jason, trouvait que les valeurs de leur peuple étaient mises à mal et que tout devenait embrouillé, y compris ce qu'on avait à dire. Elle regardait Jason droit dans les yeux, soutenant toujours son regard.

— Impossible de ne pas te croire, Ella ! fit-il.

Ce que la femme de Teddie venait de lui confier était de la plus haute importance. C'étaient un grand nombre de détails que, jusqu'à présent, on ignorait. Jason interpella Berthe son épouse qui préparait le repas, pour qu'avec Ella elle écoute ce qu'il avait à leur dire. Alors, avant de prononcer ces paroles et afin qu'elles soient transmises avec solennité, Jason prit la peine de revêtir son chapeau orné de plumes.

— Femmes, annonça-t-il, la tête haute, faites savoir à tous qu'il faut nous rassembler dès maintenant... L'heure est grave !

Il sortit pour marcher du côté de la route. Le soleil était haut dans le ciel et aucun nuage ne ternissait son éclat. La terre se parait de ses couleurs les plus vives et Jason eut l'impression qu'un chant de joie vibrait à chacun de ses pas. À travers la semelle souple de ses mocassins, il sentait le sol et, sous lui, la force qui montait des entrailles de la planète. Il eut le sentiment que les arbres de la taïga, des plus hauts jusqu'aux plus petits, qui durant l'hiver se cachent derrière les mamelons de granit, ceux dont les troncs suivent les courbes sinueuses des roches pour se protéger du grand vent, se redressaient, fièrement. Il vit passer dans le ciel un voilier d'outardes et il les entendit jacasser à qui mieux mieux… Tout comme son peuple s'apprêtait à le faire! Son peuple ne mourrait pas, même si l'horizon des siens était assombri pour quelques années encore, ils avaient, comme tous les êtres vivants, le même droit de respirer et de fouler la lande nourricière, ils appartenaient à la Terre. «À l'image de la Terre-mère, se dit Jason, les Indiens sont solides et souples aussi, comme le vent qui court dans la lande et fait ployer les branches. Comme les oiseaux du ciel, ils sauront clamer leurs besoins et leurs droits… Mes frères de race sont vifs comme l'eau qui dévale monts et vallées pour fertiliser la terre, et ils savent être ardents comme le feu qui transforme et purifie toute chose… Un jour viendra, même si nous devons attendre, un jour viendra où mon peuple retrouvera sa joie de vivre et sa dignité. »

Et Jason foulait le sol avec délice, comme si son corps était le prolongement de cet immense être vivant qui nous porte et qui donne généreusement aux hommes ce dont ils ont besoin. Il respirait son appartenance à l'univers et cela le réjouissait. S'appuyant sur le tronc d'un bouleau, il resta ainsi, debout au milieu de la plaine, admirant son pays, étroitement mêlé à lui. Un aigle tournoyait bien haut dans le ciel et au milieu de la rivière

Swampy Bay, tranquille à cet endroit, quelques berna-
ches glissaient sans bruit avant de prendre leur envol. Jason s'arrêta encore deux ou trois minutes pour savourer
la perfection de ces instants, et il rendit grâce à l'esprit
de la vie qui frémissait autour de lui sous toutes ses formes. Alors, il entendit un cri aux abords du village et il
vit les silhouettes des femmes, Berthe, Ella, Jeanne et les
autres, qui s'affairaient autour de la maison de celle qui
donnait naissance. Il tendit l'oreille. Le cri se répéta
d'abord faible, puis il enfla et son écho lui parvint au
milieu du cœur, comme une salutation. C'était le vagis-
sement de l'enfant qui venait de naître, le son d'une voix
encore hésitante qui se délivre du ventre qui l'a protégé
pour clamer son entrée dans le monde, et c'était beau.
Jason ferma les yeux pour accueillir ce nouvel Indien.
Puis, il fit encore quelques pas et mit la main au-dessus
de son front pour voir si la poussière de la piste annonçait l'arrivée d'un véhicule. Rien. Il n'y avait rien à l'horizon que les traînées de fumée blanche qu'exhalaient
quelques lointains tipis. Pourtant, Gaby avait annoncé
sa visite prochaine avec Mike et aussi avec la squaw avocate, celle qui était sa nièce et qui était de sang mêlé.

— Arrivez donc, vous autres, marmonna-t-il, on a
de quoi à vous dire et on a besoin de vous entendre!

Et il prit le chemin de la maison où séjournait la
famille Diamond pour aller, lui aussi, répandre les nouvelles qu'Ella était venue apporter. Matthew était avec
son frère Billy. Penchés au-dessus de leur canot, ils préparaient les lignes pour la prochaine expédition de
pêche.

— Matthew, clama Jason, j'ai grand-peur que nous
soyons arrivés devant les murailles d'eau que tu as

vues. Celles qui engloutiront en mugissant les os de nos ancêtres !

Les deux jeunes guerriers cris se redressèrent. Le visage de Jason était empreint de gravité. Ils étaient prêts à défendre le bien de tous, le bien commun.

*

La route était décidément trop longue. Myriam et Mike avaient attrapé de justesse un vol pour monter depuis Montréal jusqu'à Matagami. C'était la première fois que Myriam pouvait admirer du ciel le paysage grandiose qui longe la baie James. Penchée vers le hublot, elle voyait des forêts et des lacs à perte de vue, avec des rivières qui serpentaient et scintillaient avant de se rejoindre plus loin encore, bien plus loin, au bord de la baie James, véritable mer nordique. On distinguait la route comme un ruban gris pâle qui s'allongeait sans fin et, semblables à de minuscules fourmis qui le parcouraient, les camions au service des compagnies forestières. Ils transportaient des troncs d'arbres entiers, les plus gros que la forêt boréale pouvait offrir et qu'on avait sacrifiés. Ils se succédaient de kilomètre en kilomètre en une longue colonne sans fin. Myriam, attentive, imaginait combien de ces grands arbres ayant peuplé la lande partaient ainsi pour la scierie, dénudant la partie fragile des terres. Elle essayait de deviner la longueur réelle des billots entassés qu'elle apercevait, de sa place, moins longs que des allumettes. Mike, amusé de la voir immobile et fascinée, le nez collé à la vitre, lui tendit un bonbon et se pencha lui aussi.

— Regarde, s'exclama-t-elle, ils sont minuscules…

– Sais-tu la véritable dimension de ces arbres ?

– Je me le demandais justement…

Elle lui sourit et réfléchit avant de répondre :

– Je crois qu'ils font quatre ou cinq mètres !

– Bien plus ! Souvent, c'est le double… Ce sont des arbres centenaires que les compagnies emportent pour rien ou presque… Sans discernement, on coupe, on coupe et on ne se pose pas de questions ! Le profit immédiat mène la danse…

– C'est triste. Que pouvons-nous faire ?

Mike soupira. Il ne connaissait aucun moyen d'influencer l'exploitation sauvage qu'on faisait de la forêt boréale…

– Nous commençons à descendre, regarde, voici Matagami !

Et un petit amas de cubes qui grossissait de seconde en seconde apparut au milieu des épinettes. Cela rendit Mike heureux. Sans y prendre garde, il prit la main de Myriam et elle ne retira pas la sienne. Contrairement à la réserve mutuelle qu'ils affichaient les jours précédents, cette sorte de connivence toute naturelle qui n'avait pas besoin de mots se rétablissait maintenant entre eux. Mike apprivoisait ses réticences. Myriam qui le connaissait mieux de jour en jour lui accordait sa confiance et s'abandonnait d'autant plus que Laurent ne se montrait pas attentif, bien plus, on aurait dit qu'il lui avait déclaré la guerre.

Le départ de Montréal s'était fait dans la nervosité. Laurent contre toute attente les avait accompagnés à l'aéroport, mais, frustré et contrarié de voir que Myriam ne se pliait pas à ses raisonnements ni à ses désirs, de tout le trajet, il n'avait pas desserré les dents. Mike en avait été gêné, ne sachant ce qu'il devait dire ou ne pas dire et, sensible à cette atmosphère peu amicale, il s'était tu, lui aussi. Quant à Myriam, déjà perturbée par le fait qu'elle ne verrait pas ses enfants pendant au moins deux semaines, elle avait brisé le silence en énumérant quelques précautions à prendre avec eux, de petits conseils pour qu'ils ne manquent de rien. Alors Laurent s'était exclamé :

— Je ne vois pas de quoi tu peux être inquiète, ma mère est là !

Myriam avait compris à cet instant qu'il valait mieux ne rien ajouter et on avait continué de rouler jusqu'à Dorval dans un silence de plomb. L'éloignement de Myriam et la question de la garde des enfants étaient devenus une véritable pomme de discorde entre les époux. Étant donné que Pierrette était désormais incapable de jouer son rôle de grand-maman, c'était évidemment Mme Dagenais qui avait eu gain de cause et Laurent s'en était vanté comme s'il avait gagné une partie d'échecs. Myriam en avait été meurtrie. Avant leur départ, Mme Dagenais avait pris une attitude si réprobatrice à son égard qu'elle s'interrogeait encore sur la raison de sa mauvaise humeur, ne pouvant soupçonner que Suzanne Pellerin, à force de raisonnements et de belles façons, avait réussi à influencer sa belle-mère et à lui porter gratuitement un tort considérable.

Au moment où Myriam avait dû le quitter, Guillaume avait pleuré plus que de coutume, avec des pleurs qui déchirent le cœur d'une mère. Quant aux jumelles, on les avait tant gâtées pour les distraire et elles étaient encore si peu en mesure de comprendre ce qui se passait qu'elles ne s'étaient aperçues de rien. Pendant les deux ou trois heures que dura le vol, Mike surprit à plusieurs reprises des larmes qui perlaient dans les cils de Myriam. La voir dans cet état le rendait malheureux. Il aurait voulu la consoler, la dorloter, la prendre dans ses bras pour lui redire combien il l'aimait et à quel point il la désirait, mais tout les séparait encore et, de plus, il y avait des problèmes urgents à régler qui ne toléraient pas les épanchements particuliers.

Quant à Laurent, ce n'étaient pas les idées farfelues de Myriam qui le tracassaient. Il admettait après tout que ce côté surprenant et original qu'on lui connaissait, il l'avait toujours aimé chez elle et, par moments, il commençait à s'en faire une raison. Mais, avec effroi, il imaginait un avenir où elle lui échapperait de plus en plus pour devenir une femme de carrière. La connaissant, il était persuadé que Myriam irait jusqu'au bout de l'objectif qu'elle s'était fixé et réussirait fort bien… Alors, lui et elle, leur couple? Un sentiment nouveau germait dans sa tête et, conjugué à la fatigue accumulée, l'obsédait désormais: il était jaloux et furieux comme celui à qui la propriété d'un bien remarquable échappe à cause de circonstances hors de toute logique. La jalousie s'était déclenchée sans préavis, comme un ouragan qui se prépare à l'abri d'un dangereux silence, et elle faisait ses ravages. Au moment de l'enregistrement des bagages, il se passa quelque chose de douloureux pour lui. Myriam lui apparut soudain proche de Mike, comme si elle partageait une intimité avec lui, affichant un sourire qui révélait de la complicité. Il en fut bouleversé. C'était d'autant plus pénible que leurs querelles successives avaient détérioré le climat amoureux entre eux et que cette trame délicate, ils n'arrivaient plus à la reconstituer, par maladresse, par gaucherie, par entêtement. «De la complicité entre cet Indien et ma femme!» se dit-il en les observant. En un éclair, il crut voir sur le visage de Myriam l'éclat d'un bonheur que, depuis quelques mois, elle n'affichait plus auprès de lui dans l'intimité… Aussitôt, il ressentit des douleurs vives à l'estomac. Tout ensemble la peur, la jalousie, son honneur qu'il imaginait déjà bafoué lui nouaient les tripes: son repas ne passait pas…

De retour à la maison, il se précipita dans la salle de bains à la recherche de quelque remède qui le soulagerait et, se tenant l'estomac d'une main et ouvrant la porte de l'armoire à pharmacie de l'autre, il aperçut son image dans le miroir. Ce fut pire encore. Il reçut un nouveau coup. De gros cernes grisâtres soulignaient ses yeux. Ses paupières étaient gonflées. En quelques mois, il avait pris dix ans. Il s'aspergea la tête d'eau froide pour tenter de gommer son malaise, mais peine perdue. Les inquiétudes resurgirent et ne lui laissèrent aucune chance de penser à autre chose. Laurent se vit dans la position du conquérant vaincu par sa conquête… Quand il arriva au bureau, il était décomposé, rabâchant pour lui-même cette évidence: sa femme, sa Myriam le trompait! Lui, l'avocat célèbre qui défendait des causes importantes, habile à trouver des preuves incontestables pour corroborer des faits et disculper ses clients dans tous les cas, il ne pouvait asseoir ses soupçons sur rien de tangible, mais il accusait déjà Myriam… Sa certitude se renforçait de minute en minute, fondée sur la perception qu'il avait eue d'un regard… Il en était sûr, Myriam s'évadait avec cet homme, se donnait du bon temps là-haut avec les Indiens, le privant de ce qui lui appartenait. Il ne pouvait s'empêcher d'en rajouter, de noircir le tableau, de le rendre épouvantable et, bien sûr, le résultat ne se fit pas attendre, son trouble augmenta. Alors, devenu blême, il eut envie de porter un coup mortel à celui qu'il considérait désormais non seulement comme une racaille, mais comme un voleur, un gigolo, un délinquant… Son ennemi. Les épithètes les plus diverses ne lui suffisaient plus pour exprimer ses émotions. Incapable de se raisonner, il ne voyait plus rien, n'entendait plus rien et accomplissait les gestes habituels comme un automate. Les traits de son visage s'étaient déformés, altérés par le drame qui dévalisait son âme. Tout ce qu'il acceptait de penser, c'est que sa femme, Myriam, celle qu'il avait épousée, non seulement abandonnait leurs enfants et désertait le domicile conjugal, mais qu'en plus elle faisait les yeux doux à cette sorte d'individu! Comment cela pouvait-il lui arriver à lui qui travaillait si dur et qui ne reculait devant rien pour assurer le bien-être de sa famille?…

– Maître Dagenais, ça ne va pas? Asseyez-vous…

La voix de sa secrétaire Paula lui parvint comme dans un brouillard, émergeant d'une sorte de vapeur brûlante. De grosses gouttes de sueur ruisselaient sur son front et ses mains tremblaient. Incapable de se souvenir des gestes qu'il avait accomplis ni du trajet qu'il avait parcouru depuis la maison, il se demanda par quel sortilège il était arrivé jusqu'à son bureau. Il avait les doigts glacés. Paula avait l'air affolée. Elle lui tendit une chaise. Il alluma une cigarette:

– Mais non, mais non, Paula, tout va bien… Passez-moi le dossier de la cellule Chénier, et puis celui de l'Hydro et de l'Assurance…

— Avant de vous donner les dossiers, maître, je cours vous chercher quelque chose à manger, et aussi un bon café !

Laurent haussa les épaules et n'osa pas protester devant l'ordre lancé par sa secrétaire. Il aspira quelques bouffées. Paula sortit en marmonnant :

— Il va bien finir par être malade à force de se surmener...

Quand Daniel Larue entra pour le saluer, lui aussi resta interdit devant sa mine :

— Tu devrais prendre un peu de repos, Laurent !

— Ai-je donc l'air si mal en point que tout le monde veuille prendre soin de moi ?

C'était plus fort que lui, il criait. Sa nature d'homme robuste n'entendait pas se faire plaindre ni cajoler. Laurent, l'infatigable, serait le plus fort même dans l'adversité, même s'il ne pouvait plus compter sur Myriam... Son idée était faite. Elle ne méritait plus sa confiance !

*

À l'atterrissage, à Matagami, Mike et Myriam retrouvèrent Gaby qui, comme à son habitude, rayonnait de détermination avec toutefois une pointe d'appréhension :

— Depuis quelques jours, les braves parlementent tous les soirs, et transmettent à la communauté les questions qui les tracassent, expliqua-t-il à Myriam et à Mike. Je suis heureux que vous soyez là. Notre poids est bien léger comparé à celui de l'Hydro qui marche main dans la main avec le premier ministre du Québec, mais enfin, on parviendra peut-être à négocier un accord...

Myriam jeta un regard à la ronde et soupira :

– Qui parmi vous aurait pu imaginer l'ampleur de ce qui va se construire ?

– C'est exactement ce qui nous déroute !

Et Myriam, qui connaissait un peu les rouages de la politique et les façons de ceux qui détiennent le pouvoir, redoutait déjà qu'on ne tienne pas plus compte de l'existence ni des besoins de ces gens simples que s'ils avaient été des oiseaux de la forêt ou des troupeaux de rennes. Mais elle était d'accord avec Gaby, avec Mike et avec tous ses amis des Premières Nations, il fallait tenter le tout pour le tout et on allait s'y employer.

*

Ils arrivaient de tous les villages, en camion, en voiture et parfois même à pied avec leurs chiens, en famille ou regroupés par clans, et pour souligner leur courage, le temps leur rendait hommage. Il faisait beau. On avait disséminé des feux pour cuire les repas et nourrir les attardés au long de la rivière, les femmes ne chômaient pas, s'affairant à préparer la pâte, à découper les poissons ou à plumer les volailles, pendant que les hommes installaient les tentes et que les enfants ramassaient du bois pour en amonceler une provision suffisante. Chaque véhicule qui approchait était salué par des acclamations de bienvenue et l'on escortait les derniers arrivés vers un emplacement disponible. Les retrouvailles étaient joyeuses.

Une longue et chaude journée s'achevait et pourtant l'astre du jour brillait encore au centre de la voûte céleste, en bonne position pour présider aux débats, assisté de la lune qui, elle aussi, faisait sa ronde, plus pâle que de coutume. L'horizon avait revêtu des teintes roses et mauves, un magnifique manteau qui laissait présager d'autres belles journées et qu'on ne se lassait pas d'admirer. Dans les heures à venir, on ne dormirait guère, car ces réunions n'avaient pas pour seule motivation la crainte, elles étaient aussi une façon imprévue de renouer avec la tradition des rassemblements qui avaient lieu jadis. Dans ce temps-là, tout ce que la contrée contenait de population se retrouvait pour célébrer, danser, se mesurer au jeu et rendre grâce à la nature. La coutume avait été abandonnée quand les Indiens commencèrent à douter de leur histoire, eurent honte de ce qu'ils étaient et durent se résigner à subir la loi qu'on leur imposait. Ce soir-là, personne parmi les Blancs ne prévoyait que, désormais, le peuple indien fouetté par les événements retrouverait ses racines et sa vivacité pour entamer une lente reconquête de son destin.

Gaby avec Jeff, Romuald, Mike et les autres se concentraient pour organiser la bonne marche des choses, sachant que le point faible des Indiens était toujours le même : habitué à vivre dans le bois, ce peuple reste très individualiste ; entretenir un sentiment d'unité au milieu de la collectivité n'est pas chose facile. La plus grande tente ne suffisait pas pour contenir tous ceux qui s'étaient déplacés, aussi avait-on décidé d'ouvrir l'assemblée à l'extérieur, devant le feu de bois qui ronronnait doucement en finissant de cuire de la banique qui, tout à l'heure, rassasierait la foule. Jamais, depuis des temps immémoriaux, les tribus du nord du Québec ne s'étaient rassemblées si nombreuses. N'ayant pas renié leur tradition nomade, ils étaient venus de tous les points cardinaux, avaient surgi des chemins de terre, portés dans leurs canots par les cours d'eau et, parfois même, ils avaient traversé directement la taïga pour parlementer avec leurs frères. Quelques Innus, eux aussi, avaient suivi la route qui aboutit aux villages des Cris et c'était une grande joie pour tous de constater à quel point ils étaient solidaires.

Autour de Jeff qui connaissait bien les lieux, il y avait Romuald, Nelson et Marie, sans compter Nicolas et Matthew et aussi Billy et ses frères et puis, bien sûr, Mike qui n'était jamais éloigné de Myriam. Celle-ci observait de tous ses yeux et se faisait discrète, heureuse de les voir ainsi, concernés et passionnés.

— C'est bien sûr qu'on va influencer leurs décisions en étant si nombreux! dit Nicolas, optimiste, qui, aux côtés de Gaby, comptait les familles présentes.

— Ne te fais pas trop d'illusions, grommela Gaby, qui connaissait la musique, même si on est trois fois plus nombreux, le pouvoir est dans l'autre camp…

Mais Nicolas, affairé à préparer la hutte des sueurs, ne l'entendit pas et continua de planter dans le sol, aux endroits voulus, les branches qu'on avait taillées, tandis que Billy apportait des pierres rondes qu'on chaufferait à blanc sur les braises du foyer central. Pour célébrer le rituel, il manquait encore les herbes sèches que les jeunes filles cueillaient dans les prés depuis le matin et qu'elles avaient soigneusement entassées dans des hottes de roseaux à l'extérieur du campement. Pendant que tous s'affairaient, des vols d'oies et de canards, excités par les allées et venues, sillonnaient l'air en caquetant et se posaient au bord de l'eau à la recherche du poisson. Au milieu du camp, des exclamations et des plaisanteries s'échangeaient, on papotait, on s'installait pour être confortable… Myriam flânait, saluant ici et là quand, tout à coup, elle entendit venant d'un tipi une voix reconnaissable entre toutes. Elle se précipita :

— Judy !

— Ah, ah ! Voilà ma novice…, cria Judy de sa voix tonitruante. Entre, fillette…

Et la sorcière donna une bonne tape dans le dos de Myriam en riant encore. Celle-ci, étonnée, ne put cacher sa joie de la retrouver :

— Tu es montée jusqu'ici ?

— Certain ! Tu verras tantôt, petite, que ma présence n'est pas inutile, hélas ! grogna la sorcière.

Et elle continua de mélanger des plantes dans un chaudron qui bouillonnait doucement sur la truie. Myriam se demandait à quoi pourrait servir ce genre de potion, mais les deux ou trois femmes qui assistaient Judy, de futures remmancheuses comme elle, ne soufflèrent mot et ne s'embarrassèrent pas de son air perplexe. Elles se contentèrent de cuisiner leur curieux mélange.

Puis quand vint l'heure de l'assemblée, les anciens s'assirent aux premières places, ensuite les hommes, et enfin les mères et les jeunes filles avec les enfants. Selon la coutume, tous formaient un cercle de façon à ce que chacun occupe une place équivalente et que la parole soit donnée à ceux qui voudraient la prendre. On fit passer le calumet de main en main en signe d'unité et, quand le moment fut venu d'entamer les débats, les chefs prirent la parole. Personne ne voulait rester à l'écart. Chaque personne avait son rôle à jouer et quand Jason, assis à côté de Gaby, leva la main pour expliquer la situation, le brouhaha cessa :

— Frères, nous sommes ici pour nous donner la main et pour que tous sachent ce qui doit arriver sur notre terre, la terre de nos ancêtres…

Les yeux attentifs illuminaient les visages immobiles. Nathan Kitchen continua :

— Trop de bruits courent parmi nous, qui ne nous disent pas ce qui va arriver vraiment !

Alors, une clameur s'éleva. Chasseurs, anciens ou femmes avaient leur mot à ajouter. Les questions fusaient, d'ordre pratique. Les vieux étaient les plus déroutés. Tout allait trop vite et leur esprit, habitué à se contenter de ce que la Terre-mère leur offrait pour subsister, ne saisissait pas tous les enjeux de la situation, ni même de quoi serait fait ce gigantesque mur qu'on leur promettait et qui dévierait le cours des rivières. De leurs rivières… Un homme parmi les chasseurs de Waswanipi, à qui on avait rapporté que son territoire serait détruit sans lui donner plus d'explications, se dressa et prit la parole :

— À qui ils ont demandé la permission de faire ça ? s'exclama-t-il. En tout cas, pas à l'Indien qui trappe à cette place-là ni à l'Indien qui a vécu là et qui a trappé toute sa vie pour vivre[5] ! Ils ne disent pas aux Indiens : «On transporte ce matériel-là pour détruire vos terres !» Et, d'après moi, ils auraient dû nous prévenir et demander avant…

D'un certain âge, il avait du mal à contenir son désarroi et tous pouvaient remarquer sa peine, car sa terre était située au beau milieu du site réquisitionné.

5. Texte extrait du vol. 1 de : *Recherches amérindiennes au Québec*, décembre 1971.

Et tandis que le calumet circulait, il y eut un murmure dans toute l'assistance. Un second chasseur, qui était son frère, laissa sortir sa colère :

— C'est pour ça qu'il pourrait être trop tard pour qu'on y fasse quelque chose maintenant! C'est rien qu'au début qu'il faut dire quelque chose… L'Hydro en a déjà trop fait… Ça va être trop difficile de les arrêter!

D'autres réfléchissaient à ces paroles. Les uns étaient d'accord pour exprimer leur révolte et d'autres essayaient d'être plus conciliants, ils tentaient encore de faire confiance aux Blancs, ils voulaient garder espoir et pensaient qu'avec des concertations on pourrait changer le cours des choses. Myriam se pencha vers Gaby. Ce qu'elle voyait autour d'elle n'était que désenchantement et frayeur.

— Ces gens sont trop éprouvés…

Une vieille femme du peuple Waswanipi, qui s'était installée tout près d'Yvonne, prit la parole pour exprimer son inquiétude :

— S'ils inondent nos terres, tous nos morts vont-ils être sous l'eau? C'est une chose inimaginable et qui nous cause beaucoup de peine… Car nous avons choisi ces terrains de sépulture de façon que les tombes familiales des Waswanipis ne soient jamais submergées…

Et la vieille femme agitait ses tresses blanches, exprimant tant de chagrin qu'elle en avait les larmes aux yeux.

— Ceci est un grand malheur! ajouta son époux.

Myriam avait pitié d'eux tous et réalisait combien la tournure d'esprit de ces gens impuissants à se défendre était différente de celle qui avait cours dans la société occidentale. Leurs préoccupations liées au quotidien étaient étrangères à ceux qui ne pensaient qu'à la rentabilité et au profit, bien à l'abri dans des bureaux, à l'écart de leur dure réalité et, par-dessus tout, méprisants. Elle avança un argument qui les consolerait peut-être un peu :

— Bien sûr, vous perdez beaucoup et nous tenterons de tout faire pour empêcher cela, mais, en compensation, vous obtiendrez de l'électricité dans chacune de vos maisons ! Vous pourrez vous éclairer et vous chauffer de façon plus commode…

Mais hommes et femmes rirent franchement en écoutant ses arguments. Même Judy se moqua d'elle :

— Crois-tu que nous attendions cette lumière-là ?

— Penses-tu, femme avocate, que les Indiens ne savaient pas quoi faire pour s'éclairer ? rétorqua un homme, qui était assis aux côtés de Romuald. On avait quelquefois des chandelles qu'on pouvait acheter au magasin général, mais le plus souvent on en manquait. Dans l'ancien temps, les Indiens n'avaient pas besoin de chandelles, car ils faisaient du feu à l'intérieur de leurs tipis, mais quand sont arrivées les tentes de toile que le gouvernement nous a octroyées, on ne pouvait plus faire cela ! Alors, on allait dans la forêt pour trouver un vieil arbre brûlé…

— On en trouve toujours et vous en trouveriez vous aussi…, dit son épouse. Il s'agit du pin gris.

— Vous enlevez l'écorce et alors le bois est très collant parce qu'il est plein de gomme et de résine. Ça, ça fait une très bonne chandelle !

— J'ai souvent cousu des mocassins en m'éclairant avec ça…

Les femmes étaient toutes du même avis. L'électricité n'était pas quelque chose qui méritait de voir disparaître les terres de subsistance où chasseurs et trappeurs partaient durant de longues semaines pour nourrir le clan. La philosophie des Indiens, qui avait toujours été que la nature offre tout ce dont l'homme et les animaux ont besoin pour vivre en harmonie, était encore vivace. Leur monde chavirait. La modernité pour les anciens, c'était de la fantaisie! Plusieurs reprirent l'exemple des chandelles que la femme avait donné pour bien faire comprendre à Myriam que l'électricité, selon eux, n'était pas indispensable. Qu'ils puissent continuer à jouir de toutes les terres, ça, c'était quelque chose d'indispensable!

— Oui, on utilisait ça, renchérit l'épouse du trappeur waswanipi, et on ne s'occupait pas d'acheter des chandelles ou du gaz ou de l'électricité… Avant que nous recevions l'aide du gouvernement…

— Un Indien ne dépendait de personne d'autre que de lui-même! dit en se redressant un homme venu de Matagami.

Et des étincelles de fierté s'allumaient dans ses yeux vifs. Les vieux trouvaient impensable cette mode qui se répandait comme une traînée de poudre et fascinait les plus jeunes, les soumettant à la consommation de produits de plus en plus nombreux qui en faisaient des esclaves. Ils prédisaient des complications et des problèmes nouveaux dans les communautés, leurs rêves étaient sombres. Les jeunes, quant à eux, voulaient profiter de ce qu'on leur proposait comme compensation financière et, ne voyant pas les conséquences immédiates du marché qui serait conclu avec le gouvernement, ne pensaient qu'aux voitures et à tout ce qu'ils pourraient désormais obtenir facilement. Les controverses fusaient. Parmi les partisans de la modernisation et du profit, Myriam reconnut Jimmy, le fils de Gloria, un des plus virulents. Jeunes et vieux s'opposaient :

— Qu'est-ce que tu crois, mon ami ? dit Jeff à Jimmy. Tu veux continuer de rouler en voiture, mais tu oublies combien de générations ont marché dans la taïga avec les chiens, avant que tu voies le jour...

Les jeunes, séduits par la perspective d'un avenir différent, prenaient le sujet à la légère, sûrs d'avoir devant eux les bases d'un changement bénéfique :

— On ne sera jamais capable de revivre dans le passé...

— C'est fini votre façon de vivre, on doit s'adapter... Et moi, j'exploite le système, ajouta encore Jimmy en ricanant, une bouteille à la main.

— Les changements les plus importants restent à venir ! lança Billy.

— Et puis, on nous offre beaucoup d'argent ! Après tout, c'est bon...

Ils avaient apporté de l'alcool et buvaient plus que de raison, se regroupant à l'écart de ceux qui prenaient fait et cause, jouant les hommes forts, parlant sans discernement et perdant la tête. Ils faisaient mine d'oublier que l'alcool est un poison violent. Gaby fit un signe à Jeff qui se pencha vers Judy. Le tableau était désolant. Le pire ennemi des peuples du Nord s'imposait, sournois, et commençait à faire ses ravages irréversibles. L'alcool que les Indiens n'auraient jamais dû consommer s'emparait de leur raison... Plusieurs gesticulaient, cherchaient querelle et buvaient encore, d'autres, vautrés dans l'herbe, avaient perdu conscience... Quelle tristesse ! Judy se leva et sortit d'une hotte qu'elle avait placée non loin d'elle ses fioles et ses élixirs :

— Il est temps de remettre les guerriers égarés sur la bonne voie, grogna-t-elle, en tirant de longues bouffées de sa pipe. Les jeunes croient qu'ils connaissent tout de la vie, qu'ils sont invincibles et qu'il n'y a pas de limites à leurs fantasmes! Hum…

Et accompagnée de Jeff et de Romuald, elle commença de les secouer un par un, distribua des taloches avant de les faire asseoir. Elle fit avaler aux plus ivres quelques gorgées de son remède infaillible pour les dessaouler. Ce fut radical… Quelques-uns protestèrent, poussant des cris qui avaient tout du beuglement, mais Judy ne flancha pas. Elle poursuivait son travail, corrigeait les fautifs et chassait les démons qui s'étaient emparés de la jeunesse des peuples du Nord, avec une patience sans limites… Quelques-uns vomirent, d'autres se redressèrent et reprirent leurs esprits.

— Allez-vous comprendre, mes innocents, que vous ne devez pas boire? Allez-vous comprendre que si vous continuez, il ne restera que les squaws vaillantes au sein de notre peuple!

— Les squaws, tiens, les squaws, toutes les mêmes… qu'elles nous laissent donc en paix, nous, les hommes… On s'en fout…, braillait Jimmy, les cheveux en bataille.

— Si tu prenais soin d'elle au lieu de la frapper, peut-être que ta squaw serait encore près de toi, imbécile!

Myriam qui la regardait agir se demandait où la vieille femme puisait son énergie. Furieuse, elle clamait à tous ces jeunes égarés qu'ils perdaient l'esprit et que, s'ils se croyaient forts des quelques poignées de dollars qu'on leur attribuait chaque mois, ils faisaient fausse route… Au bout d'un moment, Judy revint vers Gaby:

– Gaby, ne peux-tu leur apprendre que la vie est parsemée d'embûches et que si on les évite sans en tirer une leçon, d'autres bien plus dangereuses se présenteront pour nous faire tomber...

– Je sais, répondit Gaby. Les jeunes se perdent et se perdront bien plus encore s'ils n'acquièrent pas le sens de l'effort que nous étions obligés d'avoir par la force des choses... Ils sont devenus des faibles!

Ils n'entendirent pas ses paroles pleines de bon sens, car ils cuvaient leurs excès, l'air perdu. Quant aux sages des vieilles générations, ils ne voyaient pas comment on pourrait finalement sortir de l'impasse. On tournait en rond dans des palabres qui n'aboutissaient pas. Impossible de faire l'unanimité et de déterminer une marche à suivre. Il y avait trop de dissensions parmi les braves et de moins en moins de braves. Gaby se leva et prit le chemin de la shaputuan. Un certain découragement se lisait sur son visage et ses compagnons s'étonnaient de le voir quitter le cercle avant la fin des débats. Même s'il se présentait dans deux jours devant le premier ministre, il ne savait plus comment présenter les revendications de son peuple...

– Je crois que je vieillis! confia-t-il tout bas à Jeff. Aller au bout de nos objectifs me semble de plus en plus compliqué... Nous n'obtenons pas l'unanimité!

Jeff hocha la tête. Que pouvait-il ajouter?

– Il faudra former les plus doués dans nos écoles et les envoyer à l'université...

Les heures se succédaient, et la nuit commençait à descendre. Les discussions sans fin, vives et fournies, étaient semblables au flot de la rivière quand, alimenté par les eaux de la montagne, il dévale la pente jusque dans la vallée et ne tarit jamais.

*

Quand les femmes sentirent l'épuisement s'emparer des corps et que les mots perdirent leur sens parce que l'esprit ne les habitait plus, quatre d'entre elles battirent le rappel pour inviter les plus jeunes à se coucher sous les tentes. L'ombre de la nuit boréale s'était estompée et de rares oiseaux nocturnes, chouettes ou harfangs, hululaient doucement avant d'aller se nicher au creux d'une roche, immobiles jusqu'au prochain retour de la lune. L'astre du jour, lui, avait repris sa course sans fin pendant que la rivière continuait sa promenade dans un doux clapotis. Le vent matinal soulevait les feuilles souples et longues des roseaux sous lesquelles se cachaient des colonies de canards, et les braises des feux se consumaient lentement pour ne laisser que des cendres entre les pierres noircies. Myriam, émerveillée par la couleur du ciel, admirait de tous ses yeux le profil des tipis qui se découpait à l'horizon sur un fond rose contrastant avec le bleu sombre des eaux de la rivière. Elle se laissait porter par cette atmosphère un peu irréelle, presque féerique, où tout était redevenu calme, consciente de vivre un moment historique qu'elle garderait longtemps en mémoire.

Quelques chasseurs encore solides prirent la direction de la hutte des sueurs afin de s'endormir l'esprit allégé et le corps purifié de tous les problèmes évoqués, pour lesquels on était finalement sans pouvoir de résolution. Gaby, entouré de ceux qui lui étaient les plus familiers, s'était installé à l'écart, sous un mélèze. On discutait encore et on constatait, la mort dans l'âme, que jamais on ne pourrait, si la détermination des Blancs était sans appel, arrêter les travaux sur la rivière... Jeff, Romuald et Jason avaient compris que leurs frères ne savaient pas évaluer l'impact du changement radical dont ils étaient l'objet. De nombreux Indiens, en revendiquant l'octroi de quelques millions de dollars du gouvernement, étaient persuadés de faire une excellente affaire et se réjouissaient de se convertir au mode de vie des Blancs : confort, argent facile, modernité...

— Attention, innocents, avait dit Judy à deux reprises, les esprits malins vous guettent ! Ils sont prêts à dévorer tous vos rêves qui ne sont pas ancrés solidement dans la réalité...

Chapitre XI

Ils avaient veillé durant de longues heures et parlé plus que de raison, pourtant Myriam ne sentait pas la fatigue. Elle s'éloigna de Gaby et de ses compagnons qui discutaient encore, sentant le besoin de marcher et d'apaiser son esprit tiraillé par les événements. Les effluves portés par le vent qui montait de la rivière avaient l'odeur légère des grands espaces et celle plus âcre de la terre qui se mélangeait à celles des arbres et des plantes. La flore changeante selon l'environnement et le climat confère à chaque contrée un parfum unique, reconnaissable entre tous, et Myriam y était sensible. Goulûment, elle respirait en rythmant ses pas. Son corps qui n'avait pas reposé depuis la veille était en alerte. Elle marchait vite. Depuis un bon moment, Mike avait disparu sans lui faire signe et elle avait beau le chercher du regard, observer de tous côtés, déçue, elle ne voyait sa trace nulle part. Un peu plus loin, par-delà un bosquet d'épinettes dont les troncs étaient courbés par le vent du nord, elle aperçut, qui se dessinait comme un signe cabalistique, un filet de fumée l'appelant dans cette direction. Alors, elle se dirigea vers la colline où on avait dressé la hutte de sudation. Un halo de vapeur blanche semblable à un brouillard se dégageait des parois de toile épaisse, mais nul bruit ne perçait le mystère de ce qui se passait à l'intérieur. Myriam s'approcha encore et s'allongea sur le sol jusqu'à coller son oreille à la toile. Rien ou si peu de chose attestait d'une présence. Pourtant, le son d'une respiration lui parvint, puis d'autres qui formaient comme une mélopée. Elle mourait d'envie de savoir comment se déroulait cette expérience dont on lui avait parlé en maintes occasions, et qui se pratiquait couramment… Elle savait qu'on entrait nu dans la tente rituelle où l'on maintenait une chaleur humide, étouffante, en aspergeant d'eau les pierres chauffées à blanc sur lesquelles on avait répandu des aiguilles d'épinette. Un sentiment de crainte la retenait. Hésitante, elle sentait son cœur battre comme celui d'une fillette prête à accomplir un acte répréhensible et, de plus, sa pudeur naturelle se rebellait à l'idée d'ôter ses vêtements et de soulever le lourd battant qui servait de porte pour s'introduire au milieu des braves, démasquant d'un seul coup ses formes. Y avait-il des femmes dans la hutte ? C'était peu probable. Les femmes qui veillaient encore étaient auprès des enfants. En faisant quelques pas de plus, elle aperçut, discrets, deux ou trois petits tas de vêtements soigneusement roulés près des chaussures, enfouis sous des genévriers. Devait-elle entrer ? Dilemme… Les principes ayant guidé son éducation la poursuivaient et tout ceci lui semblait être une aventure trop lourde de conséquences pour la tenter maintenant, sans préparation préalable. Elle s'assit dans l'herbe à proximité, contemplant les variations des couleurs du ciel, moins intenses au fur et à mesure que l'heure avançait. Au bout de quelques minutes, des halètements rythmés lui mirent l'ouïe en alerte, puis, sans qu'elle l'ait prévu, un homme sortit, entièrement nu, et dégringola la colline vers un endroit connu de lui seul. Elle le regardait disparaître, lorsqu'à sa grande surprise Mike dans le même appareil fit son apparition et se redressa de toute sa hauteur. Il avait le corps luisant, la peau dorée, et les cheveux collés aux tempes sous son bandeau de couleur vive. Myriam ne put s'empêcher d'admirer les proportions magnifiques de ses épaules larges, de ses hanches fines et de ses muscles bien découpés. Son œil n'esquivait rien, mais en même temps elle se sentait coupable de dérober à son insu ces images qui appartenaient à l'homme. Il était beau à voir. Et même si elle ne souhaitait pas l'observer, son sexe se dressait, libre et vivant comme un appel à l'amour. Elle lui fit un petit signe de la main, mais, absorbé dans ses pensées, il ne la vit pas et descendit jusqu'à la rivière d'une démarche longue et souple avant de plonger et de disparaître pendant quelques secondes jusqu'au milieu du courant. Alors, sans hésitation, sans se poser de questions, elle décida de le suivre et hâta le pas.

Lorsqu'elle fut sur l'étroite bande de sable qui frangeait le lit de la rivière, elle laissa glisser ses vêtements un par un et, nue elle aussi, se laissa couler dans les flots. Mike ne l'avait toujours pas vue. Concentré, il savourait les contrastes qu'offrait à ses sens la succession du chaud et du froid et nageait à perdre haleine. Par intermittence, des bruits de voix arrivaient du camp, portés par la brise, et aussi les cris des oiseaux caquetant, à la recherche du poisson. Quant à Myriam, la température de l'eau, presque gelée, la surprit et lui donna la chair de poule, la faisant suffoquer pendant deux ou trois secondes. Le temps qu'elle s'habitue au froid qui pénétrait chacune de ses cellules et qu'elle reprenne la souplesse de ses mouvements,

Mike était loin devant elle, remontant le courant avec une force exceptionnelle. Elle avançait dans sa trace mais, bien qu'elle eût toujours été une excellente nageuse et qu'elle le soit encore, elle ne put maintenir le rythme effréné du jeune homme. Persévérante, Myriam continuait de vouloir le rattraper, ne serait-ce que pour le surprendre, et mesurait leur écart en accélérant ses mouvements. Mike dans l'eau était étonnant, car il possédait l'agilité du saumon combinée à la puissance de la baleine. Il poursuivait sa course sans savoir qu'il était suivi…

Un peu plus loin, la rivière formait un coude, et, au milieu de l'eau, des tourbillons créés par des roches qui affleuraient survenaient, imprévisibles. Mike, dans son élément, savait déjouer les pièges de quelques coups d'épaule pour en sortir allégrement, mais Myriam, plus frêle, affaiblie par une longue veille, forçait et s'essoufflait. La distance entre eux s'étirait et la jeune femme qui commençait à se fatiguer surveillait Mike de loin en loin. Quand le lit de la rivière s'élargit pour devenir une baie plus calme, elle vit à intervalles réguliers le haut de sa tête émerger. Il provoquait à chacune de ses avancées quelques vaguelettes qui suivaient le mouvement puissant de ses jambes et laissaient derrière lui une traînée mouvante. Myriam perdait du terrain. Elle s'efforçait d'aller plus vite et il s'éloignait encore… Aux limites de l'épuisement, elle pensa à abandonner et à se laisser porter vers la rive lorsqu'un remous plus puissant que les autres et qu'elle n'avait pas vu la prit en son centre. Tirée vers le bas, désorganisée, elle eut beau résister, ce fut peine perdue. Ses gestes mal coordonnés n'avaient plus d'assise et son corps se débattait, entraîné dans les soubresauts de la masse d'eau qui dévalait contre elle. Sa cuisse droite cogna sur la crête d'un rocher tranchant et, sous le coup de la douleur, elle faillit perdre connaissance. Tous ses muscles raidis refusaient d'obéir. Ses lèvres se crispèrent quand elle vit avec effroi qu'elle était entraînée malgré elle dans la mauvaise direction, ballottée comme une simple coquille de noix. Alors, paniquée, elle se mit à hurler de toutes ses forces, tandis que le rythme de son cœur s'accélérait. Myriam ne reconnaissait pas sa propre voix. Elle hurla encore, ne sachant plus si le son sortait de sa bouche ou s'il n'était qu'un effet de son imagination et de sa volonté. Propulsée dans la direction opposée à celle qu'elle s'était fixée, elle recommença à crier, à pleins poumons, et en même temps des paquets d'eau qui lui arrivaient au visage la faisaient manquer de souffle. Elle suffoquait, mettant tout ce qui lui restait d'énergie à maintenir le plus possible sa bouche hors des flots… Tandis que Myriam croyait sa dernière heure arrivée, Mike nageait.

Lorsqu'il était sorti de la hutte, ruisselant de sueur, il avait éprouvé le besoin de plonger son corps dans la rivière et de se laisser aller dans ses eaux froides, longtemps, comme il était coutume de le faire. Il pensait au grand conseil qui s'achevait sans avoir soulevé un enthousiasme unanime chez ses frères de race. Personne n'avait eu la voix assez puissante pour entraîner les communautés à faire un blocus total sur le site du barrage. Même Gaby n'avait rien pu faire de tangible. C'était prévisible! Désappointé, certes, il l'était, mais il gardait espoir. Des ententes générant des retombées positives pour les Indiens dans un avenir plus ou moins rapproché seraient conclues, Mike voulait encore le croire… La journée commençait avec un parfum de paradis. Concentré sur la beauté qui l'entourait, il plongea. L'eau fit frissonner sa peau. Instantanément, ses pensées se diluèrent pour laisser place à un bien-être qui envahit ses muscles et ses artères. Une sorte de jouissance, de celles qui surviennent quand on est en paix avec soi-même, déferla dans tout son être. Le sentiment d'être débarrassé du poids énorme de ses préoccupations et d'être devenu léger l'envahit. Depuis tout à l'heure, il avait perdu Myriam de vue et c'était peut-être mieux ainsi puisque rien ne semblait pouvoir les réunir malgré leur attirance réciproque. De ses membres, il donnait de vigoureuses poussées qui accéléraient sa vitesse. Ses bras le propulsaient contre la force opposée du courant et ses cuisses et ses jambes de concert lui frayaient un passage rapide. Mike aimait nager et il connaissait bien la rivière. Un peu plus haut, à environ cinq cents mètres en amont, les chutes dévalant en rapides obligeaient les Indiens à porter leur canot sur une bonne distance. Leur vacarme assourdi parvenait jusqu'à lui comme un bourdonnement... Mike connaissait bien la topographie des lieux, avec les détours et les difficultés qui s'y rencontraient. Les sens en éveil, gouverné par la puissance de ses muscles, il évitait de se faire aspirer par un de ces dangereux remous qui parsèment les flots à certains endroits et vous mettent en danger. Tout à coup, il crut entendre un cri. Instinctivement, il ralentit son allure et tendit l'oreille. Le cri résonnait sur la surface de l'eau et, sans aucun doute, émanait de la rivière, en aval. Il arrêta sa course et tourna la tête. Ce n'était plus un cri, c'était un hurlement... La voix lui fit penser à celle d'un enfant. Puis, plus rien. Quelqu'un était en difficulté! Il eut tôt fait de se retourner et de foncer en sens inverse pour rattraper celui qui, sans doute inconscient des pièges, avait présumé de ses forces…

— Tiens bon, j'arrive! hurla-t-il à son tour, sans savoir à qui il s'adressait.

Vite, encore plus vite! Maintenant qu'il nageait dans le courant de la rivière, sa vitesse était décuplée. Son souffle s'accélérait. Là-bas, la tête avait disparu. Il appela encore pour que l'autre n'abandonne pas la lutte. Courage! Il approchait. Le sommet de la tête réapparut. Une forme familière, une femme… Son sang ne fit qu'un tour quand il reconnut Myriam. Alors, en un éclair, une énergie, qui ne survient que devant l'imminence d'une catastrophe, s'empara de lui, décuplant ses perceptions et gouvernant ses moindres gestes. Avant de plonger, il s'entendit lancer:

— Tiens, bon! Myriam, tiens bon…

Il donna des jambes une poussée plus vigoureuse encore, puis une autre, et, s'approchant enfin, il enlaça Myriam qui flottait entre deux eaux, incapable de refaire surface. Il était temps! Mike la souleva en nageant de toutes ses forces et, pour la maintenir au-dessus de l'eau, mit les bras autour de son cou.

— Accroche-toi… Serre!

Il fallait atteindre le rivage… Mécaniquement, il coordonnait ses mouvements. Mû par une volonté instinctive plus forte que sa raison, il regagna la berge à toute vitesse. Myriam était en état de choc. Agrippée à ses épaules, docile, elle se laissait emporter, la tête ballottante, le corps au-dessus du niveau de l'eau, heureuse d'être dans cette position inconfortable après avoir frôlé la noyade. Lorsqu'ils eurent atteint le rivage, trempés l'un et l'autre, nus et enlacés, si bien serrés qu'ils ne formaient plus qu'un enchevêtrement dégoulinant sur le sable, Myriam, toute pâle, prise de spasmes, se mit à pleurer. L'incident l'avait chavirée et, de fait, il aurait pu avoir des répercussions si graves qu'il valait mieux ne pas en évoquer tous les détails. D'ailleurs, elle n'en avait pas la force. La réaction ne s'était pas fait attendre. Elle claquait des dents et sa peau, à cause de la frayeur qu'elle avait eue, se hérissait, parcourue de petits tremblements. Elle avait froid. Mike la souleva de nouveau et la porta un peu plus loin, à l'abri d'un rocher, sur un terre-plein où l'herbe était abondante et il l'encercla de ses bras, à la fois inquiet et heureux. Penché au-dessus d'elle, sous le coup de l'émotion, émerveillé de la voir en vie et ainsi offerte, Mike lui caressait les cheveux en murmurant :

— Chérie, que s'est-il passé ?

Et il sentait son désir d'elle devenir si ardent qu'il ne pouvait plus le contenir.

— Pardon, pardon…, dit-elle, en se blottissant contre sa poitrine, obsédée par l'idée qu'elle avait commis une bêtise.

— Ne demande pas pardon, mon amour ! Dis-moi, que s'est-il passé ?

— Je voulais te surprendre…

Et en prononçant ces paroles, elle se mit à rire, consciente de l'ironie du destin. La surprise était à l'opposé de celle qu'elle avait escomptée. Il prit son visage entre ses mains et sourit lui aussi, en la couvrant de baisers. Des couleurs lui revenaient aux joues, la chaleur se répandait dans son corps. C'était bon ! Elle mit les bras autour de son cou et lui rendit ses baisers, émue et conquise. Tout doucement, Myriam reprit ses esprits, se laissant aller à ce bonheur inespéré. Puis, timidement, comme on prononce un mot défendu, elle murmura :

— Mon amour…

Il fondit sur elle pour dévorer les mots magiques qu'il entendait de sa bouche pour la première fois. Myriam pleurait de joie maintenant, vaincue, prisonnière de ce qu'elle avait souhaité sans oser se l'avouer. Mike l'embrassait encore, il buvait ses larmes, parcourait tout son corps avec ses lèvres pour la faire revenir à la vie, pour la réchauffer de sa tendresse, pour la connaître tout à fait… Leurs souffles s'accordaient, se réunissaient et se mêlaient. De ses doigts, il caressait les mamelons dressés, découvrait le creux de ses aisselles et s'y attardait, tâtait la courbe gracile de sa nuque, s'emparait de ses oreilles et revenait à sa bouche avant de serrer sa taille, puis de descendre au creux de ses hanches et de flâner au plus sensible de son ventre, dans le foisonnement mystérieux et brûlant qui s'ouvrait entre ses jambes et n'attendait que lui. Elle gémissait, le caressait elle aussi, explorait la fermeté de chacun de ses muscles et se donnait à lui sans retenue et Mike la prenait sans réserve, se mêlait à elle dans une communion parfaite. Myriam, celle qu'il aimait et qu'il avait attendue patiemment, désespérément et ardemment, était enfin dans ses bras et il jouissait de leur étreinte comme s'il la connaissait depuis toujours. Plus rien ne comptait que cet instant chargé d'éternité, plus rien n'existait autour d'eux. Dans le ciel, deux aigles majestueux faisaient lentement leur ronde dans l'espace, participant de loin à la perfection de l'instant. Le quotidien, les questions existentielles, les contradictions et les paradoxes, les peurs et l'oppression de cette morale bourgeoise à laquelle Myriam aurait dû continuer d'obéir, tout avait disparu, s'était envolé, dissous, effacé. La merveilleuse attraction, la fascination auxquelles ils avaient si longtemps résisté s'exprimaient dans le silence de leur passion attisée par le danger qu'ils avaient éprouvé. L'un et l'autre lui laissaient libre cours, muets, pour mieux ressentir la subtilité d'un monde qu'ils créaient ensemble à cet instant, un univers de sensations où se fondaient toutes les nuances de volupté. Ils s'aimaient et n'en finissaient plus de parler le langage des amants. Ils savouraient les sommets d'un bonheur décuplé par l'abandon.

— Ta peau est douce, hasarda Mike au bout d'un long moment, j'adore tes courbes…

— Moi aussi, j'aime ton corps…, répondit-elle à mi-voix.

Ils n'étaient nulle part sur cette Terre, mais en un pays inconnu, tracé par leur amour et par leurs caresses, délivrés de la marche du temps. L'agitation du monde avait repris son cours, très loin, hors de leur espace… Réunis, ils vibraient dans un plaisir plus grand que tout ce qu'ils avaient connu, dessinant l'avenir par l'intensité de leur passion. « Je t'aime… » Les mots magiques, répétés à l'infini, amplifiaient leur joie ; prononcés sur tous les tons, murmurés, ils se succédaient comme un chapelet sans fin, à la fois monotone et varié, enfoui au cœur de leur intimité… La vie avait eu pitié des hésitations de Myriam et de Mike et leur offrait, conséquence d'un incident a priori dramatique, des minutes irremplaçables qu'ils n'attendaient plus. La journée était déjà bien avancée quand ils s'éveillèrent à ce qui se passait alentour. Lorsque Myriam ouvrit les yeux après s'être assoupie, Mike la contemplait, heureux.

– Je crois que j'ai rêvé, dit-elle, avec un sourire attendri.

– J'ai fait le même rêve que toi…, chuchota-t-il à son oreille.

Et en posant les mains sur son ventre qui frémissait, encore parcouru par l'allégresse de leurs ébats, elle eut une nouvelle montée de plaisir et aperçut dans le regard de Mike un éclat et une profondeur qui révélaient ses sentiments. Quand leurs yeux se rencontrèrent, la beauté du monde s'y dessinait à l'infini. Ils étaient nus. Leurs vêtements étaient quelque part, là-bas, non loin des derniers tipis et de la hutte rituelle.

– Qu'allons-nous faire maintenant? gémit soudain Myriam.

La question était vaste. La morale qui convient aux femmes mariées voulait s'imposer et son éducation bourgeoise la rattrapait. Sans ses vêtements, elle se vit soudain dépossédée de tout et une pointe d'inquiétude la tenailla d'autant plus que la situation les obligeait à se cacher. Myriam, qui, en ces instants, avait abandonné ses références habituelles, se sentit perdue. Tout à coup, redevenue une petite fille gauche et maladroite, elle chercha la main de Mike, comme on cherche un support pour éviter une chute. Comme elle l'avait fait jadis au Mexique. Mike garda sa main dans la sienne. Il avait compris:

– D'abord retrouver nos vêtements! dit-il. Ensuite, c'est toi qui dois décider, chérie, de ce qui adviendra de nous…

Elle leva vers lui des yeux étonnés. À ce moment-là pour elle, leur destin était tracé et leur union était forgée à jamais. Lui, il tenait pour acquis que, même après ce miracle, la partie n'était pas gagnée. Il savait bien, pour l'avoir vécu, ce qu'on éprouve lorsque la vie vous pousse en un milieu où tout est différent et il connaissait la puissance des liens antérieurs… «À la racine de nos désirs, des résistances plus fortes que la volonté s'élèvent et fusionnent savamment avec ce que nous voudrions changer. La culpabilité s'en mêle…», se répétait-il. Il savait aussi que rien ne s'acquiert définitivement, et qu'il est bien fou celui qui croit avoir gagné sur l'impermanence des choses… Penché vers elle, il caressait encore ses cheveux et songeait avec un brin de mélancolie que Myriam avait un mari et trois enfants qui ne pouvaient sous aucun prétexte s'effacer de son chemin. «Une fois revenue dans le circuit quotidien, pensa-t-il avec sagesse, Myriam serait-elle prise de regrets et de remords et ne lui en voudrait-elle pas?» Il savait que, même si on veut briser les barrières, certaines ornières creusées par les expériences passées nous font trébucher. Et puis, tout s'était déroulé si vite : comme dans ce tourbillon qui allait l'emporter! Il avait sauvé Myriam pour plonger avec elle dans les abysses d'un autre gouffre, aussi dangereux : celui qui leur avait fait perdre pied et leur avait révélé leur amour coupable…

Là-bas, on entendait des rires et des éclats de voix sur le chemin du village et l'on voyait des silhouettes s'agiter autour des camions. Ceux qui étaient venus de toutes parts songeaient à prendre le chemin du retour. On s'affairait. À pas de loup, comme s'ils avaient commis un larcin, Myriam et Mike longèrent la berge pour revenir où étaient leurs vêtements et reprirent bien vite leur aspect habituel. Avec précaution, comme pour éviter qu'on devine ce qu'ils avaient accompli avec tant de fougue, pudiques, ils s'éloignèrent l'un de l'autre. Deux canots remplis d'enfants remontaient la rivière et glissaient sur l'eau avec un clapotis que couvraient les éclats de leurs voix. Ils firent de grands signes. Quand Mike et Myriam arrivèrent aux abords du village, Gaby et ses compagnons de fortune s'exclamèrent :

— Vous voilà, vous deux, on vous cherchait !

— Vous étiez bien cachés, sais-tu ! fit Jeff en relevant la tête.

Au loin, les chutes de la Waswanipi continuaient à gronder, impassibles devant la menace qui pesait sur leur cours que jamais encore les hommes n'avaient réussi à transformer. Myriam se réjouit d'être encore en vie. Ses yeux rencontrèrent ceux de Mike. Sans se concerter, tous deux se posaient la même question, celle de leur avenir.

*

Myriam laissa Mike retourner auprès des hommes, sans insister pour se joindre à eux comme elle le faisait ordinairement. Elle lui lança un discret :

— Bye !

Il répondit en la dévorant des yeux avant de s'esquiver. La plupart des braves étaient occupés à démonter les tentes et à emballer le matériel pour lever le camp. Myriam se réfugia dans le tipi des mères où plusieurs femmes riaient en préparant le prochain repas et où Judy, de bonne humeur, accaparait l'espace autour du poêle. Marie, Yvonne et les autres plaisantaient et Myriam leur enviait cette sorte de gaieté qui surgissait à tout propos, conjuguée à la douceur dont elles faisaient usage vis-à-vis de leurs enfants. De fait, des galopins aux yeux noirs et aux cheveux en bataille, le ventre affamé, tournaient autour de leurs mères en réclamant un goûter. Pendant ce temps, Judy, qui n'avait pu s'empêcher de recueillir des quantités d'herbes, pressée de les transformer en élixir, maintenant armée d'une immense braoule, faisait mijoter ses mélanges et surveillait la consistance de chaque décoction. Myriam la regardait faire et admirait la précision avec laquelle elle choisissait et taillait ses bouquets avant de les plonger dans un des chaudrons, son indispensable pipe collée au bord des lèvres :

— Ce sont des sortes de prêles inconnues autour de Montréal…, expliqua-t-elle tout à coup. Ceux qui souffrent de la longueur de l'hiver en auront besoin…

— Je peux t'aider ? demanda timidement Myriam.

Judy posa sa pipe, hocha la tête et lui décocha un rire moqueur derrière les nuées blanchâtres et les vapeurs qui flottaient autour d'elle. Un fichu bien serré sur son front retenait ses cheveux blancs et dégageait l'éclat de ses yeux vifs. Son regard aigu scintillait au-dessus de ses pommettes toutes ridées, transperçant le voile de mystère dans lequel Myriam tentait de s'envelopper pour cacher son émoi :

— Je crois plutôt que c'est moi qui peux te remettre d'aplomb, mon petit, cria-t-elle. Tu as l'air de quelqu'un qui est passé au travers d'un chaud et froid, qui ne connaît plus sa direction…

Un peu interloquée par la justesse de sa déduction, Myriam s'approcha en chassant les volutes de fumée. Évidemment, elle n'avait dit mot de ce qui s'était passé dans la rivière… Judy lisait-elle donc dans les esprits et sur les visages ? De surprise, Myriam faillit trébucher sur une pierre plate et se sentit rougir :

— Ce serait plutôt un froid et chaud, fit-elle à mi-voix.

Encore bouleversée, elle ressentait l'effet des caresses de Mike, comme s'il était encore là, présent en elle, avec elle... Judy l'observait toujours et Myriam, troublée, sentait le rayon de son regard se promener sur sa peau :

— Tu as les yeux brillants qu'ont les femmes amoureuses..., grogna la sorcière, en se penchant brusquement au-dessus de ses bassines.

Étonnée, Myriam ne sut quoi ajouter et questionna la vieille en pâlissant :

— D'où te vient cette façon de lire au fond des êtres ?

Alors Judy, d'ordinaire avare de ses mots, prit sa voix tonitruante :

— La vérité, mon petit, c'est que je lis en toi comme dans un livre, car il est un langage plus explicite que les paroles qui s'inscrit autour de nous !

Myriam, déjà fascinée par les façons de la vieille femme, l'était plus encore par son discours.

— La parole est superficielle et lorsqu'elle est trop fréquente, elle restreint les autres langages...

— Les autres langages ?

— Parler, faire des discours, c'est le langage de la tête, mais le vrai langage, celui qui transparaît autour de nous et qu'on peut lire...

— Quel est ce langage-là ? fit Myriam avec une toute petite voix.

— Celui du cœur !

Judy avait crié si fort que les murs de toile se mirent à trembler et que ses chaudrons, de concert, bouillonnèrent et tintèrent de plaisir. Alors, elle leva les bras comme pour souligner cette grande évidence. Tout autour, les femmes et les gamins, habitués à l'entendre lancer ses mots comme un volcan en éruption lance des jets de pierre, continuaient à jaser sans s'émouvoir.

— Comprends-tu ? interrogea encore la sorcière en revenant vers Myriam.

— Pas vraiment, fit celle-ci, penaude.

— Écoute-moi bien, fillette…

Myriam tressaillit.

— Je comprends ce que tu ne dis pas et que ton corps exprime malgré ton silence : c'est le langage le plus important, souviens-t'en toujours !

En disant cela, elle pointait le bout de sa pipe sur le front de Myriam. Celle-ci avala un rond de fumée et se mit à tousser.

— Écoute-moi, ordonna-t-elle, on peut facilement voir et entendre le langage des personnes, des animaux et même des choses, mais il faut lire plus loin que la parole ! La parole est un écran qui nous sert à cacher le vrai discours, et on appelle ça les bonnes manières !

Judy fit une pause, fronça les sourcils et frotta ses mains sur le chiffon qui lui servait de tablier.

— Et toi, questionna timidement Myriam, sais-tu tout cela parce que tu es…

— Une sorcière ! Une sorcière !!! Non, fillette, je ne sais pas tout ça parce que je suis une sorcière, c'est l'inverse : c'est parce que je comprends ça que je le suis devenue… Être une sorcière, ma fille, c'est tout simplement être ouverte aux choses qu'on ne voit pas d'ordinaire ! C'est être à l'écoute du monde pour sentir, ressentir, ne rien refermer et savoir lire le vrai langage, celui du cœur…

Myriam était suspendue aux lèvres de celle qu'elle avait crue folle quelque temps auparavant et Judy, tout en maugréant, fière de l'intérêt que son explication suscitait chez sa nouvelle élève, continuait :

— Tu sais que les animaux ont un odorat très développé, tiens, les chiens…

Et Judy montra de son index tendu les chiens qui, autour de la shaputuan, flairaient le sol à la recherche de quelques restes du repas.

— Ils flairent et sentent ce que nous, nous ne sentons plus ! Pourtant, ce qui les guide existe, n'est-ce pas ? Mais c'est subtil !

Elle tira sur sa pipe et grommela quelques mots dans sa langue maternelle en observant les réactions de Myriam :

— Parfois, c'est l'ouïe ou la vue qui est surdéveloppée chez un être… Tout dépend de son adaptation à la Terre… Hé bien, la sorcière, elle, capte tous les signaux qui s'en dégagent et lui parviennent, et elle traduit leur langage…

Judy balança le torse en secouant la tête et lâcha au centre de la tente une incroyable salve de rires. Les enfants, effrayés par tant de vacarme, en profitèrent pour prendre leurs jambes à leur cou et, comme une volée d'étourneaux, disparurent derrière le rideau d'épinettes le plus proche.

— Être une sorcière, ce n'est pas si compliqué…, fit-elle encore un peu plus doucement, c'est avoir le courage d'entendre et de voir tout ce qui passe ! Ne pas être dupe…

Le temps était venu pour Myriam de comprendre ce discours. Assiégée depuis le matin par toute une gamme d'émotions, elle était comme une boule de pâte bien pétrie dont le levain commence à fermenter. Tout en elle bougeait, se déplaçait et se transformait. Et elle suivait le mouvement sans trop savoir quelle en était la destination finale.

— Dis-moi, Judy, ma mère Kateri, tu l'as connue?

— Nous y voilà! Ta mère, mon petit, oui, je l'ai connue… Bien connue! Je suis venue la voir et l'assister quand, revenue à Kanesataké, elle ne savait même pas qu'elle guérissait tous ceux qui l'approchaient… Une vraie guérisseuse! Une vraie bonne sorcière, Kateri…

Judy se rapprocha de Myriam, de plus en plus émue, et lui prit la main. Face à face, les deux femmes, moulées par la vie dans deux mondes opposés, l'une, instruite, jeune et belle, l'autre, vieille, sans scolarité et usée par les ans, s'assirent au fond du tipi. Alors, il s'établit entre elles une complicité particulière. Tout devint limpide et une joie immense éclata dans la poitrine de Myriam. Elle comprit ce qu'avait été l'exil de sa mère Kateri et le martyre qu'on lui avait fait endurer. Désormais elle serait capable de garder dans son cœur ses deux mères, Maguy et Kateri… Devrait-elle choisir entre les deux? «Non, se dit-elle à l'instar de Gaby, on ne réécrit pas le passé, on l'accepte pour s'en délester…» Judy, désormais bavarde, sentit le moment venu de transmettre à Myriam le fondement de son histoire. Elle lui parlait maintenant sans retenue:

— Quand elle est partie travailler chez les Blancs et qu'elle s'est donnée à son grand amour, ta mère avait déjà le «don»… Elle le portait en elle depuis toujours.

Mais là-bas, dans la grande ville, ils l'ont si bien empêchée de le cultiver, que le don est resté silencieux, comme bâillonné, comprends-tu?

— Et alors, que s'est-il passé?

— Elle, si sensible, a vécu une véritable torture quand, à peine née, on t'a enlevée à elle!

— Mais pour quelle raison? Pour quelle raison? murmura Myriam avec tristesse. C'est inconcevable!

— Elle t'aimait tant, ta maman…

Myriam fondit en larmes.

— Dans le monde des hommes, les choses sont devenues trop compliquées. La loi du plus fort prend le pas sur la loi du cœur, et ceux qui ont le pouvoir se croient obligés de simuler la sainteté pour régner, plutôt que de rester simples et d'avouer leurs limites, comme s'ils n'avaient pas les mêmes besoins ni les mêmes penchants que les autres… L'escalade de la simulation perd les créatures humaines…

Elle dit bien haut la dernière phrase en détachant chacune des syllabes. Myriam se recula un peu:

— Alors?

— Alors, ton père le Cardinal, devant qui tous s'agenouillaient, a paniqué en découvrant les conséquences de sa nature humaine!

— Les conséquences?

— Lui qui prétendait passer pour un saint et qui ne devait pas déroger à loi du célibat, il a voulu faire disparaître la preuve de son amour charnel pour ta mère…

Un trop-plein d'émotions fortes exacerbait la sensibilité de Myriam à l'évocation du rôle de son père. Pourtant, elle voulait connaître la version de Judy dans son entier:

— Et?

— Et c'est elle qui en a subi toutes les conséquences! D'une petite Indienne amoureuse et candide, elle est devenue soudain une pauvre malheureuse sur qui le sort s'est acharné: tous l'ont rejetée, au mépris de la voix du cœur… Son malheur était si grand, quand elle t'a perdue, qu'elle a perdu la tête! Alors, le don est resté muet pendant longtemps… Il ne pouvait plus se faire entendre. Mais elle, Kateri, n'avait pas perdu son cœur pour autant! Quand on l'a retrouvée grâce à Pierrette, sa tête était ailleurs, mais son cœur et ses mains ont fait ce qu'ils avaient à faire, ce pourquoi elle était née, même si la souffrance avait cassé en elle des choses qu'on ne pouvait plus réparer…

Myriam tout doucement, comme on rend les armes après un dur combat, posa la tête sur l'épaule de Judy et la bonne sorcière, émue, lui caressa les cheveux comme on caresse un enfant. Des sanglots se bousculaient dans la gorge de la jeune femme:

— Crois-tu que je fais bien de vouloir rester parmi vous?

Les yeux de Judy brillaient plus encore:

— Toi seule, mon petit, connais la réponse… Ta vie t'appartient et nulle autre que toi ne peut décider quelle sera la direction à suivre…

— Ai-je fait tout cela pour rien?

— Certainement pas! Tu as fait cela pour que deux mondes qui sont aux antipodes se rejoignent sur la Terre qui est notre mère à tous… À l'heure qu'il est, tu vis un grand charivari, mais tu dois attendre que tout cela se place dans ton cerveau, qu'il le digère en quelque sorte… Laisse le temps faire les choses!

Myriam qui avait fait tout ce périple avec son oncle et ses amis pour retrouver l'âme de ses ancêtres et soutenir ses frères de race ouvrait son cœur et savait désormais que les êtres humains sont tous, sans exception, faits de la même pâte... Elle avait exploré le passé. À elle maintenant de se tourner vers l'avenir et de le dessiner à l'aide de sages décisions! Quelles que soient ses origines, elle devrait s'attacher à devenir simplement elle-même...

«Simplement moi-même... Simplement moi-même...» La petite phrase lui tournait dans la tête. Alors, sentant le besoin de réfléchir un peu, de faire le point sur les changements, les chambardements qui la déstabilisaient, elle embrassa Judy sur les deux joues, se leva et sortit de la shaputuan, pour aller marcher le long de la rivière. La sorcière la suivit du regard en écrasant discrètement une larme qui perlait au coin de ses yeux, puis se remit à cuire ses décoctions en silence. «C'est dans la solitude qu'on sent où est notre destin, se dit-elle. Si tous nos enfants pouvaient être de cette trempe, le futur de la Terre des hommes serait lumineux...»

CHAPITRE XII

Laurent écrasa sa cigarette et griffonna quelques notes qui consolideraient la preuve dans le dossier de la cellule Chénier. Il fallait en finir avec cette histoire. Ces jours-ci, il y avait beaucoup de va-et-vient dans le bureau et, de plus, à cause des protestations et des plaintes que les avocats des Cris intentaient contre Hydro-Québec pour faire suspendre les travaux de la Baie-James, on perdait du temps... Le premier ministre qui lui avait téléphoné le matin même était dans tous ses états et continuait d'avancer vers ses objectifs d'une main ferme tout en essayant de négocier la paix. Laurent relut le texte des dernières requêtes qui démontraient la bonne cause du défendeur, son client, et demanda à Paula de lui préparer du café. Il était incapable de se concentrer! Il n'y voyait plus clair et n'arrivait pas à définir quelle était la meilleure stratégie. Il bougonna: «Ça n'est vraiment pas le moment que je perde le fil!» Jamais il n'avait ressenti autant de fatigue et jamais il n'avait eu entre les mains des causes plus délicates à régler. Pas question de prendre des vacances, il fallait tenir! Ses nuits étaient devenues un enfer et ses journées étaient pénibles. Quand il se couchait, persuadé de ne pas s'endormir avant de longues heures, sa nervosité accentuait le phénomène de l'insomnie. Incapable de faire tomber la pression qui bouillonnait dans sa tête, Laurent avait beau essayer de se détendre, suivre toutes les recettes que sa mère lui proposait, il ne parvenait jamais à se calmer. Le pire était de sentir son malaise s'amplifier de jour en jour. Quelquefois, au milieu de la nuit, il se réveillait en sursaut, le front en sueur et les yeux brûlants, et même s'il se retournait dans tous les sens et changeait de position, il ne se rendormait plus jusqu'à l'aube. Alors, au petit matin, vaincu par des monstres oniriques qui se nourrissaient de sa volonté et de sa détresse, il se levait, pénétrait dans la chambre des petits à pas de loup, comme sa femme l'aurait fait. Là, un peu hébété, il les contemplait tour à tour, puis au bout de quelques minutes, quand il avait constaté que tout était paisible, que Guillaume, Laurence et Lydia dormaient, rassuré, il allait chercher dans l'armoire à pharmacie quelque remède pour tenter de faire taire ces divagations nocturnes qui, désormais, le hantaient et qu'il ne parvenait pas à chasser.

Homme marié, Laurent ne supportait pas la solitude que Myriam lui faisait subir et qui écornait douloureusement son amour-propre. Généralement, durant les heures d'insomnie, il se contentait d'avaler deux aspirines, mais depuis quelques jours, Dieu merci, il y avait un remède plus efficace : il ingurgitait des comprimés de tranquillisants que sa mère lui avait recommandés, les ayant testés pour elle-même. Ces pilules lui étaient arrivées fort à propos. Le seul inconvénient était que, le matin, il devait en avaler d'autres pour contrer leurs effets, remettre son esprit sur les rails, sortir de la torpeur qu'elles avaient engendrée. Car pour être endormi, il l'était plus que de raison, avec la bouche pâteuse et le cerveau ramolli... Et lorsque sonnait son réveille-matin, à l'heure coutumière, il lui arrivait de ne pas l'entendre pendant de longues minutes. Soudain il sursautait et voyait surgir la tête de Guillaume sur le bord de son lit. Son fils le secouait et lui disait :

– Réveille-toi, petit papa ! Réveille-toi...

Lui qui avait toujours été matinal, il ne se reconnaissait plus. Il se frottait les yeux, prenait son fils par la main et descendait avec lui préparer le déjeuner pour « les filles » qu'il laissait patauger dans la baignoire. Guillaume, fier d'être le complice de son père, mettait toute son ardeur à disposer sur la table les céréales, le lait et les bols de chacun.

Ces derniers temps, l'absence répétée de Myriam, les soupçons que Laurent nourrissait à son égard, tout cela drainait son énergie et lorsqu'il lui arrivait de se voir dans un miroir en faisant sa toilette, sans vouloir se l'avouer, il prenait peur devant son image, plus terne de jour en jour. Ce matin-là, Laurent était au bureau et Myriam lui avait annoncé quelques minutes plus tôt qu'elle était en route vers Montréal. Il posa son stylo, se leva pour consulter le calendrier suspendu au mur et compta les croix qu'il avait faites depuis le jour de son départ : plus de dix jours que sa femme était absente. En fin de semaine, on serait au début du mois de juillet. Il l'attendait. Il l'attendait à en être obsédé... L'attente le dévorait et pourtant, en même temps, il aurait souhaité qu'elle parte, qu'elle ne revienne plus, elle qui ne savait pas se tenir à sa place ! Laurent, en pleine contradiction, guerroyait contre lui-même et laissait ses pensées osciller d'un extrême à l'autre, entre l'amour qu'il vouait à Myriam et le courroux que son attitude soulevait en lui. Il regarda sa montre et décida sans préavis que, même si l'heure n'était pas venue de plier bagage, il quittait le bureau.

«Elle devrait apparaître d'un moment à l'autre, marmonna-t-il pour lui-même. Je passerai chercher les enfants plus tôt que d'habitude et ainsi Myriam aura une belle surprise lorsqu'elle mettra le pied dans la maison...»

Car finalement, il fallait bien l'avouer, il détestait cette atmosphère de défi et de querelle qui s'était installée entre eux et il aurait aimé parler à cœur ouvert avec elle, mais il lui était impossible de savoir par quel bout s'y prendre pour arriver à ses fins. Laurent voulait être rassuré, il voulait par-dessus tout entendre Myriam lui dire qu'elle l'aimait encore et il voulait aussi lui faire promettre d'obtempérer à ses demandes au lieu de faire la folle avec une bande de Sauvages! Une bande de Sauvages... Et voilà, à cette simple évocation, sa tête s'emportait de nouveau et la douleur qui le tenaillait au creux de l'estomac resurgissait pour ne plus le lâcher. Il ferma son dossier et s'enferma dans la toilette pour s'asperger le visage d'eau froide, puis il se frictionna vigoureusement pour se sécher. Il ressortit quelques minutes plus tard et se rassit devant sa paperasse. À plusieurs reprises, Myriam avait été si cassante qu'il n'escomptait pas obtenir une victoire facile! «Reprendre notre relation comme au début, cela devrait être possible, tentait-il de se convaincre, après tout, nous nous aimons et il suffirait de peu pour être d'accord! Et puis, il y a nos enfants... Elle les aime autant que moi, j'en suis convaincu! Je vais lui proposer d'engager une bonne à temps plein et aussi une gardienne, et je lui paye-

rai des cours de chant et de piano! Libre à elle de reprendre tout à loisir les activités qu'elle préfère… Elle va aimer
ça… Elle ne pourra tout de même pas refuser… Je vais
appeler son amie Monique, tiens, et lui demander de parler à Myriam!» Comme un désespéré, comme s'il n'avait
pas d'autres ressources, Laurent échafaudait un plan et un
scénario et il commençait à y croire, quand il s'aperçut
tout à coup que le bout incandescent de sa cigarette venait de tomber sur une mise en demeure. Le papier noir-
cissait. Vite, il écrasa les cendres du revers de la main et
poussa un soupir, il s'en voulait de son inattention! Au
même moment, Paula posa devant lui une tasse de café
fumant et eut vite fait de réparer les dégâts.

    — Vous fumez trop, maître…, dit-elle poliment.

    — Je sais, Paula, je sais… Tenez, emportez mon pa-
quet!

    Pour démontrer sa bonne volonté, il lui remit l'ob-
jet de sa dépendance, ce qui n'étonna pas vraiment sa secrétaire, mais quand Paula le vit attraper sa sacoche et
fermer son tiroir en empochant la clé, elle resta bouche
bée. Elle était trop habituée à le voir rester le dernier au
bureau. Quelque chose clochait.

    — Vous partez, maître? ne trouva-t-elle rien d'autre
à dire.

    Il hocha la tête pour toute réponse et passa d'un air
vainqueur devant le bureau de Daniel Larue qui, à son
tour, prit un air consterné :

    — Tu nous abandonnes quand on tente tout pour
démontrer le bon droit de l'Hydro?

    — Effectivement, mon vieux… Je rentre à la mai-
son…

    — Oh, oh, quelque chose ne tourne pas rond?

Laurent leva les épaules. En voilà un autre qui ne le croyait pas capable de céder à sa fantaisie. Il esquissa une révérence et rit de voir son collègue ahuri par tant de désinvolture. Dehors, il eut la sensation fugace d'être quelqu'un qui sort de prison après un long enfermement. L'air était frais et doux à la fois, avec un ciel bleu qui donnait envie de musarder et il remarqua tout à coup que les feuilles avaient poussé aux arbres, que des fleurs ornaient les pelouses et que les femmes portaient des robes légères. «Je n'ai pas vu passer les changements saisonniers», s'étonna-t-il. Quand il fut devant la boutique de chez Van Houtte, il fit une razzia dans les confitures maison, puis il traversa la rue pour glaner chez Anjou-Québec des petits fours frais, ceux que Myriam adorait accompagnés d'un vin de la Loire pétillant… Chez ses parents, les enfants jouaient dans le jardin, à l'ombre du parasol et sa mère conversait avec une de ses amies en les surveillant. Tableau familial sans heurt qui le ravissait. Laurent s'approcha, et les trois petits diables dans un ensemble parfait lui sautèrent au cou.

– Tu es déjà de retour? Quelle bonne surprise…, s'exclama sa mère.

Alors, Laurent reconnut Suzanne Pellerin qui sirotait une tasse de thé et qui papotait en couvant des yeux les trois bambins.

– Maître Dagenais, fit-elle d'un air mielleux, vos enfants sont adorables! Adorables, si, vraiment, je vous assure…

Et en disant cela, Suzanne qui ne savait pas rester simple minaudait. «Si Myriam la voyait ici, celle-là, elle me ferait une belle scène!» songea Laurent, qui regarda sa montre.

– Nous allons rentrer, les petits, lança-t-il, maman va bientôt arriver!

Guillaume battit des mains et les jumelles sautillèrent en criant:

– Maman, maman, maman!

– Oh, maître Dagenais, fit Suzanne, pour une fois que j'ai le plaisir de vous rencontrer et de voir tout à loisir vos trésors... Qu'ils sont mignons! Je vous en prie, restez un peu, ne gâchez pas notre plaisir! J'ai tant d'admiration pour vous et pour les causes que vous défendez! Je vous suis d'ailleurs très redevable de l'issue favorable que vous avez obtenue dans l'affaire qui concernait mon fils...

Se rendant compte tout à coup qu'elle en disait trop devant son amie, Suzanne coupa court à ses propos et Mme Dagenais précisa poliment:

– Suzanne a eu la gentillesse d'apporter des cadeaux pour Guillaume et pour les jumelles...

– Ce n'est vraiment rien... vraiment rien..., fit Suzanne d'un air modeste.

Guillaume brandit deux voitures en modèle réduit, une dans chaque main, et Laurence et Lydia agitèrent leurs poupées de chiffon.

– Myriam a-t-elle donné de ses nouvelles? demanda Mme Dagenais.

– Oui, elle devrait arriver d'une heure à l'autre!

– Elle se donne toujours à la cause des Sauvages? eut le front de demander Suzanne sur un ton narquois.

Laurent ne répondit pas, mais Suzanne qui avait un besoin vital de répandre son fiel continua:

– Entre nous, avouez que ça n'en vaut vraiment pas la peine!

Mme Dagenais se contenta de soupirer et Suzanne insista lourdement :

– Les petits sont sacrifiés dans cette histoire… Ne trouvez-vous pas?

Elle dit cela avec un air de sainteté empreint sur le visage et comprit au même instant qu'elle avait été trop loin, car Laurent resta de glace.

Acharnée, mauvaise langue et décidée à semer la discorde, elle tâtait le terrain pour voir de quelle façon elle pourrait apprendre les derniers commérages. Par la suite, s'en servir pour rehausser sa réputation et impressionner tout le monde serait un jeu d'enfant. Suzanne ne savait rien faire d'autre que manipuler les gens autour d'elle et s'y entendait à merveille, ne trouvant aucune explication à son penchant et ne pouvant justifier le fondement de sa méchante tactique. Depuis la mort de Maguy, Suzanne en voulait à Myriam. Sans aucune raison valable. Son esprit entretenait vis-à-vis d'elle une agressivité injustifiée. Inconsciemment. Elle lui en voudrait sans doute éternellement d'avoir été une enfant dont on avait caché les origines, et surtout d'être la fille secrète de son idole, feu le Cardinal. Dans sa tête de femme gâtée, la découverte du mystère bien dissimulé entourant la naissance de Myriam signifiait clairement qu'elle avait eu une rivale. Comment ne pas en être frustrée? Suzanne ne s'en était jamais remise! En conséquence, elle se sentait victorieuse, ayant convaincu Laurent de régler le dossier de Claude, son fils, persuadée à bon escient que Myriam en serait fâchée… Vengeance ridicule, mais qu'elle avait réussie à merveille! Suzanne était le genre de femme qui, incapable de supporter que ses proches soient comblés et bien dans leur peau, aimait les voir souffrir dans un rôle de victime, pour se sentir importante et jouer les consolatrices. C'était comme si l'harmonie et la paix chez autrui lui dérobaient ce qui, d'après elle, lui était dû. Elle était jalouse par conviction, et parce que sa religion sanctifiait la douleur, préférant ceux qui jouaient un rôle misérable. Mme Dagenais offrit une bière fraîche à son fils et Suzanne enchaîna :

– D'ailleurs, on ne comprend pas trop pourquoi Myriam tient tant à se rallier à ces hors-la-loi… Vous qui menez une carrière brillante, maître, n'êtes-vous pas d'accord avec moi et avec votre maman ? Enfin…, ajouta-t-elle en prenant une pause, je veux dire, n'est-ce pas étrange, cette manie ?

Laurent serrait les mâchoires, imperturbable, tandis que, feignant de ne s'apercevoir de rien, Suzanne poursuivait :

– Et dire qu'on a tant besoin de bénévoles dans les hôpitaux !

Elle lança un clin d'œil à son amie avant d'ajouter :

– Avec madame Dagenais, nous sommes convaincues que notre rôle à nous, les épouses, est de faire du bénévolat… Enfin, j'imagine que vous connaissez les bonnes raisons de Myriam !

Impertinente ! Laurent comprenait pourquoi Myriam la tenait loin d'elle. À ce moment-là, Lydia donna un coup sur la tête de Laurence avec sa poupée et les deux se mirent à se chamailler de concert. Guillaume, jouant le rôle du grand frère, s'efforçait de les raisonner sans y parvenir. Alors Laurent, aidé de sa mère, ramassa les effets des gamins et, ravi de l'incident, prit le chemin du retour avec sa progéniture, quitte à décevoir Suzanne Pellerin.

— Fais attention à toi, lui dit Mme Dagenais, en les raccompagnant jusqu'à la voiture, je te trouve mauvaise mine, Laurent…

Le fils salua sa mère et ne répondit pas.

*

Gaby ralentit l'allure et arrêta son camion rouge devant l'entrée des Dagenais. Il faisait une chaleur torride. La route avait été longue et le véhicule qui n'était plus de la première jeunesse ne leur avait pas assuré un confort remarquable. Un peu étourdie par la vitesse, par le ronronnement du moteur et la dernière escale qui n'en finissait plus, Myriam était pressée de franchir le seuil et de se dégourdir les jambes. Elle déposa un baiser sur la joue de Gaby, attrapa son sac et sa valise et lui proposa :

— On se donne des nouvelles demain ?

— Bien sûr !

Gaby lui adressa un sourire en songeant avec amertume à tous les plans qu'ils avaient élaborés et à tous les rêves qui ne prendraient pas forme dans l'immédiat. Il avait fait le maximum pour donner un élan aux communautés indiennes, mais le résultat était pauvre en comparaison de celui qu'il avait escompté. Myriam qui sentait son désarroi le regarda s'éloigner et grimpa les marches du perron en lui envoyant un salut de la main… Ces jours mémorables au cœur stratégique des régions boréales les avaient rapprochés un peu plus, mais elle avait compris que jamais Gaby ne franchirait la ligne qui séparait le monde des Blancs de celui des Indiens… Il restait résolument du côté des siens et détestait tout ce qui prenait des allures d'intégration, de fusion ou de partenariat avec ceux qu'il considérait encore, après plus de trois cents ans, comme des envahisseurs. Comment oser le lui reprocher! Et elle? Myriam sourit intérieurement, se considérant comme un «produit hybride bien homogénéisé qui n'avait pas encore tiré parti de toute sa substance»... Quoi qu'il en soit, elle était contente d'arriver la première à Outremont afin de se retremper dans l'ambiance particulière qui régnait ici. Encore une fois, le changement de lieu et de manière d'être provoquait en elle des dépaysements plus sévères qu'elle ne l'aurait cru... Elle fit tourner la clé dans la serrure et poussa la porte.

Dans la maison silencieuse et fraîche, elle accrocha ses clés à la patère du couloir, et de la même façon mit de côté la facette indienne de sa personnalité pour faire un rapide tour d'horizon. Plus elle avançait dans son domaine, et plus elle retrouvait son empreinte, sa marque, sa façon personnelle de disposer les choses avec les couleurs qu'elle aimait, et même les odeurs de chaque recoin. Elle se réappropriait l'espace, retrouvait les meubles et les objets familiers, posait un regard neuf sur ce qui témoignait des précédentes années de sa vie.

Pendant ces quelques jours d'absence, elle ne s'était pas aperçue à quel point tout ce qui remplissait la maison lui était cher. Sa maison! Une joie inattendue soulevait son cœur alors qu'elle songeait à Guillaume, à Laurence et à Lydia! Enfin, elle allait pouvoir les surprendre, les prendre dans ses bras et les câliner tout à loisir. Il y avait pourtant une séquence moins évidente à imaginer: comment aborder Laurent pour lui conter son escapade avec Mike... Lui faire comprendre? Impossible! Lui faire admettre? Incertain! D'ailleurs, aurait-elle le courage de lui en parler ? Depuis qu'elle avait pris la route du retour avec Gaby, Myriam sentait une impalpable angoisse lui nouer la gorge et un malaise inqualifiable, omniprésent et annonciateur des minutes de vérité, l'ébranler. Elle ne pouvait plus reculer. Quand Mike l'avait quittée voici quelques heures pour remonter à Québec, elle avait soudainement pris conscience qu'elle devrait faire face seule à des choix déchirants : reprendre la vie quotidienne avec Laurent et faire mine d'ignorer ce qui faisait battre son cœur en taisant l'essentiel, ou bien jouer cartes sur table et accepter les conditions que son mari lui imposerait pour reprendre leur vie commune, ou peut-être encore provoquer le divorce et recommencer sa vie avec Mike… Divorcer ? La question se posait et elle l'enfouissait jour après jour dans les profondeurs réservées aux décisions incertaines, mais, impertinente, celle-ci resurgissait quand elle ne l'attendait plus et ne lui laissait aucun repos. Une séparation… Serait-ce raisonnable ? Et les enfants ? Quel tracas ! Elle avait beau vouloir esquiver l'heure de la délibération finale, cette heure allait sonner. Après tout, de plus en plus de gens adoptaient cette solution lorsque la vie commune prenait des allures d'impasse… On envisageait de se séparer maintenant sans pour autant considérer que la vie s'arrêtait, comme on l'aurait fait voici quelques décennies. Elles étaient bien finies, mortes à tout jamais les idées de nos grands-mères qui considéraient la femme comme une propriété exclusive réservée à celui qui avait convolé en justes noces avec elle ! Désormais, les femmes pouvaient revendiquer le droit d'être heureuses et d'avoir à volonté du plaisir avec leur conjoint, comme s'il s'agissait d'un bien primordial, équivalent à la sécurité matérielle... Était-ce ce qu'elle souhaitait? À certains moments, lorsqu'elle évoquait ces derniers jours de folie douce dans les bras de celui qui était désormais son amant, Myriam en était persuadée. Mais à d'autres, elle avait l'impression d'avoir vécu un rêve trop beau et elle craignait de retomber désappointée sur un terrain accidenté, parsemé d'embûches et de pièges...

Elle monta jusqu'à la chambre à coucher, sa valise à la main et s'assit sur le lit, rêveuse. Ici, les heures passées au contact de la nature devenaient floues, s'estompaient. Sa belle histoire avec Laurent n'était tout de même pas si loin et il convenait peut-être de lui accorder encore une chance. Myriam ne devait-elle pas lui permettre de redresser le cadre convivial qu'ils avaient bâti et lui donner la possibilité de faire un bilan, d'en tirer des conclusions décentes pour lui et pour elle? C'était son devoir et elle consentait pour réparer ses fautes à patienter pendant quelque temps encore. Rassérénée par ces dernières réflexions au diapason de la morale qu'on lui avait transmise, Myriam ne sentait pas qu'elle se contraignait habilement, étouffant son désir véritable. «Mike, se disait-elle, attendra ma décision finale. Il me l'a clairement exprimé.» Ce dont elle ne doutait pas une seconde, c'est que Laurent n'aurait aucune clémence vis-à-vis d'elle et qu'il adopterait une façon bien à lui de ne pas lui pardonner ses fautes... En bon avocat et en maître de haute réputation, il ne lui ferait grâce d'aucun écart, à moins que, pris de pitié pour elle, il accepte de ne pas la juger! Difficile pour un juriste... Elle le connaissait trop bien: tous ceux qui, autour de lui, ne suivaient pas le sentier tracé par les conventions et la morale étaient mis au ban de la société et ne tardaient pas à recevoir un jugement impitoyable! Myriam redoutait les effets de sa colère. Même si elle revendiquait la qualité de femme moderne et émancipée qu'elle démontrait à tous, il n'en était pas moins vrai qu'au fond d'elle il restait des lambeaux de principes transmis par les générations de femmes qui n'avaient pas, comme elle, eu le choix de leurs agissements. Le respect de l'autorité et de la toute-puissance masculine, respect inculqué très tôt aux petites filles, avait grandi à leur insu avec elles, et lorsqu'elles devenaient femmes, des comportements de soumission s'installaient contre lesquels un grand nombre ne savaient pas lutter. La gent féminine n'avait pas accès à l'entière liberté de penser et d'agir. Les diktats habilement forgés par l'éducation et incrustés au fond du cerveau pour les maintenir dans un état de dépendance existaient, latents chez Myriam qui les pressentait, sans pouvoir les analyser. Elle tremblait donc doublement à l'idée de subir les foudres et de son mari et de sa belle-mère, car les regards noirs que celle-ci lui décochait depuis quelques semaines disaient l'attitude ennemie qu'elle avait adoptée vis-à-vis de sa belle-fille et dans tout ceci, il n'y avait rien de rassurant.

Myriam pénétra dans la chambre des jumelles et ramassa sur le tapis les grenouilles du Mexique et autres peluches diverses qui traînaient un peu partout, attendrie à l'idée de revoir ses trois trésors. Elle se souvint tout à coup que, la nuit précédente, elle avait fait un rêve bizarre. Dans un décor mi-nordique, mi-exotique se mêlaient les grenouilles d'el Dorado, les pyramides des Mayas et les tipis des Indiens... puis surgit le visage de Kateri qui lui prodiguait dans son dialecte des conseils qu'elle ne pouvait traduire, en lui indiquant de la main un chemin qui montait se perdre derrière une montagne… Alors, Judy et Pierrette apparurent elles aussi, comme par magie, et lui passèrent une sorte de robe indienne parsemée de plumes, qui changeait de couleur et de forme à chacun de ses pas… Myriam s'interrogeait sur le sens qu'elle devait donner à cette scène étrange, quand des éclats des voix familières qu'elle évoquait en faisant son tour d'horizon lui parvinrent de la rue. Impatiente, elle souleva un coin du rideau et vit la voiture de Laurent arrêtée devant la maison. Enfin, ils étaient là… Myriam observa Guillaume qui montait les marches en donnant la main à ses sœurs, lesquelles, espiègles, se faisaient tirer l'oreille pendant que Laurent sortait leurs effets.

Guillaume, âgé de quatre ans bientôt, était déjà très responsable! Myriam se préparait à leur ouvrir la porte et à les accueillir, quand, tout à coup, une idée saugrenue lui vint : pourquoi ne pas leur faire une surprise qui mettrait du piquant dans les retrouvailles, une petite fantaisie, comme dans le bon vieux temps! Alors, elle ramassa en un tournemain son sac et sa valise et se jeta précipitamment dans la dernière chambre, celle qui était inutilisée, pour se cacher. «Je sortirai devant eux tout à l'heure, quand ils ne s'y attendront pas et ce stratagème fera rire tout le monde!» se dit-elle. Bien camouflée, pouffant de rire, elle entendit les pas des petites et leurs exclamations enfantines qui montaient de la cage d'escalier. Les trois enfants l'attendaient, la cherchaient et l'appelaient, mais elle ne bougeait pas. Pendant une seconde ou deux, impatiente de les revoir, elle faillit sortir comme un clown qui surgit d'une boîte à surprise, mais elle se ravisa. Laurent installa les trois petits dans le salon et, les laissant jouer tout à leur aise et sans perdre une seconde, il décrocha le téléphone. C'était inattendu. Myriam se sentit coupable de s'être cachée : aurait-elle à entendre quelque chose qui ne la concernait pas ? Trop tard, prise à son propre jeu, elle retint son souffle, se recroquevillant dans son repaire pour écouter :

— Allô, Monique ? Comment vas-tu ? Bien, merci... Écoute, j'ai un service à te demander...

Quel service voulait-il lui demander ? Son cœur faisait des bonds, tandis que lui parvenait la suite de la conversation :

— Au nom de notre vieille amitié, Monique, peux-tu appeler Myriam dès que possible... Dans quel but ? J'aimerais que tu lui demandes de renoncer à son projet...

Myriam sursauta alors que Laurent continuait :

— Oui, oui, je te parle bien de sa carrière et de sa façon de l'orienter... Mais si... Non, je ne rêve pas, ça a du sens, je t'assure...

Myriam fit tourner la poignée de la porte et sortit la tête pour mieux entendre : Monique se faisait tirer l'oreille, car Laurent tentait de la convaincre d'une voix tendue où perçait de l'exaspération :

— Comment ça, impossible ? Je ne te demande pas quelque chose d'extraordinaire, Monique ! Toi, tu es une femme responsable...

Elle n'entendait pas les réponses, mais Laurent devenait de plus en plus nerveux.

— Comme ça, les femmes ont le droit de choisir maintenant... Je suis bien d'accord avec toi, mais... ce que Myriam ne comprend pas, c'est qu'elle serait plus heureuse si elle ne se préoccupait pas de toutes ces fadaises !

— ...

– Voyons, Monique… Et puis, perdre son temps avec ce genre de cause et avec des individus qui ne savent vivre que dans le bois…

– …

– Tu peux l'influencer, je le sais et je t'en saurai gré à jamais… Voyons, voyons… Et toi qui t'occupes de tes enfants, tu es la personne la mieux placée pour lui parler…

Monique répliqua sans doute par une longue tirade, car le silence qui suivit parut durer une éternité. Enfin, Laurent reprit la parole :

– Comment ça, tu en as ras-le-bol de la vie de femme au foyer ? Comment ça, tu la comprends ? Mais… Tu ne vas tout de même pas me dire que tu as la vie difficile ! Voyons, Monique… Mais… Toutes les femmes sont devenues folles ou je rêve !

Myriam perdit la suite de la conversation. Un voile obscurcit sa vue et ses oreilles. Ses tempes bourdonnaient. Elle avait prévu le pire, mais pas ça ! Pas le fait que Laurent tente de soudoyer sa meilleure amie, de l'influencer contre des décisions mûrement réfléchies… Trahison ! À peine était-elle arrivée, pleine de bonnes intentions, que le cauchemar recommençait. Elle avait compris une chose : Monique s'était montrée vivement réfractaire aux idées rétrogrades de Laurent qui ne s'attendait pas à se faire rabrouer ainsi. La solidarité féminine avait joué en sa faveur. Laurent raccrocha et resta perplexe, abasourdi par les paroles de Monique, sourd au chahut que faisaient les enfants affamés. C'est alors qu'il aperçut Myriam. Pareille à un diable qui sort de sa boîte, elle dégringola les escaliers et se planta devant lui :

– Qu'est-ce qui te prend, Laurent Dagenais ?

Rougissant de stupéfaction, ne sachant quoi répondre ni quelle contenance prendre, il lança gauchement :

— Bonjour, minou ! Tu écoutes aux portes maintenant ?

— Ah, ça...

Elle était furieuse. Les enfants qui avaient reconnu la voix de leur mère l'interrompirent bruyamment en se précipitant vers elle, les bras tendus. Myriam les embrassa longuement et la question de Laurent resta en suspens.

— Maman, maman, maman !

Sa réaction ne faiblit pas, malgré les effusions urgentes. Elle se redressa comme un coq en colère, hors d'elle, et revint au fait pour confronter Laurent :

— Écouter aux portes ! Tu en as de bonnes, toi ! J'étais là, tout simplement et j'ai entendu le plan machiavélique que tu soumettais à Monique, rien de moins !

Son souffle s'accélérait. Elle criait. Si elle avait eu un vase ou une assiette à portée de main, déchaînée, Myriam l'aurait jeté par terre. Les enfants s'arrêtèrent de rire. Guillaume chercha la main de son père. Les jumelles se mirent à pleurer. Laurent retint ses paroles afin de ne pas les choquer plus. Le projet de réconciliation était déjà compromis, plus encore, il était mort.

— Tu as fait bon voyage ?

Laurent, décidé à s'en tenir aux choses pratiques, fit un pas vers elle, comme s'il ne s'était rien passé. Myriam s'efforça alors de rester calme, d'afficher le même flegme que lui. Elle ralentit son souffle et répondit, faussement désinvolte :

— Oui, mais c'était long...

– Alors, vous avez obtenu des résultats?

Laurent lui lançait-il une boutade? Il savait fort bien que le grand conseil de Matagami avait été vain. Il s'approcha d'elle, la prit par les épaules et lui donna un baiser sur le front. Irritée par ce qu'elle venait d'entendre, aussi détendue que si elle avait été assise sur un coussin d'épines, Myriam se recula d'un pas.

– Bon, dit-il, on change de sujet?

Elle haussa les épaules. «À quoi bon entretenir les hostilités?» se dit-elle. Elle s'assit au milieu du canapé, entre Guillaume et les jumelles, et remarqua les traits tirés de Laurent, ses cernes encore plus creusés que lorsqu'elle était partie... Puis, les trois bambins en effervescence lui apportèrent pêle-mêle les derniers dessins qu'ils avaient faits. Œuvres pleines de spontanéité... Couleurs de l'enfance! C'était l'heure de les faire souper, de les mettre au lit sans tarder. Pendant tout cet intermède, Laurent et Myriam se toisèrent du regard. Ils s'arc-boutaient dans leurs positions respectives, malheureux. Ils se retrouvaient à peine et, déjà, un nuage fait de malentendus grossissait entre eux, brouillait les ondes.

Les explications furent malhabiles. Laurent et Myriam tournaient en rond sans cerner ce qui creusait l'ornière dans laquelle ils s'enlisaient, malgré les bonnes résolutions que chacun avait prises un peu plus tôt. La communication ne s'établissait pas. Laurent ne pouvait dissimuler sa mauvaise humeur et Myriam cherchait une issue, ne savait comment s'y prendre pour l'amadouer... Elle aurait aimé lui faire ses confidences, mais rien n'était plus irréaliste! Prise de vertige à l'idée d'avouer sa faute, elle s'arrêtait, ne trouvait plus rien à dire. Face à face, ils étaient devenus deux adversaires qui se mesurent avant de s'élancer dans une éventuelle bataille. Myriam sentait son cœur battre la chamade et Laurent était survolté.

— Tu ne vas tout de même pas me dire que tu trouves du charme à cette bande de va-nu-pieds! explosa soudain Laurent.

— Tu reviens encore sur tes vieilles idées stupides! hurla Myriam. Tu ne trouves pas que tu exagères, non?

— Stupides! Stupides! répétait Laurent, comme s'il n'avait jamais rien entendu d'aussi saugrenu. On reçoit tous les jours des dénonciations de ventes illégales d'alcool et de cigarettes, même au-delà des réserves, on ramasse des Indiens ivres morts qui commettent des larcins ou qui provoquent des bagarres et qui battent leurs femmes, et ce que tu trouves à faire, c'est de te réclamer de cette race de parias sans laquelle la société avancerait mieux!

— Tu me dégoûtes, Laurent Dagenais! Tu fais partie de tous ceux qui ne pensent qu'à empocher le bénéfice des richesses naturelles sans se soucier des pauvres... Si tu ne tolères pas les Indiens et si tu les poursuis de ta haine, c'est que tu ne m'aimes pas...

Myriam sentait qu'elle ne se contrôlait plus.

— Tu m'écœures, entends-tu? Tu m'écœures...

Lancés de cette façon, ces quelques mots rompaient toute possibilité de rapprochement. Laurent se raidit plus encore. Impossible de baisser pavillon.

— Bravo, maître Langevin, rétorqua-t-il sur un ton cynique. Tu es parfaite! Madame se pavane au vu et au su de tous avec le seul beau garçon qu'on connaisse dans les territoires indiens, et Madame voudrait sans doute que son mari lui donne sa bénédiction?

La fatigue de son visage avait disparu. Il roulait des yeux exorbités. Myriam prit au vol la perche qu'il lui tendait :

— Tu sauras, mon cher, que Madame est sous le charme de Mike et que rien qu'à te voir ce soir, je ne regrette rien…

Et voilà ! L'irréparable était dit. Les mots s'enfoncèrent directement dans la susceptibilité masculine de Laurent qui lut clairement dans les paroles et dans le regard de sa femme la défaite cuisante qui était la sienne et qu'il ne put supporter… Sans réfléchir, il se jeta sur elle et l'obligea à s'asseoir sur le canapé. Elle enrageait.

— Bon, maintenant que tu en as trop dit ou pas assez, maintenant qu'on y est, accouche !

— Que veux-tu savoir de plus, Laurent Dagenais ?

— Qu'est-ce que tu lui trouves à ce gigolo ?

Myriam fut secouée par un rire nerveux.

— Je lui trouve tout ce que tu n'as plus depuis un certain temps !

— Mais encore ?

— Il n'a pas peur de m'aimer comme je suis et ne cherche pas à me changer, lui…

— Alors, tu m'as trompé ? Dis-le, hein, dis-le, maudite salope !

Laurent était ébranlé. Myriam commença à pleurer et dégagea ses poignets de l'emprise des mains de Laurent.

— Mais je t'aime, Myriam…

Il se rapprocha d'elle, mit un genou en terre et lui enserra les jambes en posant la tête sur ses cuisses. Un tel geste disait l'ampleur de son désarroi :

— Alors, si tu m'aimes, Laurent, pourquoi vouloir m'obliger à t'obéir…

Impossible pour lui de remettre en question l'autorité dont il avait hérité. Bien plus, il était aveugle au fait et en abusait au détriment de Myriam sans s'en apercevoir :

— Voyons, minou, on ne peut pas vivre ensemble et aller dans deux directions opposées…

— Tu n'as pas le droit de m'imposer une vision de la vie qui me rend malheureuse depuis des mois…

— Comment ça, pas le droit ! Myriam, je suis le chef de famille…

Myriam poussa un cri et se leva d'un bond :

— D'où sort ce raisonnement digne d'un grand-père ? Tu étais plus avant-gardiste quand on s'est rencontrés… Plus ça va, et plus tu t'embourbes dans ce qu'on avait décidé de rejeter !

— Peut-être que je suis rétrograde, mais tu vois bien que tu t'égares !

Myriam avait l'impression de revenir sans cesse au point de départ. De nouveau, elle s'impatientait et le ton montait.

— Comment peux-tu dire que je m'égare en renouant avec mes racines ? Sommes-nous obligés de couper les ponts avec nos ancêtres dès qu'ils ne répondent pas à notre image de marque ? Y a-t-il une honte à être née fille des Premières Nations ?

— Je ne te suis pas. Tes racines, les hommes et les femmes qui vivent dans le bois, c'est loin de nous, tout ça… C'est la préhistoire !

— Pas plus que tes raisonnements idiots !

Il était tard, ils étaient épuisés. Laurent prit la main de Myriam et l'entraîna avec lui dans la cuisine pour se préparer une tasse de café bien fort.

– À cette heure-ci, tu n'es pas raisonnable..., dit Myriam.

– De toute façon, comment veux-tu que je dorme en paix, sachant que tu m'as trompé avec ce Mike...

Il avait des sanglots dans la voix. Les traits de son visage s'étaient relâchés, laissant paraître une immense lassitude. Inutile de jouer au plus fort, ses nerfs craquaient:

– Dis-moi, Myriam, as-tu couché avec lui?

Myriam ne trouvant rien à répondre baissa la tête. Le message était clair. Laurent alluma une cigarette, puis une autre et, songeur, avala au moins trois tasses de café. Le monde avait basculé. Son monde. Celui qu'ils avaient créé durant ces quatre ou cinq années de vie commune. Muet, il dévisageait Myriam sans la voir, l'air à la fois incrédule et torturé. L'idée de ce qu'elle avait commis lui était intolérable. Elle avait piétiné un des principes les plus chers à son amour-propre, la fidélité. Le serment prononcé lors de leur mariage, irrévocable à ses yeux, était bafoué. Laurent regardait sa femme, son épouse, incapable de considérer le fait comme un accident de parcours. La brèche s'élargissait entre eux et les indisposait de plus en plus... Laurent rejeta nerveusement une mèche qui lui barrait le front. Devait-il l'autoriser à vivre cette passion qu'il qualifiait de vulgaire et provoquer le divorce ou, au contraire, fermer les yeux sur cette erreur grossière et, en y mettant des conditions sévères, la garder comme épouse légitime, la maintenir dans un cadre strict, sachant toutefois que jamais plus il ne pourrait la prendre dans ses bras, qu'il aurait toujours un mouvement de recul? Des monstres avaient envahi son cerveau et le conduisaient vers l'enfer! Autant dire qu'il lui serait impossible de faire vie commune avec elle d'une façon normale… À moins que le temps qui, dit-on, est un grand réparateur arrange les choses? Non, jamais! Décidément, jamais il ne pourrait admettre cette désinvolture dont elle avait fait preuve pour briser le lien qui les unissait… «Jamais je ne pourrai pardonner…, décida-t-il pour lui-même. Si j'attrape ce Sauvage, lui que pourtant j'ai apprécié lors de nos vacances, si je l'attrape, je le défigure…» Laurent retournait ce fatal raisonnement dans sa tête, l'air absent, quant à Myriam, elle tombait de sommeil et, malgré toute la peine qu'elle ressentait, elle qui avait voyagé depuis l'aube n'avait qu'une hâte: dormir… Sombrer dans l'inconscience, perdre le contrôle et faire disparaître la sensation de douleur qui lui donnait envie de hurler et de se rouler par terre.

Amers l'un et l'autre, choqués, ébranlés et confus, ils remirent à plus tard la nécessité de tirer des conclusions et décidèrent de faire chambre à part. Laurent investit le canapé du salon. Myriam prit place dans leur lit. Ni l'un ni l'autre ne dormirent en paix. Les rêves de Myriam tournèrent au cauchemar et Laurent ne put fermer l'œil.

CHAPITRE XIII

Tout en lavant sa vaisselle, Pierrette songeait avec tristesse que Gaétan n'était plus le même homme. En quelques mois, le changement avait été si extrême, qu'il lui était difficile d'en supporter les conséquences sans se lamenter. Jadis, son mari était un de ces travailleurs infatigables qui, lorsqu'il avait fini sa journée, passait des heures à bricoler dans la maison. Avait-elle besoin d'agencer un placard, de déboucher la baignoire, de réparer le pied d'un fauteuil ou de rafistoler un objet, il entreprenait l'ouvrage et savait tout faire de ses mains… Pierrette avait toujours apprécié son bonheur ! En plus de toutes ces qualités, Gaétan était bon, autant qu'elle pouvait l'être elle-même et durant toutes ces années ils s'étaient aimés sans qu'une ombre vienne obscurcir le tableau de leur union. Elle rangea les assiettes propres et tendit l'oreille en direction de leur chambre. Soucieuse. Depuis que la maladie avait fait des ravages dans le corps de son mari, Pierrette lui prodiguait des soins plusieurs fois par jour, l'aidait à se déplacer et veillait à combler ses moindres envies afin qu'il ait encore un peu de confort… Pour combien de temps ? Affaibli, le malade avait rarement la force de venir à la table pour prendre ses repas. Elle jeta un coup d'œil à la pendule. Il serait bientôt neuf heures. Voici seulement quelques semaines, à cette heure-ci, les trois petits de Myriam s'ébattaient autour d'elle dans la maison où résonnaient leurs babillages et leurs jeux. Il lui arrivait de s'ennuyer à mourir de leur présence… Mais comment concilier cela avec les soins à prodiguer à Gaétan? La pendule sonna neuf coups. Pierrette essuya les verres, les rangea avec soin et s'approcha une nouvelle fois de la porte entrebâillée, au cas où… Quinze ou vingt fois par jour, elle faisait ce geste. «Simple précaution», se disait-elle. Mais en réalité, ses allées et venues continuelles démontraient l'ampleur de son angoisse. Autour du lit flottait une odeur fade de potion, et dans la pénombre de la pièce Gaétan reposait, les yeux fermés, calme. Rassurée, elle tira doucement le battant et revint dans sa cuisine en soupirant. Il avait beaucoup maigri… Enfin, que faire, sinon se résigner à ces changements pénibles? Pourtant, les escapades qu'ils avaient organisées chez Judy par deux fois avaient donné un résultat positif. Depuis ce jour, Gaétan s'alimentait peu et dormait bien, sans être perturbé par les horribles douleurs qui l'avaient taraudé quelques semaines plus tôt. Combien de temps ce répit durerait-il? Combien de temps pourrait-elle encore le garder près d'elle? Un frisson lui parcourut l'échine. Elle se signa, récita une prière en regardant son jardin à l'abandon, empli d'herbes folles et réalisa tout à coup qu'elle priait désormais à longueur de jour en vaquant à ses tâches. C'était devenu un réflexe, une seconde nature que de réciter des Notre Père et des Je vous salue, Marie! La plupart du temps, elle ne s'en apercevait même pas! La lente litanie des mots se mettait en place sur ses lèvres qui chuchotaient d'elles-mêmes. Terrible concession à une vie écornée! Pierrette donna un dernier coup de chiffon sur le comptoir. La sonnerie du téléphone la fit sursauter.

– Myriam! Es-tu revenue en ville?

– Depuis hier soir… Pierrette, il faut que je te parle! Absolument…

Le ton sur lequel Myriam s'exprimait était inquiétant. Pierrette perçut dans sa voix cette sorte de fébrilité qui n'annonçait rien de bon… Elle la connaissait trop bien, sa Myriam, pour ne pas savoir qu'une visite aussi impromptue était motivée par un événement ou un incident grave. En outre, elle toujours si délicate ne l'avait pas questionnée sur la santé de Gaétan…

– Viens-t'en, Myriam, je t'attends!

Pierrette raccrocha en souhaitant de toutes ses forces qu'il n'y ait pas de catastrophe en vue. Dehors, la pluie commençait à tomber. Une petite pluie fine qui transperce les vêtements et vous donne l'impression d'être au centre d'un aquarium. Quelques promeneurs ouvraient leur parapluie. Le ciel était bas et triste.

Une vingtaine de minutes plus tard, Myriam arriva, décomposée. Pierrette, peinée de la voir ainsi, la prit dans ses bras, releva quelques mèches de cheveux rebelles et, maternellement, lui ordonna:

– Parle, ma fille, je t'écoute…

Toutes deux s'assirent côte à côte dans le coin de la cuisine où Gaétan avait jadis installé un sofa face au jardin. Des chapelets de sanglots sortaient de la bouche de Myriam.

– Dis-moi, c'est ton expédition dans le Nord qui te met dans cet état ?

La fringante Myriam, incapable de répondre, avait l'air d'une petite fille perdue, abandonnée. Un torrent jaillissait de ses yeux et des soubresauts lui soulevaient la poitrine. Elle appuya la tête sur un coussin sous le regard bienveillant de Pierrette qui ne l'avait jamais vue si désemparée. Cela ne lui ressemblait pas. Le tic-tac de la pendule égrenait les secondes et Myriam restait muette.

– Bon, me diras-tu l'origine de ce gros chagrin ?

Myriam se moucha deux ou trois fois et reprit ses esprits :

– Ce n'est pas mon expédition, Pierrette, qui m'a mise dans cet état, ce sont les conséquences… Laurent réprouve si bien mes activités qu'il demande le divorce… Il m'en a avisée officiellement ce matin.

Pierrette chercha ses lunettes et les ajusta. Elle ne pouvait y croire. Myriam, noyée par les larmes, fit un signe de tête affirmatif.

– Non ! C'est impossible… Comment en êtes-vous arrivés là ?

À la fois incrédule et atterrée, Pierrette attendait la suite des confidences, sachant d'instinct que si Myriam était venue vers elle, c'est parce que sa conscience avait besoin d'une confession en règle. L'inimaginable, l'inconcevable solution de la séparation semblait se répandre parmi les jeunes couples comme une traînée de poudre. Étaient-ils tous tombés sur la tête ? Pierrette en avait entendu parler autour d'elle à deux ou trois reprises ces derniers mois : les jeunes cédaient à une mode lamentable. Elle marmonna :

— Non, pas ça… Pas toi, Myriam !

La jeune femme rougit, se tortilla sur sa chaise et, finalement, posa la tête sur l'épaule de Pierrette, comme elle l'aurait fait avec sa mère :

— Il faut que je te dise…

Elle prit une grande respiration, puis se lança dans ses explications :

— J'ai trompé Laurent…

— Oh !

Ça, c'était pire que tout ! La brave Pierrette n'en croyait pas ses oreilles. L'infidélité figurant sur la liste des péchés capitaux, elle n'avait pas pensé à une pareille éventualité et croyait sincèrement que tous ceux qui lui étaient proches se tenaient loin de ce genre de malédiction. Elle mit les mains sur ses joues, dans un geste de désarroi. Le soir où Mike et Myriam étaient repartis vers la baie James, il lui avait bien semblé voir entre eux quelque chose qui faisait étinceler leurs yeux, mais de là à envisager une pareille calamité, il y avait un grand pas que, dans sa candeur, Pierrette n'avait osé franchir. Machinalement, elle récitait tout bas des Notre Père, tandis que ses pensées continuaient leur sarabande derrière le ronronnement machinal des mots. Myriam, quant à elle, s'était relevée, guettant un commentaire, un verdict et des conseils aussi :

— Je lui ai tout avoué…, fit-elle, penaude.

— Alors, mon doux ! Mais c'est donc vrai ?

Pierrette mit la main sur son cœur et secoua sa tête. Myriam, coupable, tordait son mouchoir entre ses mains.

— À quoi as-tu pensé de perdre la tête de cette façon ?

— À vrai dire…

— Tu imaginais peut-être qu'il ne t'en tiendrait pas rigueur?

Myriam se moucha et se remit à pleurer au moment où, dehors, la pluie commença à tomber, drue. Le vent se leva soudain, faisant vibrer les vitres de la double porte.

— Pourquoi as-tu fait une chose pareille, Myriam? Myriam!

Pierrette prit la jeune femme par les épaules et, pour la première fois de sa vie, la secoua comme elle ne l'avait jamais fait. Puis, elle serra sa main et lui dit d'un ton ferme:

— Attends un peu avant de me répondre, réfléchis bien...

— Pierrette, Pierrette, ne me juge pas!

Les sanglots de Myriam redoublèrent et elle mit les mains sur ses yeux comme pour se cacher. Pierrette, affaiblie par le calvaire qu'elle vivait avec Gaétan, voulait régler au plus vite ce cauchemar-là: «Myriam a trahi son mari! Comment une jeune femme comblée comme elle a-t-elle pu prendre à la légère les fondements de sa vie au point de commettre un acte qu'un mari ne pourrait pardonner d'aucune façon?» se répétait-elle, incrédule. Elle, toujours encline à la compassion, réagit vivement:

— Que je te juge ou non, ma fille, tu vois le résultat! Mais à quoi as-tu songé?

Pierrette prit une pause et comme Myriam, les yeux baissés, ne bronchait pas, elle devint tout à coup énergique:

— Voyons, Myriam, ressaisis-toi, on ne brise pas sa vie ainsi sur un coup de tête! C'est insensé, entends-tu, insensé!

Myriam ne s'attendait pas à une semonce aussi rude de la part de la débonnaire Pierrette. Ce fut comme si elle recevait un soufflet.

— Que puis-je faire, Pierrette, le mal est fait et puis, de toute façon, mon cœur n'est plus avec Laurent!

— Mais qu'est-ce que tu me chantes là, chère enfant! Crois-tu que le mariage est uniquement fait de fêtes et de célébrations? Tu sais très bien que dans chaque vie conjugale il y a des passages difficiles et des frustrations qu'il faut savoir encaisser pour continuer la route...

— Ce sont toujours les femmes qui font les concessions, Pierrette!

— Mais n'est-ce pas le rôle des femmes?

— Ah non, alors! Pourquoi ce sont toujours les femmes qui se sacrifient? Pourquoi ce sont toujours les femmes qui obéissent ou se soumettent aux caprices des hommes?

Myriam s'entêtait avec une force que Pierrette ne pouvait comprendre et les deux grandes complices qu'elles étaient s'opposaient comme jamais elles ne l'avaient fait.

— Ne crois-tu pas que tu y vas un peu fort?

Myriam s'aperçut tout à coup que Pierrette tremblait.

— Oh, Pierrette, j'ai honte de t'accabler de mes folies quand toi, tu vis quelque chose de si douloureux...

Pierrette fit un signe de la main pour chasser les scrupules de Myriam, habituée à jouer de bon cœur ce rôle d'éternelle consolatrice que la jeune femme lui contestait.

— Tais-toi donc! Il n'est pas question que tu continues à t'égarer... Ça suffit comme ça!

En disant cela, Pierrette s'était levée et marchait de long en large dans la cuisine :

— Les choses ne sont sans doute pas aussi définitives que tu le crois…, dit-elle alors à Myriam, allons-y par le commencement… Raconte-moi tout !

Mais déjà, Myriam savait que Pierrette faisait fausse route quand elle imaginait pouvoir sauver son mariage :

— Depuis un certain temps, les choses sont difficiles entre Laurent et moi. Il refuse catégoriquement de me voir travailler avec les autochtones… C'est infernal. Il remet en cause mon appartenance et me fait sentir que je ne vaux pas grand-chose si je ne fais pas abstraction de mes racines… Il voudrait que je cache mes origines. Je ne peux pas, comprends-tu ? Je ne peux pas, fit-elle en haussant le ton. En fait, Laurent s'attache à l'image de ce que j'étais quand je l'ai connu ! Je nageais dans le luxe, la superficialité et le prestige de la famille Pellerin. Une belle épouse, décorative, brillante, impeccable en tout…

— Mais tu es amère !

Pierrette soupira. Myriam, hélas, disait vrai :

— Pendant les premières années de notre mariage, j'ai rempli le contrat sans faillir et j'ai réalisé que je m'amputais d'une partie vitale de moi-même si je ne me comportais pas en personne autonome… Je change, Pierrette, je me vois changer… Laurent considère que nos engagements sont définitifs.

Pierrette eut un mouvement d'impatience. Tout ce discours de Myriam lui mettait les nerfs à vif.

— Et il ne tient pas compte du fait que les circonstances de la vie nous font évoluer ! Il veut rester le même… Il s'accroche à un immobilisme, à une façade que je ne peux cautionner… Je suis ce que je suis! On a eu à plusieurs reprises des chicanes, des brouilles, toujours à partir du fait qu'il déteste les Indiens et mon oncle Gaby, et que, pour lui, avouer mes origines, cela veut dire abaisser sa propre image de marque, celle qu'il exhibe comme un trophée dans le cercle de la bonne société montréalaise… Et puis, il y a…

— Il y a Mike, n'est-ce pas?

À ce moment-là, Gaétan appela sa femme d'une voix faible. Pierrette se précipita pour répondre.

— Je suis confuse, s'excusa Myriam.

— Je reviens tout de suite…

Deux ou trois minutes s'écoulèrent pendant lesquelles Myriam fit chauffer de l'eau pour préparer du thé. Quand Pierrette fut de retour, elle reprit le fil de son récit. Ne négligeant rien depuis sa rencontre avec Mike, elle expliqua à Pierrette combien l'attitude méprisante et butée de Laurent, non seulement lui était devenue pénible, mais la forçait à prendre des positions extrêmes:

— Tu comprends, cela m'enrage! Laurent me dévalorise par son attitude… Je ne peux plus supporter son autorité, d'autant que plus les mois passent, plus il travaille, plus il s'épuise, et plus notre relation devient pénible… Je dirais même invivable…

Pierrette eut l'air incrédule. «Invivable», ce mot lui semblait hors de proportion. Myriam menait une vie confortable et possédait ce que bien d'autres femmes de son âge lui enviaient: une carrière prestigieuse, une notoriété certaine et de beaux enfants. Rien qui justifiât sa révolte.

— Oui, mais c'est ton mari, ma fillette!

Myriam eut un sursaut. Pierrette, comme Judy, la traitait de fillette, lui servant l'argument que les jeunes générations rejetaient: l'indissolubilité du mariage!

— Maintenant, Pierrette, on revendique le droit de changer, de divorcer!

— Fantaisie! Inacceptable, point. Et Mike? interrogea Pierrette, Mike est-il une fantaisie, hein?

Myriam eut l'impression de recevoir une gifle. Jamais elle ne s'était posé la question de cette façon.

— Mike... Je crois que je l'aime...

— Ne crois-tu pas plutôt qu'il s'est trouvé sur ta route au moment où tu avais besoin de t'échapper de ton univers?

L'implacable raisonnement que Pierrette lui servait achevait de la déconcerter:

— Et puis, je ne sais plus... J'ai besoin de faire le point..., avoua Myriam, en se levant pour prendre congé.

Pierrette n'entendait pas laisser les choses ainsi. Malgré ses préoccupations personnelles, elle revint sur son idée:

— Pourquoi ne partirais-tu pas quelques jours chez les sœurs faire une retraite? Tu en as besoin! Le calme, la prière et l'éloignement... je suis sûre qu'il en sortira quelque chose de bon!

— Rien qui pourrait changer la détermination de Laurent en tout cas! Et puis, moi tu sais, la prière...

Pierrette provoquait avec ses façons de femme pieuse une réaction quasi allergique chez Myriam qui ne trouvait aucun charme à la vie monastique. Elle hésita, refusa le remède en trouvant de bonnes excuses: elle n'avait pas le temps! Même en supposant qu'elle veuille faire plaisir à Pierrette, il y avait au bureau trop de dossiers à fermer et trop de requêtes à entreprendre sans tarder. Une avocate aussi demandée qu'elle ne pouvait pas s'absenter au pied levé… Pierrette insista :

— Le meilleur moyen pour te replacer, ma fille : pars chez les ursulines !

Refuser risquait de déplaire à Pierrette qu'elle avait déjà suffisamment malmenée et, étant donné les circonstances, il fallait la ménager. Myriam promit d'y penser et d'appeler au couvent dès le lendemain, une fois qu'elle aurait planifié son agenda.

*

En quittant Pierrette, Myriam ne savait plus quelle attitude adopter. Fallait-il mettre Mike au courant de la situation ou, au contraire, était-il sage de le garder en dehors de toutes ces histoires qui allaient la perturber longtemps encore ? Elle ne lui avait pas donné signe de vie depuis qu'il était remonté à Québec… Sentant inassouvi le besoin de confier son désarroi, elle décida impromptu de passer chez Gaby. Pourquoi ne pas lui avouer sa détresse, trouver auprès de lui les conseils d'un père attentif ? Fragile, perdue, elle espérait entendre de sa bouche un discours différent de celui que Pierrette lui avait servi. Elle en avait grand besoin ! Kanesataké… Elle regarda sa montre et s'engouffra dans sa voiture. Le ciel était menaçant. Si tout allait bien, elle pourrait passer voir un ou deux clients là-bas, faire d'une pierre deux coups et être de retour au bureau dans l'après-midi. Ensuite, elle travaillerait, tard sans doute. Très tard. Étant donné que les enfants étaient chez les beaux-parents, il suffisait de prévenir Laurent qui les rapatrierait tous les trois en fin de soirée… Évidemment, il allait encore sortir de ses gonds, lui reprocher son manque de rigueur maternelle, mais au point où on en était, quelle différence! Myriam avait le cœur gros. Inutile de se le cacher. Ce matin, Guillaume l'avait saluée avec un air triste qu'elle ne lui connaissait pas. Les enfants devinent ce qui divise leurs parents à coup sûr, même si on essaie de préserver leur innocence.

La pluie tombait toujours et les balais s'agitaient avec vigueur sur le pare-brise pour dégager la vue. De chaque côté de la route, des bourrasques faisaient voler les feuilles des arbres. L'automne était précoce cette année! Tout en roulant vers Oka, Myriam imaginait les procédures qui la concernaient et qui ne tarderaient pas à venir: Laurent avait décidé de demander le divorce, hé bien, elle le laisserait faire les démarches et réagirait ensuite selon la façon dont il s'y prendrait! Elle ne se faisait pas trop d'illusions, tout cela allait être l'enfer pendant au moins… deux ans, trois peut-être? Il lui fallait s'armer de courage et de patience… Myriam préférait ne pas y penser à l'avance. À moins que Laurent, muni de ses privilèges, fasse hâter le jugement. De toute façon, elle ne s'objecterait pas, évidemment, c'était elle la fautive! «La faute incombe à Madame, dirait le juge, en posant sur elle des yeux accusateurs, en conséquence, et étant donné les faits qui ont été énoncés, je rends mon jugement qui se lit comme suit…» Mais elle tiendrait bon jusqu'au bout pour se faire respecter et obtenir sa part matérielle, car elle avait déjà trop souffert d'avoir été déshéritée. Maintenant qu'elle était «répudiée», Myriam n'avait plus la possibilité de faire marche arrière! Elle se sentait comme une femme qui a reçu la malédiction des siens. «Espérons que Gaby ne me tiendra pas le même discours que Pierrette! Cela me ferait beaucoup de peine…», se dit-elle encore, en serrant les dents. Elle accéléra, passa rapidement devant les quelques cabanes en bois où on affichait des cigarettes à vendre et pensa à la femme de Jimmy, à toutes celles dont le mari se comportait comme une brute ou un tyran! «Heureusement pour moi, songea-t-elle, Laurent est tyrannique comme la plupart des hommes, mais brutal, jamais!»

Chez Gaby, ce fut Ida qui vint lui ouvrir. Ida, la douce et joviale Ida, l'invita à entrer, avec son visage épanoui et son grand sourire.

– Sais-tu, Ida, où je peux trouver Gaby?

Ida hocha la tête. Elle ne savait pas:

– Il prépare les prochaines élections du conseil de bande!

Elle se pencha vers Myriam:

– Il se présente comme grand chef!

Myriam eut l'air surprise: jusque-là, Gaby avait refusé d'assumer ce rôle. Il se trouvait trop vieux, déclinait les offres et les possibilités, tergiversait. On n'avait jamais pu ni le convaincre tout à fait ni entendre de sa part une décision claire dans ce sens. Quel événement lui avait donc fait changer d'idée? Ida qui n'était pas peu fière de la réputation de son homme était tout heureuse d'en avoir informé Myriam. Elle lui confia encore:

– C'est Jeff et Nicolas qui ont fini par le convaincre, avec Judy! Surtout Judy…

– Judy!

– Oui, elle a toujours des paroles pleines de bon sens… Les hommes la respectent et elle a fait comprendre à Gaby que si lui ne se faisait pas élire, la communauté s'affaiblirait…

Les enfants tournaient autour d'Ida et réclamaient leur lunch. Il était presque l'heure de repartir à l'école. Les classes organisées sur la réserve étaient provisoirement situées dans la maison de Gloria, à quelques centaines de pas de chez Ida et Gaby. On attendait la construction du bâtiment prévu, financé par le ministère des Affaires indiennes. C'était une première belle réussite dont on n'était pas peu fiers... Dans la cuisine, une demi-douzaine de galopins dont Ida s'occupait volontiers avaient l'air tout excités. Cela faisait plaisir à voir. Myriam distribua quelques baisers et fit marche arrière :

— Bon, je vous laisse, Ida, je vais essayer d'attraper Gaby... Bonne journée, les enfants ! Bye, Jason...

— Yé !!! criaient en chœur les jeunes, qui lui adressaient de grands saluts.

Au conseil de bande, impossible de trouver Gaby. Plusieurs braves discutaient autour d'une jeune femme assise derrière un bureau, qui leur servait de secrétaire. Myriam reconnut Gina, la femme de Jimmy. Elle bâillait en les écoutant.

— Pourrais-tu me dire où est Gaby ? demanda Myriam.

Gina leva la tête et lui adressa un timide salut. Myriam qui vit ses traits tirés et son air malheureux lui décocha un grand sourire.

— Non..., fit-elle. Attendez voir, je vais appeler chez lui !

— Inutile, j'en arrive, fit Myriam, il n'y est pas...

— Alors, je l'sais pas, fit laconiquement Gina, qui se mit à taper une lettre sur sa grosse dactylo en tournant le dos à Myriam.

— Bon, merci quand même !

Myriam remonta dans sa voiture. Machinalement, elle prit la route de la cabane de Judy. « Peut-être sont-ils là, tous les deux », se dit-elle. La pluie avait cessé. Les troncs des arbres brillaient plus que de coutume et la route était glissante. Myriam ralentit. La vue de Gina l'avait bouleversée. Elle se souvenait de la violence de son mari et ce genre de situation où les femmes sont impuissantes, niées, bafouées l'obsédait... Elle arrêta sa voiture au bord du chemin qui menait chez Judy et s'enfonça dans le sous-bois. Le paysage familier lui redonna un peu de sérénité. En approchant, elle entendit des éclats de rire. « Ça ne m'étonne pas, les sorcières sont à l'œuvre », se dit-elle, oubliant un peu ses problèmes.

— Hé, Judy ! cria-t-elle devant la porte, en mettant ses mains en porte-voix.

La vieille femme sortit cahin-caha sur le seuil et fit de grands gestes en annonçant à la ronde :

— Ah ben, c'est Myriam !

— Gaby est-il là ?

— Pantoute... Il n'y a que des femmes ici !

Et on les entendit rire en chœur.

— Des femmes qui complotent et qui pensent...

— Ah, ah... Si les hommes nous entendaient, ils contesteraient...

— Évidemment !

Elles riaient encore, préparaient dans la bonne humeur une prochaine rencontre qu'elles avaient obtenue avec le ministre et voulaient faire entendre leurs revendications à Ottawa, celles des femmes autochtones de toutes les provinces. Myriam qui avait déjà travaillé sur le dossier avec la plupart fut conviée à s'asseoir et à participer à leurs ébats. Pourtant, elle n'avait pas le cœur à se remettre au travail, mais comment leur résister ?

— C'est le Grand Esprit qui t'a dicté de venir vers nous !

— On avait justement besoin de toi, Myriam…

À Kanesataké, il y avait toujours des imprévus. Myriam se laissa kidnapper de bonne grâce et en profita pour faire ressortir des points particuliers de leurs demandes. Le contact avec ces femmes actives qui ne se laissaient pas décourager lui fit du bien, mais elle en était pour ses frais. Pas de Gaby à l'horizon et pas de tête-à-tête avec lui aujourd'hui, comme elle l'aurait souhaité. Sans oser le montrer, elle était déçue. Lasse.

— Alors, tu nous accompagnes à Ottawa dans deux semaines ?

La question revint à plusieurs reprises. Pamela ne lâchait plus son avocate…

— Dis oui, dis oui !

Myriam dut promettre et les rassurer. Les heures s'étaient écoulées si vite qu'elle avait largement dépassé l'horaire qu'elle s'était fixé, le soleil descendait doucement derrière la cime des mélèzes. La réunion terminée, Judy fit sortir l'équipe au complet et s'approcha de Myriam, les yeux plus perspicaces que jamais :

— Viens t'asseoir… Il faudrait redresser quelque chose, hein, ma toute belle ?

Myriam acquiesça timidement et fut encore une fois prise d'une crise de larmes.

— Je ne sais plus où j'en suis… Je m'excuse, Judy !

— Ne t'excuse pas, cela ne sert à rien ni à personne, surtout pas à moi, pars seule, isole-toi et demande à l'Esprit de te donner la lumière… Et souviens-toi de ce que je t'ai déjà dit : il faut laisser le temps accomplir les choses… Tu crois peut-être que tu es la seule à souffrir dans cette affaire ?

– Que veux-tu dire, Judy ?

– Il y a des hommes autour de toi dont la vie s'écroule en ce moment…

Myriam pensait à Mike. Les paroles de Judy s'enfoncèrent au milieu de sa poitrine, dans la plaie qui ne demandait qu'à saigner.

– Va, lui dit Judy. Laisse les blessures se refermer…

Myriam un peu apaisée se leva, déposa un baiser sur le front de la vieille femme et sortit pour marcher seule jusqu'à sa voiture. Même Judy lui conseillait une retraite ! C'était sans doute la meilleure solution…

*

À Outremont, la cérémonie du déjeuner jadis si animée était devenue une corvée pour Laurent comme pour Myriam. On s'était mis d'accord : on cohabiterait un minimum de temps, pour que Laurent prenne les dispositions nécessaires à son déménagement. Il valait mieux faire cela le plus vite possible et ne pas prolonger les moments difficiles… À chaque seconde, Myriam craignait d'avoir les larmes aux yeux et, pour éviter de montrer son trouble à Laurent, elle s'affairait autour des jumelles, remplissait leur verre de jus d'orange. Malgré le soleil qui inondait la pièce, les enfants, sensibles, avalaient en silence, à côté de leur père qui regardait nerveusement sa montre en écoutant les nouvelles. Il ne leur accordait aucune attention. Myriam qui ne dormait pas plus que lui, épuisée et contrariée, n'arrivait pas à alléger l'atmosphère.

— Laurent…

Il releva la tête.

— Je pars chez les ursulines pendant une dizaine de jours…

Il prit un air outré :

— Et les enfants, alors ?

On sentait qu'il aurait suffi d'un mot mal placé pour qu'il éclate.

— Eh bien, ta mère a l'habitude de s'en occuper, non ? rétorqua-t-elle de la façon la plus détachée possible.

— En effet, heureusement que ma mère est là pour parer aux conséquences de tes incartades !

Il n'y avait rien à répondre. Les trois petits mangeaient leurs céréales, l'air grave, évitant de plaisanter et de chahuter comme ils le faisaient d'habitude.

— Quand tu reviendras, nous envisagerons la suite des événements !

Laurent lança sa serviette sur la table. Sa voix était devenue rauque. Il avait dit cela sur un ton où le cynisme était à peine déguisé et Myriam qui le connaissait trop bien comprenait qu'il était hors de lui. Tout à coup, elle eut peur. Son cœur se mit à battre comme si elle avait été une enfant… Était-ce donc vrai qu'il ne saurait rien lui pardonner ? Allaient-ils, tous deux, vers une guerre d'usure, une bataille de tous les instants où chacun se barricaderait pour ne pas rencontrer l'autre ? C'était trop dur. Elle se demandait s'il n'y avait pas un moyen de remédier à la situation dès maintenant, une façon de communiquer un tant soit peu. Mais cela faisait trop mal et puis, il était trop tard… Les dés étaient jetés. « Je le savais depuis le premier jour… », se dit-elle.

Elle sentait bien qu'elle avait perdu à ses yeux une partie de son charme, la partie magique qui lui permettait d'obtenir, jadis, toutes les victoires. Pourquoi tout cela s'était-il envolé? Par sa faute… Laurent ne l'admirait plus, il la méprisait… Pourquoi n'avait-elle pas su retenir leur complicité, quoi qu'il arrive? Elle essayait de recréer dans son esprit leurs bons moments, leurs moments d'amour et de folie. Impossible. Le contact était coupé même dans son imaginaire. Désormais, elle n'était plus capable d'envisager l'amour avec un autre que Mike, et pourtant, elle continuait de chasser son image, plusieurs fois par jour, elle repoussait la chaleur qui montait en elle à son évocation. Elle ne lui avait pas donné la moindre nouvelle depuis qu'ils étaient redescendus du Nord. Qu'allait-il penser de son silence? Se détournerait-il d'elle, se lasserait-il? Myriam n'arrivait plus à penser de façon logique. Elle se sentait doublement coupable et malheureuse.

Le déjeuner terminé, elle ramassa les peluches indispensables pour la journée chez grand-maman, agrafa les manteaux et donna un baiser à Guillaume, puis à Laurence et Lydia. Quand Laurent et les trois bambins furent sortis, le cœur gros, elle entassa dans un sac deux chandails et quelques sous-vêtements, plus une robe confortable. Elle s'était faite à l'idée de mettre de l'ordre dans son cœur et dans sa tête en laissant de côté les affaires en cours. Elle partirait demain pour Trois-Rivières faire sa retraite chez les ursulines, mais auparavant il lui fallait passer par Ottawa et participer à la rencontre des femmes au Parlement. Il n'y avait pas une minute à perdre… Elle tenta de rejoindre son amie Monique. Pas de réponse. « Je lui écrirai », se dit-elle. Chez les ursulines, elle trouverait le refuge et la paix dont elle avait besoin, bien décidée à revenir sûre d'elle pour affronter la colère de Laurent et négocier avec lui le partage du patrimoine familial... Le divorce devenait une réalité à laquelle ni l'un ni l'autre ne pouvaient échapper.

— Où suis-je tombée? se demanda-t-elle. Négocier avec mon mari!

Laurent avait promis de s'accommoder avec Mme Dagenais de la garde des enfants. Pourtant, par fierté sans doute, il ne dit pas à sa mère ce qui advenait entre sa femme et lui. Il lui réservait la mauvaise nouvelle pour un peu plus tard, n'aimant pas l'ascendant que sa mère exerçait sur lui depuis quelques semaines ni l'importance qu'elle prenait dans sa vie personnelle. Pas besoin de provoquer prématurément des commentaires et des critiques, tout cela serait bien assez pénible...

Myriam disparue une nouvelle fois, Mme Dagenais commença malgré tout à soupçonner que quelque chose d'irréparable avait eu lieu entre son fils et sa belle-fille. Elle était assez lucide, mais attendait que Laurent l'informe... Cela faisait son affaire. Elle pensait récupérer un peu son fils et diriger tout à loisir l'éducation des petits. En outre, ce qui lui mit la puce à l'oreille, c'est que Laurent se montrait irascible à tout propos. Incapable de tenir sa langue, elle confia ses doutes à sa nouvelle confidente: son amie Suzanne Pellerin.

— Mon fils ne va pas trop bien, lui dit-elle.

— Il est malheureux avec sa femme, persifla Suzanne, de l'air le plus convaincant du monde.

*

Gaby, penché sur le volant de son camion rouge, sifflotait. Il regarda sa montre et interpella Mike en appuyant sur l'accélérateur :

– Déjà deux heures !

Ils n'avaient pas encore passé la barrière du parc de la Gatineau, et la réunion avec les ministres à Ottawa était programmée pour trois heures. C'était la fin de l'été. Les arbres commençaient à se parer de leurs couleurs flamboyantes et la nature était à son apogée. Depuis la grande assemblée de Mistassini, chaque semaine était remplie de réunions, de rendez-vous, de rencontres avec les uns et les autres. Gaby avait été élu chef de sa communauté et, fier de sa nouvelle fonction, voulait concrétiser au plus vite quelques points dans le dossier le plus urgent : celui des commissions scolaires autochtones. Alors, il sillonnait les routes du Québec, du nord au sud et du sud au nord. Aujourd'hui, l'objectif était de rejoindre la délégation des femmes attendues à Ottawa. Lui et ses comparses leur avaient donné leur soutien quand elles s'étaient regroupées afin de faire réviser leurs droits et d'obtenir des amendements à la loi sexiste selon laquelle les femmes – contrairement aux hommes – perdaient leurs privilèges ancestraux si elles épousaient un Blanc. Ensemble, elles avaient constitué l'Alliance des Métis et des Indiens, et avaient obtenu une première rencontre : un point positif au milieu des défaites qu'il fallait essuyer d'autre part.

– Tu n'as pas l'air dans ton assiette, mon gars, fit Gaby à l'endroit de son compagnon.

Depuis qu'ils avaient quitté Maniwaki où ils s'étaient entretenus avec William Commanda, Mike était plus silencieux que de coutume. Pas une seule fois il n'avait demandé à Gaby de lui donner des détails sur l'ordre du jour de la rencontre ou sur l'identité des participantes. Ça n'était pas son genre. Sans répondre, Mike leva la tête pour admirer le paysage, l'air absent. Gaby qui soupçonnait l'origine de son trouble prit le parti de l'aborder franchement :

— Toujours pas de nouvelles de Myriam ?

— Non...

— Moi non plus, je trouve cela étrange... J'espérais qu'elle nous ferait signe et qu'elle nous rejoindrait, au moins pour aujourd'hui... Mais je ne suis pas sûr qu'on la voie se pointer !

Mike, qui s'enfermait dans un mutisme contraire à sa nature, ne répondit pas. Il admirait le paysage tout en songeant à l'été qui s'enfuyait déjà un peu, et à la saison froide qui ne tarderait pas à s'abattre sur tout et sur tous, gelant le pays et la plupart des démarches entreprises. Au fond des terres boréales, seuls les infatigables chasseurs habitués aux expéditions hivernales continueraient à parcourir le pays à la recherche du gibier, afin de subvenir aux besoins de leur famille. Mike s'ennuyait de cette vie, étrangère aux gens des villes, dans les villages du Nord qu'il connaissait bien, où son fils l'attendait. Retournerait-il vivre là-haut si Myriam ne lui donnait pas de nouvelles ? Il était à un tournant de sa vie où tout pouvait en quelques instants changer de direction... Gaby, tout autant que Mike, était préoccupé. Depuis qu'elle avait regagné Montréal, impossible de rejoindre Myriam et de savoir ce qui se passait. Mike mettait son silence sur le compte de leur aventure et se posait de nombreuses questions, tout en sachant qu'il fallait respecter cette période incertaine. Avait-elle été froissée, de quelle manière? Il pouvait facilement imaginer que, même si la jeune femme était pleine de bonne volonté et d'allant, les complications avaient dû commencer à se multiplier dès qu'elle avait posé le pied à Outremont car, instinctivement, il savait qu'elle n'était pas heureuse en ménage. Quant à Gaby, il était dépité tout simplement. Il l'avait manquée chaque fois qu'il avait essayé de la rejoindre et, la seule fois où elle était venue chez lui, il était absent…

«Au train où vont les choses, se dit Mike, je comprendrai bientôt qu'elle a choisi de vivre sans moi…» Il poussa un soupir. «C'était inévitable et moi, innocent, j'ai cru pendant quelques jours qu'elle me reviendrait! Je suis fou…», se dit-il encore. Il ne put s'empêcher de ressasser une certaine amertume. Et pourtant, il avait soupesé le tout dès qu'il l'avait tenue dans ses bras. On ne pouvait pas dire qu'il n'avait pas su à quoi s'attendre. Il ne pouvait l'oublier. Il ne pensait qu'à elle, à cette façon qu'elle avait eue de s'abandonner, d'être à lui et de lui murmurer combien elle aussi était amoureuse. C'était plus fort que lui, il revivait encore et encore l'épisode de la rivière et les gestes insensés qui les avaient conduits tous deux au centre d'un bonheur unique, celui-là même qui vibrait dans sa poitrine. Il désirait toujours Myriam, incapable d'oublier son image, ses formes, sa peau si douce et aussi les étincelles qui s'étaient allumées dans ses yeux lorsqu'il l'avait enlacée, tout entière illuminée à ce moment précis où elle avait eu l'air d'un ange et que… Gaby roulait de plus en plus vite et l'on abordait maintenant la descente vers la rivière des Outaouais. Le camion fit une légère embardée, ce qui obligea Mike à faire un détour dans sa pensée pour retomber dans l'instant présent. Lui, le gars fort et plein d'assurance au milieu des siens, lui, l'exception qui confirmait la règle, instruit, adapté au monde des Blancs autant qu'à la forêt, il ne se remettait pas de ces quelques heures de rêve qu'il avait vécues en tête-à-tête avec Myriam. Dans les minutes suivantes, on serait là-bas. Ville miniature comparée à Montréal, bien à l'abri dans la verdure, Ottawa se pavanait devant eux, étalée autour de la rivière, dominée par la tour du Parlement. Mike se pencha pour mieux distinguer les bâtiments, tandis que le camion s'apprêtait à traverser le pont à vive allure.

— Oh, tu y vas un peu fort! lança-t-il à Gaby.

— Quelle heure?

— Exactement l'heure d'arriver, mon vieux...

Mike voulait éviter que Gaby prenne des risques. Après tout, il était encore trop tôt pour se laisser aller dans la désespérance et percuter un autre véhicule... Gaby releva le pied et le camion, docile, ralentit. Lui aussi pensait à sa nièce. Quel genre de sortilège l'avait détournée de leur compagnie après la grande assemblée? À moins que, confuse de cet amour qu'on voyait naître entre elle et Mike, elle ait pris du recul? Évidemment, cela ne pouvait pas durer, leur romance, Myriam avait charge de famille! Sans doute son malotru de mari avait-il réussi à la décourager et à perturber ses élans de spontanéité. Un mari n'aime jamais se voir comparé à un bel homme comme Mike. Surtout que Mike n'avait rien à lui envier au point de vue culture... C'était plus fort que lui, Gaby n'arrivait pas à accepter Laurent, et celui-ci le lui rendait bien. Le pire était quand il se prenait pour un autre, imbu de sa notoriété et de son titre d'avocat... «Tous les mêmes, ces hommes de pouvoir! marmonna Gaby pour lui-même. Sauf Myriam évidemment, mais elle, c'est différent, c'est une femme… Allez donc en trouver un parmi les défenseurs qui soit attentif aux petites gens? Il n'y en a probablement pas un…» Gaby se laissait aller à un sentiment de découragement. Impuissance… Injustice… Il avait de quoi se lamenter!

Ils arrivaient au lieu du rendez-vous. Déjà on apercevait un rassemblement sur l'esplanade. Quelques-uns avaient même dressé une tente et brandissaient des pancartes. Mais devant la grande entrée se pressaient, intimidées, les femmes autochtones. Gaby rangea son camion. Judy qui les vit arriver vint les accueillir:

— Myriam n'est pas avec vous?

Tout le monde se préoccupait d'elle, soulignait son absence, s'en étonnait.

— Les premières sont déjà entrées, un huissier est venu les chercher pour les introduire, clama Marie, fière d'être parmi les plus courageuses.

Et de fait, le cortège des femmes s'ébranlait pour pénétrer dans l'imposant édifice. Judy, enroulée dans un châle qui traînait par terre, avait ceint ses cheveux d'un bandeau de couleur rouge. Quelques-unes avaient mis des vêtements occidentaux. Seules les plus âgées portaient sur elles les signes distinctifs de leur appartenance, malgré leurs cheveux blancs. Judy se rapprocha de Gaby et de Mike et revint sur le sujet de Myriam:

— Comment se fait-il qu'elle ne soit pas parmi nous? Ça ne lui ressemble pas!

Gaby leva les bras et Mike baissa la tête. Alors, Judy les observa tous les deux longuement, sans prendre garde au fait que toutes les déléguées, sauf Marie, étaient rentrées et qu'elle toute seule risquait de rester à l'écart.

– Je vous vois un peu désemparés, mes gaillards! roucoula-t-elle en balançant la tête. Est-ce parce qu'on ne laisse passer que les femmes, ou bien est-ce parce que celle que vous attendez manque à l'appel?

Mike et Gaby restèrent cois et celui-ci qui venait d'apercevoir Jeff s'éloigna pour le rejoindre... Alors, Judy se planta devant Mike et laissa rouler son invraisemblable rire dont l'écho percuta le sommet de la tour du Parlement:

– Ne sois pas si inquiet, mon gaillard! Rien qu'à voir ton front, on voit bien: les vagues de ton âme provoquent une grande inondation dans tes pensées...

Mike haussa les épaules. Si toute autre que Judy lui avait parlé ainsi, il l'aurait rabrouée vivement. Mais il respectait la sorcière qui riait encore et frappait dans ses mains comme pour le réveiller:

– Les êtres qui nous sont destinés se retrouvent un jour ou l'autre sur notre route, mon gaillard... On les retrouve! Souviens-toi... Le monde est petit! Ah, ah... Arrête de faire cette tête-là, bouge, mon gaillard, bouge, remue-toi!

Mike commençait à être exaspéré par les facéties de Judy, surtout dans un endroit public et officiel comme celui où ils se tenaient. Il ne l'avait jamais attendue pour savoir comment se comporter! Furieux, il marmonna:

– Qu'est-ce que tu me chantes, Judy?

Elle, elle continuait de crier sans retenue:

– Le problème avec les jeunots comme toi, c'est que vous êtes toujours pressés!

Alors, Mike pour ne plus l'entendre prit ses jambes à son cou. Il s'éloigna de l'agitation qui régnait sur l'esplanade pour marcher un peu. Respirer. Retrouver sa sérénité… L'absence de Myriam le perturbait d'autant plus qu'il n'avait reçu d'elle aucun message, aucun signe de vie qui l'avait éclairé sur ses intentions. Marie, qui attendait devant le seuil de la grande porte, revint sur ses pas et tendit la main à Judy :

– Toujours pas de Myriam ?

Judy leva les bras en signe d'impuissance.

– Viens, Judy… Il est temps !

Les autres femmes étaient déjà entrées dans le hall. Judy qui suivait Marie sans se hâter se retourna tout à coup avec un large sourire :

– Tiens, je savais ! s'exclama-t-elle.

Et l'on vit apparaître la silhouette gracieuse de Myriam qui courait vers elle à perdre haleine.

– Que s'est-il passé ? fit Marie, soulagée.

– Rien, ou plutôt si… Entrons vite, je t'expliquerai !

Dans sa hâte, Myriam heurta le portier et lui fit mille excuses.

– Gaby et Mike te cherchent partout…

– Je n'y peux rien !

– Les femmes ont fort à faire, hein, petite ? chuchota Judy, en faisant une large révérence au bonhomme portier qui restait impassible.

Tandis qu'elles montaient l'escalier, Myriam répondit tout bas :

– Laurent et moi, nous divorçons…

Judy n'eut pas l'air surprise.

– Oh ! fit Marie. C'est terrible !

Dans un silence protocolaire, déjà les femmes prenaient place dans la salle où les ministres alignés devant le drapeau canadien serraient les mains et saluaient chacune en leur souhaitant la bienvenue.

Sur l'esplanade, quelques Indiens en tenue d'apparat, assis sur le sol derrière Jeff et Jason, fumaient ostensiblement le calumet. Ils avaient relevé la tête pour regarder leurs compagnes s'engouffrer dans l'édifice. Judy qui gesticulait leur faisait des grands signes. Avec elle, il fallait toujours s'attendre à tout.

— Ouais, dit Jeff à ses compagnons, aujourd'hui sais-tu, ce sont les femmes qui sont reçues par les autorités, et on en est fiers ! Demain ce sera notre tour, et après-demain encore et encore... On ne lâchera pas avant d'avoir obtenu gain de cause sur tous les plans !

— Ça peut durer des années, grand-père, fit remarquer le jeune Billy Diamond, moqueur.

Jeff comprit sa remarque et hocha la tête :

— Eh bien, si nous autres, on est morts dans ce temps-là, sais-tu, ce sont nos enfants et vos enfants à vous, mon gars, qui prendront la relève !

— Comment se fait-il que les Blancs soient si injustes avec les Indiens ? dit alors un jeune de la famille Saganash.

— Ça, ça fait partie de ce qui les travaille au corps, répondit Jeff, car vois-tu ils sont, comme nous, un produit de ce pays, mais ils ont vendu leur âme à ce qu'ils appellent la modernité... L'argent, c'est l'argent qui mène la danse !

— Les nôtres se sont contentés pendant des générations de vivre dans les bois et de n'avoir d'autre besoin que celui de manger chaque jour et d'avoir l'âme en paix..., ajouta Gaby, qui s'était rapproché.

— Et puis, les marchands de bonheur sont venus, sais-tu ! renchérit Jeff.

– Les marchands de tout qui ont vendu leur âme au diable et qui font de la Terre-mère la poubelle de leur avidité. Ceux-là ont pollué l'esprit des gens simples, ils ont pollué la race humaine tout entière, celle des Indiens et celle des Blancs, leurs frères aussi. Ils ont créé les nouveaux esclaves!

Quand les femmes ressortirent, de beaux sourires étaient inscrits sur les visages.

– Alors? demanda Gaby.

– Alors il y a des chances pour qu'on gagne la partie…, fit Marie.

– Encore quelques rencontres comme celle-ci et les femmes auront sauvé leurs privilèges, à l'égal des hommes…, expliqua Myriam.

Mike qui revenait de sa promenade en solitaire rejoignit vivement les autres et s'approcha pour en savoir plus, mais Myriam coupa court à la conversation:

– Parlez-en sans moi, je dois filer!

– Tu nous quittes? dit Gaby en haussant les épaules.

Elle fit un signe de la main et courut jusqu'à sa voiture, vive comme un feu follet. Mike ne savait comment interpréter son attitude. Elle l'avait à peine salué.

– J'ai une longue route à faire! leur cria-t-elle de loin, en leur lançant la main.

Mike lâcha un soupir et Judy la suivit du regard jusqu'à ce que sa voiture disparaisse de l'autre côté du pont:

– Les femmes ont fort à faire! répéta-t-elle tout bas. Courage…

Sur l'esplanade de la colline, devant le Parlement, des touristes s'étaient approchés du groupe. Ils regardaient et écoutaient les paroles des Indiens qu'ils trouvaient très exotiques. Plusieurs sortirent leur appareil photo et immortalisèrent ces instants sous tous les angles. Une femme blonde, qui semblait médusée par leur discours, fit quelques pas vers son mari qui photographiait, agenouillé dans l'herbe :

— Sais-tu, Henri, que leurs paroles sont pleines de bon sens ?

Henri, un homme ventripotent, haussa les épaules, fit une grimace et répondit d'un air bourru :

— C'est dépassé, leurs histoires, on n'est plus au Moyen Âge.

Et sans écouter ce qu'elle avait à lui dire, il l'entraîna un peu plus loin, vers la promenade du bord de l'eau, où de jolis écureuils noirs sautillaient dans l'herbe. Henri ne voyait aucun intérêt à rester dans les parages pour entendre de vieilles idées sans fondement dont, au XXe siècle, tout le monde se moquait éperdument... Il le lui fit remarquer sèchement.

CHAPITRE XIV

Étendue sur le lit, dans une petite chambre toute blanche, dénuée de superflu, Myriam, un livre à la main, tentait en vain de trouver le sommeil. Il devait être bientôt minuit. Depuis combien de jours était-elle parmi les moniales? Elle n'en avait pas la moindre idée. Trois jours, six jours, dix jours, peut-être plus? Elle se leva un peu étourdie et s'approcha de la fenêtre. Le ciel était d'un noir opaque et tout était silencieux dans le parc ceint de hauts murs de pierre. Les feuilles des ormes tremblotaient et bruissaient au rythme d'un léger vent qui venait du fleuve, et un cri d'oiseau, sans doute un héron attardé sur une roche, perçait le silence de la nuit. Par la fenêtre ouverte, elle entendait s'élever de la chapelle voisine les notes douces d'un chant grégorien, preuve qu'un office s'y déroulait encore. Alors, elle eut envie de sortir et de rompre son isolement.

Depuis qu'elle était entrée chez les ursulines pour faire cette retraite de quelques jours, elle n'avait rencontré personne en dehors de la supérieure, mère Thérèse du Sacré-Cœur, qui l'avait accueillie avec une ou deux religieuses. Elle s'était contentée de suivre les horaires de la communauté avec une régularité absolue, elle qui n'était pourtant pas soumise aux exigences de la discipline interne, et elle avait tenu son journal de bord, notant consciencieusement dans un cahier ses moindres faits et gestes, ses questionnements et ses réflexions. Grâce à cet exercice, Myriam tentait d'éclaircir son esprit, de comprendre ses mécanismes et de démêler le nœud qui s'était formé dans sa vie. Elle avait mis de côté les préoccupations des peuples autochtones pour se concentrer sur sa vie personnelle, faire une sorte de bilan. Mais malgré cela, elle n'y voyait toujours pas mieux, redoutant la descente dans son univers intérieur et le contact avec des émotions trop explosives. Elle essayait de se comporter en fille raisonnable, faisant abstraction de ce qui l'avait poussée à sombrer dans sa passion pour Mike. Honteuse, coupable, et pourtant amoureuse, elle, une jeune femme que la bourgeoisie québécoise aimait à montrer en exemple, elle tentait de l'oublier avec persévérance, avec minutie, chassant son image et repoussant le défilé des souvenirs récents qui menaçaient de s'imposer. Elle s'approcha de la petite table qui lui servait de bureau et ouvrit la dernière page de ses notes qu'elle relut, sans y trouver le sens qu'elle cherchait. « Demain il faut absolument que j'appelle Laurent, songea-t-elle, pour lui indiquer ma date de retour... » Et en effet, elle se souvint qu'elle avait envisagé de rester ici tout au plus sept ou huit jours, mais, perdant pied, se sentant faible comme jamais, et cela ne lui était pas arrivé depuis la mort de Maguy, elle avait perdu la notion du temps. Myriam avait l'impression que tout était devenu fragile à l'intérieur d'elle et qu'il aurait suffi d'un rien pour qu'elle s'écroule. Elle s'était laissée glisser dans la partie d'elle-même qui n'était que souffrance. Avec angoisse, en quelques secondes, elle revit cette terrible période qui remontait à plus de quatre ans, alors qu'elle venait d'apprendre qu'elle était une enfant adoptée, essayant de se cramponner à un équilibre qui menaçait de lui échapper encore. Pierrette l'avait incitée à venir ici en solitaire, mais la solitude lui pesait. Elle aurait eu besoin de tenir une main amie, celle de Gaby par exemple…

Elle se mit à écrire et s'aperçut que les mots qui se couchaient d'eux-mêmes sur le papier, sans exception, étaient consacrés à ses enfants. Guillaume, Laurence, Lydia. Chacun avec ses particularités était si bien relié à elle que, même ici, en cet endroit isolé, elle voyait et entendait leurs rires, leurs mimiques et leurs gestes. Leurs visages enjoués l'appelaient et leurs bras réclamaient sa présence. Alors, ce fut soudain pour elle une évidence. «Je ne peux continuer à m'éloigner d'eux, c'est impossible… Je les ai déjà trop délaissés, les pauvres chéris… Ils sont ma vie et ma priorité!» Ayant accepté ce point crucial entre tous, elle songea ensuite à Laurent, s'efforçant de ne pas laisser monter ce qui, venant de lui, la mettait de nouveau en colère. «Il y avait tant de choses que je trouvais irrésistibles chez lui lorsque nous nous sommes mariés, pourquoi tout cela s'est-il brisé irrémédiablement?» songeait-elle avec mélancolie. «Maintenant il faut régler les choses quoi qu'il advienne et, que mes sentiments soient paisibles ou non, je dois rentrer auprès de mes trois petits.»

Alors, ne pouvant toujours pas s'assoupir, elle enfila une robe et sortit de sa chambre pour aller à la chapelle et participer aux prières avant de quitter le couvent. Ce n'était pas vraiment dans sa nature, la prière, mais, cette nuit-là, Myriam s'assit sur un banc et courba la tête, un peu à l'écart, au fond de la chapelle, se laissant porter par les voix pures des sœurs qui, en chœur, célébraient leur Dieu.

Au fur et à mesure que les minutes s'écoulaient, un sentiment de sérénité s'installait en elle. Les lumières diaphanes autour de l'autel, les fleurs, les chandelles et les lampions derrière les silhouettes des religieuses, le son de l'orgue qui venait du jubé, l'ensemble donnait une touche irréelle à la scène. L'office touchant à sa fin, l'une après l'autre les sœurs se levèrent pour se retirer à petits pas, tête baissée, mains croisées sous leurs amples manches. Gestes simples, répétition sans fin d'un quotidien sans surprise où l'angoisse intime cède le pas à l'humilité... La vie qui s'écoule dans ces conditions est exempte de tracas, d'insécurité. Myriam, recueillie, se laissait imprégner par les sensations nouvelles qui l'envahissaient peu à peu. Tradition venue du fond du Moyen Âge, le rituel exerçait une sorte de fascination, empêchant les pensées néfastes qui d'ordinaire épuisent le cerveau de prendre racine. La vie en ce lieu était consacrée à l'essentiel et rien de plus. Apaisement. Myriam qui se sentait mieux ne souhaitait pas retourner dans sa chambre et s'abandonnait, les yeux clos, laissant son âme dériver vers des rivages inconnus et mystérieux, accompagnés de notes grégoriennes. Un chatouillement subtil sur son bras la fit réagir. Elle ouvrit les yeux. Une mouche impertinente courait sur sa peau. Brusquement elle chassa l'intruse et suivit son vol du regard. En levant la tête, Myriam s'aperçut qu'elle avait pris place devant un imposant portrait du Cardinal. Le plus grand qu'elle ait jamais vu. Cela lui fit un choc! Lui, ici? Se retrouver loin de Montréal sous la coupe de son géniteur, alors qu'elle avait tout fait pour l'éloigner de sa vie, de ses pensées et de toute forme de préoccupation, la troubla. Médusée, ne pouvant quitter ni le personnage ni la majesté qui se dégageait de sa pose, elle s'agenouilla sur le prie-Dieu et chercha malgré elle à détailler ses traits, à percer l'énigmatique sourire qui avait fait sa réputation et qui cachait la trame des pensées cardinalices… Comme elle l'aurait fait jadis, lorsqu'elle était au collège tenu par les religieuses, elle joignit les mains, essayant de faire remonter à sa mémoire les prières qu'on récitait à la messe. « Notre Père qui êtes aux cieux… Que votre nom… » Elle balbutiait, se reprenait, quand tout à coup elle se surprit à dire à voix haute :

– Mon père qui m'a abandonnée, est-ce bien toi ? Est-ce vraiment toi, mon père ?

Les mots prononcés sans le vouloir s'égrenaient sous la voûte, exigeant une réponse, une réparation, un dédommagement quelconque… Nul commentaire ne lui fut retourné, mais, l'espace d'une seconde, elle crut apercevoir à la commissure des lèvres de Son Éminence un léger plissement. Elle insista et répéta sa question… L'orage dissimulé dans le fond de sa poitrine, latent depuis plusieurs années, se réveillait. Myriam espérait que ce grand seigneur imbu de son rôle et de sa personne, lui qui avait tant marqué son époque en guidant un peuple soumis à ses exigences, même disparu, fasse un miracle. Qu'il s'anime comme dans les livres des saints, qu'il descende de son piédestal et qu'il la prenne par la main, comme le font tous les papas du monde, pour lui dire avec bonhomie : « Viens, ma fille, ma toute petite fille, mais oui, c'est la vérité, tu es ma fille, je te l'avoue… Que Dieu qui nous entend me pardonne, qu'il récompense ta mère pour les douleurs qu'elle a endurées...» Ainsi soit-il! Justice aurait été rendue! Fantasme. Le Cardinal ne bougeait pas. Il ne sortait pas de son mutisme de portrait et dans son regard, Myriam, attentive, ne vit que le reflet vide du néant infini, l'au-delà éternel, intangible, promis par ceux qui créent les religions. Persévérante, elle questionnait et réclamait encore. Hélas, le portrait ne lui apprit rien de plus que ce qu'elle savait déjà: elle était la fille naturelle de cet homme vénéré et qu'on disait vénérable! Ce secret-là, celui de sa faute, comme tous les secrets de famille qui tapissent l'intimité d'un peuple, resterait à jamais enfoui, relégué, occulté, oublié dans les entrailles des archives religieuses dont personne ne le sortirait, et la postérité ignorerait à jamais comment Kateri sa mère avait servi les fantaisies du prince de l'Église qui, pour son joli minois, avait failli... Elle ne put réprimer un long soupir et une larme glissa le long de sa joue, tandis qu'une voix douce derrière elle murmurait:

– Que faites-vous ici à pareille heure, mon enfant? Ma chère enfant! Nos religieuses sont retournées depuis longtemps dans leurs cellules...

La mère supérieure vint se placer devant elle, souriante et attentive à sa peine. Elle avait un visage empreint de bonté et un regard limpide qui appelait la confiance. Les larmes de Myriam redoublèrent.

– Vous paraissez troublée, ma fille...

– Excusez-moi, ma mère, je le suis en effet...

La religieuse joignit les mains sur le crucifix qui ornait sa poitrine:

– Je vous ai entendue questionner! Venez, mon enfant, allons au parloir et dites-moi ce qui vous bouleverse ainsi...

Myriam, confuse, jeta un ultime regard au portrait et, sans résistance, suivit mère Thérèse du Sacré-Cœur jusqu'au bout du corridor, étonnée et soulagée de recevoir cette bienveillante attention.

– Pierrette m'a parlé de vous en termes élogieux, ma fille… parlez-moi de ce qui vous amène parmi nous et de ce qui tourmente vote âme.

– Ma mère, vous connaissez Pierrette ?

– Certainement, j'étais novice lorsqu'elle travaillait, toute jeune elle aussi, à l'archevêché…

Myriam tressaillit.

– Ma mère, ne soyez pas choquée par mon attitude… Il faut que je vous parle, vous l'avez deviné…

Mère Thérèse baissa doucement la tête :

– Je le sais, mon enfant…

Et elle ouvrit ses mains pour accueillir les doutes de Myriam, pour lui donner toute l'écoute dont celle-ci avait besoin. À brûle-pourpoint, sans y réfléchir, Myriam questionna :

– Avez-vous également connu Kateri, lorsqu'elle travaillait comme couturière à l'archevêché ?

Mère Thérèse du Sacré-Cœur, bien que surprise d'entendre le nom de Kateri, eut un large sourire :

– Bien sûr, mon enfant, nous nous croisions tous les jours…

Alors, la religieuse qui observait les traits de Myriam vit une brusque réaction sur son visage, comme si elle venait de lui donner un renseignement capital :

– Mais, mon enfant, vous lui ressemblez étrangement !

Ce fut comme si, tout à coup, celle qui avait consacré sa vie à Dieu avait le souffle coupé par une révélation, une illumination, et elle osait à peine croire à ce qu'elle voyait.

— L'avez-vous connue vous-même?

— Non, pas vraiment…, répondit Myriam.

La religieuse blêmit. Elle venait de comprendre l'énigme qui l'avait intriguée depuis tant d'années! Myriam en était la preuve vivante… Réplique exacte de Kateri, Myriam ne pouvait qu'être sa fille. Dans la pâle lumière de ses yeux, passèrent en quelques secondes les silhouettes fantomatiques de Kateri, Pierrette et les autres jeunes filles qui, dans ces années lointaines, avaient engagé leur avenir dans la religion qu'on leur enseignait. Un idéal solidement institutionnalisé dans tout le Québec et presque disparu, une discipline intransigeante où il n'y avait aucune pitié pour celles qui s'écartaient du droit chemin.

— Kateri était la grande amie de Pierrette et c'était une excellente personne, une compagne enjouée et délicate!

Elle fit une pause, ne sachant comment rattacher ensemble des faits pourtant évidents. Quoi dire ou ne pas dire, la loi du secret était encore celle qui dominait la société bien-pensante. Myriam, suspendue à ses lèvres, voulait en savoir plus.

— Et puis, quelle brodeuse! Il n'y en avait pas deux comme elle…

— Vos paroles me font du bien, ma mère… On m'a conté qu'elle avait été considérée comme une voleuse… mise à l'écart et puis…

Myriam rougit, ne sachant quoi ajouter. Peut-être en avait-elle trop dit? Pourtant, à cet instant précis, les silences étaient plus éloquents que les paroles pour ces deux femmes qui, sous le coup d'une grande émotion, se tenaient immobiles, face à face. Derrière les vitres des fenêtres, l'aube dessinait des auréoles roses autour des branches et l'herbe du parc, qui se réjouissait de la prochaine venue du soleil, scintillait de millions de gouttes de rosée. Les pensées des deux femmes s'étaient rejointes dans l'évocation de Kateri et du Cardinal. L'instant était solennel. Il n'était plus besoin de vains discours.

— Pierrette m'a presque élevée, voyez-vous, après avoir quitté l'archevêché…, dit alors Myriam.

— Oh! Je comprends…, fit simplement la mère supérieure, qui baissa les yeux.

— Ma mère, puis-je vous poser une dernière question?

— Allez-y, ma fille, et si elle est convenable, je répondrai…

Mère Thérèse avait le cœur battant.

— Pour quelle raison la photo de Son Éminence est-elle au beau milieu de la chapelle?

— Parce que Son Éminence a envoyé des fonds pour le couvent lorsque je suis venue ici… Notre communauté lui en est très reconnaissante… À cette époque, j'avais décidé de quitter son service à l'archevêché. C'est qu'auparavant, voyez-vous, Myriam, j'avais veillé sur lui jusqu'aux derniers mois de sa vie…

Et elle rougit un peu en hochant la tête. Myriam allait de surprise en surprise, tandis que mère Thérèse du Sacré-Cœur, prise dans ses souvenirs, se laissait aller. Émue, la religieuse revivait les sentiments qui l'unissaient au Cardinal et comprenait l'émoi de Myriam. Sa fille? Sans aucune hésitation! Après ces confidences de l'une à l'autre, le secret se refermerait à jamais sur les murs du couvent… Durant ce tête-à-tête avec sa jeune visiteuse, Thérèse du Sacré-Cœur, incapable de trahison, saisit le visage des choses dissimulées au commun des mortels. Elle aussi avait trop aimé Son Éminence et s'en repentait! Elle fit une génuflexion, se signa et Myriam l'imita.

— Venez, dit-elle brusquement, comme pour se sortir d'un rêve, je vais vous montrer un objet que vous aurez plaisir à voir!

Et elle entraîna Myriam au pied de l'autel de la Vierge. Toutes deux s'agenouillèrent:

— Voyez! dit-elle d'un ton enjoué.

Myriam, qui ne comprenait pas ce que l'autre l'invitait à regarder, ne bronchait pas.

— Voyez cette splendeur! répéta la religieuse.

Et soudain, les yeux de Myriam s'ouvrirent, émerveillés par la beauté du tapis qui recouvrait l'autel. C'était un objet particulier, fait de broderies de toutes les couleurs, parsemé de fils d'or. Les motifs sacrés s'inspiraient des dessins indiens pleins de poésie que Myriam avait vus chez ses amis du Nord. Myriam leva les yeux. Mère Thérèse l'observait, attentive à son émoi. Il y eut un long, très long silence. Myriam avait souvent entendu parler du talent exceptionnel de Kateri et la preuve en était, encore plus que la petite bourse qu'elle possédait, cet ouvrage remarquable étalé devant elle. Elle s'approcha avec respect pour le toucher. Sa douceur était étrange et pénétrait dans sa poitrine comme un baume. Myriam imaginait Kateri, l'aiguille à la main, penchée sur son travail, concentrée, heureuse de produire le meilleur de son talent pour les autorités religieuses. Alors, le visage de sa mère devint très net, comme un portrait fixé dans un médaillon qui se serait soudain ouvert devant elle, et qu'elle pourrait admirer désormais toute à son aise, à tout moment. Une immense paix l'enveloppa. Mère Thérèse du Sacré-Cœur, qui avait connu Kateri et le Cardinal, avait seule conservé la mémoire de ces deux-là à l'abri des regards ordinaires. On aurait pu penser que c'était dans le seul but de faire vivre à Myriam ce moment intense. La jeune femme, ébranlée, tremblait de tous ses membres.

— Il est temps d'aller vous reposer, mon enfant…

Myriam hocha la tête. Les rayons du soleil s'infiltraient derrière les silhouettes des grands arbres. La lune avait disparu, laissant derrière elle un halo de teintes argentées par-delà les murs de pierre grise, et la cloche, au-dessus de la statue de la Vierge, appelait les sœurs à la prière du matin.

— Je vais vous quitter, ma mère, dit Myriam, émue aux larmes. J'étais venue ici pour éloigner les questionnements et les doutes qui m'ont fait trébucher…

Et elle éprouva le besoin de se confesser:

— J'ai commis des fautes irréparables!

— La condition humaine est douloureuse, lui répondit mère Thérèse, en lui caressant la joue. Qui ne commet pas un jour une erreur regrettable?

Mère Thérèse n'avait pas besoin d'en entendre plus pour donner sa bénédiction à Myriam.

— Ne soyez pas inquiète, lui dit-elle encore, vos remords sont la promesse d'une grâce particulière…

— Avec votre aide, ma mère, j'ai retrouvé l'âme de celle que je cherchais, en plus d'avoir compris qu'il fallait rentrer sans tarder auprès de mes enfants!

— Allez, ma fille! Allez!

Et mère Thérèse du Sacré-Cœur, emplie d'allégresse, embrassa Myriam sur les deux joues en la serrant sur son cœur, comme si elle avait été sa propre fille.

Myriam eut tôt fait de remplir son sac avec les quelques effets qu'elle avait apportés. Avant de partir, elle ouvrit sa sacoche et, vérifiant qu'elle avait bien ses clés, sortit la bourse en cuir brodée par Kateri, celle que Pierrette lui avait donnée voici plus de quatre ans. À l'intérieur, il y avait la photo de son père et de sa mère, la seule qu'elle possédait et la seule qui avait sans doute jamais été prise : point de départ de sa quête… Le jour s'était levé. Elle reprit la route dans la clarté grandissante, l'âme apaisée. Malgré les écueils qui la rendaient fragile, elle revint chez elle, consciente et fière d'avoir à continuer ce qu'elle avait entrepris et ne regrettant rien. Après avoir parcouru les territoires du Nord, fait la connaissance des peuples autochtones et approfondi leurs coutumes pour comprendre l'âme de ses ancêtres, voici que chez les ursulines, dans l'obscurité et la quiétude d'un lieu délaissé par les nouvelles générations, elle avait retrouvé, comme s'il l'attendait, le souvenir de ceux dont elle avait besoin. Le cœur gonflé de gratitude, fatiguée et heureuse, Myriam s'était réapproprié l'essentiel. Ce n'était que peu de chose, mais cela lui permettait de sentir ce qui avait animé ses parents biologiques et conduit leur vie vers la réalisation de la sienne.

*

Laurent arrivait à la maison, après une longue journée de travail. Tout y était silencieux. Quelle ne fut pas sa surprise de trouver Myriam endormie sur le canapé. Les contradictions s'entrechoquaient en lui. Il aimait Myriam et la détestait en même temps, elle qui finissait toujours par se comporter en dehors de toute norme… En entendant le bruit de ses pas, Myriam ouvrit un œil et s'assit d'un bond, ne sachant plus trop où elle était. Un peu machinalement, elle lui tendit les bras, mais Laurent la regarda sans broncher. Il eut un geste de recul. Ça n'était pas vraiment le moment de jouer avec lui et de lui imposer de nouvelles folies! Il n'avait pas que cela à faire… La colère grondait dans tout son être. Frustré, humilié, il lui prêtait déjà des intentions équivoques et ne savait plus s'il était soulagé ou enragé. Il était à bout.

— Tu es déjà revenue?

— Tu vois bien! dit-elle sur le ton de la plaisanterie.

— Pourquoi ne m'as-tu pas mis au courant?

Elle se contenta de hausser les épaules, comme pour lui dire «Quelle importance!»

— Les enfants ne sont pas avec toi?

— Tu vois…

— Ils sont chez ta mère?

— Oui.

— Comment vont-ils? demanda-t-elle, émue.

Il ne semblait pas disposé à se laisser aller au bavardage. Elle sentit que les choses n'iraient pas selon son bon vouloir.

— Parle-moi d'eux…, insista-t-elle.

Laurent acquiesça de la tête.

— On va en parler. Le moment est venu de régler nos affaires.

— D'accord avec toi, affirma-t-elle, hésitant tout à coup entre soulagement et crainte.

Il valait mieux abonder dans son sens.

– On va faire du café, veux-tu?

Laurent mit en marche la cafetière électrique.

Plantée au milieu de la cuisine, ne sachant par quel bout commencer, Myriam s'approcha de lui, gauchement, comme s'ils ne s'étaient jamais connus. Une barrière entre eux empêchait toute forme de familiarité. Leurs attitudes d'antan, celles qui les réunissaient, s'étaient évaporées dans le feu amer des reproches qu'ils nourrissaient l'un pour l'autre. Laurent qui voyait la gêne de Myriam ne fit rien pour casser la glace, décidé à mener les choses à sa façon :

– Alors, où en es-tu? Tu vas aller rejoindre «ton» Indien?

Sa dernière question était à elle seule une façon de reprendre l'offensive.

– Pas nécessairement…

– Je te fais porter dès demain, par huissier, ma requête de divorce!

Il avait employé un ton sans réplique et Myriam, qui cherchait une ouverture, sentit qu'elle se butait à une muraille. Elle avança timidement :

– Ne peux-tu me la transmettre toi-même? De la façon dont tu procèdes, c'est une déclaration de guerre…

– Appelle ça comme tu veux!

Il y avait une sorte de cruauté nouvelle dans ses yeux. Elle s'était attendue à tout, sauf à ce diktat sans appel.

– Oh! Laurent… J'ai fait une erreur, et je suis prête à reconnaître mes torts! Je te demande pardon… Au moins, tentons de rester amis et de nous comporter…

– Jamais je ne passerai l'éponge, Myriam. Je ne suis pas prêt à reconnaître que les femmes peuvent tout se permettre… Les féministes! ajouta-t-il, sarcastique, en haussant les épaules. Tu en fais partie? C'est bien, je l'accepte. Mais je n'accepte pas que la femme que j'ai épousée se comporte ainsi.

Laurent était pris dans un étau qu'il avait lui-même resserré et qui l'étranglait, ne lui laissant pas la possibilité de nuancer ou de changer quoi que ce soit à son attitude. Il fit quelques pas pour soulager sa nervosité, puis fournit les arguments qu'il avait en réserve:

— D'ailleurs, n'oublie jamais que moi, comme tes parents adoptifs, nous t'avons sortie du trou! Si tu es ce que tu es, c'est un peu grâce à moi, non?

Il n'avait rien trouvé de mieux que de lui lancer en pleine face la chose la plus douloureuse de son existence, la méconnaissance de ses origines et il la lui reprochait! Myriam se mordait les lèvres:

— Mais c'est abject et mesquin…

— Peu m'importe! Moi, c'est ce que tu as fait que je trouve abject!

Il revint sur le point qui le blessait:

— Tu m'as trompé et, au nom du féminisme, tu trouves cela normal peut-être?

— Je n'ai jamais dit cela…

Laurent fulminait. Myriam l'écoutait et tentait d'établir un bilan qui, tout compte fait, n'était pas très glorieux. Découragée, elle se laissa tomber sur une chaise. Laurent ne la voyait pas, devenu aveugle à ce qu'il aimait en elle et fermé à toute forme de négociation. Myriam ne pouvait pas imaginer un plus triste épilogue à leur vie conjugale: elle était à présent une étrangère aux yeux de l'homme qu'elle avait épousé.

— Laurent, si je te fais le serment de ne jamais «le» revoir, n'es-tu pas disposé à passer l'éponge? fit-elle, un peu maladroite.

— Jamais!

— Tes positions sont si extrêmes...

Pouvait-elle raisonnablement plaider sa propre cause? Elle n'en avait plus la force. La plaie continuait de s'ouvrir tout au fond d'elle, douloureuse. Elle éclata en pleurs. Magnanime, il lui tendit un mouchoir.

— Il fallait y penser avant... Je ne suis plus assez bon pour toi et c'est tant pis... Je regrette moi aussi, Myriam!

Pendant qu'il disait cela, la pâleur de ses traits s'accentuait et les cernes noircissaient son regard. Ses mains, fébrilement, allumèrent une cigarette. Il était agité, comprimant sa souffrance de toutes ses forces et lançant encore des mots aussi tranchants que des poignards. Myriam, écartelée par ses paroles, cherchait en vain quelque chose de cohérent à opposer à son raisonnement, mais rien ne sortait plus de sa bouche. Les volutes de fumée commençaient à lui piquer la gorge et accentuaient son désarroi:

— Mais nos enfants...

— Ma mère les gardera et toi, tu pourras ainsi mener ta carrière comme bon te semble...

— Jamais!

C'était plus fort qu'elle, son cri avait jailli d'un trait. Elle le fixa pendant un long moment, incrédule. Comment était-on parvenus à ce niveau d'hostilité? Laurent, immobile, soutenait son regard, prêt à renouveler le coup de masse qu'il lui avait laissé tomber sur le crâne. Myriam ne savait plus s'il plaisantait ou s'il dévoilait ses véritables intentions. Il voulait la bataille! Jamais elle ne laisserait sa belle-mère jouer un rôle qui lui revenait... Elle osait encore espérer que les propos de Laurent dépassaient sa pensée, mais la guerre était déclenchée. Myriam s'accrochait à ce qui avait été beau entre eux, elle avait tenté de faire renaître l'élan de leurs premières amours, mais il n'y avait plus rien. Rien d'autre que de la souffrance et du déchirement, rien d'autre qu'un immense ravage où la vie ne pourrait plus continuer à s'épanouir. Il aurait suffi de peu pour que les choses se raccommodent et qu'ils redeviennent des amis. Il aurait fallu qu'ils adoptent des positions moins radicales, mais lorsqu'on a trop tiré sur une toile, elle devient irréparable... Finalement, Myriam trouva la force de lui dire avec une toute petite voix :

— Je ne peux croire, Laurent, que tes conditions sont celles-là, d'autant que si nous divorçons, c'est un juge et non pas toi qui déterminera ce que nous devrons faire...

Habitué aux procès, Laurent n'entendait pas se perdre en tergiversations et Myriam, qui avait imaginé pouvoir s'expliquer longuement et obtenir une forme de pardon en acceptant d'abandonner quelques-unes de ses prérogatives de jadis, était vaincue d'avance. Elle le savait. Elle se sentait perdue. Laurent l'avait brisée en quelques phrases. Elle se leva, s'approcha de la fenêtre et contempla le jardin où les feuilles rouges des érables formaient un tapis sanglant.

— S'il te plaît, Laurent, va chercher Guillaume et les jumelles... J'ai besoin d'eux.

Nerveusement, il releva ses cheveux :

— À cette heure-ci, es-tu folle ?

Elle regarda les aiguilles de la pendule et fit la moue. Il n'était pas encore tout à fait huit heures trente.

Alors, têtue, elle attrapa le téléphone et composa le numéro de ses beaux-parents.

— Bon, c'est d'accord, fit Laurent, soudain atteint de mansuétude, j'y vais… Préviens ma mère!

Au moins, ce soir, allait-elle tenir ses enfants dans ses bras. Le reste n'avait plus d'importance.

*

Le mois d'octobre avait gratifié les Montréalais d'une température des plus douces, mais, ce matin-là, le gel avait pris possession de la terre et la neige tombait par bourrasques, sous un ciel gris et bas. Les enfants, excités par la première neige, bien emmitouflés, jouaient dans la cour. Myriam, mélancolique, les surveillait tout en préparant le prochain repas. Ils grandissaient, se transformaient et, les joues rougies par le froid, s'inventaient toutes sortes de danses pour courir après les flocons. Pourtant, dans la maison d'Outremont, plus rien n'était pareil… Épilogue regrettable mais inévitable, Laurent avait déménagé discrètement et ne venait que pour chercher Guillaume, Laurence et Lydia lorsqu'il s'accordait un jour de repos. Même si Myriam et lui avaient décidé de la tournure des événements, elle avait peine à s'habituer au changement radical. La solitude lui pesait et pourtant il fallait faire face. Réapprendre, réorganiser les jours et les soirées. Seule. Parfois, lorsque les enfants étaient avec leur père, une sorte de panique s'emparait d'elle à laquelle elle refusait de céder et qui l'épuisait. Des questions surgissaient, des inquiétudes revenaient la maltraiter. Que faisaient-ils, étaient-ils chez les grands-parents, manquaient-ils de quelque chose, s'ennuyaientils d'elle? Alors, pour tromper son obsession, elle cherchait des occupations pour se distraire et n'en trouvait aucune qui soit plaisante. N'ayant de goût à rien, essayant d'écarter un sentiment d'abattement, elle retournait au bureau à des heures déraisonnables, ouvrait des dossiers en attente et se lançait à corps perdu dans des excès de travail, les mêmes qu'elle reprochait à Laurent voici encore quelques mois. Parfois, elle appelait Monique ou une de ses amies, ou mieux encore partait visiter Pierrette.

Chez cette dernière, la santé de Gaétan s'était encore dégradée: sa vie ne tenait plus qu'à un fil et, malgré ce qu'elle vivait, la brave Pierrette l'accueillait toujours à bras ouverts. Elle avait compris qu'il valait mieux laisser de côté les reproches et soutenir Myriam dans cette période délicate. Quant à celle-ci, contrite et repentante, elle n'avait pu se résoudre à contacter Mike. Elle n'en parlait jamais, mais Pierrette savait combien elle craignait des représailles venant de Laurent et de sa famille s'ils venaient à apprendre qu'elle le fréquentait. Alors, elle avait fait une croix sur toute forme de communication qui aurait été vaine, étant donné que la procédure de divorce ne tolérerait aucun écart de conduite de sa part si elle voulait obtenir la garde des enfants. Laurent, instruit de son aventure, avait dans les mains suffisamment de griefs pour s'en servir contre elle et le résultat aurait pu être fatal. La sévérité des juges dans ces années était notoire lorsqu'une mère de famille avait commis l'adultère et Myriam était bien placée pour le savoir. Laurent aurait eu tout loisir de se servir de cet argument. Dans un ultime effort pour faire accepter la situation à sa belle-famille, se montrer irréprochable et éviter qu'on la sépare des bambins, elle avait renoncé à son nouvel amour. Depuis lors, incapable de faire face aux regrets qui la déchiraient, elle espérait que Mike comprendrait. Tout simplement. Mais le pouvait-il? Rien n'était moins sûr... À certains moments, elle se promettait de passer au travers des épreuves et à d'autres, elle sombrait dans un état dépressif qui lui faisait peur.

Il lui avait fallu batailler, argumenter et s'épuiser en longues discussions avec Laurent pour que Mme Dagenais ne s'arroge pas le droit d'élever ses petits-enfants, ce qu'elle avait dans la tête depuis un certain temps, mais finalement, au moins sur ce point, Myriam avait obtenu gain de cause. Laurent avait compris que s'il lui arrachait ses trois bambins, elle ne s'en remettrait jamais et il avait eu un sursaut d'humanité pour lui éviter au moins cela. Mais lorsqu'ils se croisaient, puisqu'ils devaient le faire au bureau, il n'y avait plus la moindre démonstration d'affection entre eux, plus de complicité. Tout ce qui faisait jadis leur plaisir quotidien semblait s'être effacé, transformé, pour céder le pas à une froide relation d'affaires où chacun considérait l'autre comme un ennemi potentiel et se plaçait sur ses gardes. Tout cela créait chez Myriam une sorte de lassitude, ce qui ne lui ressemblait pas. Qu'était devenue la force qui, jadis, l'avait poussée à franchir l'une après l'autre les étapes de sa rapide ascension? Est-ce folie ou bien nécessité, cette pulsion qui réside en chaque personne de savoir d'où elle vient et où elle va et surtout de se forger un but à atteindre? Les questions affluaient sans qu'aucune lumière vienne l'éclairer. Depuis plusieurs semaines, Kateri sa complice invisible se taisait elle aussi, et les seuls rêves où elle apparaissait encore étaient confus, incompréhensibles, devenus inabordables. Tout s'y estompait dans une brume floue et sans consistance.

Les enfants pour leur part ressentaient le malaise de la séparation sans pouvoir l'analyser. Ils exprimaient à leur façon le trop-plein de souffrance qu'ils ne pouvaient contrôler. Lorsqu'ils s'éveillaient le samedi ou le dimanche, eux qui avaient l'habitude de grimper dans le lit de leurs parents demandaient à Myriam, l'air déconfit:

– Où est papa?

Et ils se fâchaient, boudaient ou trépignaient, malgré les câlins que Myriam leur prodiguait… Comment leur faire comprendre que la décision prise par leurs parents était la bonne, que leur vie irait mieux ainsi? Laurent avait concédé à Myriam un certain nombre de privilèges dont la jouissance de la maison, mais, en contrepartie, il s'enfermait dans un mutisme qui ne laissait prévoir rien de bon. Leur famille écartelée, tous les quatre étaient malheureux et faisaient mine de trouver la situation confortable… Pour Myriam, les journées et les semaines s'écoulaient enchâssées dans un tunnel gris qui souvent la décourageait. Elle vaquait sans enthousiasme à la bonne marche de la maison, consciente que le contact, même épisodique avec Mike, lui manquait cruellement…

Silencieuse, Myriam épluchait quelques légumes pour préparer une soupe, donnant libre cours à des pensées moroses. L'heure du souper approchait. Machinalement, elle regarda la pendule et tourna le bouton de la radio pour écouter les nouvelles quand la sonnerie du téléphone retentit:

– Monique! Ça me fait du bien de t'entendre…

— Et moi donc! Myriam, il fallait que je te parle...

Les deux amies ne se voyaient pas souvent, surtout depuis que Myriam multipliait ses activités professionnelles.

— Je pensais justement à toi, Monique! Que dirais-tu si je venais passer quelques jours chez vous avec les petits, histoire de me changer les idées..., proposa Myriam.

Elle s'aperçut alors que son amie n'avait pas l'air dans son assiette.

— Monique, que se passe-t-il?

— Myriam, les maris sont devenus impossibles...

Celle-ci se contenta de soupirer pour toute réponse. Elle le savait.

— Depuis que je me suis inscrite à l'université, voilà que Marc me boude... Il n'est pas content que j'aie décidé de faire mes études de médecine! Il craint que cela nuise à son standing d'avoir une femme qui soit son égale...

— Ça, malheureusement, c'est le refrain qui court!

— Il ne peut supporter l'idée, j'ai tout essayé pour l'amadouer... Il préfère que je torche les petits... Et moi, je n'en peux plus! Je n'en peux plus! Je suis à bout... Tu comprends, servir de domestique, de mère, d'amante et de compagne toujours disponible: ça devient impossible! Tout ça en même temps... On se démène, on s'oublie complètement et on n'a en retour que des frustrations. Et puis, je me demande s'il ne me trompe pas...

— Non! Tu te fais des idées parce que tu es malheureuse...

Myriam ne savait comment rassurer Monique qui continuait sur sa lancée:

– Je ne mettrais pas ma main au feu… Enfin, bref, tu as bien raison, Myriam, d'avoir abandonné les vieux modèles… Si nous, on ne le fait pas, que deviendront nos filles ? Seront-elles toujours des êtres humains de seconde catégorie ! Celles qui doivent plier de tous côtés ? On doit se libérer de cet esclavage dans lequel nous languissons…

Myriam était mal placée pour faire la morale à son amie, et jamais elle n'avait osé penser que Monique suivrait comme elle le chemin de l'autonomie parsemé d'embûches. Dorénavant, les jeunes femmes se lançaient dans l'aventure, laissaient derrière elles la vie tranquille et confortable, dénuée de stress et de responsabilités, celle qui avait été le lot de leurs grands-mères. Le tout ne se faisait pas sans heurts. Il fallait s'armer de courage.

– Attends, attends, calme-toi, Monique, tu es sous le coup de l'émotion ! Il faut qu'on se voie seule à seule… Il faut qu'on se parle. J'aurais aimé aller chez vous quelques jours, mais pourquoi ne viendrais-tu pas, toi, à Outremont avec les flos, on prendrait du temps pour se raconter tout et aller au fond des choses…

– Ça, c'est la meilleure idée !

– Je t'attends…

La voix de Monique s'était ensoleillée tout à coup et le projet redonnait courage à Myriam. Papoter comme dans le bon vieux temps, s'occuper des enfants, flâner un peu en ville et magasiner changeraient le mal de place. Leurs esprits se rejoignaient, comme lors de leur adolescence. Avant de raccrocher, Monique prit tout de même le temps de lancer :

– Je te garantis que je demande le divorce, et j'irai jusqu'au bout de mes études… Marc et moi, on ne s'entend plus sur rien! Rien de rien… Et puis, s'il me trompe…

– Monique, ne prends pas de décision à la légère…

Celle-ci avait déjà raccroché. Myriam n'arrivait pas à croire ce qu'elle avait entendu de la bouche de son amie qui, quelques années auparavant, ne pensait qu'à élever une nombreuse famille et à s'épanouir dans son rôle maternel. Les femmes avaient-elles donc changé à ce point en si peu de temps? À en croire les événements, une sourde révolte couvait comme une épidémie au plus secret des rapports entre les hommes et les femmes. On n'était plus dans la fantaisie… En surface, aveugles et sourds à la transformation amorcée par l'accélération de la vie moderne, les jeunes couples faisaient semblant d'admettre que tout était resté pareil, que rien n'avait bousculé les vieilles coutumes, que la vie conjugale, quand ils y accédaient, serait un long chemin romantique… Ils se comportaient encore à la façon des générations précédentes, comme on leur avait demandé de se comporter. Mais les femmes se révoltaient de toutes parts et rien ne fonctionnerait jamais plus selon l'ordre ancien. Se dirigeait-on vers une lutte des sexes, inutile gâchis qui déstabiliserait l'équilibre de la famille? Sans le savoir, les jeunes mariés s'apprêtaient à en faire une démonstration éclatante au milieu de leur vécu quotidien. Il fallait des femmes téméraires pour briser le silence mortel des convenances, pour prendre en main leur liberté et Myriam, comme Monique, étaient de celles-là. Myriam, songeuse, revoyait tout cela dans sa tête et constatait à quel point les choses avaient changé. Tout changeait si vite! La société posait les fondements de nouveaux paradigmes et tout se faisait dans un début de chaos qui échappait aux prévisions. Elle n'entendait plus la radio. Ses pensées voguaient et la soupe cuisait doucement en parfumant la maison. Derrière la porte donnant sur la cour, les enfants, le nez collé à la vitre, les joues rouges et les yeux vifs, tambourinaient de leurs mains en criant gaiement :

— Maman, maman, on a faim!

Myriam qui revint à la réalité se précipita pour les débarrasser de leurs vêtements chauds et les faire passer à table. Le quotidien ne permettait pas qu'on s'écarte longtemps dans la rêverie. Elle s'empressa ensuite de distribuer de généreuses portions et s'assit avec eux. Tandis qu'elle pensait à Monique et à toutes ses amies, la radio jouait des airs à la mode entre deux bulletins de nouvelles, des airs et des rythmes qui s'accéléraient comme la vie de tous les jours. «Réélection de Pierre Elliott Trudeau à la tête du gouvernement fédéral…», disait le commentateur. Myriam écoutait tout en surveillant ses enfants : Guillaume versait du lait à Laurence et à Lydia en leur faisant des recommandations dignes d'un grand frère. Il se tenait droit avec un port de tête rare pour un gamin de son âge. Aucune ressemblance avec Laurent, mais, dans ses gestes, Myriam crut percevoir l'attitude princière de celui qui était son grand-père… Illusions? Elle chassa cette pensée en entendant une annonce inattendue : «Le gouvernement de Robert Bourassa vient de proposer la création d'un Conseil du statut de la femme au Québec…» Un vent de victoire souleva son esprit. Inespéré… Enfin les femmes seraient reconnues et actives au sein de la société québécoise!

— Yé! s'exclama-t-elle.

Et les trois petits, ravis de voir leur maman de bonne humeur, répétèrent tout émoustillés :

– Yé, yé! Yé, maman…

«Les coutumes et le rôle des femmes changeront encore, et de plus en plus…», lui souffla une petite voix au fond de sa conscience. Incrédule, elle tressaillit et se releva. Kateri lui parlait. Quelle joie tout à coup! Celle-ci ne l'avait donc pas complètement laissé tomber, comme elle l'aurait cru. Elle se sentit moins seule.

*

C'était la première vraie tempête de neige et Myriam ne pouvait trouver le sommeil. Le mois de novembre s'annonçait froid, jour après jour. Elle se leva et fit un tour dans la maison tranquille. Les bruits de l'extérieur étaient étouffés par les flocons qui, sur le sol, formaient déjà une couche molletonnée. Guillaume dormait à poings fermés. Quant à Laurence et Lydia, elles étaient si bien enfouies sous leur courtepointe qu'on voyait seulement quelques mèches de cheveux s'étaler sur le coin de l'oreiller. Il lui vint l'envie de retrouver la douceur des soirées d'hiver, lorsqu'elle allumait un feu dans le foyer pour agrémenter la veillée. Alors, Laurent et elle bavardaient de tout et de rien, blottis l'un contre l'autre… Le parfum des bûches revint lui chatouiller les narines bien qu'elle n'ait pas allumé de feu depuis belle lurette. Hier, Monique était repartie chez elle après avoir passé une semaine avec ses enfants à la maison, décidée à changer le cours de sa vie et à tenir fermement les rênes de sa destinée. Myriam avait eu bien du mal à la convaincre de s'armer de diplomatie pour négocier avec Marc, plutôt que d'entamer tout de suite une procédure de divorce. Encore maintenant, elle n'était pas sûre de ce que

Monique allait faire. Elle s'assit derrière la baie du salon et regarda les flocons de plus en plus épais qui virevoltaient, poussés par le vent dans le ciel noir. C'était beau. Entre Laurent et elle, la sentence finale de la séparation approchait... Cela lui faisait peur. Myriam essayait en vain de recréer au bureau une atmosphère conviviale entre eux, Laurent était inabordable, rien ne le déridait et les tensions creusaient de plus en plus ses traits. Même s'ils n'avaient que peu, très peu de rapports, elle tentait de lui faire bonne figure et lorsqu'il venait chercher les enfants, la maison devenait trop vide, lugubre.

CHAPITRE XV

Novembre 1973. Le divorce était prononcé... Les années filaient... Guillaume aurait bientôt six ans et Laurence et Lydia avaient fêté depuis plusieurs mois leurs trois années, espiègles et adorables autant que leur grand frère était responsable. Myriam et Laurent, désormais libérés de toute préoccupation commune, hormis celle concernant leurs enfants, se côtoyaient comme de simples collègues. Ils avaient au moins réussi cela : en finir avec la guerre d'usure des couples désunis...

Mais toutes les femmes n'étaient pas aussi chanceuses qu'elle ! Myriam était absorbée depuis le matin dans un dossier épineux qui mettait en cause le fils de Gloria, Jimmy, accusé, entre autres, de trafic de cigarettes et d'alcool et même de violence conjugale. Le stylo à la main, elle réfléchissait aux moyens de sauver la mise à Gina qui, sans ressources et avec ses trois enfants, se débattait dans cet imbroglio. Si Jimmy était incarcéré, que deviendrait-elle ? Gaby devenu grand chef pouvait mettre sur pied les structures d'aide nécessaires. Elle se promit d'étudier le cas avec lui. D'autres femmes, comme les autochtones, étaient confrontées à ce genre de problème. Elles n'avaient pas la partie belle ! De fil en aiguille, son esprit revenait invariablement vers Mike. Si ses journées étaient très occupées, ses nuits étaient peuplées de rêves inassouvis qui l'entraînaient malgré elle auprès de lui, dans le Nord, dans un long dialogue onirique empli de désir. Myriam, consciente, luttait contre son sentiment, mais celui-ci, loin de s'amenuiser, lui jouait des tours, s'amplifiait et prenait des allures dévastatrices. Elle ne pouvait faire taire les questions qui la hantaient comme aujourd'hui, au beau milieu de la journée. Où était-il? Que faisait-il depuis qu'elle avait coupé les ponts? Lui en voulait-il? Ce bonheur qui lui avait échappé ne lui laissait que des regrets.

Elle posa son crayon et frotta ses yeux qui piquaient. Sans doute à cause des longues heures passées à éplucher des textes, à compulser des preuves, à comparer des jugements et des recueils de jurisprudence. Sans cesse, elle rédigeait des plaidoyers et intervenait dans les poursuites intentées par les Cris depuis la mise en chantier des barrages de la baie James, au grand dam des associés de Laurent et de Laurent lui-même. Et puis, il y avait de plus en plus de querelles entre les Mohawks de Kanesataké et les propriétaires des terrains situés sur la réserve, avec des accusations de trafic de cigarettes et d'alcool... Rien qui ressemble à du calme plat! Elle était lasse. Paula qui la surveillait maternellement du coin de l'œil déposa devant elle une tasse de thé avec quelques biscuits et repartit comme elle était venue : comme une ombre discrète qui prenait soin d'elle.

— Merci, Paula, s'écria Myriam qui sortit de sa rêverie. Vous tombez à point!

— Il y en a d'autres si le cœur vous en dit...

Et Myriam sirota son goûter avec délice, tout en continuant à penser à son oncle Gaby et à son ancien amoureux. Ancien amoureux? Un élan fou montait en elle et la dévorait… La flamme était encore vive. Gaby lui avait mentionné récemment que le jeune homme, qui était à Schefferville, partirait bientôt en mission au Mexique comme anthropologue pour étudier les vestiges mis à jour autour de ces étranges pyramides dont on n'avait pas encore découvert tous les secrets. Autant de sites qu'on analysait, qu'on restaurait afin de les faire visiter à des touristes de plus en plus nombreux. On entrait dans l'ère d'un tourisme populaire avide de connaissances. Les Québécois plus que les autres, enfermés dans un hiver interminable, prenaient la direction du sud pour se délasser. Mike avait fait le choix d'approfondir loin de chez lui sa culture, celle de tous les peuples d'Amérique. Voulait-il s'éloigner pour l'oublier? Sans doute. La route qu'il empruntait ne s'était pas tracée au hasard… Myriam n'avait pas osé demander des détails, questionner sur sa vie. Était-il encore célibataire? Elle grignota un autre sablé et finit de boire sa tasse d'un trait. Elle redoutait d'entendre une réponse l'informant qu'il s'était remarié ou qu'il avait choisi une nouvelle compagne… Quant à elle, son cœur lui appartenait encore! Quelques jours auparavant, Gaby avec qui elle avait eu une longue conversation était resté discret sur ce qu'il advenait de lui et, sans perdre de temps, il était revenu sur le sujet des communautés et de leurs problèmes immédiats. Les propos échangés l'avaient laissée un peu mélancolique, mais, au moins, elle avait appris subrepticement que Mike allait bien.

Myriam jeta un œil sur la pile des dossiers qui s'amoncelait devant elle. Elle était plus que débordée. Elle qui prétendait, deux ans plus tôt, connaître la formule idéale pour vaquer à tout et rester disponible, voilà qu'elle se laissait dépasser par les événements. Elle tenta de se remettre le nez dans sa requête, changea les termes d'un paragraphe, puis dicta une lettre urgente à Paula. En fait, sa réputation de défenseur des droits autochtones avait fait son chemin et des causes lui arrivaient de toutes parts. En outre, Laurent ayant attrapé une mauvaise grippe avait ralenti ses activités depuis une semaine et réparti le surplus des affaires qu'il ne pouvait traiter lui-même entre Myriam et ses collègues. Tous étaient d'accord pour dire que Me Laurent Dagenais n'était plus « l'infatigable ». Finalement, incapable de surmonter la maladie, la veille, sur les conseils de son médecin, il avait dû s'exécuter et prendre quelques jours de repos complet.

— C'est indispensable si vous voulez retrouver une forme physique convenable, avait dit le praticien, en hochant la tête avec conviction.

Depuis quelques mois, celui-ci n'avait pas manqué de sonner l'alarme au sujet de son état de santé.

— Je ne plaisante pas, avait-il ajouté, l'air sévère. Si vous continuez sur ce rythme, c'est votre cœur qui va se révolter, et en plus, vous fumez trop et vous buvez des quantités de café qui vous nuisent ! Je ne donne pas cher de votre état général, pourtant vous êtes très jeune !

Et d'une main autoritaire, le vieil homme avait rédigé une longue ordonnance et réitéré ses conseils. L'infatigable avait dû s'avouer vaincu… Le médecin n'avait pas le ton de la plaisanterie et, pour la première fois, Laurent avait compris qu'il valait mieux obtempérer. Il avait confié à Myriam plusieurs affaires déposées en Cour qu'elle devrait plaider, des questions somme toute assez urgentes qui demandaient une préparation soignée.

Les événements se succédaient : l'un n'attendait pas l'autre. Le matin même, Radio-Canada avait annoncé une nouvelle pour le moins surprenante, qui réjouissait le cœur de Myriam : Mᵉ Malouf, que les Cris avaient convaincu de défendre leurs droits sur les terres ancestrales, avait réussi à obtenir une injonction pour faire arrêter immédiatement le chantier déjà bien avancé… Un scandale à la une de tous les médias. En contrepartie, l'Hydro déployait tout son arsenal de juristes pour faire renverser la décision. On allait sans doute en entendre parler très vite… Myriam relut attentivement le texte de l'injonction, puis elle se tourna vers Paula qui la regardait, au garde-à-vous, respectueuse et discrète.

– Bien joué, maître Malouf…, dit la jeune avocate à haute voix. Ça, c'est du bon travail !

Paula opina de la tête, le crayon à la main, prête à prendre des notes et à soutenir les opinions de celle qu'elle admirait chaque jour un peu plus. Par-dessus le marché, comme si tout cela ne lui suffisait pas, Myriam soutenait le nouveau parti de René Lévesque qui affronterait aux élections prochaines le gouvernement de Robert Bourassa. Il y avait de quoi perdre la tête. Elle participait à des réunions de femmes qui, dans tout le Québec, se regroupaient en associations, discutaient entre elles, se découvraient des vocations communes pour revendiquer, travailler, planifier les naissances et même divorcer. La montée du féminisme était fulgurante. Les couples s'écartelaient. Un nombre croissant de mariages se révélaient des échecs à la moindre occasion... L'Église perdait du terrain et les vieilles institutions moralistes aussi.

Myriam jeta un coup d'œil à sa montre et se leva pour aller quêter auprès de Paula une autre tasse de thé bien chaud qui lui redonnerait du cœur à l'ouvrage. Le bureau était devenu comme une ruche qui bourdonnait de tous côtés... Les portes s'ouvraient et se fermaient, le téléphone sonnait à tout moment et on entendait des bribes de conversations dans tous les coins. Seul, le bureau de Laurent absent restait calme. Au moment où Myriam passait devant Daniel Larue, celui-ci l'interpella d'un signe de la main. Elle en fut d'autant plus surprise que le ton de leurs relations n'était toujours pas plus cordial.

— Myriam, dit-il, je viens de recevoir un mandat de l'Hydro pour faire renverser l'injonction que Me Malouf a obtenue pour faire arrêter le chantier de la Baie-James... Vous me comprenez?

Comme elle ne réagissait pas, il s'approcha et répéta deux ou trois fois :

— Vous me comprenez, n'est-ce pas?

Il criait plus qu'il ne parlait et Myriam se demandait quelle était la raison de tant d'excitation.

— Pas vraiment, lui répondit-elle, en le regardant droit dans les yeux.

Cette injonction allait dans le sens d'une véritable justice et ce n'est pas elle qui contesterait les privilèges qu'on devait reconnaître aux Premières Nations.

— Vous rendez-vous compte que nous ne pourrons honorer ce mandat? Ce mandat d'une importance capitale!

Il avait l'air exaspéré et irrité par un incompréhensible phénomène et brandissait son dossier avec hargne.

— Conflit! Conflit d'intérêts..., ajouta-t-il encore, en lui décochant un regard mauvais, comme s'il la tenait responsable.

Et il tapait de son index sur les feuilles de papier qu'il lui montrait. Myriam tomba des nues et tout à coup comprit... Étant donné qu'elle défendait plusieurs causes autochtones dans le même bureau que Laurent et Daniel, il leur était impossible de représenter la partie adverse, soit l'Hydro... Il y avait là un réel conflit d'intérêts. Daniel était prêt à accuser sa collègue pour ce qu'il considérait comme une perte advenue par sa faute. Myriam trouvait son attitude stupide et n'avait pas envie de se lancer dans une escalade de paroles aigres-douces.

— Vous rendez-vous compte que nous sommes débordés de toute façon avec l'absence de Laurent? dit-elle sur un ton sans équivoque.

L'autre fulminait. Nerveusement, il alluma une cigarette:

— Je déteste ces Indiens que vous défendez en aveugle!

Discrètement, Myriam prit entre ses mains le paquet de cigarettes qu'il venait de déposer sur le guéridon à côté de lui et le regarda droit dans les yeux:

— Vous les détestez, n'est-ce pas, à cause de leur commerce illégal?

Daniel hocha la tête. Alors, elle brandit le paquet sous son nez: c'étaient des cigarettes qui portaient le sceau de Kanesataké. Pris la main dans le sac, vexé, Daniel

Larue rougit. Myriam s'éloigna, sans faire de commentaire, un sourire entendu au coin des lèvres. Le téléphone sonnait à l'autre bout du couloir. Quelle journée! Impossible d'être tranquille pour travailler. Paula avait déjà pris l'appareil et Myriam la vit pâlir.

— Que se passe-t-il, Paula? Est-ce une mauvaise nouvelle?

Paula ne put prononcer aucune parole et lui tendit l'appareil:

— Pour vous, articula-t-elle enfin, c'est Pierrette...

Elle fit quelques pas en serrant les coudes et en murmurant:

— Mon Dieu, mon Dieu...

Myriam avait déjà compris:

— Gaétan est décédé ce matin..., dit Pierrette.

Chacun s'était préparé à recevoir un jour ou l'autre la triste nouvelle. Le malade s'était éteint après avoir supporté pendant de longs mois de pénibles souffrances. La brave Pierrette eut le courage d'ajouter:

— Je vais pouvoir de nouveau m'occuper de tes petits, autant que tu en auras besoin... Je me sentirais moins seule.

Et elle fondit en larmes.

— Je viens près de toi le plus vite possible, Pierrette...

— Je sais, Myriam, que je peux compter sur toi, mais, maintenant, te hâter ne changera rien... Prends ton temps!

Myriam rangea les documents qu'elle avait dans les mains. Elle enfila son manteau et passa devant Daniel Larue qui raccompagnait un client à l'entrée. Il y eut un coup de sonnette intempestif. On entendit des éclats de voix et des rires et quand Myriam ouvrit la porte, une demi-douzaine de femmes autochtones, Judy en tête, avec Ida, Gloria, Marie et même Gina, plus Pamela, les cheveux ceints de bandeaux multicolores, s'esclaffèrent :

– Ah ! La voilà… On est à la bonne place !

Surprise, Myriam spontanément leur fit signe d'entrer. Elles gloussaient toutes en se dandinant d'un pied sur l'autre, comme de petites filles lâchées dans un univers inconnu qui les impressionnait.

– Oh ! fit Ida innocemment, c'est ben beau icitte…

Et les autres renchérirent en chœur. Daniel Larue n'en croyait pas ses yeux. Gêné, ébahi, le visage figé, il promenait son regard de l'une à l'autre et de Myriam à chacune de ces « Sauvagesses » accoutrées de ponchos et de mocassins, qui ressemblaient à une bande de jeunes enfants déguisés admirant leur premier sapin de Noël. Son client, un homme élégant qui portait un costume de drap, prit un air pincé et chuchota :

– Est-ce carnaval, ici ?

Mᵉ Larue, comme pour s'excuser, balbutia :

– Des clientes de Mᵉ Langevin…

L'autre sortit précipitamment, outré. « Où suis-je tombé ! » semblait-il dire avec dédain. Myriam n'était pas mécontente de jouer, sans l'avoir prémédité, un bon tour à son cher collègue !

– Myriam, dit Marie en rougissant, je… je voudrais voir la toile que tu m'as achetée ! Il me semble que, dans ce décor, elle doit être encore plus belle…

Et Marie, candide, admirait les murs et le tapis avec des yeux émerveillés…

– Venez, répondit Myriam, suivez-moi, elle est dans mon bureau…

Et elles défilèrent sur les talons de Myriam, l'une derrière l'autre, en faisant de tout petits pas, comme si elles pénétraient dans un palais des mille et une nuits.

— Oh, que c'est beau…, s'exclamaient sans fin Marie et les autres, sous les regards irrités de Daniel Larue.

Quand elles furent devant la toile qui ornait le mur en face du bureau de Myriam, elles restèrent un long moment bouche bée, impressionnées, incapables de trouver les paroles qui décriraient leur enthousiasme. Finalement, Ida rompit le silence :

— Myriam, on est venues aussi pour te remercier de ce que tu fais pour Gina !

Celle-ci lança à l'adresse de Myriam un regard plein de reconnaissance.

— Comment êtes-vous venues jusqu'ici ? questionna Myriam.

— On a emprunté le camion de Gaby : Ida vient de passer son permis ! fit Judy.

Ida n'était pas peu fière. Elle se redressa et hocha la tête.

— Mais avec les événements, on va passer chez Pierrette puisque Gaétan a quitté son corps…, ajouta Judy.

— Tu es au courant ? demanda Myriam.

— Oui, répondit Judy. Hier j'ai vu en songe que Gaétan avait rompu le fil de l'existence terrestre, alors, j'étais sûre…

— Vite, allons chez Pierrette pour l'aider et lui dire qu'on l'aime.

Toutes les femmes ressortirent comme elles étaient entrées, bruyamment, et remontèrent dans le camion. Il était temps d'aller entourer Pierrette et de la soutenir affectueusement.

– Quelle belle solidarité, lâcha Daniel Larue, cynique.

– C'est la solidarité féminine ! répliqua Myriam, en dévalant les escaliers.

CHAPITRE XVI

Novembre 1976.

Trois années étaient passées sans que Myriam voie défiler les semaines et les mois. Après l'effervescence des Jeux olympiques qui avait animé la ville durant tout l'été et amené un grand nombre de touristes, Montréal grouillait encore, soulevée par la fibre nationaliste. Dans quelques jours auraient lieu les élections provinciales. On s'interrogeait, on spéculait et l'on jasait sur l'éventuelle victoire du nouveau parti dirigé par René Lévesque, lequel était farouchement opposé aux Libéraux et donc à Robert Bourassa, le premier ministre… Mais, avant le vote, était prévue pour le 11 novembre la signature de la convention de la Baie-James et du Nord québécois, qui devait réduire autant que possible l'impact des travaux hydroélectriques sur les populations autochtones. Myriam y avait été conviée et elle rencontrerait les leaders des Premières Nations ainsi que le premier ministre du Québec.

Outre ses implications dans l'entente entre le gouvernement et les autochtones, elle voyait avec fierté le Québec se démarquer sur l'échiquier international et offrir au monde entier le modèle d'un peuple qui ne se laissait pas ligoter. En vraie bonne-maman, Pierrette elle aussi veillait toujours, donnant largement avec son grand cœur la tendresse et l'attention dont chacun avait besoin, préparant les repas, surveillant les horaires et les jeux en l'absence de Myriam. La santé de Laurent déclinait. On craignait des complications cardiaques, ce qui inquiétait, vu son jeune âge. Il devrait bientôt subir des interventions délicates. En définitive, Mme Dagenais, qui relayait Pierrette lorsque celle-ci avait besoin de prendre un peu de congé, en était arrivée à admirer sa bru, malgré les allusions négatives de Suzanne Pellerin et malgré le divorce qui heurtait ses convictions…

Et puis, dans le sillage de Myriam, il y avait Gaby qui jouait épisodiquement un rôle discret mais ô combien important, malgré la méfiance que les Dagenais entretenaient toujours à son égard. Parfois, sans crier gare, il arrivait à Outremont et, tambour battant, entraînait la petite équipe additionnée de ses propres enfants aux abords de la réserve, dans les coins les plus sauvages et les plus reculés que personne ne connaissait. Là, il les guidait dans des promenades inoubliables dans le bois, par tous les temps, les amenait à découvrir des cachettes et des grottes inconnues et, autour d'un feu qu'il allumait en un tournemain, leur contait les vieilles légendes indiennes avec des détails qui les mettaient en joie. Curieux, ils apprenaient les saisons, la faune et la flore et devenaient savants sur ce qui constituait les particularités naturelles de leur pays. La jeune génération retrouvait en compagnie de Gaby mille et une choses que les anciens connaissaient par cœur. Il transmettait ainsi auprès des enfants la culture sacrée et millénaire de son peuple.

Généralement, quand elle rentrait à la fin de la journée, Myriam n'avait plus assez d'énergie pour s'apercevoir qu'elle était très solitaire. Trop solitaire pour une femme dans la force de l'âge... Petit à petit, l'image de Mike s'estompait derrière les impératifs de tous les jours. Certains soirs, elle songeait qu'elle avait fini par l'oublier vraiment.

Pour que le bureau continue de fonctionner, elle maintenait ce rythme de vie et ne devait jamais trembler devant ses trois associés qui, sous des airs doucereux, étaient toujours prêts à lui imposer des positions plus ou moins acceptables. Elle le savait et, en connaissance de cause, ne relâchait jamais sa vigilance. Myriam par la force des circonstances était devenue une maîtresse femme et suscitait l'admiration de tous. De plus, elle restait belle, comme si ni les épreuves ni le surcroît de travail ne pouvaient altérer son éclatante féminité, ce qui en étonnait plusieurs.

*

On était au matin du 10 novembre. Une pluie verglaçante s'abattait sur Montréal, tandis que le Nord s'endormait sous la neige pour de longs mois... Myriam devait prendre l'avion pour rejoindre Gaby à Fort Rupert, à la baie James, et, en retard sur son horaire, elle courait. Elle fit la grimace en avalant sa tasse de café qui était encore brûlant et agrippa son bagage que Pierrette avait déposé derrière la porte, avant de dévaler les marches du perron. Les trois bambins, bien au chaud aux côtés de grand-maman Pierrette, lui envoyaient des saluts derrière la vitre déjà embuée. Elle faillit tomber avant de monter dans le taxi qui l'attendait devant la maison et, se rattrapant in extremis, se cala au fond de la banquette :

— Le plus vite possible à Dorval ! ordonna-t-elle au chauffeur, je suis déjà en retard…

— Mauvais temps pour rouler vite, ma petite madame ! fit remarquer le brave homme, qui faisait ce qu'il pouvait derrière son volant.

Impatiente, elle regardait sa montre toutes les dix ou douze secondes : il était déjà huit heures vingt-cinq et l'avion décollait à neuf heures quinze… Les voitures ne finissaient plus de glisser et les rues, d'être encombrées par tous ceux que les intempéries ralentissaient.

— Il faut bien que ça arrive aujourd'hui, maugréa-t-elle encore.

Au long du trajet, le chauffeur, bougon, dut dépasser plusieurs véhicules qui, sortis de la voie, restaient en travers de la chaussée. Tout cela faisait naître des tensions. Myriam repassait dans sa tête la liste des documents qu'elle avait emportés et se disait sans cesse :

— Pourvu que je n'aie rien oublié…

Et plus ils roulaient vers l'aéroport, plus le ciel devenait noir, et plus Myriam se demandait si elle ne devrait pas abandonner cette expédition périlleuse.

«L'avion ne décollera peut-être même pas», se disait-elle, inquiète et stressée.

Elle n'avait pour bagage qu'une petite valise où elle avait compressé le nécessaire pour deux ou trois jours et sa mallette de travail avec divers documents utiles. Elle s'était habillée chaudement en prévision du climat nordique, et, finalement, dès que le taxi eut atteint la porte d'entrée de l'aérogare, elle paya la course avec un gros billet, n'attendit pas la monnaie et descendit de la voiture en courant. Dans le hall de l'enregistrement, il y avait une queue inhabituelle et partout la foule des voyageurs et des promeneurs flânaient, encombrant les allées. Voyant l'heure tardive, elle décida de s'adresser au comptoir du service pour faire hâter les choses, tandis que le haut-parleur annonçait un dernier appel aux voyageurs dont la destination était Rouyn-Noranda et Fort Rupert. «Embarquement immédiat», entendit-elle. Vite. Elle venait tout juste de laisser partir son bagage sur le tapis roulant et s'élançait vers la barrière, lorsqu'elle laissa échapper la sacoche qui était suspendue à son épaule. Elle se baissa en grommelant pour ramasser ce qui s'était répandu sur le sol... Il y avait là de nombreux petits objets des plus hétéroclites, ceux que toute femme emporte avec elle et qui ne lui servent jamais à rien, sinon à la sécuriser.

— Que je suis donc maladroite! marmonna-t-elle, exaspérée. Ça n'est pourtant pas le moment!

Alors un homme se pencha courtoisement pour l'aider, mais, dans sa précipitation, elle ne leva même pas les yeux.

— Merci, merci, dit-elle sans le regarder.

Elle ne voyait que ses souliers. «Ça y est, je manque l'avion!» pensait-elle encore. C'est à ce moment-là qu'elle entendit son rire... Il y eut une lumière intense dans sa tête. Elle se sentit rougir bien malgré elle, tandis qu'un sentiment confus se frayait un passage jusqu'à ses sens:

— Mike!

— Myriam!

Ils poussèrent un cri identique. Un cri de joie qui faisait voler en éclats les années d'attente et de désespoir. Leurs yeux se croisèrent.

– Que fais-tu ici ?

– Je pars dans le Sud…

– Et moi dans le Nord…

– Que deviens-tu ? dirent-ils en chœur.

Ils éclatèrent d'un même rire et, émus bien plus qu'ils ne voulaient le laisser paraître dans ce lieu public, se jetèrent dans les bras l'un de l'autre. C'était comme s'ils s'étaient quittés la veille. Une grande chaleur les envahit. Leur cœur se mit à battre plus fort, plus vite. Une grande montée d'énergie les chavirait. Soudés. Instinctivement, leurs bouches se trouvèrent pour échanger un long baiser. Un baiser qui effaçait le temps perdu… Leurs corps s'unirent et s'entremêlèrent si intimement que quelques passants se retournèrent en souriant. Myriam et Mike ne les remarquèrent même pas. Le peigne, les mouchoirs et le rouge à lèvres gisaient sur le sol au milieu du va-et-vient. Une préposée en uniforme ramassa le tout qu'elle tendit à Myriam, mais celle-ci toujours blottie dans les bras de Mike ne s'aperçut pas de sa démarche. Rien n'avait d'importance.

– Madame, vos affaires… madame ! interpella timidement la femme.

Le haut-parleur lançait des appels à répétition aux voyageurs à destination de Fort Rupert : l'absence de Me Langevin avait été signalée par le commandant de bord…

Enlacés, les deux amants s'abandonnaient à leur émoi et ne ressentaient que ce bonheur miraculeux. Le monde entier s'était évaporé. Ils se dévoraient du regard. Ils étaient bien. Inutile de se raconter de longues anecdotes, inutile de dire ce qu'ils étaient devenus pendant tout ce temps, car ils le savaient : ils avaient langui l'un de l'autre. Comme en ce jour lointain de la grande assemblée, ils ne doutaient pas. Pareils aux branches d'un même arbre reliées par un tronc de plus en plus solide, même lorsqu'ils s'étaient perdus de vue, follement ils s'étaient attendus. Ils avaient cru s'oublier et se retrouvaient pour ne plus se quitter. Le temps était venu de savourer le bonheur.

Lorsque Myriam reprit conscience de son entourage, l'avion pour Fort Rupert avait décollé, ses bagages étaient partis sans elle. Mike dut faire transférer son billet sur un prochain vol pour Mexico. Ils se dirigèrent vers la cafétéria. Émus. Comme une toute jeune fille, Myriam tenait la main de Mike qui serrait la sienne. Il écarta de son visage une mèche qui vagabondait, pour mieux la contempler. En souriant, elle pencha un peu la tête vers lui et enfouit son visage dans le creux de son cou… Un rayon de soleil perçait la grisaille des nuages. Dans le reflet doré des portes vitrées qui entouraient le hall, Myriam crut voir pendant quelques secondes le visage de Kateri qui souriait de contentement et semblait lui dire :

– Ma fille, sois heureuse et continue ton chemin, tu es parvenue là où ton destin t'attendait…

CET OUVRAGE
COMPOSÉ EN GARAMOND CORPS 14 SUR 16
A ÉTÉ ACHEVÉ D'IMPRIMER
LE DEUX FÉVRIER DEUX MILLE SIX
SUR LES PRESSES DE TRANSCONTINENTAL
POUR LE COMPTE
DE VLB ÉDITEUR.

IMPRIMÉ AU QUÉBEC (CANADA)